Matteo De Luca

Der Commissario und die Dottoressa –

Nacht über Elba

MATTEO DE LUCA

DER COMMISSARIO UND DIE DOTTORESSA – Nacht über Elba

Ein Elba-Krimi

PIPER

Mehr über unsere Autorinnen, Autoren und Bücher:
www.piper.de

Wenn Ihnen dieser Krimi gefallen hat, schreiben Sie uns unter Nennung des Titels »Nacht über Elba« an *empfehlungen@piper.de*, und wir empfehlen Ihnen gerne vergleichbare Bücher.

Von Matteo De Luca liegen im Piper Verlag vor:
Ein Fall für Berensen & Luccarelli:
Band 1: Der Commissario und die Dottoressa – Sturm über Elba
Band 2: Der Commissario und die Dottoressa – Nacht über Elba

Unser Versprechen für mehr Nachhaltigkeit
• Klimaneutrales Produkt
• FSC®-zertifiziertes Papier
• Hergestellt in Europa

FSC www.fsc.org
MIX
Papier | Fördert gute Waldnutzung
FSC® C083411

ISBN 978-3-492-06386-9

Redaktion: Annika Krummacher
Satz: Eberl & Koesel Studio, Kempten
Gesetzt aus der Adobe Garamond Pro
Druck und Bindung: CPI Books GmbH, Leck
Printed in the EU

1

Che miseria! Das war doch nicht zum Aushalten!

Der Presslufthammer zwei Wände weiter dröhnte und ratterte in einer Lautstärke, dass Fiorina Luccarelli am liebsten schreiend die Flucht ergriffen hätte.

»Bitte entschuldigen Sie, aber ich habe kein Wort verstanden«, sagte sie zu ihrer Klientin, als der Lärm endlich nachließ. »Könnten Sie das Letzte bitte noch mal wiederholen, Signora?«

Lucia Santoro, die der ständig wiederkehrende Krach nicht weiter zu stören schien, nickte zögernd. Ihr in die Ferne gerichteter Blick fokussierte sich wieder auf Fiorina Luccarellis Gesicht.

»Während Stefano gestern Abend auf mich eingeredet hat, hatte ich immer wieder denselben Gedanken«, sagte sie leise und knetete dabei unentwegt ihre filigranen Hände. »Was wäre, wenn ich jetzt das Handy auf den Küchentisch lege, hinaus auf den Balkon gehe und einfach hinunterspringe?«

Fiorina Luccarelli versuchte, sich ihren Schrecken über die Selbstmordfantasien ihrer Klientin nicht anmerken zu lassen.

»Und … warum haben Sie es nicht getan?«, fragte sie.

Hatte sie sich in der Einschätzung Lucia Santoros getäuscht? War sie doch suizidgefährdet?

»Weil Stefano das nicht wert wäre.« Lucia Santoro lächelte spitzbübisch. »Außerdem traue ich mich bei meiner Höhenangst ja kaum auf den Balkon.«

Schwungvoll strich sie sich eine ihrer hennaroten Korkenzieherlocken aus dem herzförmigen Gesicht. Die sprühende Energie, die Fiorina schon bei ihrer ersten Begegnung fasziniert hatte, war plötzlich wieder da. Dennoch wirkte ihre Klientin, die sie bei sich längst beim Vornamen nannte, angespannt. Irgendetwas hatte sie offenbar noch auf dem Herzen.

»Außerdem will ich nicht wieder weglaufen«, fügte Lucia hinzu. »Ich will das Problem mit Stefano endlich angehen. Ich muss endlich begreifen, warum ich mich immer wieder auf ihn einlasse, obwohl ich doch weiß, dass er mir nicht guttut.«

Fiorina atmete auf. Die Tätigkeit einer Psychotherapeutin glich oft einer Gratwanderung. Sie musste einschätzen, ob die Selbstmordabsichten eines Klienten ernst gemeint waren, und in diesem Fall darauf bestehen, dass er sich in eine Klinik einweisen ließ.

»Erzählen Sie doch mal«, sagte sie, nun wieder halbwegs beruhigt, und schlug ein Bein übers andere. »Sind Sie in Ihrem Leben schon oft weggelaufen?«

Schon wieder ging es los mit dem Getöse. Dieses Mal verdrehte auch Lucia die hellbraunen Augen. Als obendrein das gekippte Fenster, das auf die Via del Carmine hinausging, zu klirren begann, machte sie mit den Händen eine gottergebene Geste. Dann legte sie die Arme auf die Lehnen des Polstersessels und wartete, bis der Lärm wieder abebbte. Ihre Finger trommelten einen unruhigen Rhythmus auf den zerschlissenen Stoffbezug.

Fiorina saß auf einem einfachen Holzstuhl. Ein Blick zur Wanduhr sagte ihr, dass es erst zwanzig nach zwei war. Sie hatten also noch eine gute halbe Stunde bis zum Ende der Therapiesitzung. Eigentlich hätten die Handwerker erst im Laufe des Nachmittags mit ihrer Arbeit beginnen sollen. Da sie am Morgen aber wieder einmal viel zu spät gekommen waren, wollten sie die versäumte Zeit offenbar ausgerechnet jetzt, während der Siesta, nachholen. Dennoch mochte Fiorina die Stunde nicht abbrechen. Heute war das erste Mal, dass Lucia sich ein wenig öffnete.

Kurz entschlossen, sprang Fiorina auf und ging nach nebenan, um die beiden über und über mit grauem Staub bepuderten Männer zu bitten, sich in der nächsten halben Stunde mit einer weniger lärmintensiven Arbeit zu beschäftigen.

»Oft bin ich vielleicht nicht weggelaufen, aber zum Beispiel dann, als ich Stefano verlassen habe. Ich habe mich ja nicht einmal von ihm verabschiedet«, antwortete Lucia, als Fiorina wieder auf ihrem Stuhl saß. »Sechs Wochen ist das jetzt her, und jeden Tag schäme ich mich vor mir selbst, weil ich so feige war.«

In der Gasse fuhr ein Auto vorbei. Viel zu schnell. Wildes Hupen folgte, ein Mann rief eine wüste Beschimpfung, zur Bekräftigung bellte ein Hund.

»Am Abend waren wir essen.« Lucia machte eine ihrer sparsamen Bewegungen, ein untrügliches Zeichen dafür, dass sie sich vermintem Gebiet näherte. »Stefano hatte mich eingeladen, in ein wunderschönes Ristorante außerhalb von Lucca. Ich wollte ihm sagen, dass alles zu Ende ist. Aber ich konnte es einfach nicht. Die ganze Zeit über habe ich kein Wort darüber verloren, dass ich ihn verlassen und zurück nach Elba gehen werde. Nicht einmal richtig verabschiedet habe ich mich von ihm. Einfach davongelaufen bin ich. Nach zwölf Jahren, einfach davongelaufen.«

Mit dem Ärmel ihrer flamingoroten Crêpe-de-Chine-Bluse, die wie das edle, einen Ton hellere Kostüm und die farbenprächtigen High Heels ein kleines Vermögen gekostet haben musste, wischte sie sich verstohlen über die Augen. Fiorina überlegte, in welcher ihrer noch nicht ausgepackten Kisten die Papiertaschentücher liegen mochten. Doch da zog ihre Klientin schon ein Päckchen aus ihrer Gucci-Handtasche und putzte sich geräuschvoll die Nase.

Erst am nächsten Tag auf der Fähre, erklärte Lucia weiter, habe sie ihren Ex-Liebhaber angerufen und ihm mitgeteilt, dass sie endlich einen Schlussstrich gezogen habe, mit allen Konsequenzen.

Fiorina hörte nur mit halbem Ohr zu, da sie darüber nachdachte, was sie von Lucias Selbstmordgedanken halten sollte. Inzwischen wirkte diese jedoch wieder so gelöst, dass sie den Gedanken zur Seite schob.

Es war Lucias dritte Stunde in Fiorinas hoffentlich irgendwann einmal fertig renovierter Praxis für Psychotherapie mitten in der Altstadt von Portoferraio. Der Raum, in dem Fiorina und ihre Klientin sich gegenübersaßen, war ein wenig dunkel, dafür aber angenehm kühl. Später einmal sollte er als Arbeitszimmer dienen, war bislang aber nur provisorisch eingerichtet: ein Stuhl, ein alter

Ohrensessel für die Klienten, jede Menge Umzugskisten. Der spätere Therapieraum hatte ein Fenster zum Hof und war wie der Rest der Erdgeschosswohnung ihres Elternhauses in der Via del Carmine immer noch eine einzige Baustelle, in der unentwegt gehämmert, gebohrt und geschimpft wurde.

»Und seither terrorisiert Stefano mich.« Unwillig hob Lucia die Rechte, spreizte die Finger mit den sorgfältig knallrot lackierten, langen Nägeln, und ihr Ton wurde aufgebracht: »Fünfmal hat er mich gestern Abend angerufen, fünfmal!«

Ihr perfekt geschminktes Gesicht verzerrte sich zu einer genervten Grimasse. Während sie die Arme vor der Brust verschränkte, klimperten die mit winzigen Juwelen besetzten Goldkettchen an den Handgelenken, und ihre Bernsteinaugen wurden groß und rund.

»Aber anstatt das Handy einfach läuten zu lassen oder auszuschalten, hebe ich jedes Mal schon beim ersten Klingeln ab«, gestand sie mit so kleinlauter Stimme, als wäre sie nicht schon über vierzig, sondern höchstens vierzehn. »Und wissen Sie, warum? Weil ich Stefano immer noch liebe. Und dabei weiß ich doch, dass es keinen Sinn hat, weil er seine Frau nie verlassen wird, seine Kinder, er …«

Erneut wurden sie unterbrochen, dieses Mal jedoch vom aufgeregten Trillern eines Handys. Hastig zog sie ihr teures Smartphone aus der Handtasche. Mit gerunzelter Stirn sagte sie: »Scusi, aber da muss ich rangehen«, sprang so hektisch auf, dass der schwere Sessel über den Terrazzo schrammte, und stolperte hinaus. Sekunden später sah Fiorina ihre Klientin, das Telefonino am Ohr, vor dem Fenster auf und ab gehen und heftig gestikulieren. Der Duft ihres herben Parfüms, das so gar nicht zu ihrer eleganten, durch und durch weiblichen Erscheinung passte, hing noch im Raum.

Fiorina nutzte die Pause, um rasch ein wenig Ordnung zu schaffen. Der am Vormittag gelieferte neue Schreibtisch aus geöltem Olivenholz quoll über vor ungeöffneter Post, unbezahlten Rechnungen, Werbung und noch nicht ausgepackten Büroutensilien. Sie riss Briefe auf, legte die Rechnungen auf einen Stapel, warf Werbung ungeöffnet in den ebenfalls nagelneuen Papierkorb aus Bambus. Um die großen Kartons, die sich hinter einem Paravent stapelten, würde sie sich später kümmern. Darin befanden sich Unmengen von Fachbüchern, Unterlagen aus ihrer Studienzeit, wissenschaftliche Zeitschriften und sonstiger Krimskrams. Nicht zu vergessen die Unterlagen für die im August anstehende Prüfung in Frankfurt. Erst, wenn sie die bestanden hatte, konnte sie die Zulassung als Psychotherapeutin in Italien beantragen.

»Heute Abend noch?«, hörte sie Lucia sagen, als sie vor dem Fenster stehen blieb. »Doch, halb neun passt mir sehr gut, ich würde ohnehin gerne etwas besprechen, weil …«

Eine froschgrüne Vespa knatterte die schmale Straße hinauf und übertönte den Rest des Satzes. Einer der Handwerker, der gerade eine Kiste voller Werkzeug aus dem Lieferwagen vor dem Haus holte, rief der Fahrerin einen launigen Gruß nach. Obwohl erst Mitte Mai war, war es draußen schon so heiß wie sonst nur im Hochsommer. Doch selbst an einem Tag wie heute drangen die Sonnenstrahlen nicht in jeden Winkel der Gasse, wo die hohen alten Häuser dicht an dicht standen.

Als Lucia wieder eintrat, wirkte ihre Miene noch verschlossener als zu Beginn der Therapiestunde. Sie setzte sich nicht mehr, sondern schulterte ihre Handtasche.

»Tut mir leid, aber ich muss los«, sagte sie knapp. »Die Stunde bezahle ich natürlich komplett.«

Fiorina überlegte, ob sie wegen des Baustellenlärms, der gerade wieder einsetzte, nur die Hälfte des vereinbarten Honorars verlangen sollte. Doch noch bevor sie etwas sagen konnte, zählte ihre Klientin schon die Geldscheine auf den Tisch.

»Haben Sie morgen noch einen Termin frei? Es gibt nämlich etwas, das ich noch mit Ihnen besprechen möchte, Signora Dottoressa.«

Fiorina hatte in Frankfurt Psychologie studiert, allerdings nicht promoviert. In Italien aber genügte schon ein abgeschlossenes Studium, um mit Dottore oder Dottoressa angesprochen zu werden.

»Morgen?« Überrascht blätterte Fiorina in ihrem Terminkalender, bisher hatten sie sich nur einmal pro Woche getroffen. »Wieder in Ihrer Mittagspause?«

»Nein, bitte noch vor meinem Arbeitsbeginn.«

Bedauernd schüttelte Fiorina den Kopf. Um neun musste sie mit der Nonna zum Arzt.

»Ich weiß, das ist sehr kurzfristig.« Ihre Klientin zwinkerte nervös. »Aber es ist wirklich wichtig, ich halte das keine Minute länger …«

Sie brach ab, und für einen Moment sah Fiorina Verzweiflung in ihren Augen. Und noch etwas anderes, was sie nicht einordnen konnte, sie aber umso mehr beunruhigte. Lucia hatte offensichtlich Angst.

»Va bene«, sagte Fiorina. »Ich verschiebe den anderen Termin. Sagen wir um halb neun?«

»Dann wäre ich um zwanzig vor zehn im Büro, ein bisschen spät, aber ja, so machen wir es.« Lucia wirkte erleichtert, dann jedoch bohrte sich ihr Blick in Fiorinas. »Sie sind doch unter allen Umständen an Ihre Schweigepflicht gebunden, Dottoressa?«

Als Fiorina nickte, murmelte Lucia einen flüchtigen Abschiedsgruß und war im nächsten Moment zur Tür hinaus.

Kopfschüttelnd sah Fiorina ihr nach. Was hatte das nun wieder zu bedeuten? Warum erzählte sie ihr von der angeblich so dringenden Angelegenheit nicht gleich jetzt? Die Stunde war doch noch lange nicht um. Sie wurde nicht schlau aus ihrer Klientin.

Fiorinas Handy gab ein Lachen von sich, das Signal, dass eine Nachricht von Hagen eingegangen war.

»Ciao, Bellissima, geht's dir gut?«, hatte er geschrieben. »Bleibt es bei halb acht? Wir gehen heute Abend noch aus. Ich kann es kaum erwarten, dich wiederzusehen. 113 479 880 Küsse, dein Commissario.«

Mit einem Lächeln auf den Lippen tippte Fiorina eine kurze Antwort und rätselte, welche Pläne er wohl für den Abend hatte. Schon bei seiner Frage neulich, ob sie heute Zeit habe, hatte er so geheimnisvoll getan. Gab es etwas zu feiern? Vielleicht, dass sie nun schon seit fast zwei Monaten ein Paar waren?

Aber dann hätte Hagen als korrekter Deutscher bestimmt bis zum exakten Datum in der übernächsten Woche gewartet.

Mit der Schulter prallte Lucia Santoro gegen etwas Hartes, Kantiges. Eine schmale Kommode, die krachend umkippte. Sie konnte sich nicht erinnern, ob das fast schwarze Möbel vorhin auch schon hier im Flur gestanden hatte. Doch sie verschwendete keinen weiteren Gedanken daran, sondern rannte weiter, blind und taub für alles um sie herum.

Nur weg von hier. Wie hatte sie nur so naiv sein können? So vertrauensselig, so ...

Hinter ihr ertönte ein Poltern und Fluchen, als ob jemand über etwas gestolpert wäre und sich jetzt wieder aufrappelte. Im vollen Lauf drückte sie die verglaste Tür auf, stürzte zur Treppe, die hinabführte in die Freiheit, in Sicherheit, und stieß wieder gegen etwas.

Groß war das Hindernis dieses Mal, größer als sie selbst, und in Plastikfolie eingeschweißt.

Hektisch versuchte sie, sich daran vorbeizuzwängen. Der Spalt zwischen dem riesigen Etwas, vielleicht einer Palette mit Fliesen, und dem Treppengeländer war jedoch zu schmal. Zur Seite schieben konnte sie das schwere Ding auch nicht.

Der Aufzug?

Ein Blick auf die Anzeige sagte ihr, dass er sich gerade im Erdgeschoss befand.

Wieder hörte sie Geräusche hinter sich. Klappernde Schritte, die sich viel zu schnell näherten.

Sie wandte sich um, hastete an der Tür vorbei, durch die ein schwacher Lichtschein fiel. Der einzige Weg, der ihr blieb, war der nach oben.

Türenschlagen, die Schritte kamen noch näher.

Lucia Santoro nahm ihre Schuhe in die Hand und lief

lautlos die Treppe hinauf. Allein beim Gedanken an die Höhe dort oben wurde ihr schwindelig. Doch sie hatte keine andere Wahl.

Wieder sah sie die Pistole vor sich, in deren Lauf sie plötzlich geblickt hatte. Sie hatte den erstbesten Gegenstand gepackt, der ihr in die Finger geriet, und ohne nachzudenken zugeschlagen. Wie sie es geschafft hatte, sich in den Flur zu flüchten, wusste sie nicht mehr. Alles war so unfassbar schnell gegangen. Instinktiv hatte sie die Tür hinter sich zugeschlagen und das hohe Regal umgeworfen, das daneben stand.

Sie erreichte die steile, schmale Eisentreppe, die die letzten Meter hinauf zur Dachterrasse führte. Trotz der Gefahr, in der sie schwebte, musste sie kurz innehalten. Aber es gab nur diesen einen Weg. Hoffentlich fand sie oben ein gutes Versteck, sie war ja noch nie dort gewesen.

Entschlossen eilte sie weiter, klammerte sich mit feuchten Fingern am Geländer fest. Den Blick nach unten vermied sie, auch wenn sie im barmherzigen Halbdunkel des Treppenhauses ohnehin kaum etwas gesehen hätte. Die Übelkeit, die sich schon nach den ersten Schritten eingestellt hatte, ignorierte sie, so gut es ging.

Licht flammte auf.

Lucia Santoro erstarrte.

Unter ihr hämmerte jemand wie wild auf den Aufzugknopf, dachte vermutlich, sie wäre damit hinuntergefahren, hätte das Haus vielleicht schon verlassen.

Sie versuchte, ihren jagenden Atem zu kontrollieren, doch es gelang ihr nicht. Ihr Herz raste, ihre Hände bebten so sehr, dass sie Probleme hatte, nach dem Geländer zu greifen. Es konnten nur noch wenige Stufen bis zur Tür sein, die auf die Dachterrasse führte. Aber plötzlich konnte sie nicht mehr weiter. Sie schaffte es nicht, auch nur einen weiteren Schritt zu tun.

Nicht hinunterschauen, wiederholte sie in Gedanken immer wieder, während sie reglos und mit geschlossenen Augen auf der Treppe kauerte. Auf keinen Fall nach unten schauen …

Erst, als der Aufzug sich rumpelnd in Bewegung setzte, gelang es ihr, sich aufzurichten, mit zitternden Beinen die letzten Stufen hinaufzusteigen, und sie erreichte die rettende Stahltür. Hoffentlich quietschte sie nicht.

Das Scheppern und Rumoren des altersschwachen Aufzugs kam näher. Er fuhr nicht abwärts, sondern aufwärts!

Im Nu war Lucia Santoro draußen, drückte leise die Tür hinter sich zu, sah sich panisch um. Dunkel war es hier oben. Ohne dass sie es bemerkt hatte, war die Nacht über Elba hereingebrochen.

Schemenhaft zeichneten sich die Umrisse von Liegestühlen ab, weiße Tische, billige Stühle, Pflanzenkübel, Kisten zum Verstauen von was auch immer. Im Westen war der Himmel immer noch in ein gespenstisches, bedrohliches Purpur getaucht.

Hinter einer Ansammlung von klobigen Sitzmöbeln, die in der Mitte der riesigen Terrasse unter mehreren Palmen und fern des tödlichen Abgrunds standen, duckte sie sich. Hier war sie von der Tür her nicht zu sehen. Obwohl der Aufzug angehalten hatte, hatte sie auf den letzten Stufen der Eisentreppe keine Schritte hinter sich gehört, hatte es tatsächlich hier herauf geschafft …

Doch dann holte die Wirklichkeit sie ein. Auch wenn

sie jetzt in trügerischer Sicherheit war – wo sollte sie hin, wenn die akute Gefahr vorüber war?

Erneut überflutete sie die Panik, schnürte ihr die Kehle zu. Hin und wieder wagte sie einen Blick auf die Stahltür, die nach wie vor geschlossen war, kauerte sich wieder hinter die Möbel. Sie war zu blauäugig gewesen, so furchtbar naiv. Wie hatte sie nur glauben können, dass sie die Regeln in diesem verfluchten Spiel bestimmte?

Lucia Santoro sprach ein stummes Gebet, horchte verzweifelt in das dunkler werdende Zwielicht. Doch sie hörte nur das Knattern der Motorinos und das Hupen der Autos von der Straße tief unter ihr. Gedämpfte Stimmen, Gelächter von Menschen, die einen unbeschwerten Abend genossen. Und das Hämmern ihres Herzens, das so fest gegen den Brustkorb schlug, als wollte es herausspringen und davonflattern, hinauf in den Himmel.

Da hörte sie das Knacken des Türschlosses. Schritte kamen zögernd näher, leiser als zuvor.

2

»Jetzt sag schon«, drängte Fiorina, als sie abends um kurz vor neun im *Bell'Vista* saßen, einem kleinen Ristorante in Pomonte, einem Örtchen ganz im Westen Elbas. »Was ist los? Gibt es was zu feiern?«

Sie sprach Deutsch, da Hagen Berensen sich mit dem Italienischen immer noch schwertat, während sie seine Sprache nach den vielen Jahren in Frankfurt fast perfekt beherrschte.

Mit versonnenem Lächeln schwieg er.

»Willst du etwa um meine Hand anhalten?«, fuhr sie fort. »Mamma würde jubeln.«

Fiorina selbst wohl eher weniger, schloss der ehemalige Münchner Kripokommissar aus ihrem skeptischen Blick.

Sie hatten sich an ihrem üblichen Treffpunkt verabredet, der Bushaltestelle beim Fährhafen in Portoferraio. Gemeinsam waren sie hierhergefahren, ohne dass er verraten hätte, was der Anlass ihres Ausflugs war, und auch während ihres Spaziergangs am Meer hatte er zum Anlass seiner Einladung hartnäckig geschwiegen.

Fiorina trug das weit schwingende, tief dekolletierte Cocktailkleid in kräftigem Apricot, das er so gerne an ihr sah. Dazu hatte sie die schwarzen Stilettos an, in die sie nur bei besonderen Anlässen schlüpfte. Als einzigen Schmuck trug sie ein goldenes Halskettchen mit einem kleinen Kreuz.

Schmunzelnd legte er seine warme Hand auf ihre kalte. »Ich habe einfach nur Geburtstag, Bellissima, und den wollte ich mit dir feiern. Kein Grund für Panikattacken.«

»Und wieso weiß ich das nicht?«, fragte sie empört.

»Jetzt weißt du es ja. Und ich habe es dir nicht gesagt, damit du dir nicht den Kopf darüber zerbrichst, was du mir schenken sollst.«

Das kleine, schlicht eingerichtete Ristorante lag direkt am Meer und beschäftigte einen zwar unsympathischen, aber äußerst talentierten Koch. Im Wasser, das sie auf drei Seiten umgab, spiegelten sich die Sterne und der Mond in einer Pracht, als wollten sie Hagens Geburtstag feierlich illuminieren. Aus kleinen Boxen schmachtete Eros Ramazotti von der »più bella cosa«, der schönsten Sache der Welt.

Die Bedienung kam, Salvina Solario, die sie schon von früher kannten. Die seit Neuestem silberblonde Süditalienerin begrüßte die Gäste jedoch, als würde sie diese zum ersten Mal sehen, und mit so mürrischer Miene, als legte sie keinen Wert auf ein Trinkgeld.

Hagen bestellte Wasser und eine Karaffe vom Vino bianco della casa sowie zur Feier des Tages zwei Gläser Prosecco. Fiorina orderte – wie üblich, ohne ihn zu fragen, da er ohnehin immer mit ihrer Wahl einverstanden war – Antipasti di mare für zwei, eine elbanische Fischsuppe, die sich Sburrita nannte, als Primo Spaghetti alle vongole und als Secondo überbackenen Wolfsbarsch mit Salbei.

»Das Dolce wählen wir dann später.« Sie klappte die in zerschlissenes Kunstleder gebundene Speisekarte mit leisem Knall zu und hielt sie Salvina Solario hin wie ein Messer, das sie ihr in der nächsten Sekunde in den Bauch rammen würde.

Sie hatte, wie Hagen wusste, die Kellnerin schon bei ihrem ersten Besuch nicht leiden können, da diese ihn ohne jede Hemmung angebaggert hatte. Damals waren sie hier gewesen, um ihr Informationen zu entlocken, weshalb Fiorina nett zu ihr sein musste. Heute hingegen war Fiorina Gast, und auch in Italien war der Gast immer König.

Seufzend legte sie ihre noch immer kühle Hand auf Hagens warme.

»Buon compleanno, amore«, sagte sie und küsste ihn zärtlich. »Aber ich muss dir doch was schenken. Wie stehe ich denn jetzt da?«

»Fiorina, bitte, ich hab doch alles, was ich brauche. Aber wenn du mir unbedingt was schenken willst …« Er setzte eine geheimnisvolle Miene auf und beugte sich über den Tisch. »Es ist nichts, was man für Geld kaufen kann.«

»Im Basteln war ich schon in der Schule eine Null. Malen kann ich nicht, und singen erst recht nicht.«

»So eine Nacht wie vor drei Wochen.«

»Im Hotel? Als wir …« Sie verstummte, errötete sogar ein wenig. »Sehr gerne, aber diese Woche habe ich immer wieder Termine, bei denen ich fit sein muss. Was ich nach unserer Nacht im Val di Cornia definitiv nicht war.«

»Dann am Wochenende?«

»Wochenende ist gut. Dasselbe Hotel wie beim letzten Mal? Ich kümmere mich um alles.«

Salvina Solario brachte die Getränke mit noch grimmigerer Miene als vorhin. Heute würde sie definitiv kein Trinkgeld bekommen.

Schon zwanzig nach neun. Wo blieb sie denn nur?

Zum vermutlich zehnten Mal spähte Fiorina Luccarelli am Dienstagmorgen die Via del Carmine hinauf und hinab, entdeckte jedoch bis auf den alten Nunzio, ihren Nachbarn von gegenüber, der gerade zu seinem Morgenspaziergang aufbrach, niemanden. Lucias Handy war nicht erreichbar.

Kopfschüttelnd schloss Fiorina das Fenster wieder. Noch war es ruhig im Haus, die Handwerker waren noch nicht aufgetaucht.

Bislang war Lucia immer pünktlich gewesen. Der Termin heute Morgen war ihr so wichtig gewesen. Hatte sie ihn etwa vergessen? Oder war sie doch lieber gleich ins Büro gegangen? Schließlich arbeitete sie erst seit Kurzem im Kulturamt, und Fiorina konnte verstehen, dass sie ungern zu spät kam. Doch warum rief sie dann nicht wenigstens an?

Fiorina ärgerte sich, dass sie den Arzttermin der Nonna wegen ihrer Klientin verschoben hatte. Seufzend beschloss sie, den Leerlauf zu nutzen und in den anderen Räumen nachzusehen, wie weit die Renovierungsarbeiten schon gediehen waren.

Vorsichtig bahnte sie sich ihren Weg durch den Korridor, der mit Werkzeugkisten und Paletten mit Terrazzofliesen vollgestellt war. Aufgerollte Stromkabel lagen am Boden, Wasserrohre, Kartons voller Lichtschalter und Steckdosen. Die zukünftigen Praxisräume schienen immer noch chaotischer zu werden statt schöner. Der Boden war aufgerissen, und trotz der weit geöffneten Fenster hing überall Staub in der Luft.

Sie betrat die Küche, in der es immerhin schon einen Wasseranschluss, einen zweiflammigen Gaskocher, eine Macchinetta für den Kaffee zwischendurch und ein wenig Geschirr gab, und goss sich ein Glas Wasser ein. Selbst, wenn Lucia demnächst auftauchen sollte, hatte es wenig Sinn, die Stunde noch zu beginnen. Spätestens um zehn würden die Handwerker anrücken, um das Desaster weiter zu vergrößern.

Fiorina trug das Glas ins Arbeitszimmer, das sich zwischen Küche und Bad befand. Der Raum, in dem sie zukünftig ihre Klienten empfangen würde, lag auf der hinteren, wesentlich ruhigeren Seite der Wohnung, mit Blick auf den Innenhof. Daneben gab es noch eine Kammer, die sie als Stauraum für Putzmittel und dergleichen nutzen wollte, und ein weiteres, ebenfalls geräumiges Zimmer. Was sie damit anfangen würde, wusste sie bislang noch nicht.

Sie schickte Lucia eine Nachricht, in der sie ihr anbot, den verpassten Termin heute um achtzehn Uhr nachzuholen. Dann machte sie sich daran, endlich die Kartons hinter dem Paravent auszuräumen und ihren Inhalt in den farblich zum Schreibtisch passenden Holzregalen zu verstauen. Zwischendurch bewunderte sie die blassblauen Vorhänge, die ihre Mutter genäht und gestern Abend aufgehängt hatte, als sie selbst mit Hagen unterwegs gewesen war. Sie harmonierten mit den kobaltblauen Farbtönen der Tiffanylampe, die Mamma auf die antike Vitrine aus Nussbaumholz gestellt hatte, ein Erbstück aus der Familie von Fiorinas verschollenem Vater. Allmählich wurde es doch ein wenig wohnlicher hier. Später musste sie sich unbedingt bei Mamma bedanken.

Fiorina hatte erst wenige Klienten, mit denen sie auch keine offiziellen Therapiestunden abrechnete, sondern eher eine Art Coaching machte. Schließlich hatte sie bisher weder ihre Prüfung in Deutschland abgelegt noch all die Formalitäten in Italien erledigt, die für die offizielle Eröffnung ihrer Praxis nötig waren.

Lucia war bei ihr in Behandlung, um endlich ihre Flugangst loszuwerden. Anfangs war sie zurückhaltend gewesen, und es hatte eine Weile gedauert, bis Fiorina begriffen hatte, dass sie auch bei einem anderen Problem Hilfe brauchte. Sie liebte einen verheirateten Mann, und obwohl sie ihn kürzlich verlassen hatte, kam sie nicht von ihm los.

Gestern hatte Lucia kein Wort über den Grund ihres überstürzten Aufbruchs verloren, und Fiorina hatte natürlich nicht nachgefragt. Nun aber rätselte sie, ob der Anrufer vielleicht Stefano Turrone gewesen war, Lucias Ex-Liebhaber, der von dieser unseligen Amour fou offenbar genauso wenig lassen konnte wie sie selbst. Hatte sie sich später wider besseres Wissen mit ihm getroffen und nach einer stürmischen Liebesnacht einfach nicht mehr an den vereinbarten Termin gedacht? Das würde immerhin erklären, warum sie nicht ans Handy ging.

Vor Kurzem hatte er schon einmal vor Lucias Tür gestanden, ohne Vorwarnung, wie sie gestern beschämt erzählt hatte. Und anstatt ihn wegzuschicken, hatte sie ihn mit offenen Armen empfangen, und das ganze Elend hatte wieder von Neuem begonnen.

Die erste Kiste war leer. Fiorina faltete sie, stellte sie an die Wand und öffnete die nächste. Beim Anblick der kuscheligen Decke mit Paisleymuster und der bunten Samtkissen aus ihrer Zeit in Frankfurt hatte sie plötzlich eine Idee. Sie würde in dem Extraraum für Hagen ein Gästezimmer einrichten.

In der Wohnung der Luccarellis im ersten Stock gab es kein freies Zimmer, wo er übernachten konnte, und dass er in ihrem Bett schlief, war völlig undenkbar. Im katholischen Italien war es vielerorts noch heute ein ungeschriebenes Gesetz, dass der Freund oder Verlobte einer unverheirateten Frau nicht im selben Zimmer schlief wie sie, solange sie im Haushalt der Eltern lebte. Gestern Abend hatten sie wieder einmal viel Zeit damit verbracht, bei zunehmend frischem Wind ein lauschiges Plätzchen am Strand von Pomonte zu finden, das nicht schon von einem anderen Liebespaar belegt war.

Mit dem Gästezimmer hier unten wäre dieses Problem gelöst. Hagen könnte sie jederzeit besuchen, ohne dass jemand aus ihrer Familie etwas davon bemerkte. Er würde ein Bad mit Dusche zur Verfügung haben, sie könnten sich morgens einen Caffè machen und zusammen frühstücken. Die Frage war nur: Wie sollte sie ihre Mutter für diesen Plan begeistern, die den Braten natürlich sofort riechen würde?

Fiorina klappte den Deckel der Kiste wieder zu und machte sich an die nächste, die randvoll mit Studienunterlagen und Fachbüchern war und die sie seit ihrer Heimkehr aus Deutschland nicht wieder in der Hand gehabt hatte. Eigentlich war es eine Flucht gewesen. Der Job in der Frankfurter Uniklinik, wo sie nach dem Studium mit traumatisierten Frauen arbeitete, hatte sich zwar genau so entwickelt, wie sie es sich erträumt hatte. Da die Stelle jedoch zeitlich befristet gewesen war, hatte sie anschließend zur Deutschen Bank gewechselt. Trotz des Traumgehalts widerte sie die Arbeit dort mit jedem Tag mehr an, und Moritz, ihr deutscher Ex-Verlobter, der ihr den Job vermittelt hatte, belog sie nicht nur nach Strich und Faden, wie sie bald feststellen musste, sondern begann hinter ihrem Rücken auch noch eine Affäre mit einer Kollegin. Die Fachbücher und Vorlesungsmitschriften erinnerten Fiorina wieder an die drohende Prüfung. Schon seit Monaten bereitete sie sich darauf vor, doch es gab noch genug zu tun. Wenn sie den Handwerkerlärm, der bald beginnen würde, nicht mehr ertrug, würde sie ihre Unterlagen mitnehmen und sich in Gabrieles Bar ihr übliches Frühstück gönnen. Später könnte sie in der Altstadt einige Dinge für die Praxis besorgen und am Nachmittag weiterlernen.

Als sie das erste Skript aufschlug, Goethe-Universität Frankfurt – Entwicklungspsychologie 1, schrak sie zusammen. Ein ohrenbetäubendes, rhythmisches Getöse brachte das Haus zum Erzittern.

Nun explodierte ihr südländisches Temperament. Wutentbrannt knallte sie den Ordner zu, rannte hinaus auf den Korridor, die Treppe hinauf.

»Rompiscatole!«, schrie sie auf halber Höhe zum Dachgeschoss. »Federico, hör auf mit dem Krach, sofort!«

Aber natürlich hörte er sie nicht.

»Isse Fusch«, verkündete der stämmig gebaute Kerl, der sich Hagen Berensen als Enzo Bibbiani vorgestellt hatte.

Deutsch hatte Enzo in Bremen gelernt, wo er einige Jahre auf Baustellen geschuftet hatte. Laut Fiorinas Tante Renata war er ein handwerkliches Universalgenie und konnte angeblich einfach alles, was mit Beton, Backsteinen, Fliesen, Tapeten oder Dachziegeln zu tun hatte. Unvorsichtigerweise hatte Hagen ihm verraten, dass er schon selbst diverse Versuche unternommen hatte, den Pool abzudichten. Unter anderem dadurch, dass er die Ritzen mit Unmengen von Silikon füllte.

»Isse Fusch«, wiederholte Enzo sein kategorisches Urteil. »Da musse reintun richtigen Beton. Silikon raus und Beton rein.«

Ungeniert griff er sich zwischen die Beine, um sein Gemächt zurechtzurücken oder vielleicht auch nur zu überprüfen, ob noch alles an seinem Platz war. Eine heftige Duftwolke stieg Hagen in die Nase. Enzo schien ein waffenscheinpflichtiges Aftershave zu benutzen.

Erst jetzt begriff Hagen, dass er »Pfusch« meinte, wenn er »Fusch« sagte. Der breiteste und längste Riss befand sich in der Wand des Pools, die dem Meer zugewandt war. Seit Hagens letztem Reparaturversuch schien er sogar noch breiter und länger geworden zu sein. Wie alles an seinem luxuriösen und erst im vergangenen Spätsommer gekauften Heim entsprach auch der Pool definitiv nicht deutschen Baunormen. Seine moderne Beton-und-Glas-Villa lag auf einem dem steilen Hang abgetrotzten Grundstück einige Kilometer nördlich von Porto Azzurro, und in Italien schien es nicht üblich zu sein, vor Beginn der Baggerarbeiten eine Baugrunduntersuchung durchzuführen. Vielleicht hatte der Bauherr diese auch nicht für nötig befunden, da er ohnehin plante, das Anwesen nach seiner

Fertigstellung einem dummen Ausländer wie ihm anzudrehen.

Sogar im Haus selbst, das in den felsigen Hang hineingebaut war, bildeten sich immer wieder Risse, und bei jedem größeren Regen drang an allen möglichen und unmöglichen Stellen Wasser ein. Zur Trockenlegung seines regelmäßig überschwemmten Fitnessraums hatte Hagen im Frühjahr in seiner Verzweiflung schließlich eine Lenzpumpe installiert, die die trübe Brühe ins Freie beförderte, bevor sie den Wohnraum und seine weitläufige Sitzlandschaft durchnässen konnte. Sein Bett im Obergeschoss musste er regelmäßig mit einer Plane abdecken, wenn der Wetterbericht Regen ankündigte. Die Nächte verbrachte er in diesen Zeiten auf seiner Wohnlandschaft im Erdgeschoss. Ob Enzo, das Inselgenie, wohl auch imstande war, ein Flachdach abzudichten? Aber eines nach dem anderen.

»Was würde es kosten, wenn du das Silikon rausreißt und alles richtig professionell machst?«, eröffnete Hagen die Preisverhandlungen.

Das Übermalen der geflickten Stellen würde er selbst erledigen. Die notwendige Schwimmbadfarbe hatte er schon seit Längerem im Abstellraum stehen. Nicht, dass er es sich nicht hätte leisten können, Enzo auch den Anstrich machen zu lassen. Aber er wollte das Gefühl genießen, an der Instandsetzung des Pools wenigstens ein klein wenig mitgewirkt zu haben.

Enzo zog die Stirn kraus, steckte sich eine weitere seiner grausam stinkenden, filterlosen Zigaretten an und sagte schließlich mit Leidensmiene: »Tausend. Isse Minimum.«

»Achthundert«, hielt Hagen aus Prinzip dagegen, denn Fiorina hatte ihm erklärt, viele Italiener seien beleidigt, wenn man nicht zu handeln versuchte.

»Neunhundertfünfzig«, sagte Enzo, vermutlich ebenfalls aus Prinzip. »Material zahle du.«

Sie einigten sich auf neunhundert, was Hagen mehr als preiswert fand.

»Kein Problem«, sagte er frohgemut beim obligatorischen Handschlag. »Du schreibst mir auf, was ich besorgen soll, und ich schaffe das Zeug her.«

Mit dieser Vorgehensweise zeigte sich Enzo im Großen und Ganzen einverstanden.

»Und wenn es mit dem Pool klappt, kann ich dir ein paar Stellen im Haus zeigen, wo auch Wasser reinkommt. Das Dach zum Beispiel ist die reine Katastrophe.«

»Flachdach isse immer Fusch«, meinte Enzo zu diesem Punkt.

Mit seinen hundertzweiundneunzig Zentimetern überragte Hagen den Italiener um zwei Köpfe. Enzo hatte eine kastenförmige Statur, beeindruckend breite Schultern und schien nur aus Knochen, Muskeln und Sehnen zu bestehen. Sein Alter war schwer zu schätzen, vielleicht etwas über fünfzig, das Gesicht gefurcht wie ein von einem Betrunkenen gepflügter Kartoffelacker. Am Grund der Falten schien sich über die Jahrzehnte Zementstaub festgesetzt zu haben, der jeder Wäsche widerstand, und auch bei den borstigen Haaren war sich Hagen nicht sicher, ob sie von Natur grau waren oder einfach nur staubig.

»Mache auch Job für andere deutsche Signore«, verkündete Enzo mit bedeutender Miene. »Isse große Projekt, darum nicht gleich kanne machen deine Pool.«

»Wann würde es denn gehen?«

Wieder rechnete Enzo mit höchster Konzentration und furchterregend gerunzelter Stirn.

»Juli«, sagte er schließlich.

»In zwei Monaten erst?«, fragte Hagen entsetzt.

»Früher geht nix.«

»Und wenn ich ... ein bisschen was drauflege?« Er machte die international gebräuchliche Geste des Geldzählens mit Daumen und Zeigefinger.

»Wie viel?«, fragte Enzo mit schmalen Augen und betontem Desinteresse.

»Sagen wir hundert mehr?«

Wieder musste ein Weilchen gerechnet und kalkuliert und abgewogen werden.

»Dann Mitte Juni. Musse andere Signore eben bissele warten.«

»Und wie wäre es bei zwölfhundert?«

»Anfang Juni.«

Am Ende einigten sie sich auf siebzehnhundert Euro und Beginn der Baumaßnahmen am kommenden Montag.

»Was baut der andere Signore denn?«, fragte Hagen mehr aus Höflichkeit denn aus Interesse.

»Isse sehr reiche Mann. Hat tolle Villa mit Meerblick bei Cavo. Supergroße Villa mit seeehr viele Zimmer.«

Enzo machte keinen Hehl daraus, dass er Hagens Haus, das man ebenfalls durchaus als Villa bezeichnen konnte, mit Traumblick aufs Meer und eigenem Strand, für keine architektonische Meisterleistung hielt. Und Hagen konnte es ihm nicht einmal verübeln. Wie oft hatte er dem Deppen, der diesen verschachtelten Flachdachmurks geplant hatte, schon die Pest an den Hals und einen langsamen, schmerzhaften Tod gewünscht.

Cavo, wo die angeblich so sagenhafte Villa von Enzos anderem deutschen Arbeitgeber stand, lag gut zehn Kilometer nördlich von Hagens undichtem Pool und ebenfalls an der Ostküste.

»Flachdach isse immer Fusch«, wiederholte Enzo noch einmal sein Mantra. »Pisse immer rein irgendwo. Immer.«

»Aber du kannst da doch bestimmt auch was machen«, gab sich Hagen überzeugt.

Enzo hob die kantigen Schultern und meinte philosophisch: »Musse sehen. Isse molto complicato.«

Zum Abschluss der Verhandlungen bot Hagen dem Handwerker einen Caffè an, den dieser mit so trostloser Miene akzeptierte, als kostete es ihn enorme Überwindung, einen Espresso zu sich zu nehmen, den ein Tedesco zubereitet hatte.

Da Enzo es plötzlich eilig hatte wegzukommen, leerten sie die schwarzen Tässchen im Stehen unter dem weißbiergelben Sonnenschirm.

Gleich morgen früh, versprach Enzo, werde er die Einkaufsliste vorbeibringen, mit der Hagen zum Baumarkt in Portoferraio fahren sollte. Die Hälfte seines Espresso ließ er in der Tasse und verabschiedete sich mit einem Gesichtsausdruck, als hätte dieser noch ekliger geschmeckt, als er es sich in seinen schlimmsten Albträumen hätte ausmalen können.

Sekunden später hörte Hagen das sonore Knattern von Enzos kleinem Motorrad, das sich zügig entfernte.

3

»Ambrogio spielt wie ein Gott«, beteuerte Federico nun schon zum dritten Mal, seit sie von zu Hause aufgebrochen waren, und seine kastanienbraunen Augen leuchteten vor Begeisterung. »Einen so genialen Schlagzeuger hast du in deinem ganzen Leben noch nicht gesehen, wetten?«

»Schlagzeug? Madonna, dann wird es ja noch lauter.« Fiorina seufzte aus tiefstem Herzen. »Du versprichst mir aber, dass ihr mit eurem Krach nur dann ...«

»Von wegen Krach«, unterbrach er sie empört. »Bestimmt haben deine Patienten noch nie so geile Musik gehört.«

»Im Ernst, Federico, wie soll ich bei dem ewigen Radau arbeiten? Dass die Handwerker ständig einen Heidenlärm veranstalten, ist schon schlimm genug.«

»So schlimm kann das doch nicht sein, Patatina. Wir sind oben unter dem Dach, du bist unten im Erdgeschoss.«

Wie so oft benutzte ihr um acht Jahre jüngerer Bruder Fiorinas Kosenamen aus ihrer Kindheit – Kartöffelchen – meist dann, wenn er für gute Stimmung sorgen wollte.

Als sie vorhin wie ein Derwisch in seine Wohnung gestürmt war, hatte er sich natürlich nicht mehr an ihre Vereinbarung erinnert, die besagte, dass er seine E-Gitarre nur in den Stunden ohne Kopfhörer malträtieren durfte, wenn seine große Schwester keine Kliententermine hatte.

Sie durchquerten die Porta a Mare und bogen in die Calata Giacomo Matteotti, die am alten Hafen entlangführte. Segelboote und blütenweiße Jachten lagen vor Anker, eines der selten gewordenen bunten Fischerboote tuckerte in der strahlenden Vormittagssonne aufs offene Meer hinaus. In der Nacht hatte es geregnet, aber längst war jeder Fleck, den die Sonne erreichte, wieder getrocknet.

»Hör zu, Federico«, sagte Fiorina mit erhobener Stimme, weil gerade ein Motorroller mit defektem Auspuff an ihnen vorbeiröhrte. »Du musst dich wirklich an die vereinbarten Zeiten halten, sonst …«

»Die Kunst kennt nun mal keine Termine«, verkündigte Federico großspurig und warf sein Haar zurück, das so dunkel war wie das ihre, aber nicht glatt und kurz, sondern ihm in verspielten Locken über die Schultern fiel. »Ein Künstler arbeitet dann, wenn ihn die Muse küsst.« Während er sprach, musterte er nervös die Menschen, die vor den Bars und Cafés saßen. »Hoffentlich ist Ambrogio nicht schon wieder weg.«

Fiorina bedachte ihn mit einem spöttischen Blick. »Wenn du vorhin nicht so lange gebraucht hättest, um dich zu stylen, wären wir jetzt nicht zu spät dran.«

Mit seinem rosafarbenen Hemd, den hellgrauen, eng anliegenden Stretchjeans und den nagelneuen Sneakers in schrillbunten Farben sah Federico wieder einmal aus wie aus dem Ei gepellt. In dieser Hinsicht war er Italiener durch und durch. Sie selbst fühlte sich zwar auch im gemütlichen Freizeitlook wohl, den sie während ihrer Jahre in Frankfurt schätzen gelernt hatte. Seit der inoffiziellen Eröffnung ihrer Praxis legte sie jedoch – zur großen Freude ihrer Mutter – wieder mehr Wert auf ihr Äußeres. Am Morgen hatte sie sich für ein luftiges Baumwollkleid in frischen Gelbtönen und farblich passende Sandaletten entschieden.

Sie begleitete Federico nur deshalb zu seiner Verabredung, weil die Handwerker heute früher als sonst angerückt waren und sie keine Termine mehr in der Praxis hatte. Erst vor einigen Wochen war er ins Dachgeschoss des vierstöckigen Hauses gezogen, hatte sich dort ein Atelier für seine Malerei eingerichtet, das seit Neuestem nun auch als Probenraum für seine noch zu gründende Band diente. Vorhin hatte er darauf bestanden, Fiorina seine neueste Komposition vorzuspielen, ein von sphärischen Harmonien untermaltes Gejaule und Gekreische, das in den Ohren schmerzte und ihrer Meinung nach nichts mit Musik zu tun hatte.

»Sei bloß nett zu Ambrogio, sonst werde ich nie reich und berühmt«, ermahnte Federico sie mit Schmollmund. »Er ist nicht nur megagut im Geschäft, er kennt auch Gott und die Welt. Wir brauchen nämlich auch noch einen Bassgitarristen, vielleicht auch noch eine Frau für die Vocals, ich …«

»Und so ein heiß begehrter Star tut sich ausgerechnet mit dir zusammen?«, unterbrach Fiorina ihn genervt und wich zwei asiatisch aussehenden Touristinnen aus, die fröhlich schnatternd aus einer Boutique traten.

Seit Tagen sprach ihr Bruder von nichts anderem mehr als von seiner musikalischen Karriere und diesem angeblichen Weltklassemusiker. Gemeinsam mit ihm, war er überzeugt, würde sein neuestes Projekt – die Gründung von Elbas erster Rockband – todsicher ein Erfolg werden.

»Bist du bescheuert?« Federico schnaubte beleidigt. »Ich bin nicht nur Gitarrist, sondern auch noch Leadsänger, Songwriter und Manager. Nach so jemandem schleckt sich jeder die …«

»Wie sieht er denn aus, dein supergenialer Schlagzeuger?«, fiel sie ihm erneut ins Wort, während auch sie die Menschen an den vielen Tischen musterte.

Wie immer am Vormittag war einiges los. An der von Palmen und blühenden Oleandern gesäumten Einkaufsstraße lagen ebenso viele Bars wie Geschäfte. Die Duftwolken der vorbeischlendernden Frauen und Männer mischten sich mit dem Geruch von Schmieröl und Dieselabgasen, der von den Kais herüberwehte.

»Groß und megamuskulös, geiler Iro und am Oberarm das absolute Wahnsinns-Tattoo. Eigentlich ist er voll mein Typ, aber ich schwöre hoch und heilig, dass ich ihm nicht an die Wäsche gehe. Seit Andrea mich hat sitzen lassen, hab ich die Nase voll von den Männern.« Federicos leidende Miene hellte sich auf. »Vielleicht lasse ich mir auch so ein Tattoo stechen, was hältst du davon?«

»Willst du, dass Mamma vor Schreck tot umfällt?«

»Natürlich an einer Stelle, an der man es nur bei gewissen Gelegenheiten sieht.« Er kicherte, stieß dann unvermittelt einen spitzen Schrei aus und fuchtelte wie wild mit beiden Armen. »Da vorne, das ist er!«

Ambrogio saß an einem kleinen runden Tisch unter

der dunkelgrünen Markise der nächsten Bar. Schon jetzt zeigte das Thermometer wieder über fünfundzwanzig Grad, und jeder vernünftige Mensch suchte den Schatten.

Federicos Partner in spe sah noch gruseliger aus, als Fiorina es sich ausgemalt hatte. Ein muskelbepackter Riese, um dessen grell orangefarbenen Irokesenschnitt ihn jeder Punk beneidet hätte. Ein schwarzes Muskelshirt umspannte seine breite Brust, im Gesicht trug er mehr Metall, als in der Eisenwarenhandlung an der Piazza Cavour zu finden gewesen wäre, und das aufgerissene Maul seines auf Schulter und Bizeps tätowierten Löwen wirkte so lebensecht, dass sie bei der Begrüßung unwillkürlich auf Abstand blieb. Ambrogio schien es jedoch nicht zu bemerken, sondern küsste ihr mit einer formvollendeten Verbeugung die Hand und machte ihr ein Kompliment zu ihrem Kleid. Auch wenn er aussah wie der Boss einer weithin gefürchteten Hells-Angels-Gang, Charme hatte er, das musste sie ihm lassen.

Die Bestellungen nahm Tiziana auf, eine Bekannte, mit der sie erst kürzlich gesprochen hatte, weil Hagen immer noch keine neue Zugehfrau gefunden hatte. Aber auch Tiziana hatte kein Interesse an dem Job. Der Sommer begann und damit die Zeit der vollen Lokale und üppigen Trinkgelder.

Federico wollte einen doppelten Espresso, Fiorina ihr übliches Frühstück, einen Cappuccino und ein Cornetto alla crema. Ambrogio hatte schon einen Pfefferminztee vor sich stehen, der in italienischen Bars nur selten zu bekommen war, und erzählte mit großem Gehabe und dröhnender Stimme vom letzten Firenze-Rocks-Festival und einem geplanten Gig in Arezzo. Federico hing an seinen Lippen, während Fiorina das Treiben am Hafen und die eleganten Flugmanöver der Möwen verfolgte.

Auf der Promenade flanierten Touristinnen, die immer wieder vor den mit Mode, Kunsthandwerk oder Kitsch dekorierten Auslagen der vielen kleinen Läden stehen blieben. Einheimische erledigten ihre Einkäufe oder trafen sich auf einen Kaffee in einer Bar, um Kochrezepte oder den neuesten Klatsch auszutauschen, und waren wie stets schick zurechtgemacht. Mit Taschen, Körben, Sonnenschirmen und Badematten bewaffnete Paare und Familien pilgerten zu einem von Portoferraios Hausstränden. Schon jetzt, Mitte Mai, gab die Hitze das Tempo vor. Selbst die Möwen drehten nur träge kreischend ihre Runden, schlapp klatschte das Wasser gegen die Kais.

Während ihr Bruder und Ambrogio über Hi-Hat-Muster, besonders coole Gitarrenriffs und den perfekten Groove debattierten, inspizierte Fiorina wieder einmal ihr Handy. Lucia hatte sich noch immer nicht gemeldet.

»Du musst mich einfach dazwischenschieben«, rief Dodo eine halbe Stunde später mit solcher Lautstärke ins Handy, dass Fiorina es mit ausgestrecktem Arm von sich hielt und immer noch jedes Wort verstand. »Es ist wahnsinnig dringend! Sagen wir achtzehn Uhr?«

»Da habe ich schon eine andere Klientin«, erwiderte Fiorina bedauernd. »Das heißt, höchstwahrscheinlich, zugesagt hat sie noch nicht. Aber du könntest gleich danach in die Praxis kommen. Um sieben.«

»Das geht nicht, Giulio kommt heute früher aus der Bäckerei, und wenn er merkt, dass ich mit dir über seine Schlampe rede …« Fiorina hörte ein Geräusch, als hätte

Dodo vor Wut gegen eine Schranktür geschlagen. »Der bringt mich um, du kennst ihn doch!«

Fiorina hielt es zwar für wahrscheinlicher, dass ihre alte Schulfreundin ihrem notorisch untreuen Gatten etwas antat als umgekehrt, doch es gäbe in jedem Fall ein Ehedrama, das sich gewaschen hatte, und alle im Viertel würden am Ende Fiorina die Schuld geben. Sie wusste nur zu gut, wie die Gerüchteküche in Portoferraio funktionierte.

Obwohl ihr die Farbe nicht gefiel, nahm sie fünf von den langen Leuchterkerzen, die Karin, die Besitzerin des kleinen Ladens, in einem Korb arrangiert hatte. Das milchige Weiß ließ Fiorina an die Farbe der alten Bettlaken denken, die sie beim Umzug der Nonna stapelweise entsorgt hatten. Eigentlich hatte sie sich etwas in romantischem Rot vorgestellt. Rot wie die Liebe.

»Also gut, Dodo, ich schau mal, ob meine Klientin auch morgen Zeit hat. Ich geb dir später Bescheid, okay?«

»Benissimo, sei un tesoro«, flötete Dodo begeistert und schickte drei schmatzende Küsschen durchs Telefonino.

Fiorina steckte das Mobiltelefon in ihre Handtasche und legte die Kerzen neben die Kasse des Lädchens in der Via Renato Fucini. Nach ihrem Frühstück hatte sie sich bald von Federico und seinem neuen Star verabschiedet. Die beiden hatten sich so angeregt über ihre Zukunftspläne unterhalten, dass sie es kaum bemerkten, als sie aufstand. Sie war gespannt, wie lange es dauern würde, bis ihr Bruder begann, Ambrogio anzuschmachten.

»Che schifo!« Angewidert verzog Karin das Gesicht und erklärte dem neben ihr stehenden jungen Mädchen, vermutlich eine Aushilfe, wie man den Preis eingab. Dann sagte sie auf Deutsch mit ihrem unverkennbar schwäbischen Akzent: »In ein paar Wochen kriege ich eine Lieferung mit schöneren Farben.«

»Ich brauche die Kerzen aber jetzt«, erklärte Fiorina.

In Italien waren Kerzen eine Rarität. Außer Touristen legte hier kaum jemand Wert auf stimmungsvolle Beleuchtung. Wenn man Licht brauchte, dann schaltete man die Energiesparlampen an, basta.

In dem kleinen Laden namens *Il Mondo di Karin* gab es alles – von Keramik aus elbanischer Produktion über Räucherstäbchen und afrikanische Kaftans bis zu buntem Indioschmuck. Im Gegensatz zu Hagen, der erst seit dem letzten Herbst auf der Insel lebte, hatte es die ehemalige Industriekauffrau Karin schon vor vielen Jahren vom Allgäu nach Elba verschlagen. Immer, wenn Fiorina etwas suchte, was sie sonst nirgendwo fand, kam sie hierher.

Mit ihrer Beute verließ sie das Lädchen und wählte noch einmal Lucias Nummer. Doch deren Handy war immer noch nicht erreichbar. Vielleicht zählte sie zu den Menschen, die ihr Telefonino nachts ausschalteten, und hatte am Morgen einfach vergessen, es wieder anzustellen?

Als Fiorina das Smartphone sinken ließ, fiel ihr Blick auf das hellbraune Hochhaus am Ende der Straße. In dem achtstöckigen Gebäude, das alle anderen überragte, befand sich das Kulturamt, Lucias Arbeitgeber. Sie beschloss, ihrer Klientin einen kurzen Besuch abzustatten, um endlich das ungute Gefühl loszuwerden, das sie seit dem Morgen plagte.

Wie immer um diese Uhrzeit war die Calata Italia sehr belebt. Shopper und Tagesausflügler, die dem zitronengelben Schiff der Sardinia Ferries entstiegen waren, strömten Fiorina entgegen. An einer der Anlegestellen für die Fähre nach Piombino, der Verbindung zum toskanischen Festland, hatte sich eine lange Autoschlange gebildet. Die Luft roch nach Meer, Algen und Autoabgasen.

Wieder sah sie die Not in Lucias Augen, als sie um ein weiteres Gespräch heute Morgen bat. Sie war so erleichtert gewesen, als Fiorina den Termin möglich machte.

Lucia hatte in Florenz Kunstgeschichte studiert und sich schon in einem der ersten Semester unsterblich in Stefano Turrone verliebt, einen angesehenen Professor an der Università degli Studi di Firenze, der fast zwanzig Jahre älter war als sie. Nach ihrem Studium folgte sie ihm nach Lucca, wohin er als neuer Leiter des Museums in der Villa Guinigi einige seiner Mitarbeiter und Studentinnen mitnahm, darunter auch Lucia. Wider besseres Wissen ließ sie sich auf eine Affäre mit ihm ein, die sie über die Jahre fast um den Verstand brachte. Wie unsäglich musste sie gelitten haben.

»*Wo* bist du?«, fragte Hagen entgeistert ins Handy.

»Na, auf diesem putzigen Flugplatz hier«, antwortete Nils, sein dreiundzwanzigjähriger Stiefsohn. »Hab mir ein paar Tage freigegeben. Vorgestern einen megagroßen Auftrag an die *Süddeutsche* abgeliefert, und da hab ich gedacht, besuch ich dich einfach mal.«

»Wie jetzt, du bist schon auf der Insel?«

»Hab gedacht, wenn ich vorher um Erlaubnis frage, dann wimmelst du mich sowieso ab. Keine Angst, ich will nur mal gucken, wie man so lebt, als Millionär in dem Land mit der besten Küche der Welt. Du hast nicht vielleicht Lust, mich abzuholen? Sonst müsste ich mir ein Taxi nehmen, und ich kenne ja nicht mal deine Adresse.«

»Du willst mich besuchen …«

»Jetzt übertreib es mal nicht mit der Begeisterung, Hagen. Nicht, dass dich am Ende noch der Schlag trifft vor Freude.«

Hagen lag auf einer bequemen Liege und genoss die Vormittagssonne auf seiner Terrasse. Bis eben hatte er noch verschlafen aufs glitzernde und gleißende Meer hinausgeblinzelt, auf dem erste Segeljachten fast ohne Wind kreuzten.

»Hat Constanze dir den Floh ins Ohr gesetzt?«, fragte er misstrauisch.

»Wie bist du denn drauf? Ich hab ja nicht erwartet, dass du Luftsprünge machst. Aber dass du dich wenigstens ein kleines bisschen freust, mich vielleicht …«

»Ich freu mich ja«, fiel Hagen Nils ins Wort. »Kommt nur alles etwas plötzlich, und ich bin auch gar nicht auf Besuch eingerichtet, weißt du …«

»Was hältst du von folgendem Vorschlag«, unterbrach ihn Nils. »Du holst mich hier ab, wir kaufen unterwegs ein, und ich koche uns was Schönes zu Mittag?«

»Du kannst kochen?«

»Ja, da schaust du, was? Meine letzte Freundin, die Viola, hat's mir beigebracht.«

»Ich hoffe, du hast nicht viel Gepäck dabei. Der Kofferraum von einem Ferrari ist eher für Handtaschen gedacht.«

»Du hast einen Ferrari?«, fragte Nils entgeistert. »So einen richtig echten?«

»Die unechten waren gerade ausverkauft. Hier auf der Insel kriegst du ja praktisch nichts.«

»Darf ich den auch mal fahren?«

»Mal sehen.«

Sein Stiefsohn war nicht gerade als begnadeter Autofahrer bekannt. Nach Hagens Zählung war er schon dreimal in Unfälle verwickelt gewesen, an denen natürlich immer andere schuld waren.

»Ein Ferrari!« Nils konnte sich gar nicht mehr beruhigen. »Mann, Hagen, ist das krass! Dass du jetzt schweinereich bist, hat mir Mama ja erzählt. Aber sooo reich, also echt …«

»In einer halben Stunde bin ich da«, versprach Hagen und beendete das Gespräch, bevor Nils' Mutter Constanze zum Thema wurde, von der er nun schon seit über einem Jahr glücklich geschieden war.

4

»… wann die Entscheidung dazu in Pisa endlich fallen wird«, hörte Fiorina einen Mann mit tiefer, volltönender Stimme und ligurischem Akzent sagen, als sie das Kulturamt betrat, eine Außenstelle des Kulturministeriums. »Leider kann es jeden von uns treffen.«

Der Mann, der Ende vierzig sein mochte, war kaum größer als sie selbst, trug einen eleganten taubengrauen Anzug und hatte verblüffende Ähnlichkeit mit Lino Ventura, einem Schauspieler aus dem vorigen Jahrhundert, den ihre Mutter noch heute verehrte. Er sprach mit einer jungen Frau, die im engen Empfangsraum an einem uralten Computerbildschirm saß und mit treuherzigem Blick zu dem Mann aufsah, der vermutlich ihr Chef war.

Der Raum wirkte auf den ersten Blick hell und freundlich, bei genauerem Hinsehen allerdings ein wenig vernachlässigt. Die Möbel, die Türgriffe, der billige lindgrüne Bodenbelag aus Kunststoff – alles hier war abgenutzt. Die Pflanzen auf den Fensterbänken sehnten sich nach ein wenig Wasser und Zuwendung. Verblichene Werbeplakate an den Wänden kündeten von längst vergangenen Musikevents und Theateraufführungen. Allein die Schaukästen, in denen sich archäologische Fundstücke und Mineralien befanden, waren neu und tipptopp gepflegt.

»Aber Sie doch bestimmt nicht, Signor Positano«, sagte die junge Frau. »Und Sie legen doch ein gutes Wort für mich ein, nicht wahr? Meine Mutter hat erst vor Kurzem ihre Arbeit verloren, und …«

»Wir wissen doch beide, wen es als Erste treffen wird.«

Der Anzugträger machte eine wohl beruhigend gemeinte Geste, die auf Fiorina jedoch eher herablassend wirkte, und wandte sich endlich der Besucherin zu. Mit galanter Verbeugung und für Fiorinas Geschmack übertrieben herzlichem Lächeln fragte er: »Sie wünschen, Signora?«

Seine kalten Augen standen in seltsamem Widerspruch zu seinem devoten Gehabe.

Fiorina war über einen vollgeparkten Innenhof und einen Seiteneingang in das Hochhaus gelangt. Im Erdgeschoss, auf der dem Hafen zugewandten Front, befanden sich nur Ladengeschäfte und Büros der Fährlinien. Schon beim Betreten der miefigen Halle war sie von einem vertrauten Rattern und Hämmern empfangen worden. Offenbar wurde auch hier renoviert. Im Hof hatte sie einen gelben Bauschuttcontainer gesehen, wie auch vor ihrer Praxis seit Wochen einer stand. Das Kulturamt residierte im vierten Stock.

Fiorina fragte nach Lucia Santoro, woraufhin die faltige Stirn des Mannes sich noch tiefer furchte.

»Die ist heute nicht im Büro«, sagte er mit schmalen Lippen und merklich reservierter als zuvor. »Vielleicht kann ich Ihnen helfen?«

»Es geht um eine private Angelegenheit. Wissen Sie, wo ich sie erreichen kann?«

»Zu Hause, nehme ich an.«

»Da hab ich schon angerufen«, schaltete sich die junge Frau eifrig ein, während ihre Finger mit den violett lackierten Nägeln auf der Tastatur zu klappern begannen. »Lucia geht weder ans Festnetz noch an ihr Telefonino.«

»Davon weiß ich ja gar nichts.« Der Chef warf ihr einen tadelnden Blick zu. »Warum haben Sie denn nichts davon gesagt, Sofia?«

»Ich wollte nicht stören, als Sie mit dem Herrn vom Museum im Büro waren.« Mit kokett zerknirschter Miene strich sie sich eine ihrer platinblonden Strähnen zurück. »Ich dachte, vielleicht ist sie krank, und später habe ich gar nicht mehr daran gedacht, tut mir leid.«

»Bestimmt tut sie nur so, als wäre sie nicht daheim.« Ihr Chef machte eine ungehaltene Geste. »Nach dem gestrigen Abend würde ich mich an Lucias Stelle auch nicht ins Büro trauen.«

»Gestern Abend?«, fragte Fiorina. »Was ist da passiert?«

Er seufzte dramatisch, warf erst einen Blick auf seine altmodische Armbanduhr mit dunkelbraunem Lederband, dann auf die Mitarbeiterin am Bildschirm, die dem Gespräch sichtlich interessiert lauschte. Als das Getöse der Handwerker wieder einsetzte, das zwischenzeitlich verstummt war, führte er Fiorina in einen schmalen Flur, von dem mehrere geschlossene Türen abgingen. Mit einer eckigen Bewegung öffnete er die letzte davon.

»Sie sind eine Verwandte von Signora Santoro?«, fragte er in inquisitorischem Ton, als er die Tür hinter Fiorina schloss. Der Lärm war jetzt nur noch gedämpft zu hören.

Sein Büro war in denselben hellen Tönen eingerichtet wie der Eingangsbereich. Auch hier gab es Schaukästen mit langweiligen Steinen in allen erdenklichen Größen und Farben. Elba war bekannt für seine über hundertfünfzig verschiedenen Mineralien, darunter der erstmals auf der Insel entdeckte Ilvait.

»Wir sind befreundet«, schwindelte Fiorina und nannte ihren Namen. Lucia würde bestimmt nicht wollen, dass man an ihrem Arbeitsplatz von ihren Therapiestunden erfuhr.

Ihr Gegenüber stellte sich als Massimo Positano vor. »Ich bin der Leiter dieser Behörde und der Vorgesetzte Ihrer Freundin.«

Mit wichtiger Miene strich er über seine Geheimratsecken, rückte seine tadellos sitzende Hornbrille zurecht und richtete sich zu seiner vollen Größe auf, die leider alles andere als beeindruckend war. Wie viele kleine Männer versuchte er, sein körperliches Defizit mit imposantem Getue wettzumachen.

Durch die hohen Fenster, die die gesamte Front einnahmen, bot sich Fiorina ein spektakulärer Ausblick auf den Hafen und die Rada di Portoferraio, die weite Bucht, in der Elbas Hauptstadt lag. Das Schiff der Corsica Sardinia Ferries lag noch immer am Kai, mit lautem Tuten lief gerade die Fähre aus Piombino ein. In der Ferne erhoben sich die dunkel bewaldeten Hänge, die sich bis zur östlichen Seite der Insel zogen.

»Um ehrlich zu sein …« Massimo Positano verzog sein markantes Gesicht, das am Kinn ein großes Muttermal zierte, zu einer säuerlichen Grimasse. »Ständig gibt es Ärger mit Ihrer Freundin. Ich bin alles andere als zufrieden mit ihr, und das dürfen Sie ihr auch gerne ausrichten, Signora. Wenn sie so weitermacht, dann sehe ich schwarz für ihre Anstellung hier. Gerade in der momentanen Situation.«

»Was soll das heißen?«

»Nun, sie macht ihre Arbeit schlecht, sie ist unpünktlich und aufmüpfig, aber da sind auch noch andere Dinge.«

Er machte immer noch keine Anstalten, ihr einen Stuhl anzubieten.

»Erst gestern Abend wieder«, fuhr er fort. »Nachdem ich hier um halb neun Schluss gemacht habe, fahre ich mit dem Lift ins Erdgeschoss hinunter, und wen treffe ich dort? Lucia im Streit mit irgendeinem Kretin, der sie bedrängt. Natürlich helfe ich meiner Untergebenen, verfolge den Verrückten sogar bis zur Straße, und als ich zurückkomme, wartet sie nicht etwa auf mich, um sich zu bedanken, sondern ist einfach verschwunden.«

»Sie wissen nicht, wer der Mann war?«

»Natürlich nicht, ich habe ihn noch nie hier gesehen. Jung war er, groß, mager, um nicht zu sagen, ausgehungert, maximal zwanzig Jahre alt. An der Stirn hatte er eine Narbe, und für meine Begriffe sah er etwas ärmlich aus.«

Fiorinas Unruhe verstärkte sich. Wer mochte der junge Mann gewesen sein, der Lucia belästigte? Ihr früherer Lover, der Professor aus Lucca, sicherlich nicht, der war wesentlich älter. Sie musste an das Telefonat denken, das sie gestern während der Therapiestunde bruchstückhaft mitgehört hatte. Hatte sie sich vielleicht mit dem Unbekannten verabredet? Aber warum hier im Hochhaus und so spätabends?

»Einfach verschwunden war sie, Ihre *Freundin*«, empörte sich Massimo Positano. »Kein Wort des Dankes, nichts.«

»Hatten Sie den Eindruck, dass Lucia den Mann kannte?«

»Woher soll ich das wissen?«, fuhr er sie unwirsch an.

»Wollte sie vielleicht noch mal ins Büro?«

»Keine Ahnung, und es interessiert mich auch nicht.« Massimo Positano redete sich immer mehr in Rage. »Und jetzt bleibt sie auch noch unentschuldigt von der Arbeit fern. Das ist ein Kündigungsgrund. Sagen Sie es ihr ruhig: Das ist ein Kündigungsgrund!«

Er ergriff ein Papier, schob die Brille auf die Stirn und signalisierte unmissverständlich, dass die Audienz beendet war. Als Fiorina die Tür ins Schloss zog und noch ein letztes Mal ins Zimmer schaute, fielen ihr wieder seine kalten Augen auf, aus denen er ihr nachsah.

»Meine Fresse, bist du braun!«, staunte Nils, der im Gegensatz zu seinem Stiefvater blass war wie das Papier der Zeitungen, für die er schrieb. Er trug abgewetzte Jeans, ein schwarzes T-Shirt mit aufgedrucktem Totenkopf und darüber eine knappe Lederjacke in derselben Farbe.

Seine Reisetasche war zum Glück so klein, dass sie problemlos auf einen der beiden Notsitze im Fond passte, auf denen sonst höchstens Kinder im Vorschulalter Platz fanden, wenn sie sich ein wenig klein machten.

»Ein Ferrari«, sagte Nils andächtig, als er auf den Beifahrersitz sank. »Ein echter Ferrari, wie geil ist das denn!«

Er hatte unter der Palme gewartet, die mitten auf dem Vorplatz des Miniaturflughafens stand, dessen Landebahn so kurz war, dass er nur von kleinen Turboprop-Maschinen und den Jets der wenigen Reichen und Berühmten angeflogen werden konnte, die sich auf Elba niedergelassen hatten.

Hagen startete den Motor, und der himmelblaue Ferrari begann, vor verhaltener Kraft zu zittern und zu beben wie ein Raubtier vor dem Sprung. Nur, dass Raubtiere üblicherweise nicht auch noch klapperten, was bei italienischen Sportwagen anscheinend zum guten Ton gehörte.

Gemächlich fuhr er das großspurig Via dell'Aeroporto getaufte staubige Sträßchen entlang und fädelte sich nach zweihundert Metern in den lebhaften Verkehr nach Marina di Campo ein. Links zeugte immer wieder Schilf davon, dass der Flughafen dereinst in ein malariaverseuchtes Sumpfgebiet gebaut worden war. Rechts begleitete die Strecke fast durchgehend eine mannshohe Bruchsteinmauer, an der sich stachliges Gestrüpp breitmachte. Hin und wieder sah man auch Wohnhäuser, die häufiger wurden, je mehr sie sich Marina di Campo näherten. Bevor sie den bekannten Touristenort an der Südküste der Insel erreichten, kam ein Kreisverkehr, an dem Hagen in Richtung Capoliveri und Porto Azzurro abbog.

»Hammergeil«, fand Nils alles, was er sah. »Voll italienisch irgendwie, und ganz schön warm habt ihr es. Hat die Karre eigentlich keine Klimaanlage?«

Er zog sich die Lederjacke aus, was in dem engen Sportwagen einige Verrenkungen erforderte.

Hagen erklärte seinem Stiefsohn, dass er lieber mit offenen Fenstern fuhr als mit Klimaanlagenkälte. Von Nils' Begeisterung fühlte er sich geschmeichelt, ohne sagen zu können, warum.

»Elba ist italienischer als Italien«, behauptete er. »Fällt dir auf, dass du hier nirgends Hoteltürme siehst? Alles hier ist klein und schnuckelig, und es gibt keinen Meter Autobahn.«

»Schade eigentlich. Sonst könntest du dem Ferrari mal ordentlich die Sporen geben. Willst du den Lieferwagen nicht irgendwann mal überholen?«

Seit Längerem zuckelte Hagen hinter dem rostigen Fiat-Kastenwagen einer Bäckerei in Lacona her. Entspannt ließ er den linken Arm im Fahrtwind baumeln. Es duftete nach mediterranen Sträuchern, hie und da flatterten Schmetterlinge am Straßenrand herum auf der Suche nach Gott weiß was.

»Nö«, beantwortete er Nils' Frage. »Ich müsste den Arm reinnehmen, und ich spüre den Fahrtwind so gerne.«

»Wie viel PS hat diese Rakete eigentlich?«

»Irgendwas über vierhundert, glaub ich.«

»Du *weißt* es nicht mal?«

»Es interessiert mich nicht.«

»Und überholen willst du auch nicht.«

»Dio ha creato il tempo, ma della fretta non ha detto niente.«

»Hä?«

»Gott hat die Zeit erschaffen, aber von Eile hat er nichts gesagt.«

»Du bist ja voll chillig drauf, Hagen. So kenn ich dich gar nicht.«

Inzwischen hatten sie die Ebene verlassen, das Sträßchen wand sich in zahllosen Serpentinen den Berg hinauf bis zum Passo del Monumento, eine scharfe Rechtskurve folgte, und von Nils kam ein andächtiges: »Wow! Ist ja irre!«

»Das direkt vor uns ist der Golfo di Lacona, die große Bucht hinter der kleinen Halbinsel der Golfo di Stella, und hinter der zweiten Halbinsel, da wohne ich.«

Nun ging es wieder abwärts, die Kurven wurden eher mehr als weniger, und der Lieferwagen fuhr plötzlich, als säße ein Formel-eins-Pilot am Steuer. Aus reiner Lebenslust trat Hagen ein klein wenig aufs Gas.

»Schade, dass du kein Cabrio genommen hast«, meinte Nils.

»Hab ich nicht dran gedacht«, gab Hagen zu.

»Wenn du wenigstens ein Motorrad hättest.« Nils hielt sich jetzt am Griff über der Tür fest.

»Hättest du denn einen Führerschein dafür?«

»Weißt du nicht mehr? Du hast ihn doch bezahlt.«

Das Gespräch stockte vorübergehend, weil ein lebensmüder Inselbewohner Hagen auf den letzten Drücker überholte und mit einem Abstand von der Dicke der Inselzeitung vor ihm wieder einscherte.

»Hast du früher immer von geträumt«, sinnierte Nils. »Von einem Bike, meine ich. Müsste krass cool sein, so auf einer fetten Maschine über die Insel zu cruisen.«

Sein Stiefsohn hatte abgenommen, fiel Hagen auf. Das weißblonde Haar war länger als früher, viel länger, das bartlose Kinn kantiger, der Blick männlicher. Als Hagen ihn vor etwa einem Jahr zum letzten Mal sah, war Nils noch ein verzärteltes Muttersöhnchen gewesen. Offenkundig tat es ihm gut, auf eigenen Beinen zu stehen und sich selbst ernähren zu müssen.

»Ich hab sogar eine Maschine gehabt«, sagte Hagen.

»Eine Harley Heritage Classic. Aber die haben sie mir geklaut, bevor ich die erste Tour damit machen konnte.«

»Geklaut? Echt jetzt?«

»Vom Parkplatz weg. Ich war unten am Strand, nicht mal besonders lang, und wie ich wieder zum Haus komme, da ist meine nigelnagelneue Harley verschwunden. Mit siebenunddreißig Kilometern auf dem Tacho.«

Natürlich hatte Hagen den Diebstahl angezeigt. Die Carabinieri hatten ein schönes Protokoll geschrieben, es ordentlich gelocht und sorgfältig abgeheftet.

»Das heißt, sie haben gar nichts unternommen?«

»Das läuft in Deutschland genauso. Bis der Besitzer merkt, dass sein Auto geklaut ist, ist es meistens schon über irgendeine Grenze in Richtung Osten verschwunden.«

»Aber hier müssten die Ganoven mit der Fähre gefahren sein. Da gibt's doch bestimmt Kameras, die die Kennzeichen registrieren.«

»Träum weiter. Eine Harley passt in jeden x-beliebigen Lieferwagen. Sie ist weg, und damit basta. Ich könnte mir eine neue kaufen, hab aber momentan keine Lust dazu. Jetzt sag mal, wie geht's dir so?«

Nils lehnte sich zurück, fuhr sich mit beiden Händen durch die lockige Mähne. »Mit den Mädels könnt es besser laufen. Ich hab ein Talent, mich immer in die falschen zu verknallen. Jobmäßig läuft es in letzter Zeit dafür echt gut. Ich krieg inzwischen Aufträge von der *ZEIT*, vom *Focus*, von der *SZ*. Allmählich so viele, dass ich gar nicht mehr alles annehmen kann und überlege, mir einen Ghostwriter zuzulegen.«

Ein uralter, eine mächtige Qualmwolke hinter sich herziehender Fiat 500 setzte aufgeregt hupend zum Überholen an. Hagen ging ein wenig vom Gas, um den Verrückten vor der nächsten Haarnadelkurve einscheren zu lassen, wodurch er vermutlich den zwei Motorradfahrern das Leben rettete, die gerade aus der Kurve geschossen kamen.

»Die Italiener haben noch so einen schönen Spruch«, sagte er. »Je größer die Eile, desto kleiner die Geschwindigkeit.«

»Dauerurlauber wie du können nach dieser Maxime leben. Die, die dich ständig überholen, haben wahrscheinlich Termine im Nacken.«

In Lacona bog der Lieferwagen endlich auf den großen Campingplatz ab, und Hagen gab wieder eine Spur mehr Gas.

»Willst du mein Boot sehen?«, fragte er, als sie sich bald darauf Porto Azzurro näherten.

»Ein Boot hast du auch?«

»Ich hab es *Yolanda* getauft, nach meinem Lieblingsschwein auf unserem Bauernhof, als ich noch klein war.«

»Motor oder Segel?«

»Ich kann nicht segeln.«

»Das wird ja immer besser, Mann! Wir könnten mal zusammen rausfahren, was hältst du davon?«

»Nur, wenn Fiorina dabei ist.«

»Fiorina?«, fragte Nils mit hochgezogenen Brauen und anzüglichem Grinsen.

»Du wirst sie kennenlernen.«

»Was Ernstes?«

»Ziemlich. Doch, ja, ich glaub eigentlich schon.«

In Porto Azzurro, einem überschaubaren Städtchen an

der Ostküste der Insel, war heute viel Betrieb. Vorsaisonurlauber bummelten die Hafenpromenade entlang. Auf den Terrassen der Cafés und Ristoranti herrschte buntes Treiben. Wie seit Tagen schon war der Himmel wieder makellos blau, und die Sonne strahlte mit einer solchen Kraft, dass man schon vor Mittag den Schatten suchte.

Auf der Mole des Jachthafens stellte Hagen den Motor ab und zog die Handbremse.

»Und?«, fragte Nils mit kindlicher Aufregung. »Wo liegt dein Boot?«

»Da.« Bescheiden deutete Hagen auf sein Schmuckstück.

»Dieser Megakahn? Den nennst du ein Boot? Du verarschst mich doch!«

Sie stiegen aus und kletterten an Bord der Zwölf-Meter-Jacht.

»Hammer«, sagte Nils immer wieder, während er das Schiff mit den leuchtenden Augen eines Fünfjährigen vor dem Weihnachtsbaum erkundete. »Megamegahammer. Aber wieso fahren wir nur, wenn deine …«

»Fiorina.«

»Wenn Fiorina dabei ist?«

»Sie kennt sich mit Booten besser aus als ich. Stammt aus einer alten Fischersfamilie. Denen liegt die Seefahrt im Blut. Mir eher nicht so.«

Dass er, wenn er selbst steuerte, noch im Hafenbecken seekrank wurde, merkwürdigerweise jedoch nicht, wenn Fiorina die Jacht fuhr, würde er seinem Stiefsohn nicht auf die Nase binden.

5

»Zu wem wollen Sie?«, fragte die alte Frau, die vor dem Haus in der Via Vittorio Emanuele II auf einem Stuhl im Schatten saß und Fiorina neugierig beäugte.

Mit seinen flaschengrünen Fensterläden und der rosafarbenen Fassade erinnerte das vierstöckige Gebäude an das Haus von Fiorinas Familie. Das, vor dem sie jetzt stand, lag jedoch nicht in der Altstadt, sondern an einem belebten kleinen Platz unweit des Fährhafens. Im Erdgeschoss war ein Friseursalon untergebracht, in dem fast alle Stühle mit Kundinnen besetzt waren.

»Zu Lucia Santoro.« Fiorina drückte ein zweites Mal auf den Klingelknopf und stellte sich erneut als Lucias angebliche Freundin vor.

Nach dem Besuch im Kulturamt hatte sie noch einmal versucht, ihre Klientin per Handy zu erreichen, wieder vergebens. Sollte sie wirklich plötzlich erkrankt sein? Lag sie hilflos im Bett und konnte nicht aufstehen? War sie im Bad ausgerutscht, hatte sich ein Bein gebrochen, und ihr Handy lag außer Reichweite?

»Die ist nicht da.« Die Alte im üblichen schwarzen Witwenkleid tastete nach einem Stock, der am Stuhl lehnte, erhob sich schwerfällig und humpelte ein paar Schritte auf Fiorina zu. »Zuletzt habe ich sie gestern Morgen gehört, als sie zur Arbeit gegangen ist.«

»Sie wohnen auch hier im Haus?«, erkundigte sich Fiorina freundlich.

Sichtlich erfreut über die Gelegenheit zu einem Pläuschchen, schlurfte die Alte näher, bis sie neben Fiorina in der prallen Sonne zum Stehen kam.

»Im ersten Stock«, sagte sie, »direkt unter Lucia, schon meine Eltern haben da gewohnt. Das Haus ist furchtbar hellhörig, da kriegt man jedes Husten von oben mit.«

Ihre runzelige Stirn, deren Haut Fiorina an gegerbtes Leder erinnerte, legte sich in noch mehr Falten. Sie kam noch etwas näher, als wollte sie Fiorina ein Geheimnis anvertrauen.

»Die ganze Nacht ist Lucia nicht heimgekommen, die ganze Nacht! Das ist sonst überhaupt nicht ihre Art. Sie ist keine Herumtreiberin, die Lucia. Sie ist eine anständige Frau, die weiß, was sich gehört.«

Fiorinas Unruhe verstärkte sich weiter. Hier stimmte etwas nicht. Hier stimmte etwas ganz und gar nicht.

»Haben Sie eine Ahnung, wo sie sein könnte?«, fragte sie nervös.

Die Alte kniff die Augen zu schmalen Schlitzen zusammen, um sie vor der Sonne zu schützen, die schon fast am Zenit stand. Mit jeder Minute schien es noch ein wenig heißer zu werden.

»Vielleicht ist sie ja bei diesem Signore«, sagte sie verschwörerisch. »Ein Onkel sei er, hat sie behauptet, aber welcher Onkel soll das sein? Chiaras Bruder ist vor zehn

Jahren gestorben, und ich wüsste nicht, dass es noch einen anderen Sohn gegeben hätte.«

»Chiara?«, wiederholte Fiorina. »Ist das die Tante, von der Lucia die Wohnung geerbt hat?«

In der ersten Sitzung hatte Lucia erwähnt, dass ihr Entschluss, nach Elba zurückzukehren, kurz nach dem Tod ihrer Tante gefallen war.

»Das ganze Haus hat sie geerbt, nicht nur die Wohnung.« Die alte Frau deutete auf das oberste Stockwerk. »Lucias Eltern haben da oben gewohnt, und als die gestorben sind, ist die Hälfte des Hauses an Lucia gegangen. Die andere Hälfte hat immer noch Chiara gehört, und die hat sich um alles kümmern müssen, Lucia war ja nie da. Sehen Sie, wie schön sie alles hat renovieren lassen?«

Das Gebäude wirkte tatsächlich sehr gepflegt. Es war frisch verputzt, und nirgendwo hingen die Fensterläden schief in den Angeln. Die Renovierung musste eine Menge Geld gekostet haben, wusste Fiorina aus eigener, leidvoller Erfahrung. Solch ein altes Haus war ein Fass ohne Boden.

»Dieser Onkel«, nahm Fiorina den Faden wieder auf. »Wissen Sie zufällig, wie er heißt?«

»Seinen Namen hat Lucia nicht genannt«, sagte die Alte spitz. »Aber als er neulich zu Besuch war, also, wie Kaffeetrinken hat sich das nicht angehört.« Vielsagend rollte sie die wässrigen Augen. »Trotzdem, ein feiner Herr ist er gewesen, wenn auch bestimmt zwanzig Jahre älter als sie und nicht von hier. Gut gekleidet und sehr zuvorkommend. Als er gegangen ist, hat er mir sogar die Tür aufgehalten.«

Der angebliche Onkel war vermutlich Stefano Turrone, Lucias Ex- beziehungsweise Immer-noch-Lover. Fiorina beschloss, ihn später anzurufen. Sie konnte sich zwar nicht vorstellen, dass Lucia bei ihm in Lucca war, aber vielleicht wusste er ja, wo sie steckte. Inzwischen machte Fiorina sich ernstlich Sorgen. Sollte Stefano Turrone ihr auch nicht weiterhelfen können, dann würde sie die Carabinieri informieren müssen.

»Wo könnte ich Lucia denn sonst erreichen?«, fragte sie die redselige Nachbarin ohne viel Hoffnung.

»Bei einer Freundin, vielleicht? Aber außer Ihnen weiß ich, ehrlich gesagt, von keiner.«

Fiorina erinnerte sich an Lucias Bemerkung in der letzten Therapiestunde. Hatte sie ihre Klientin völlig falsch eingeschätzt, und Lucia lag oben in ihrer Wohnung, vollgepumpt mit Schlaftabletten oder mit durchschnittenen Pulsadern?

Die Nachbarin hatte leider keinen Schlüssel zu Lucias Wohnung, und sie wusste auch niemanden, der einen haben könnte. Glücklicherweise verfügte sie jedoch trotz ihres hohen Alters noch über einen wachen Geist und erstaunlich gute Augen.

»Sehen Sie nur, die Balkontür an der Küche steht einen Spalt offen.« Ohne weitere Erklärungen abzugeben, zückte sie ein überraschend modernes Smartphone, tippte kurz darauf herum, hielt es sich ans Ohr und sagte knapp: »Benito, du musst sofort kommen.«

»Mein Enkel«, erklärte sie Fiorina, als sie das Handy sinken ließ. »Er ist vierzehn und kann klettern wie ein Äffchen.«

Während Geschäftsleute mit Aktenkoffern und Urlauberinnen in knappen Shorts an ihnen vorbeischlenderten und stinkende Lieferwagen und knatternde Vespas von da nach dort flitzten, warteten sie im Schatten einer Robinie. Bald bremste das junge Klettertalent auf einem blitzneuen Mountainbike wenige Zentimeter vor Fiorinas Füßen. Seine Nonna erklärte ihm, was zu tun war. Er trat ans Regenrohr, krabbelte daran nach oben, bis er auf Höhe von Lucias Küchenbalkon war, hangelte sich über das in der Farbe der Klappläden lackierte Geländer und war Augenblicke später verschwunden.

Kurz darauf stand er schon wieder auf dem kleinen Balkon, schüttelte den Kopf und rief lauthals: »Non c'è.«

Fiorina atmete auf.

Da legte die Alte den Kopf schief, und ihre Augen weiteten sich. »Gerade fällt mir dieser komische Kerl ein.«

»Was denn für ein komischer Kerl?«, wollte Fiorina wissen, während Benito auf demselben Weg wieder herunterkletterte, über den er hinaufgelangt war.

»Ach, immer wieder brettert er mit dem Motorino durch die Straße, hin und her, hin und her. Manchmal stellt er sich auch da drüben hin und macht mit dem Handy rum.«

Aufgebracht deutete sie auf den kleinen Park gegenüber. Ihr Enkel sprang auf sein Rad und fuhr grußlos davon.

»Einmal ist er sogar auf die große Platane gestiegen und hat Fotos vom Haus gemacht.«

Vermutlich wohl eher von der Besitzerin, dachte Fiorina und bat die alte Frau, den Mann zu beschreiben. Sie hörte fast wörtlich dasselbe wie von Positano: groß, schlaksig, ärmlich gekleidet, noch sehr jung. Einmal hatte die Nachbarin den Kerl sogar erwischt, als er oben vor Lucias Tür stand und horchte.

»Der ist bestimmt so ein ... Wie nennt man die Männer, die so was machen?«

»Stalker. Oder Spanner.«

Sogar den Namen des aufdringlichen Jünglings kannte die Alte: Alessandro.

Fiorina horchte auf. Hatte sie diesen Namen nicht erst kürzlich gehört? Ja, richtig: Lucia hatte ihn einmal nebenbei in einer Sitzung erwähnt.

»Als ich Lucia erzählt habe, dass ich ihn an ihrer Tür erwischt habe, da hat sie nur gelacht und gemeint, der sei harmlos.« Die wachsame Nachbarin blies die eingefallenen Wangen auf. »Aber diese ... Stalker, die sind doch oft gefährlich, oder nicht?«

Den Nachnamen oder die Adresse wusste sie nicht, dafür aber, wo dieser Alessandro arbeitete. »In einem Geschäft für Schiffszubehör an der Viale Elba. Gleich hinter dem Fährhafen bei den Bushaltestellen.«

Bis dorthin waren es zu Fuß keine zehn Minuten. Wenn Fiorina sich ein wenig beeilte, würde sie noch vor dem Beginn der Siesta dort sein, die meisten Geschäfte schlossen mittags um halb eins. Sie bedankte sich hastig und machte sich auf den Weg.

Als sie kurz darauf in die Viale Elba einbog, rief Dodo an, die es sich inzwischen anders überlegt hatte und den Termin um achtzehn Uhr nun auf einmal doch nicht benötigte. Vermutlich war ihr bewusst geworden, dass sie ihrer alten Schulfreundin ihr Herz genauso gut beim Sonnenbaden am Strand ausschütten konnte, ohne einen Cent dafür bezahlen zu müssen.

Vor der offenen Ladentür des Geschäfts, von dem Lucias Nachbarin erzählt hatte, ging ein Mann mit verspiegelter Sonnenbrille, Schnurrbart und beachtlichem Bauch auf und ab und telefonierte lautstark und gestenreich. Er trug teuer aussehende Sneakers und weiße Jeans zu einem so bunten Hemd, dass Federico vor Entzücken gejauchzt hätte. Auf der Straße herrschte so kurz vor der Siesta kaum noch Verkehr. Von der Bucht her wehte ein leichter, angenehmer Wind.

»Buongiorno, Signora«, begrüßte der Schnurrbartträger Fiorina übertrieben freundlich, als sie den Verkaufsraum betreten wollte, ließ das Handy sinken und schob die Brille über seinen lichten Haaransatz. An seinem Handgelenk hing eine dicke goldene Uhr. »Wie kann ich Ihnen helfen?«

»Ich suche Alessandro. Er soll hier arbeiten.«

Das Lächeln des Mannes, offenbar der Ladeninhaber, war wie ausgeknipst. Er bedachte sie mit einem abschätzenden Blick, bevor er sich an ihr vorbei in den Laden zwängte. Der Vorhang aus Perlenschnüren raschelte in der Tür, während ihr sein aufdringliches Aftershave in die Nase stieg. Geschäftig umrundete er einen Tisch, auf dem sich Positionslampen, Rettungswesten und Bootsbeschläge türmten, eilte nach hinten und riss eine schmale Tür auf.

Fiorina folgte ihm. Im Verkaufsraum stank es nach frischer Farbe, Motorenöl und Zigarrenrauch.

»Alessandro, dai!«, bellte der Ladenbesitzer in den dunklen Korridor. »Da ist eine Frau für dich, los!«

»Signor Molteni kommt gleich«, sagte er an Fiorina gewandt und ging ohne ein weiteres Wort nach draußen, um das unterbrochene Telefonat fortzusetzen.

Außer ihr war niemand im Verkaufsraum, der einen

zwar aufgeräumten, aber dennoch ungepflegten Eindruck machte. In billigen Metallregalen standen Farbeimer neben Akkumulatoren diverser Größen, Heizlüftern, Gummistiefeln und Kabelrollen. Fiorina wartete vor einem an der Wand lehnenden, monströsen Jachtanker und aufgerollten Seilen in verschiedenen Dicken und Farben.

Als Alessandro erschien, erkannte sie ihn sofort. Das Wort ausgehungert, das Lucias Chef verwendet hatte, war mehr als treffend. Unter dem eng anliegenden giftgrünen T-Shirt des jungen Mannes zeichneten sich die Rippen ab, die sichtlich neuen Jeans schlotterten um seine knochigen Hüften.

»Alessandro Molteni?«, vergewisserte sie sich dennoch.

»Wer will das wissen?«

Seine Stimme klang rau und unsicher. Der Blick seiner fast schwarzen Augen war stechend und ängstlich zugleich.

Sie stellte sich vor, behauptete wieder einmal, mit Lucia befreundet zu sein. »Dummerweise kann ich sie nirgendwo erreichen. Haben Sie eine Ahnung, wo sie stecken könnte?«

»Nein. Ich kenne sie ja kaum. Was ist mit ihr?«

Kurz glomm etwas in seinen Augen auf. War das Unruhe oder Besorgnis? Dann warf er einen nervösen Blick durch das Schaufenster, vor dem sein Chef immer noch telefonierte.

»Was wollen Sie überhaupt von mir?«, fragte er misstrauisch.

»Sie sind gestern Abend mit ihr zusammen gesehen worden, in dem großen Bürohaus gleich vorne am Hafen, und …«

»Ich?« Unwirsch fuhr er sich über die Narbe am Übergang von der rechten Braue zur Stirn. »Bestimmt nicht, ich hab sie seit Tagen nicht mehr gesehen.«

Sein feines, glattes Haar war fast schwarz, und die lange, schmale Nase verunstaltete ein Höcker, als wäre sie einmal gebrochen worden.

»Sie sollen sie festgehalten und belästigt haben.«

»Das muss eine Verwechslung sein, ich war das nicht«, behauptete Alessandro Molteni mit erhobener Stimme.

Schweißtropfen sammelten sich auf seiner hohen Stirn, er vermied jeden Blickkontakt. Man brauchte nicht Psychologie studiert zu haben, um zu sehen, dass er nicht die Wahrheit sagte.

»Wo waren Sie denn gestern Abend gegen halb neun?«

»Da war ich …« Angestrengt kratzte er sich am linken Handgelenk, auf dessen rissiger Haut ein Pflaster klebte. Wieder flog sein Blick hinaus auf die Straße. »Mit meinen Kumpels war ich unterwegs, wie jeden Abend. Und wer was anderes sagt, der lügt.«

»Hören Sie, Alessandro«, sagte Fiorina begütigend. »Sie brauchen keine Angst zu haben, Ihrem Chef erzähle ich bestimmt nichts von dieser leidigen Angelegenheit. Ich will nur wissen, wo Lucia steckt. Ich muss dringend mit ihr …«

»Ich hab nichts gemacht, gar nichts!«, stieß er mit gepresster Stimme hervor. Der gehetzte Ausdruck in seinen tief liegenden Augen mit den schön gebogenen Wimpern verstärkte sich. »Ich war nicht dort.«

Fiorina stemmte eine Hand in die Hüften. »Dann stimmt es auch nicht, dass Sie ständig vor Lucias Haus herumlungern und heimlich Fotos von ihr machen? Und dass Sie neulich sogar im Haus waren und an ihrer Tür spioniert haben?«

Für einen Moment war er zu perplex, um etwas zu erwidern.

»Bist du im Lager endlich fertig?«, rief sein Chef von draußen, der gerade das Handy einsteckte. »Arbeitest nur den halben Tag, und dann soll ich dich auch noch fürs Rumstehen und Quatschen bezahlen.«

Alessandro Molteni, der Fiorina immer noch aus schreckensweiten Augen anstarrte, trat einen großen Schritt zurück. Dann machte er abrupt kehrt und verschwand in dem schmalen Gang nach hinten, als wäre er auf der Flucht.

6

Hagens Villa zeigte sich heute von ihrer besten Seite. Die Sonne schien, was das Zeug hielt, ein angenehmes Lüftchen wehte vom Meer her, das in der richtigen Lautstärke rauschte. So, dass man es hörte, aber nicht als störend oder gar bedrohlich empfand. Auf dem tiefblauen Wasser tummelten sich Segelboote und Motorjachten, die Festlandküste schien zum Greifen nah zu sein.

»Heilige Scheiße!«, entfuhr es Nils, der seine Reisetasche in der einen und die Tüte mit den Einkäufen vom Coop in Porto Azzurro in der anderen Hand trug. »Also echt, Hagen, ich hatte ja erwartet, dass es hier nett ist, aber so was Krasses, ich bin geplättet …«

Er ließ seinen Blick über das in den steil ansteigenden Hang hineingebaute, im Mittagslicht blendend weiße Haus schweifen, über die Glasfront zur Terrasse hin, von deren vorderer Kante das Gelände fast senkrecht etwa zwanzig Meter zum Strand hin abfiel, bis zum wasserlosen Pool.

»Wahnsinn«, sagte er schließlich und lachte wie früher als kleiner Junge, wenn er sich über etwas freute. »Hier lässt es sich leben.«

»Komm«, sagte Hagen, der sich auf einmal ebenfalls freute. »Ich zeig dir das Haus und dein Zimmer. Das Internet hier ist übrigens unterirdisch. Auf dem Handy hast du 3G. Bei schlechtem Wetter auch mal gar nichts.«

»Internet? Was ist das?«

»Hab nur gedacht, falls du mal was arbeiten willst.«

Nils schüttelte ausgiebig den Kopf. »Ich bin hier, um mal runterzukommen vom Dauerstress. Eine Runde Digital Detox tut mir zwischendurch ganz gut.«

»Digi-was?«

»Nicht ständig auf einen Bildschirm glotzen.«

Als sie die Treppe zum Obergeschoss hinaufstiegen, meldete sich Hagens Handy. »Fiorina« stand auf dem Bildschirm.

»Ciao, amore«, begann sie, und er hörte schon an diesen wenigen Silben, dass es ein Problem gab. »Hättest du eine Minute für mich?«

»Schieß los«, sagte Hagen, während er die Tür zu dem Gästezimmer aufstieß, das erstens die bessere Aussicht hatte und in dem es zweitens selbst bei starkem Regen nicht von der Decke tropfte.

Er nickte Nils zu, machte kehrt und ging wieder nach unten, um sich zum Telefonieren in einen der Teakholzsessel auf die Terrasse zu setzen.

Fiorinas Problem war, dass eine ihrer Klientinnen plötzlich unauffindbar war.

»Sie ist weder bei der Arbeit noch zu Hause, und auch ihr Ex-Lover hat keine Ahnung, wo sie sein könnte«, erklärte Fiorina aufgeregt. »Ich habe eben mit ihm telefoniert. Und Hagen, sag jetzt bitte nicht, dass sie erwachsen ist und mir keine Rechenschaft schuldet. Das weiß ich selbst.«

Seit dem Morgen war Lucia nicht über ihr Handy zu erreichen, in der Nacht war sie nicht zu Hause gewesen. Gestern hatte sie um einen Termin noch vor dem heutigen Arbeitsbeginn gebeten, um etwas Wichtiges zu besprechen, und war dann einfach nicht aufgetaucht.

»Ohne Nachricht, ohne Entschuldigung. Glaub mir, das ist sonst wirklich nicht ihre Art.«

»Sie kann einen Unfall gehabt haben und liegt im Krankenhaus. Vielleicht ist ihre Oma gestorben oder ihr Hund, und darüber hat sie völlig vergessen ...«

»Ich habe tausendmal versucht, sie anzurufen!«, warf Fiorina ihm empört an den Kopf. »Und tu nicht so entspannt. Ich mache mir wirklich Sorgen. Sie hat in der letzten Sitzung von Selbstmord gesprochen, aber ich habe es nicht ernst genommen, und wenn sie sich was angetan hat, und es kommt raus, dass ich sie behandelt habe, ohne eine Zulassung zu haben ...«

»Glaub einem erfahrenen Polizisten, Fiorina«, fiel er ihr ins Wort. »Neunundneunzig Prozent aller Vermissten tauchen nach ein paar Stunden oder maximal zwei, drei Tagen wieder auf. Die meisten mit einer guten Erklärung für ihr vorübergehendes Verschwinden.«

Über Hagen wurde ein Fenster geöffnet. Nils, den er wegen des aufgespannten Sonnenschirms nicht sehen konnte, trällerte ein Liedchen. Endlich ein Besucher, der ihm sein Heim nicht madig machte, dachte Hagen zufrieden. Endlich jemand, der einfach nur froh war, hier sein zu dürfen, in seinem kleinen Paradies, das sich im Gegensatz zu den ersten Monaten hier allmählich wirklich so anfühlte.

»Es gibt da einen Kerl, Alessandro, der ihr seit einiger

Zeit nachstellt.« Fiorina klang plötzlich wieder ruhiger. »Vielleicht wollte sie mit mir über ihn sprechen.«

»Und wie ich dich kenne, hast du dir den Knaben schon vorgeknöpft.«

»Ich habe es versucht.« Sie seufzte. »Aber er wollte nicht mit der Sprache heraus. Und vor irgendetwas hat er panische Angst.«

Lucia hatte Fiorina während einer Therapiestunde von dem jungen Verehrer erzählt. Sie hatte sich jedoch nicht von ihm bedroht gefühlt, sondern im Gegenteil Mitleid mit ihm gehabt. Und sich vielleicht auch ein wenig geschmeichelt gefühlt, weil ein so junger Mann sich in sie verguckt hatte.

»Dann ist es wohl eher unwahrscheinlich, dass sie sich seinetwegen das Leben genommen hat«, meinte Hagen, der inzwischen aufgestanden war und auf der Terrasse auf und ab ging. »Oder denkst du, er hat sie entführt?«

»Ich weiß nicht mehr, was ich denken soll, Hagen«, gestand Fiorina. »Auf mich hat er jedenfalls gewirkt, als hätte er ein furchtbar schlechtes Gewissen. Da stimmt etwas nicht, ich spüre es. Da ist etwas passiert. Etwas Schlimmes.«

»Solltest du als angehende Psychotherapeutin nicht ein wenig mehr Distanz zu deinen Klientinnen wahren?«

»Ja, ich weiß.« Fiorinas Seufzer fiel dieses Mal noch schwerer aus. »Ich lasse die Sachen zu nah an mich heran. Aber sie … sie ist mir sympathisch, weißt du, und … Ach, ich weiß doch auch nicht. Es hat wohl keinen Zweck, wenn ich zu den Carabinieri gehe?«

»Sie werden dich auslachen. Entspann dich, Blümchen. Alles wird gut.«

»Wenn du meinst«, sagte sie, mit einem Mal wortkarg.

Hagen erzählte ihr von seinem Überraschungsbesuch.

»Wir könnten später zu dritt was unternehmen«, schlug er vor. »In Portoferraio, wenn du Lust hast.«

Fiorina klang nicht begeistert von seinem Vorschlag, aber für sie als Italienerin genossen Familienpflichten einen hohen Stellenwert, und sie erklärte sich sofort einverstanden.

»Ich freu mich auf den Abend«, sagte Hagen zum Abschied zärtlich. »Und auf dich.«

»Ich mich auch. Nur jetzt gerade nicht so sehr, weil du mich wieder einmal Blümchen genannt hast«, sagte sie und legte grußlos auf.

Sie konnte es auf den Tod nicht ausstehen, von Hagen so genannt zu werden, obwohl Blümchen die wörtliche Übersetzung ihres Vornamens war.

»Wie süß«, rief Nils von oben, der offenbar gelauscht hatte. »Bin schon voll gespannt auf deine Freundin.« Sein Kopf erschien im Fenster. »Was ist eigentlich aus deiner geliebten Waffensammlung geworden?«

»Die hab ich noch, keine Sorge. Hatte sogar eine schöne Vitrine dafür gekauft mit Beleuchtung und allem. Aber die hat mir leider wer kaputt gemacht.«

»Und wie hast du das ganze Zeug über die Grenze gebracht? Lauter scharfe Waffen und …«

»Sie sind nicht alle scharf«, wiegelte Hagen ab. »Bloß ein paar. Die anderen sind nur Deko.«

»Na, jedenfalls, wenn der Zoll in deinen Kofferraum geguckt hätte, die hätten sich schön gewundert, was deutsche Polizisten so alles durch die Gegend fahren.«

»Hat er aber nicht«, versetzte Hagen. »Und bitte schön, ich bin Ex-Polizist.«

Natürlich hatte Nils vollkommen recht. Der größte Teil seiner Sammlung historischer Waffen, die er über viele Jahre zusammengetragen hatte, war nach deutschem Recht illegal. All seine schönen Meisterwerke von Colt und Smith & Wesson und Glock, und wie sie alle hießen, hatte Hagen über dunkle Kanäle beschafft und niemals irgendwo angemeldet. Wie die Rechtslage in Italien war, wusste er nicht, und es interessierte ihn auch nicht. Er ging davon aus, dass die hiesige Polizei die Angelegenheit deutlich entspannter sah, als seine früheren Kollegen es getan hätten. Vermutlich waren hier auf jedem etwas abgelegenen Bauernhof jede Menge alte Knarren zu finden. Nachts hörte er manchmal, wie in den Bergen geschossen wurde. Wilderer, vermutete er, die sich den nächsten Wildschweinbraten organisierten.

Die Siesta war noch nicht zu Ende, als Fiorina um vier Uhr nachmittags in Begleitung ihrer über neunzigjährigen Großmutter Maria aus der Haustür trat. Die wüstenheiße Luft stand zwischen den Häusern. Hoffentlich ging zumindest vorne auf der Piazza ein wenig Wind.

Von Federico und Ambrogio, die nach ihrer Rückkehr aus der Stadt zwei riesige Koffer sowie diverse Trommeln und Becken aus einem klapprigen VW-Bus die Treppen hinaufgeschleppt hatten, war bisher erfreulich wenig zu hören gewesen. Vermutlich waren die beiden noch damit beschäftigt, Ambrogios Krachmachgerät aufzubauen. Auch die Handwerker waren noch nicht aus der Mittagspause zurück. Inzwischen schienen sie jeden Tag später mit der Arbeit zu beginnen und zum Ausgleich ein wenig früher damit aufzuhören. Da sie mit dem Chef der Firma einen Pauschalpreis vereinbart hatte, war das zwar sein Problem, aber so würde es noch länger dauern, bis ihre Praxis endlich fertig war.

Fiorina hatte ihrem Bruder aufgetragen, die Männer ins Haus zu lassen, befestigte aber dennoch den üblichen Zettel mit ihrer Handynummer an der Tür. Seit er sich zum Musiker berufen fühlte, war Federico noch unzuverlässiger als früher.

Die Gasse war ausgestorben, und auch auf der Piazza Antonio Gramsci war kaum etwas los. Zwei, drei Nachbarskinder spielten Fangen, ein Touristenpärchen machte Selfies vor dem gegenüberliegenden Teatro dei Vigilanti, und im Schatten der Platanen saß Nunzio Giaccone mit einem Gläschen Crodino in der Hand, einem alkoholfreien Aperitivo aus Gabrieles Bar. Als er Fiorina und Nonna Maria näher kommen sah, winkte er und rutschte auf seiner Holzbank zur Seite, um für die alte Dame Platz zu machen.

»Ciao, Maria, ciao, Dottoressa!«, rief Gabriele, der die Tische vor seiner Bar abwischte, quer über den Platz. »Tutto bene?«

»Benissimo«, antwortete Fiorina, wie es sich gehörte, und half ihrer Großmutter, sich neben Nunzio zu setzen, der mit seinen zweiundachtzig Jahren der Jüngere von beiden war. Um diese Uhrzeit war es an den Tischen drüben trotz der Sonnenschirme kaum auszuhalten.

Auch bei ihm und seiner Familie sei alles ganz wunderbar, verkündete Gabriele und schimpfte, obwohl überzeugtes Mitglied der Partito Comunista Italiano, ausnahmsweise einmal nicht über die unhaltbaren politischen und sozialen Zustände in Bella Italia. Stattdessen pfiff er vergnügt die ersten Takte des Uralt-Hits *Felicità* von Al Bano und Romina Power. Sogar eine kleine Tanzeinlage baute er ein, die alle beklatschten.

Was niemand mehr geglaubt hatte, war endlich eingetreten: Mit Anfang vierzig hatte seine Schwester sich doch noch verlobt, mit einem Lehrer am Liceo Linguistico Esedra, im Herbst wollten sie heiraten, und die Aussicht, dass Pina demnächst ausziehen würde, beflügelte Gabriele. Das Häuschen in einem der neu gebauten Stadtteile im Westen, das er zusammen mit seiner Schwester, seiner Frau Anna, den beiden Kindern und den Großeltern bewohnte, war schon lange zu eng geworden.

Nonna Maria präsentierte stolz ihre neue Brille, die von allen gebührend bewundert wurde. Fiorina hatte ihr beim Aussuchen geholfen. Das Gestell war mutig orange gesprenkelt und betonte ihr schmales Gesicht mit der geraden und trotz ihres hohen Alters immer noch kleinen Nase.

»Damit siehst du aus wie fünfunddreißig«, behauptete Nunzio, ohne rot zu werden. Seine Augen leuchteten, als glaubte er selbst an seine charmante Schwindelei.

»Ungelogen, Maria, du bist die schönste Frau von Elba.« Gabriele kam herübergeschlendert und küsste seine Fingerspitzen. »Nach deiner Enkelin Fiorina, natürlich.«

»Meine unwiderstehlichen Kaffeebohnenaugen habe ich übrigens von der Nonna geerbt«, erklärte diese augenzwinkernd und tätschelte den faltigen Unterarm ihrer Großmutter.

Nonna Maria, die für den kleinen Ausflug in ihr bestes Kleid aus mokkabrauner Seide geschlüpft war, lächelte geschmeichelt. Sogar ihren Goldschmuck hatte sie angelegt, zwei schwere Armbänder, fünf Ringe und eine filigrane Brosche, die am Spitzeneinsatz des hohen Ausschnitts befestigt war. Sie genoss die täglichen kleinen Spaziergänge zu Fiorinas Stammlokal, auf denen sie von Fiorina, Federico oder ihrer Schwiegertochter Rosetta Luccarelli begleitet wurde. Mit jedem Tag blühte die alte Dame mehr auf. Bevor sie aus ihrer verdreckten und bestialisch stinkenden Dachgeschosswohnung in Federicos ehemaliges Zimmer im ersten Stock umgezogen war, war sie eine kratzbürstige und außerdem kleptomanische alte Frau gewesen, mit der man nichts als Ärger hatte. Jetzt nahm sie wieder am Familienleben teil, und ihre sechsundneunzig Jahre merkte man ihr kaum noch an.

Gabriele warf einen Blick auf die kleine Reisegruppe, die sich lärmend auf den Platz zubewegte, und fragte geschäftig: »Das Übliche für die zwei hübschen Signore? Nunzio, darf ich dir auch noch mal was bringen?«

Dieser verneinte dankend, die Nonna summte selig vor sich hin, und Fiorina nickte. Gabriele wieselte in seine unscheinbare Bar zurück, wo es den besten Kaffee Portoferraios gab.

Während die zwei alten Leutchen angeregt zu tuscheln und zu kichern begannen, setzte Fiorina sich auf die Bank daneben. Als die beiden lauthals losprusteten, musste sie daran denken, wie sehr Nunzio ihre Großmutter früher schon verehrt und sich immer wieder darüber beklagt hatte, dass sie sich viele Jahre lang kaum noch sehen ließ.

Zufrieden lehnte Fiorina sich zurück, ließ den Blick

über die azurblaue Bucht und die im Dunst liegenden Berghänge jenseits davon schweifen und genoss den leichten Windhauch, der vom Meer landeinwärts wehte.

Das Leben war schön.

Abgesehen von der Sache mit Lucia.

Hagens Argumente hatten sie nicht überzeugt. Vielleicht sollte sie sich doch an die Polizei wenden?

Sie musste an Paolo Carozzo denken, einen früheren Schulfreund von Federico, der vor knapp zwei Monaten an einem von Portoferraios Stränden tot angespült worden war. Anfangs hatten die Carabinieri geglaubt, er hätte sich das Leben genommen. Erst, als sie zusammen mit Hagen, dem ehemaligen Kripokommissar, die Hintergründe von Paolos Tod aufklärte, war die Wahrheit ans Licht gekommen.

Ihr Handy meldete sich. Es war Dodo, die sich erkundigte, ob sie morgen vielleicht Zeit für ein Pläuschchen am Strand habe. Fiorina, die ihren Anruf schon erwartet hatte, war für den nächsten Tag komplett ausgebucht. Am Vormittag hatte sie einen Termin mit einem Klienten, danach musste sie mit der Nonna zu dem Arztbesuch, den sie Lucia zuliebe verschoben hatte, und während der Siesta würde sie weiter für die Prüfung lernen. Dafür musste sie sich jetzt Dodos Geschimpfe über ihren Ehemann anhören, das dieses Mal jedoch in der Überlegung gipfelte, ob sie ihn nicht einfach aus dem Haus werfen sollte, das schließlich ihr gehörte. Nach diesem explosiven Schlusssatz verabschiedete sich ihre alte Schulfreundin mit dem Hinweis, dass sie nun aber schleunigst mit dem Kochen beginnen müsse, damit das Essen auf dem Tisch stand, wenn Giulio nach Hause kam.

Fiorina steckte ihr Handy wieder ein und dachte daran, wie viel sich in den vergangenen zwei Monaten zum Guten verändert hatte. Und fast alles verdankte sie Hagen. Als sie ihn kennenlernte, hatte sie gerade einmal wieder ihren Job verloren und nicht gewusst, ob sie auf der Insel jemals eine für sie als Psychologin adäquate Stellung finden würde. Nonna Maria hatte in ihrer zugemüllten Wohnung unter dem Dach gehaust und keinen Kontakt mehr zur Außenwelt gehabt, und Fiorinas Mutter, obwohl schon über sechzig, hatte acht Stunden am Tag an der Kasse eines Supermercato schuften müssen, um sich und ihre Familie irgendwie durchzufüttern.

Die Luccarellis waren zwar nie wirklich arm gewesen, und auch die Wohnung im zweiten Obergeschoss, die an ein kinderloses Ehepaar aus Bologna vermietet war, hatte regelmäßig Geld eingebracht. Für die Renovierung des alten Hauses – inklusive der seit Ewigkeiten leer stehenden Erdgeschosswohnung, in der zurzeit Fiorinas Praxis Gestalt annahm – hätten sie jedoch niemals das nötige Kapital auftreiben können. Auf einmal war alles anders, und selbst Fiorinas Traum, sich als Psychotherapeutin niederzulassen, wurde mit jedem Tag ein wenig mehr Realität. All das hatte sie auf Umwegen Hagen zu verdanken – ein Grund mehr, ihn zu lieben. Ob sie das wirklich tat, wusste Fiorina zwar noch nicht so genau, aber im Grunde war es auch nicht wichtig. Sie war verliebt wie noch nie, und wenn sie mit ihm zusammen war, schwebte sie auf rosaroten und himmelblauen Wölkchen. In Liebesdingen war sie zwar nie leichtfertig gewesen, eher im Gegenteil. Dennoch wollte sie jetzt nicht an das Morgen denken, sondern das Hier und Jetzt genießen.

»Eccoli qua.« Gabriele stellte ein kleines Silbertablett neben Fiorina auf die Bank und verteilte die Getränke. »Eine Aranciata für die Nonna und ein Caffè lungo für die Dottoressa.«

Fiorina dankte ihm und nippte an dem verdünnten Espresso, der wie immer köstlich schmeckte. Gabriele röstete seine Arabicabohnen selbst, aber das war auch schon alles, was der kleine, stämmige Mann über seinen Kaffee verriet, der inzwischen sogar über die Grenzen von Elbas Hauptstädtchen hinaus bekannt war.

»Wie läuft's in deiner Praxis?«, fragte er und setzte sich zu ihr auf die Bank.

Die Reisegruppe war weitergezogen, ohne bei Gabriele einzukehren. Vermutlich wollten sie zur Villa dei Mulini, Napoleons ehemaliger Stadtresidenz während seiner zehnmonatigen Verbannung und einem der großen Besuchermagnete der Insel.

Fiorina erzählte dem Barista von ihrer verschwundenen Klientin. Gabriele, der in seinem Lokal viele Neuigkeiten aufschnappte, hatte noch nie etwas von einer Lucia Santoro gehört. Als Fiorina allerdings Alessandro Molteni erwähnte, öffnete er nachdenklich den untersten Knopf seiner feuerroten Weste, die vermutlich Ausdruck seiner politischen Gesinnung war.

»Der Name kommt mir bekannt vor.« Mit gerunzelter Stirn strich er über die Ärmel seines blütenweißen Hemds, das er zu seiner wie immer tadellos gebügelten schwarzen Hose trug. »Ja, jetzt fällt's mir wieder ein. Pinas Verlobter lebt in Marciana Alta, und ein paar Kilometer westlich davon gibt es eine Familie namens Molteni.«

»Bist du sicher, dass es die richtigen Moltenis sind?«

»Ich weiß nur, dass es ziemlich unangenehme Leute sein sollen, keiner aus der Gegend kann die leiden.« Er hob die Rechte, öffnete den Mund und machte eine Bewegung, als würde er den Inhalt einer Flasche in sich hineinschütten. »Du weißt schon. Der Alte macht irgendwelche krummen Geschäfte. Schon mehr als einmal hatten sie die Carabinieri im Haus.«

Immer wieder, erzählte er, gebe es mit den Moltenis Ärger wegen Schlägereien und Diebstählen, die meisten gingen jedoch auf das Konto des Familienoberhaupts, eines Grobians um die vierzig. Ihm gehörte das kleine Gehöft oder vielmehr die Bruchbude, in der die Familie hauste.

Fiorinas Handy meldete sich erneut. Dieses Mal war es Hagen, der wissen wollte, wann und wo sie sich für ihren Abend zu dritt treffen würden.

»Im Hafen«, schlug Fiorina vor. »Wenn ihr jetzt schon Zeit habt, in einer halben Stunde.«

»Es ist nicht mal halb fünf! Seit wann geht man in Italien denn so früh zum Essen?«

Sie lachte. »Davor müssen wir noch einen Abstecher nach Marciana Alta machen.«

»Aha. Und wozu?«

Gabriele schlenderte zurück zur Bar, wo sich eine kleine Schlange gebildet hatte. Aus dem Augenwinkel sah Fiorina einen Mann in Arbeitsklamotten auf sich zukommen, in dem sie einen ihrer Handwerker erkannte.

»Das sage ich dir später, Amore.« Fiorina machte dem Mann ein Zeichen und stand auf.

Während sie die Gasse hinuntergingen, erklärte ihr der Handwerker lautstark, er habe bei ihrem Bruder Sturm geläutet, aber der habe sie nicht ins Haus gelassen, und ihr Handy sei ja ständig besetzt.

Fiorina war klar, warum Federico wieder einmal nichts gehört hatte. Mit jedem Schritt wummerte und schepperte es lauter aus der Dachgeschosswohnung. Offenbar hatten die beiden Musikgenies es nicht einmal für nötig befunden, die Fenster zu schließen.

7

Zu Hagens Verwunderung hatte Nils nicht die geringste Lust, mit ihm zusammen nach Portoferraio zu fahren.

»Ich leg mich lieber an deinen Privatstrand und lese endlich mal wieder ein Buch«, verkündete er. »Euch zwei viel Spaß. Fiorina kann ich dann ja morgen besichtigen. Oder übermorgen.«

»Wie lang willst du eigentlich bleiben?«, fragte Hagen.

»So lange, wie du mich aushältst. Wenn ich anfange, dir auf den Keks zu gehen, dann sag einfach Bescheid. Ich schwöre, ich werde nicht beleidigt sein.«

Hagen überlegte, ob er Nils bitten sollte, ihm beim Putzen des Hauses zu helfen. Seit Fiorina für solche Aufgaben nicht mehr zur Verfügung stand, musste er notgedrungen selbst staubsaugen und Böden wischen, wozu er nur äußerst selten Lust verspürte. Aber er beschloss, das Thema auf morgen zu verschieben. Er wollte seinem Stiefsohn nicht den ersten Urlaubstag verderben.

Bald darauf kurvte Hagen in seinem Ferrari nach Portoferraio, wo Fiorina ihn am gewohnten Treffpunkt – der Bushaltestelle am Fährhafen – schon ungeduldig erwartete.

Aufatmend stieg sie ein, er wendete, verursachte dabei ein kleineres Verkehrschaos und allerhand Gehupe und Geschimpfe, da gerade die Fähre aus Piombino einen großen Schwall Berufspendler entließ, die nun alle nach Hause strebten.

»Hast du lange gewartet?«

»Eine Viertelstunde etwa.« Fiorina rollte seufzend die Augen. »Normalerweise warten Deutsche auf Italiener und nicht umgekehrt.«

»Ich musste Nils erst noch zeigen, wo der Wein steht und wie man die Gasflasche für den Herd wechselt. Die aktuelle ist fast leer.«

»Ist schon okay«, behauptete Fiorina, die sonst nicht so leicht aus der Ruhe zu bringen war. Außer, sie hatte sich etwas in ihren italienischen Kopf gesetzt und konnte nicht so, wie sie wollte. »Danke jedenfalls, dass du mich begleitest.«

Es ging um diesen jungen Mann namens Alessandro, erfuhr Hagen, den angeblichen Stalker der verschwundenen Klientin. Dieser hauste mit seiner allseits berüchtigten Familie auf einem abgelegenen Gehöft in den Bergen westlich von Marciana Alta.

»Wieso bist du eigentlich so genervt? Es geht nicht nur um deine Lucia, oder?«

»Frag nicht!«

»Wieder mal Federico?«

Fiorinas Schnauben sagte alles.

Nachdem sie die Stadtgrenze passiert hatten, ließ der Verkehr rasch nach. Mehr und mehr Pendler bogen links oder rechts ab, und so hatten sie die kurvige Straße nach Marciana Alta – abgesehen von todesmutigen Motorradfahrern und vereinzelten Touristen in kleinen Cabrios oder großen Wohnmobilen – bald für sich allein.

Hinter dem pittoresken Bergdorf, das inmitten von Esskastanienwäldern an den nördlichen Hängen des Monte Capanne lag, des höchsten Berges auf Elba, schraubten sich die Serpentinen noch weiter hinauf bis zur gesuchten Abzweigung. *Ca' dei Muli* stand auf einem verwitterten, jämmerlich schief stehenden Wegweiser, den Hagen übersehen hätte, wenn Fiorina ihn nicht darauf aufmerksam gemacht hätte. Ab jetzt war die Straße nicht mehr asphaltiert und so schmal, dass man nur hoffen konnte, keinen Gegenverkehr zu haben. Der hart gefederte Ferrari bockte, buckelte und schlingerte durch unzählige Schlaglöcher. Hagen versuchte, die tiefsten zu umfahren, was ihm nicht immer gelang.

Rechts und links erstreckten sich terrassenförmig angelegte Felder, auf denen irgendwelches Grünzeug vor sich hin kümmerte. Ein blaues Kunststofffass diente wohl dazu, Regenwasser zu sammeln. Die aus hellen Natursteinen aufgeschichteten Mauern, die die trockene Erde daran hindern sollten, beim nächsten Regen ins Tal geschwemmt zu werden, waren an vielen Stellen schon eingestürzt. Zudem wurde der Schotterweg mit jedem Meter noch steiler, die Kurven wurden enger, das Gestrüpp links und rechts höher.

Endlich tauchte ein halb verfallenes Gebäude vor ihnen auf, offenbar eine Scheune. Dahinter ein Schuppen, ein rostiger Wassertank auf einem Türmchen aus Stahlstreben, drei mehr oder weniger ausgeweidete Autowracks sowie ein halbwegs bewohnbar wirkendes Haus, dessen Tür offen stand. Über dem Eingang hing ein Vordach aus

Wellblech so schief, dass der nächste Sturm es mühelos herunterreißen würde.

Zwei Hunde tobten an ihren Ketten, als Fiorina und Hagen aus dem Ferrari stiegen. Er streckte sich, drückte das Kreuz durch. Wenn der Besitzer dieser Müllhalde wirklich ein solcher Tunichtgut war, wie Fiorina behauptete, dann war eine gewisse Körpergröße sicherlich von Vorteil.

Und da kam er auch schon, der Hausherr, immerhin nicht mit einer Lupara im Arm. Er trug staubige Gummistiefel und einen schmutzstarrenden Blaumann mit abgeschnittenen Ärmeln, aus denen seine nackten Bodybuilderarme ragten. Der Kopf war für seine gedrungene Gestalt entschieden zu groß und fast völlig kahl.

Mit unangenehm schriller Stimme schrie er etwas, das alles andere als freundlich klang. Fiorina antwortete in derselben Lautstärke, um die durchgedrehten Hunde zu übertönen. Ihr Besitzer hielt es nicht für nötig, die Tiere zur Ordnung zu rufen. Es roch nach Landwirtschaft, Motorenöl und Jauchegrube.

Von dem, was Fiorina dann in atemberaubender Geschwindigkeit von sich gab, verstand Hagen nur den Namen »Alessandro«, der mehrfach genannt wurde, und das Wort »Zio«, das »Onkel« bedeutete.

Der andere bestritt vehement, dass es hier jemanden dieses Namens gab, und forderte die unerwünschten Gäste mit eindeutigen Gesten auf, sofort zu verschwinden. Aber Fiorina gab sich nicht so leicht geschlagen. Den Hunden wurde die Bellerei allmählich langweilig, und schließlich legten sie sich ins graubraune, struppige Gras, ohne dass jemand sie dazu aufgefordert hätte.

Fiorina trat einige Schritte näher an den Mann heran, offenbar Alessandros Onkel, was bei den Hunden, abgesehen vom Spitzen der Ohren, keine Reaktion auslöste. Mit verblüffender Schnelligkeit bückte sich der bullige Kerl und hob einen handlichen Prügel auf. Sie veränderte den Tonfall. Hagen verstand, dass sie Alessandro lediglich einige Fragen zu der verschwundenen Lucia stellen wollte.

Der Onkel leugnete wütend, jemals etwas von einer Frau dieses Namens gehört zu haben. Als er ihr mit dem Stock drohte, wich Fiorina nur so weit zurück, bis sie außerhalb seiner Reichweite war. Ihr Ton wurde schärfer, die Stimme des Schlägertypen lauter, seine Flüche gröber.

»Lass gut sein«, sagte Hagen leise, packte sie am Oberarm und zog sie zurück. »So wird das nichts.«

Fiorina sperrte sich erst noch, trat aber schließlich doch den Rückzug an, die Augen immer noch fest auf Alessandros Onkel gerichtet. Erst, als er nach einigen Metern keine Anstalten machte, ihnen zu folgen, wandten sie sich um und gingen zum Ferrari zurück.

An der Seite der halb zerfallenen Scheune, die jetzt rechts von ihnen lag, befand sich ein großes Stahltor, das halb offen stand. Im Inneren, mehr zu ahnen als zu sehen, erspähte Hagen große Motoren und weitere Autowracks. Möglicherweise wurden hier gestohlene Autos in ihre Einzelteile zerlegt, die später per eBay oder über andere Kanäle neue Besitzer fanden.

Hagen war schon fast beim Wagen, als ihn die Erinnerung einholte. Er ging ein Stück zurück, und richtig, in der Dunkelheit der Scheune erkannte er noch etwas anderes, das unter einer olivgrünen, ölverschmierten Plane verborgen war. An einer Stelle war die Plane ein wenig verrutscht und legte Teile des Nummernschilds frei. Er konnte nur die letzten beiden Ziffern lesen: 79. Doch das genügte.

Er machte kehrt, stieg ein und zwängte sich hinters Steuer. Fiorina saß bereits auf ihrem Sitz.

»Was war?«, fragte sie.

»Nichts«, erwiderte Hagen einsilbig und ließ den Motor an. »Hab gedacht, ich hätte mein Motorrad gesehen.«

»Dann ruf die Carabinieri an. Jetzt gleich.«

»Bis die kommen, hat der Irre die Maschine längst woanders versteckt.«

Enzo Bibbiani fluchte herzhaft, als er feststellte, dass er seine Zigaretten vergessen hatte. Eben kam der Cimitero di Rio Nell'Elba in Sicht, und es würde ihn mindestens eine halbe Stunde kosten, nach Cavo zurückzufahren. Oddio, all die vielen Kurven und Steigungen, die er schon hinter sich gebracht hatte, noch einmal, oddio!

Aber die Zigaretten liegen zu lassen, wo sie waren, das ging auf keinen Fall. Womöglich regnete es in der Nacht, und dann konnte er sie morgen wegwerfen. Also wendete er seine kleine Honda, tuckerte die ganze Strecke zurück, Biegung um Biegung, die Steigungen wieder hinunter, die er eben erst erklommen hatte. Bald kamen ihm Zweifel, ob es sich wirklich lohnte, aber das Päckchen Nazionali war noch fast voll, und wenn Enzo Bibbiani sich etwas vorgenommen hatte, dann zog er es auch durch.

Zwanzig Minuten später stellte er das Motorrad neben der Einfahrt zum Anwesen des deutschen Signore ab. Das Tor war geschlossen, aber er kannte den Code und hatte die Erlaubnis, das Gelände auch ohne Anmeldung zu betreten. Der Signore wollte morgens nicht geweckt werden, wenn Enzo Bibbiani zur Arbeit kam.

Er ging rechts am Haus vorbei, lief am Zaun entlang bis zu seiner kleinen, hinter einem Sichtschutz verborgenen Baustelle. Und da lag es, das blaue Päckchen. Seufzend steckte er es ein, richtete sich auf und erstarrte mitten in der Bewegung.

Da waren sie wieder, die zwei. Wie aus dem Nichts waren sie aufgetaucht. Jenseits des hohen Zauns, der das Grundstück nach Süden hin begrenzte, schlichen sie einen schmalen Pfad entlang, etwa fünfzig Meter von ihm entfernt, jeder mit einer offensichtlich schweren Holzkiste, in der sich irgendwelche Dinge befanden, die er nicht sehen konnte.

Sie hatten ihn nicht bemerkt. Er duckte sich, beobachtete, wie sie zu dem halb verfallenen Bauernhäuschen gingen, das ein gutes Stück von der Villa des Deutschen entfernt im Wald lag. Dass das, was die beiden Finsterlinge da schleppten, wertvoll war, schloss er aus der Achtsamkeit, mit der sie ihre Schritte setzten.

Dieses Mal hatte er gesehen, an welcher Stelle sie auftauchten. Die Male davor hatte er sie immer erst bemerkt, wenn sie schon ein Stück entfernt waren, auf dem Pfad zum Haus, als wären sie vom Himmel gefallen. Morgens kamen sie immer gegen neun dahergeschlichen, verschwanden plötzlich spurlos, um erst gegen Abend wieder zu erscheinen.

Und noch etwas hatte er gesehen: das Gesicht des hinteren der beiden Männer. Nur kurz und nur von der Seite, aber das hatte genügt, um zu erkennen, dass die beiden

Ragazzi nicht von Elba stammten, nicht einmal aus Italien, sondern von sehr viel weiter weg.

Morgen früh, beschloss Enzo Bibbiani, würde er extra zeitig herkommen und sich die Stelle ansehen, wo die beiden geheimnisvollen Männer immer verschwanden. Den deutschen Signore mit dem kaputten Pool würde er auf übermorgen vertrösten. Die Deutschen konnten es zwar nicht leiden, wenn man sich nicht an getroffene Vereinbarungen hielt, doch das war ihm in diesem Moment von Herzen gleichgültig. Da drüben, jenseits des hohen Zauns, musste es etwas geben, irgendwelche rätselhaften und lukrativen Dinge. Wer konnte wissen, ob er nicht auch etwas davon abhaben oder zumindest sein Wissen darum irgendwie zu Geld machen konnte.

Aber nun musste er sich sputen. Claudia wartete bestimmt schon mit dem Abendessen und konnte es nicht ausstehen, wenn ihr Mann nicht pünktlich kam.

»Pass auf, gleich hinter der Tür ist ein riesiges Loch«, flüsterte Fiorina und hielt das Handy als Taschenlampe hoch, um Hagen den Weg zu leuchten. »Sei bloß leise, sonst wecken wir noch jemanden auf. Du weißt, wie hellhörig das Haus ist.«

In ihrer Praxis im Erdgeschoss ihres Elternhauses gab es keinen Strom, da die Handwerker mit dem Verlegen der Leitungen noch nicht fertig waren. Vorsichtig trat Hagen über die Schwelle, die in die Diele und zukünftige Garderobe führte. Der Lichtkegel zuckte über den aufgebrochenen Boden, herumliegendes Werkzeug, eine vergessene Baumwolljacke und Fliesenstapel.

»Ganz schön stickig hier drin«, brummte er.

»Ich mache gleich die Fenster auf, und nebenan im Arbeitszimmer ist es sowieso besser. Halt mal das Handy, damit ich die Tür abschließen kann.«

»Hast du Angst vor Einbrechern?«

»Ich habe Angst, dass Mamma plötzlich hereinplatzt und fragt, ob ich auch genug gegessen habe.«

Mit flinken Fingern verriegelte sie die Tür. Normalerweise lagen ihre Mutter und die Nonna um diese Zeit längst in ihren Betten, aber man konnte nie wissen. Kein Wachhund dieser Welt hatte ein so feines Gehör wie eine italienische Mamma, die sich um den Ruf ihrer unverheirateten Tochter sorgte.

Nach dem Abstecher zu Alessandros Onkel hatten Fiorina und Hagen noch einen ausgedehnten Strandbesuch in Marciana Marina gemacht und waren um die Wette geschwommen, wobei sie gewann. Anschließend hatten sie in Marciana Alta zu Abend gegessen. Auf der Terrasse von Fiorinas Lieblingsosteria hatten sie über Alessandro gesprochen, der vielleicht doch nicht so harmlos war, wie Lucia geglaubt hatte.

Erneut hatte Hagen versucht, Fiorinas Sorgen zu zerstreuen. Er hatte spekuliert, Lucia habe sich vielleicht Hals über Kopf in irgendeinen Kerl verliebt und sei mit ihm auf und davon. Aber Fiorinas Gefühl sagte etwas anderes. Die Angst um ihre Klientin war den Tag über mit jeder Stunde größer statt kleiner geworden, und am Ende hatten sie beinahe Streit bekommen und vorsichtshalber das Thema gewechselt.

Sie hatten den spektakulären Ausblick auf die Küste und das tief unter ihnen liegende Meer genossen und der Sonne zugesehen, wie sie den Himmel vergoldete und schließlich im Meer versank. Später schlenderten sie Arm in Arm hinauf zur Fortezza Pisana, durch verwinkelte Gassen und über kleine Plätze, wo sie die nur von gelegentlichem Gelächter anderer Spaziergänger unterbrochene Stille auf sich wirken ließen. Selbst im Hochsommer war das Dorf morgens und abends fest in der Hand der Einheimischen, fernab vom Trubel Portoferraios und der anderen Inselstädte.

»Da lang.« Fiorina packte Hagens Arm und stieg über eine Werkzeugkiste, die mitten im Weg stand.

»Mit dir wird das Leben jedenfalls nie langweilig, Bellissima.« Er zog sie an sich und versuchte, sie auf den Mund zu küssen.

»Pazienza, amore.« Kichernd entwand sie sich seiner Umarmung. »Warum seid ihr Deutschen nur immer so ungeduldig?«

Sie stieß die Tür zu ihrem zukünftigen Arbeitszimmer auf, spürte schon wieder seine Hände auf ihrem Rücken, ihren Hüften, ihren Brüsten. Nur mit Mühe gelang es ihr, im schwachen Licht der Straßenbeleuchtung, das durch das kleine Fenster fiel, die fünf neuen Kerzen in den Leuchter zu stecken. Sie stellte ihn auf ein altes Rattantischchen, das nur als Provisorium hier stand, und zündete sie an. Dann wandte sie sich Hagen zu, dessen Berührungen immer drängender wurden. Im Schein der flackernden Flammen sah die Farbe der Kerzen gar nicht mal so schlecht aus.

»Leider habe ich immer noch kein Sofa hier drinnen«, wisperte sie zwischen seinen gierigen Küssen. »Aber ich arbeite daran. Vielleicht steht es beim nächsten Mal schon da.«

»Dafür hast du einen wunderschönen Schreibtisch. Der ist ja fast so groß wie ein Ehebett.«

Hagen lachte leise und schob alles, was Fiorina gestern so schön geordnet hatte, an den Rand der Tischplatte. Heute hatten sie beide keine Lust gehabt, sich wieder irgendwo am Strand eine einsame Stelle zu suchen oder sich in Hagens für solche Zwecke denkbar ungeeigneten Ferrari zu zwängen. Andächtig schnupperte er an ihrem Haar, während seine Finger schon wieder auf Entdeckungsreise gingen. Fiorina schloss die Augen, gab sich wohlig seufzend seinen Zärtlichkeiten hin.

»Wir müssen aber leise sein«, flüsterte sie. »Sonst ...«

Der Rest ihres Satzes ging in einem gewaltigen Scheppern und Kreischen und Heulen unter, gefolgt von einem Trommelsolo, das das große Haus zum Erzittern brachte.

»Was ist das denn?«, fragte Hagen, der ebenfalls zusammengezuckt war.

»Elbas berühmteste Rockband, die leider noch kein Mensch kennt und die dummerweise ausgerechnet in unserem Dachgeschoss proben muss. Hast du eine von deinen Pistolen dabei? Ich möchte Federico erschießen.«

Hagen lachte. »Und das Geschrei?«

»Dreimal darfst du raten.«

»Eigentlich hat dein Bruder doch eine wunderschöne Stimme.«

In der Gasse klappten Fensterläden auf, eine kehlige Männerstimme schrie: »Madonna, ist da drüben denn nie Ruhe?« Andere Stimmen mischten sich ein. Vermutlich würden demnächst die Carabinieri anrücken.

Hagens Augen, die je nach Stimmungslage die Farbe veränderten, waren im Kerzenschein so dunkel wie das

Meer im Mondlicht. Tief atmete Fiorina seinen Duft ein, zog ihn an sich, dachte bald an nichts mehr als an sie beide.

Einen Vorteil hatte der Lärm aus dem Dachgeschoss immerhin: Sie brauchten sich keine Sorgen mehr zu machen, dass ihre Mamma sie hören könnte.

8

Hagen stand auf seiner Terrasse und blickte alle zehn Sekunden auf sein Handy. Um halb neun hatte Enzo Bibbiani hier sein wollen, um mit ihm die Einkaufsliste zu besprechen. Inzwischen war es fünf nach neun, und immer noch war weit und breit kein Handwerkergenie in Sicht. Enzos Mobiltelefon war nicht erreichbar, keine Nachricht, kein Anruf, nichts.

»Italiener«, stöhnte Hagen augenrollend.

Nils, der nach dem gemeinsamen Frühstück ohne Aufforderung die Küche ausgefegt hatte, war schon wieder am Strand unten, um im Licht der auch heute strahlend hellen Vormittagssonne im türkisgrünen Meer zu schwimmen und später vielleicht wieder zu lesen. Immer noch war er voller jugendlicher Begeisterung, was Hagen mehr freute, als er sich hätte vorstellen können.

Früher hatten sie sich nicht besonders gut verstanden. Als Hagen Nils' Mutter Constanze heiratete, war der Junge schon acht oder neun gewesen und hatte den fremden Mann angefeindet, wo es nur ging. Natürlich war er eifersüchtig gewesen auf den Eindringling, konnte es nicht ertragen, dass er nicht mehr die ungeteilte Aufmerksamkeit seiner Mutter genoss. Constanze hatte sich regelmäßig auf die Seite ihres verzogenen Söhnchens geschlagen, was wiederum Hagen eifersüchtig machte. Sollte sich zwischen ihm und Nils nun zwar keine Vater-Sohn-Beziehung entwickeln, stattdessen aber so etwas wie eine Männerfreundschaft?

Mit einem Mal fühlte er sich trotz des Ärgers über den unpünktlichen Handwerker wohl in seiner Haut. Hatte das Gefühl, etwas richtig zu machen, alte Schulden zu tilgen, Frieden zu stiften. Schmunzelnd dachte er an den vergangenen Abend zurück, an den göttlichen Sex in apokalyptischem Getöse und Gekreische. Fiorina hatte so hemmungslos jauchzen und stöhnen dürfen, wie sie wollte. So hatte doch alles auch sein Gutes.

Aus der Ferne meinte er, ein Knattern zu hören. Das Knattern eines kleinen Viertaktermotors, wie Enzos Hundertfünfundzwanziger-Honda einen hatte. Es kam zügig näher, wurde lauter. Hagen steckte das Handy ein und war gespannt, welche Ausrede Enzo ihm präsentieren würde. Das Geräusch kam aus Richtung Süden, von Porto Azzurro her, kam näher und näher. Und fuhr vorbei.

Hagen fluchte so herzhaft, dass Nils von unten fragte, ob alles okay sei.

Das Handy klingelte.

Enzo?

Nein, Fiorina.

»Buongiorno, bellissima.«

»Du klingst, als wärst du im Stress«, erwiderte sie.

»Eure Handwerker. Es ist doch immer das Gleiche.«

»Der kommt schon noch. Wie läuft es mit Nils?«

»Super. Es fühlt sich richtig an.«

»Hat er schon etwas herausgefunden? Ich kann Lucia …«

Ein sägendes Geräusch brachte sie zum Verstummen.

»Macht Federico schon wieder Musik?«, fragte Hagen.

Diesmal waren es die Handwerker, die heute eine Stunde früher als verabredet aufgekreuzt waren.

»Ich kann Lucia immer noch nicht erreichen«, brachte Fiorina ihren Satz zu Ende und nieste. »Dieser elende Staub!«, schimpfte sie, gefolgt von einigen derben italienischen Kraftausdrücken.

Da Nils Journalist und zudem ein Genie darin war, selbst gut versteckte Informationen zu beschaffen, hatte Fiorina Hagen gestern während der Rückfahrt von Marciana Alta vorgeschlagen, seinen Stiefsohn um Unterstützung zu bitten.

»Hat er«, erwiderte Hagen mit ganz unangebrachtem Vaterstolz. »Er ist heute Morgen schon vor sieben aufgestanden und hat sich gleich an meinen Computer gesetzt.«

Früher hatte man den Knaben an schulfreien Tagen vor Mittag nicht zu Gesicht bekommen, und auch dann nur mit verschlafener Miene und einer Morgenmuffellaune, die den restlichen Tag über anhielt. Wie Nils es geschafft hatte, wollte Hagen als ehemaliger Polizist lieber nicht wissen, aber es war ihm im Nullkommanichts gelungen, sich in eine Datenbank der Polizia di Stato zu hacken und dort eine Akte über Alessandro Molteni zu finden.

Ein schepperndes Geräusch drang aus dem Handy. Dann war es wieder still.

»Alles in Ordnung? Bist du noch dran?«, fragte Hagen.

»Tutto bene. Allora?«

»Nils hat mir die Infos ausgedruckt.« Er ergriff einige

mit einer leeren Weinflasche beschwerte Blätter, die auf dem vornehm matt schimmernden Teakholztisch lagen. »Ich fotografiere die interessanten Stellen und schicke sie dir aufs Handy. Es geht um Folgendes: Zwei Anzeigen hat es gegeben, 2018 und 2020. Einmal wegen Stalking und sexueller Belästigung. Angezeigt hat ihn eine Petronella Tommasi, Lehrerin, alleinstehend und zum Zeitpunkt der Anzeige vierzig Jahre alt.«

Zwei Jahre später hatte ihn eine Frau namens Nina Bolsonaro wegen Stalking und Hausfriedensbruch angezeigt. Sie war zu diesem Zeitpunkt fünfundvierzig Jahre alt gewesen, verheiratet und Mutter von vier Bambini.

Nina Bolsonaro lebte in Portoferraio, keine fünfhundert Meter vom Palazzo Luccarelli entfernt, wie Hagen Fiorinas Elternhaus im Scherz gerne nannte. Petronella Tommasi dagegen wohnte in Cavoli, einem Örtchen am südwestlichen Ende der Insel. Am Abend der angezeigten Tat war sie in der Inselhauptstadt gewesen, um eine Cousine zu besuchen, die laut Protokoll an diesem Tag ihren fünfzigsten Geburtstag gefeiert hatte. Es war offenbar eine überaus lustige Feier gewesen. Hagen fragte sich, ob italienische Polizisten an Langeweile litten, dass sie derartige Nebensächlichkeiten in offizielle Protokolle schrieben.

»Lucia ist auch schon über vierzig«, sinnierte Fiorina. »Er steht auf Frauen, die älter sind als er.«

»Beide haben ihre Anzeigen übrigens ein paar Tage später zurückgezogen. Angeblich war alles doch nicht so schlimm gewesen, mehr Spaß als Ernst.«

»Das ist ja seltsam.«

»Normalerweise heißt das, dass die Frauen entweder unter Druck gesetzt wurden …«

»Warum fällt mir dabei sofort Alessandros Onkel ein?«

»... oder dass man sich privat geeinigt hat. Zum Beispiel auf eine angemessene Entschädigung.«

»Geld?«

»Oder Schmuck. Oder ein Auto aus einer heruntergekommenen Scheune bei Marciana Alta.«

»Ich werde mit den Frauen sprechen.«

»Bitte übertreib's nicht, Bellissima. Mach dich nicht verrückt mit dieser Geschichte. Wahrscheinlich liegt deine Lucia gerade mit ihrem neuen Lover in der Kiste, und ihr großes Problem von vorgestern hat sie schlicht und einfach vergessen.«

»Du kennst sie nicht, Hagen«, versetzte Fiorina hörbar verstimmt. »Soll ich nicht vielleicht doch zu den Carabinieri gehen?«

Sie diskutierten noch ein Weilchen hin und her, bis ihre Mutter in der Praxis auftauchte und Fiorina sich eilig von Hagen verabschiedete.

Dieser wählte noch einmal Enzos Handynummer. Mehr als eine Stunde Verspätung war selbst für einen viel beschäftigten italienischen Handwerker ungewöhnlich lang. Wieder hörte er nur die automatische Ansage, der Teilnehmer sei zurzeit leider nicht erreichbar.

Hagen steckte das Smartphone ein und trat an die dem Meer zugewandte Kante der Terrasse, wo nur einige schwere, quadratische Betonkübel ihn daran hinderten, in die Tiefe zu stürzen. Er hatte keine Ahnung, welcher Art die kümmerlichen Pflanzen darin angehörten, die partout nicht gedeihen wollten. Dennoch konnte er sich nicht überwinden, das Gestrüpp endlich herauszureißen und durch etwas Ansehnlicheres zu ersetzen.

»Nils?«, rief er in die Tiefe.
»Was ist?«, kam es verschlafen von unten.
»Lust auf ein kleines Abenteuer?«
»Jetzt gleich?«
»Na klar.«
»Wird es gefährlich?«
»Ich denke, schon.«
»Kann ich vorher noch kurz duschen?«

»Du findest ihn zu dunkel?«, fragte Rosetta Luccarelli enttäuscht. »Also, ich finde die Farbe genau richtig, und so eine Qualität kriegt man heute nirgendwo mehr. Den hat dein Großvater in Mailand gekauft, in einem ganz exklusiven Geschäft in der Galleria Vittorio Emanuele II. Schau doch, wie gut er zu den neuen Vorhängen passt.«

Fiorinas Mutter, eine kleine rundliche Frau Anfang sechzig, hielt den fadenscheinigen Wollteppich, den sie eben in Fiorinas zukünftiges Arbeitszimmer geschleppt hatte, vor die blauen Vorhänge. Auch Nonna Maria, die hinter ihr, begleitet von Lärm und einem Schwall Baustellenstaub, durch die Tür gewackelt kam, lobte den mottenzerfressenen Teppich in den höchsten Tönen. Dann sank sie ächzend auf den Polstersessel, der für Fiorinas Klientinnen reserviert war.

»Mamma, also wirklich – hier drin brauche ich etwas Freundliches, Helles. Aber auf keinen Fall ein so düsteres Braun.«

Bevor die Nonna in Federicos Zimmer und dieser in ihre frühere Wohnung unter dem Dach gezogen war, hatten Fiorina und ihre Mutter dort oben gründlich ausgemistet. Das meiste war im Müll gelandet, aber die wunderschöne Vitrine und den alten Ohrensessel hatte Nonna Maria mit Zähnen und Klauen verteidigt, und jetzt leistete beides ihrer Enkelin gute Dienste. Der Sessel war aus feinstem Zedernholz gearbeitet und mit Schnitzereien verziert, auf dem abgewetzten Gobelinbezug tanzten Elfen und Faune um einen von Weinlaub umrankten Brunnen.

Nebenan ratterte und klopfte es wieder einmal in einem fort. Fiorina öffnete das Fenster, um die noch frische Luft hereinzulassen. Auch wenn es tagsüber oft schon so heiß war wie im Hochsommer, kühlte es während der Nacht noch ab.

»Dann legst du ihn eben in das Zimmer hinten zum Hof.« Gekränkt rollte ihre Mutter den Läufer zusammen und schob ihn mit der Schuhspitze an die Wand, wo ihre Handtasche lag. »Vielleicht weiß Hagen ihn mehr zu schätzen als du.«

»Wieso Hagen?«, fragte Fiorina verdutzt.

»Na, ich dachte, wir könnten es als Zimmer für ihn einrichten. Bei uns oben ist kein Platz für ein Gästezimmer, und es wäre doch praktisch, wenn er hier manchmal übernachten könnte. Wo ihr in letzter Zeit doch so viel miteinander unternehmt. Der Weg nach Porto Azzurro ist ja viel zu weit, vor allem spätnachts.«

So unverfänglich ihre Worte klangen, so eindeutig war ihr Blick. Genau diesen Gesichtsausdruck hatte Rosetta Luccarelli sonst immer, wenn sie von ihrer Jugend erzählte, als sie ihren Ehemann und den späteren Vater ihrer Kinder kennenlernte und sich in ihn verliebte. Einen der damals noch zahlreichen und wohlhabenden Fischer Portoferraios, der eines Morgens von einer Fahrt aufs Meer in stürmischer Nacht nicht mehr zurückgekehrt war.

Fiorina, die gerade dabei gewesen war, Bücher und Ordner ins Wandregal zu räumen, unterdrückte einen Jubelschrei – ein Zimmer für Hagen! Mit Mammas Einverständnis! Zudem schön abgelegen und weit entfernt von sensiblen Mutterohren. Es geschahen doch noch Zeichen und Wunder. Am liebsten wäre sie ihrer Mutter um den Hals gefallen, unterließ es jedoch, um sie nicht in Verlegenheit zu bringen.

»Du hast recht, Mamma, das Zimmer steht leer, und Hagen wird sich bestimmt über den Teppich freuen«, sagte sie mit gespieltem Gleichmut.

Zufrieden in sich hinein lächelnd, strich ihre Mutter über ihr weiß getupftes Kleid, dessen dunkelblauer Grundton wunderbar zu ihren eleganten Pumps in derselben Farbe passte.

Schon an dem Tag, als Fiorina ihn ihr vorgestellt hatte – damals noch als ihren Arbeitgeber, bei dem sie als arbeitslose Psychologin einen Job als Haushaltshilfe angenommen hatte –, hatte Rosetta Luccarelli Hagen ins Herz geschlossen. Natürlich hoffte sie, dass dieser stattliche und trotz seiner mitunter etwas knurrigen Art durch und durch sympathische und großzügige und außerdem auch noch höfliche Deutsche ihre Tochter in naher Zukunft zum Traualtar führen würde. Und wenn dieser Plan nicht aufging, dann würde Fiorinas Mutter ihn eben adoptieren.

»Die Feier, Rosetta«, sagte die Nonna mit einem Mal aufgeregt. »Du musst ihr von der Feier erzählen!«

Fragend hob Fiorina die Brauen. Die kastanienbraunen Augen ihrer Mutter begannen zu leuchten.

»Heute ist mein freier Tag, und nach dem Arzttermin gehen Nonna Maria und ich zum Einkaufen, und danach wird gekocht«, erklärte sie und wedelte geschäftig mit den Armen, als rührte sie schon in ihren Töpfen.

Eigentlich hatte Fiorina ihre Großmutter zum Arzt begleiten wollen, erhob aber keinen Einspruch. So fand sie endlich wieder einmal Zeit zum Lernen.

»Und am Abend machen wir ein großes Fest im Hof, mit lauter feinen Sachen«, fuhr Rosetta Luccarelli mit roten Wangen fort. »Hagens Stiefsohn ist natürlich auch eingeladen, er selbst sowieso, und Federico bringt vielleicht seinen neuen Kollegen mit, ein ganz sensibler junger Mann übrigens mit sehr guten Manieren, auch wenn er ein bisschen seltsam aussieht.«

Fiorina überlegte, ob sie ihr von dem infernalischen Lärm erzählen sollte, den der sensible junge Mann und ihr Nichtsnutz von Bruder in der vergangenen Nacht produziert hatten und den ihre Mutter, der Himmel mochte wissen, wie, offenbar verschlafen hatte. Aber erstens waren Hagen und sie zu dieser Zeit offiziell noch auf der Heimfahrt von Marciana Alta gewesen, und zweitens würde Mamma es ohnehin in Kürze von diversen wutschnaubenden Nachbarn erfahren.

»Um neun seid ihr bitte alle da«, verfügte Mamma abschließend. »Und du, Carissima, ziehst dir heute mal etwas ganz besonders Schönes an, ja?«

Wohlwollend ließ sie den Blick über das Outfit ihrer Tochter gleiten, die sich am Morgen für eine schilfgrüne Bluse, einen schmal geschnittenen Jeansrock und Sandalen aus weichem Leder entschieden hatte. Seit sie hin und wieder berufliche Termine hatte, trug Fiorina zur Freude ihrer Mutter nur noch selten ihren geliebten Schlabberlook. Eine Italienerin, hatte Mamma ihr von klein auf eingebläut, achtete in jeder Lebenslage darauf, Bella Figura zu machen.

»Was feiern wir denn?«, fragte Fiorina.

»Es ist ein Dankeschön«, sagte ihre Mutter mit Würde. »Ein Dankeschön an Hagen, weil er uns allen ein so unbeschwertes Leben ermöglicht.« Nun kam sie ins Schwärmen: »Du bist glücklich mit deiner Praxis, Nonna Maria ist glücklich, weil sie nicht mehr ständig allein ist, Federico ist glücklich, weil er endlich Platz für seine Kunst hat, und ich bin glücklich, weil ihr alle glücklich seid. Sag, ist das etwa kein Grund für ein ordentliches Fest?«

Es war Hagens Idee gewesen, den Geldsegen, der vor wenigen Wochen über die Luccarellis hereingebrochen war, als zinsloses Darlehen darzustellen, das er ihnen auf unbestimmte Zeit gewährte. Damals hatten er und Fiorina nicht nur einen verzwickten Todesfall aufgeklärt, sondern nebenbei auch Federico aus einem Riesenschlamassel geholfen. Hätte Rosetta Luccarelli gewusst, dass die zweihundertfünfzigtausend Euro in Wahrheit nicht von Hagen stammten, sondern aus dem Tresor eines waschechten Mafioso, dann hätte sie todsicher der Schlag getroffen.

»Nunzio kommt vielleicht auch«, nuschelte die Nonna und errötete bis an die Wurzeln ihres schlohweißen, aber noch immer vollen Haars, das sie wie stets zu einem Dutt hochgesteckt hatte.

»Dann machen wir eine schöne Panzanella, die mag er doch so gern«, beschloss Fiorinas Mutter, die eine hervorragende Köchin war und ihre kulinarischen Meisterwerke meist nach alten elbanischen Rezepten zubereitete. Dann klatschte sie in die Hände und schulterte ihre Handtasche. »So, Maria, wir beide müssen los, sonst sitzen wir heute Abend vor leeren Tellern. Und du, Fiorina, bring doch den Teppich schon mal in Hagens Zimmer.«

Seufzend hob Fiorina das müffelnde Ding hoch und begleitete Mamma und die Nonna zur Haustür. Als die beiden außer Sichtweite waren, versenkte sie den Teppich im Bauschuttcontainer.

Zurück in ihrem Arbeitszimmer, versuchte sie zum tausendsten Mal, Lucia zu erreichen. Wieder ohne Erfolg.

Benommen wollte Enzo Bibbiani die Augen öffnen, schaffte es jedoch nicht. Hatten ihn die Schmerzen geweckt oder die eisige Kälte, die durch seine Glieder kroch?

Die Schmerzen gingen von Kopf und Nacken aus, wurde ihm nach und nach bewusst, durchdrangen jedoch seinen ganzen Körper und lähmten ihn. Nicht einmal den kleinen Finger hätte er bewegen können, geschweige denn eine Hand.

Erst nach langer Zeit und unter größter Anstrengung gelang es ihm, die Lider zu heben. Aber er sah dennoch nichts. Tiefste Dunkelheit umgab ihn. Kein Sonnenstrahl, kein Stern oder Mondschein, nicht einmal der feinste Schimmer weit und breit. Erschöpft schloss er die Augen, und sofort zuckten wieder Blitze durch sein Gesichtsfeld. Immer noch besser als diese undurchdringliche Schwärze, die ihm Angst machte.

Modergeruch drang ihm in die Nase. Nachdem er wieder eine halbe Ewigkeit stillgelegen hatte, versuchte er vorsichtig, sich zu bewegen, ließ es aber sofort wieder sein.

Das Hämmern und Dröhnen in seinem Kopf war inzwischen so übermächtig, dass er befürchtete, sich jeden Moment übergeben zu müssen.

Irgendwann später, nachdem er immer wieder weggedämmert war, wurde ihm klar, dass er bäuchlings auf etwas Hartem lag. Eine alte Matratze, vielleicht, oder eine Pritsche? Nein, das hätte sich anders angefühlt, und auch der Untergrund strömte diesen feuchten, fauligen Geruch aus, den er vorhin schon bemerkt hatte. Er musste auf dem Boden liegen. Auf einem harten, kalten Boden.

Enzo Bibbiani versuchte, sich zu erinnern, wie er hierhergekommen war, wo er sich befinden mochte. Aber er konnte nicht einen klaren Gedanken fassen. Immer wieder überwältigte ihn das Stampfen in seinem Kopf, der Druck, der seine Ohren fast platzen ließ. Als er spürte, dass der Schlaf ihn wieder übermannte, hoffte er, nie wieder aufzuwachen.

9

»Und?«, fragte Nils, als er und Hagen im Ferrari saßen. »Wohin geht die Reise?«

»Lass dich überraschen.«

»Und was ist in der Tüte da hinten?«

»Lass dich überraschen.«

Hagen fuhr in Richtung Portoferraio, von dort weiter nach Westen, passierte Procchio und Marciana Alta, bis schließlich der schiefe Wegweiser zur Ca' dei Muli in Sicht kam. Ein weiteres Mal rumpelte der flache Sportwagen das steile, kurvige Sträßchen hinauf. Er bockte zeitweise so heftig, dass Nils sich wieder einmal am Haltegriff über der Tür festklammerte.

»Ist ja voll urig hier. Hoffentlich bleiben wir nicht stecken.«

»Dann darfst du schieben.«

Die Scheune kam in Sicht. Das Gekläffe der großen Hunde war selbst bei geschlossenen Fenstern deutlich zu hören.

»Sie sind an der Kette«, beruhigte Hagen seinen Stiefsohn, der sich schon als Kind vor Hunden gefürchtet hatte.

Wie beim letzten Mal stellte er den Ferrari auf der struppigen Wiese neben der Scheune ab, in sicherer Entfernung von den Kötern, und wie beim letzten Mal trat der Besitzer des verlotterten Anwesens aus der Tür, bevor Hagen den Motor abgestellt hatte. Dieses Mal hielt er seinen Prügel schon in der Hand.

Hagen zog den sechsschüssigen, über einhundert Jahre alten Revolver von der Eidgenössischen Waffenfabrik aus der Tüte, ein Museumsstück, für das mancher Waffensammler, ohne zu zögern, einen Mord begangen hätte. Nils machte große Augen, sagte aber nichts. Sie stiegen aus.

Der brüllende und fluchende italienische Muskelprotz verstummte beim Anblick der Waffe augenblicklich.

»Da, das Tor«, sagte Hagen halblaut zu Nils. »Da musst du rein. Ich halte den Deppen so lange in Schach.«

Nils gehorchte, ohne zu verstehen, was hier gespielt wurde. Der Italiener beobachtete ihn mit offenem Mund, sah zu, wie er die Scheune betrat und auf Hagens Bitte die grüne Plane von dem schweren Motorrad zog, das darunter zum Vorschein kam.

Hagen warf Nils den Schlüssel zu, deutete auf die chromblitzende Harley und erklärte Alessandros streitsüchtigem Onkel kalt: »Questa è la mia.«

Molteni antwortete mit einer Kaskade von Flüchen.

Hagen schoss zweimal in die Luft, und Molteni verschlug es zum zweiten Mal die Sprache.

»Eine Harley«, hauchte Nils andächtig.

»*Meine* Harley«, korrigierte Hagen grimmig und mit immer noch erhobener Waffe. »Schieb sie raus.«

»Darf ich … darf ich sie fahren?«

»Du musst sogar. Dazu hab ich dich mitgenommen.«

Alessandros Onkel protestierte nur noch kleinlaut und mit rotem Kopf. Hagen wiederholte seinen Besitzanspruch umso lauter: »Questa. Macchina. È. La. Mia!«

Die Hunde hörten dieses Mal nicht auf zu bellen. Der Knall der Schüsse hatte ihre Raserei noch weiter gesteigert.

Da Nils mit der schweren Maschine in der mit Autoteilen und Schrott vollgestellten Scheune nicht zurechtkam, bedeutete Hagen dem Italiener mit einem Wink der Waffe, ihm zu helfen. Aus dem Haus war Frauengeschrei zu hören. Molteni antwortete mit einer weiteren Tirade gebrüllter Schimpfworte, während er Nils mit verkniffener Miene und mordlustigen Blicken zur Hand ging.

Zwei Minuten später schwang Nils sich stolz auf die Harley und stellte fest, dass er keinen Helm hatte.

»Macht nichts«, meinte Hagen achselzuckend. »Wir sind in Italien. Falls doch was sein sollte – ich zahle den Strafzettel.«

Die Hunde hatten sich endlich beruhigt, beschränkten sich jetzt auf Knurren und Fletschen ihrer Raubtiergebisse. Glücklicherweise war der Motorraddieb nicht auf die Idee gekommen, die Bestien beim Auftauchen der beiden Deutschen von der Kette zu lassen. Hagen hätte sie erschießen müssen.

»Ich wär so gerne Millionär«, trällerte Nils grinsend, während er den Motor anließ und mit angemessenem Donner davon fuhr.

Demonstrativ fuchtelte Hagen noch ein wenig mit dem Revolver herum, stieg schließlich in den Ferrari, wendete und folgte ihm.

Molteni stand ein wenig verloren auf der graubraunen Wiese und sah ihnen mit immer noch offenem Mund nach.

»Belästigt?«, rief die üppige, rotblonde Frau, die Fiorina barfuß und in einem offenherzigen nachtblauen Seidenkimono das Gartentor geöffnet hatte. »Gestalkt hat er mich, dieser Mistkerl, nach Strich und Faden gestalkt, und am Ende dann ja praktisch verge…«

Petronella Tommasi brach ab und wirbelte so aufgebracht mit beiden Armen, dass Fiorina Sorge hatte, sie würde ihr aus Versehen eine Ohrfeige verpassen.

Ihre Befürchtung, Alessandro könnte Lucia etwas angetan haben, war in den vergangenen Stunden immer größer geworden. So hatte sie beschlossen, sich direkt an die beiden Frauen zu wenden, die ihn angezeigt hatten, und das Lernen auf später zu verschieben. In dem Haus in Portoferraio, in dem Nina Bolsonaro lebte, Alessandros zweites Opfer, hatte Fiorina niemanden angetroffen, weshalb sie die vierzigminütige Fahrt nach Cavoli auf sich genommen hatte, wo Petronella Tommasi in einem modernen Bungalow wohnte.

»Entschuldigen Sie, Signora Dottoressa, aber der Gedanke an diesen Halunken macht mich immer noch zornig. Che cazzo!« Das Lächeln, das plötzlich auf Petronella Tommasis rundlichem, von Sommersprossen übersätem Gesicht erschien, stand in krassem Widerspruch zu dem Schimpfwort. »Darf ich Ihnen einen Caffè anbieten?«

Mit keinem Wort entschuldigte sie sich für ihre unangemessene Kleidung. Normalerweise wäre eine Italienerin nicht einmal dem Postboten in diesem Aufzug gegenübergetreten.

Dieses Mal hatte Fiorina sich nicht als Lucias Freundin ausgegeben, sondern als Psychologin vorgestellt, die sich Sorgen um ihre Patientin machte. Sie folgte Petronella Tommasi durch einen kleinen, aber liebevoll gepflegten Garten zu einer von einer butterblumengelben Markise beschatteten Terrasse. Um einen runden Tisch aus Tropenholz waren vier schwere Loungesessel gruppiert, aus dem Haus drang das aufgeregte Gebell eines Hündchens. Mit einladender Geste deutete die Hausherrin auf die Sitzgruppe und verschwand durch eine Glastür nach drinnen.

Von hier hatte man eine sensationelle Aussicht auf die Bucht, in der Segelboote träge im Wasser lagen, und auf die ehemalige Gefängnisinsel Pianosa. Das Meer war so tiefblau wie selten, und auch der Himmel leuchtete in strahlendem Azur. Es duftete nach den Rosen, die sich an der Hauswand an hölzernen Kletterhilfen und geschmiedeten Eisengittern emporrankten. Eine Hummel summte geschäftig um eine verschwenderisch blühende Bougainvillea herum. Überall zirpten Grillen, und vom Strand drang Kindergeschrei herauf.

Aus dem Haus, einem weiß verputzten, verwinkelten Gebäude, hörte Fiorina eine Espressomaschine brummen, das Gebell war verklungen. Während sie wartete und die Aussicht genoss, fiel ihr ein, an wen ihre Gastgeberin sie erinnerte. Sie hatte zwar keine Locken, aber fast dieselbe Haarfarbe wie Lucia. Auch die Gesichtsform war ähnlich, und beide hatten eine vergleichbar üppige Oberweite. Das konnte kein Zufall sein.

Petronella Tommasi erschien bald wieder, dieses Mal mit einem Tablett in der Hand und begleitet von einem kleinen schwarzbraunen Mischlingshund, zwischen dessen Ohren ein veilchenfarbenes Schleifchen prangte. Während das Tier aufgeregt um ihre Beine sprang, verteilte sie die beiden gut gefüllten, farbenfroh bemalten Espressotassen und stellte eine Zuckerdose, zwei Tellerchen und eine Porzellanschale mit Dolci auf den Tisch. Die Karaffe mit Wasser, die sie ebenfalls mitgebracht hatte, und zwei Gläser ließ sie auf dem Tablett stehen.

Als sie sich Fiorina gegenübersetzte, sagte sie: »Wissen Sie, dass Alessandro im Gefängnis war? Zwei Jahre hat er gekriegt, aber dann wurde er wegen guter Führung vorzeitig entlassen.« Petronella Tommasi verdrehte die saphirblauen Augen. »Über seine Clique ist er wohl in falsche Kreise geraten, und dann hat eben das eine das andere ergeben. Kleine Diebstähle, Drogenhandel ...«

Fiorina streichelte das seidig weiche Fell des Hündchens, das sie mit seiner feuchten Nase vorsichtig beschnupperte.

»Dazu die eine oder andere Schlägerei«, fuhr ihre Gastgeberin fort. »Mehrere Einbrüche, schließlich sogar Raubüberfall mit Körperverletzung. Soweit ich weiß, wurde er auf Bewährung entlassen. Den Job, den er jetzt hat, hat er nur über Beziehungen bekommen, habe ich gehört.«

»Entschuldigen Sie, wenn ich indiskret bin, aber warum haben Sie Ihre Anzeige damals eigentlich zurückgezogen?«

Petronella Tommasi antwortete nicht sofort, sondern

nahm eines der in Plastikfolie eingeschweißten Aprikosentörtchen aus der Schale und packte es mit wütenden Bewegungen aus.

»Ich bin immer noch der Meinung, dass das ein Fehler war«, sagte sie, als die Verpackung endlich offen war. »Nicht nur, weil Alessandro mein Vertrauen missbraucht und mich zum Gespött gemacht hat, in der Nachbarschaft, bei meinen Kollegen in Portoferraio, so gut wie überall.«

Bevor Fiorina nachhaken konnte, was diese Bemerkung zu bedeuten hatte, sprach sie schon weiter.

»Madonna, er hat mich ja richtiggehend terrorisiert damals, am Ende war ich ein einziges Nervenbündel.« Sie brach ein Stück Aprikosentörtchen ab und steckte es genießerisch in den blutrot geschminkten Mund. »Ständig hat er mich auf dem Telefonino angerufen, oft sogar mitten in der Nacht.«

Das Hündchen, das das Interesse an der Besucherin verloren und sich zu den Füßen der Hausherrin niedergelegt hatte, sah mit herzerweichendem Blick zu ihr auf und winselte. Sie tätschelte dem Tier das Köpfchen und schob ihm ein Stück Gebäck ins Maul.

»Mit seinem dämlichen Roller hat er immer wieder vor dem Haus gestanden und mich zugequatscht, sobald ich zur Tür hinaus bin. Einer meiner Nachbarn hat ihn für mich verjagt und mit der Polizei gedroht. Was denken Sie, wie peinlich mir das war, die halbe Nachbarschaft hat mich darauf angesprochen … Oddio!«

Wie aufs Stichwort wurde im Haus nebenan mit lautem Knarren ein Fensterladen geöffnet. Ein dunkler Schopf erschien, die dazugehörige Frau rief eine Begrüßung und erkundigte sich nach Petronella Tommasis Befinden. Diese rief ein paar unverfängliche Worte zurück, das Hündchen, das sofort aufgesprungen war, bellte freudig und wedelte mit dem Stummelschwanz.

Fiorina, die aus eigener Erfahrung wusste, wie nervtötend die überschäumende Anteilnahme von Freunden und Nachbarn manchmal sein konnte, machte eine mitfühlende Bemerkung, als die Nachbarin ihr Fenster wieder geschlossen hatte.

»Warum haben Sie Alessandro nicht schon früher angezeigt?«, fragte sie und trank einen Schluck Kaffee. Er war sehr stark und so bitter, dass sie ausnahmsweise einen halben Löffel Zucker hineinrührte.

Mit dem Kaffeelöffel zeichnete Petronella Tommasi ein kleines Muster in die Krümel auf ihrem Teller, reagierte ansonsten aber nicht. Der Hund verlegte sich wieder aufs Winseln und versuchte vergeblich, auf ihren Schoß zu klettern.

»Ich hätte nie gedacht, dass er …«, begann sie schließlich und half dem Hündchen mit einem Seufzen hoch, ohne auf Fiorinas Frage einzugehen. »Aber an dem Abend, als meine Cousine in Portoferraio Geburtstag hatte, ist es dann passiert. Auf dem Heimweg, ich ging gerade zurück zum Auto. Auf einmal stand er da, hat mich festgehalten und ins Gebüsch gezerrt und ….«

Im Protokoll der Carabinieri hatte nichts von versuchter oder vollzogener Vergewaltigung gestanden, nur von sexueller Belästigung. Fiorina verstand, warum die arme Frau verstummt war. In Italien sprach man nur mit engsten Freunden oder Angehörigen über Sex, gleichgültig, ob dieser freiwillig oder erzwungen war.

»Das heißt«, sagte Fiorina, und die Unruhe in ihr wuchs bei dem Gedanken, dass es bei Lucia vielleicht genauso gewesen war, »Alessandro hat Sie bis nach Portoferraio verfolgt. Und dort hat er gewartet, bis er Sie schließlich alleine abpassen konnte.«

Petronella Tommasi zuckte die Schultern, schob dem Hund den Teller hin, sah ihm zu, wie er das restliche Törtchen verspeiste und sogar die Brösel aufschleckte. Ein Windstoß fegte über die Terrasse, brachte ihren Kimono zum Flattern und gab den Blick auf ein rot-blaues Schmetterlingstattoo am Oberschenkel frei.

»Woher hatte er eigentlich Ihre Telefonnummer?«, wollte Fiorina wissen.

»Wie?«

»Sie sagten eben, dass Alessandro Sie oft auf dem Handy angerufen hat.«

»Na ja, die kennen alle meine Schüler. Falls sie mit den Hausaufgaben nicht zurechtkommen oder sonst eine Frage haben, dürfen sie mich anrufen.«

»Schüler?« Fiorina blinzelte. »Waren Sie etwa seine Lehrerin?«

»Ja, natürlich. Die letzten beiden Jahre habe ich ihn in der Scuola Secondaria in Portoferraio unterrichtet, in Italienisch und Englisch. Sie haben übrigens Glück, dass Sie mich antreffen, heute ist mein freier Tag.«

Fiorina wunderte sich, dass davon nichts im Protokoll der Carabinieri gestanden hatte. Aber die schienen sich ja laut Hagen eher für andere, völlig unwichtige Details interessiert zu haben.

Laut Petronella Tommasi war Alessandro ein sehr talentierter Schüler gewesen, der sogar das Gymnasium hätte besuchen können. Sein Onkel hatte jedoch nichts davon wissen wollen.

»War Alessandros Onkel der Grund, warum Sie Ihre Anzeige zurückgezogen haben?«

Petronella Tommasi sah hinaus aufs Meer, wo die Segeljachten im allmählich auffrischenden Wind zu kreuzen begannen. In einem Zug leerte sie dann die Tasse und knallte sie so heftig auf den Tisch, dass das Hündchen aufjaulte.

»Ja. Er war bei mir, gleich am nächsten Tag«, stieß sie hervor. »Aber ich habe ihn hinausgeworfen. Ich bin nicht so leicht einzuschüchtern.«

Als einen Tag später ein Stein durch die Windschutzscheibe ihres Autos flog, lenkte sie jedoch ein. Sie rief den Raufbold an und versprach ihm, die Anzeige zurückzuziehen.

»Sie denken, er hat den Stein geworfen?«

»Wer sonst? Er hatte mich ja schon vorher bedroht, ziemlich massiv sogar.« Mit angespannter Miene kraulte sie ihrem Tier das Fell. »Ich wollte nicht noch mehr Ärger. Mir hat schon das Gerede in der Nachbarschaft und im Kollegium gereicht. Zwei Monate später hat Alessandro die Schule abgeschlossen, mit sehr guten Noten übrigens, und von da an war Ruhe.«

Abrupt setzte sie den Hund auf den Boden, stand auf und fragte ihre Besucherin, ob sie den Weg hinaus alleine finde.

»Mir ist gerade eingefallen, dass ich in einer halben Stunde mit einem Bekannten verabredet bin.«

Als Fiorina das Gartentor erreichte, hatte sie das unbestimmte Gefühl, nicht alle Fragen gestellt zu haben, die ihr auf dem Herzen lagen. Irgendetwas hatte sie übersehen, ihr wollte jedoch beim besten Willen nicht einfallen, was.

10

»Lieb von dir, dass du mitkommst«, sagte Fiorina, als sie und Hagen auf das mehrstöckige, ungewöhnlich hässliche Gebäude der Carabinieri an der Viale Elba zugingen. »Irgendwie fühle ich mich immer unwohl, wenn ich mit der Polizei zu tun habe.«

»Hast du mal schlechte Erfahrungen mit den Kollegen gemacht?«, fragte Hagen überrascht. Bisher hatte er Fiorina als Frau kennengelernt, die nicht so leicht einzuschüchtern war.

»Ich glaube, die Angst vor der Staatsmacht saugt man bei uns mit der Muttermilch ein. Besser, man hat nichts mit Behörden zu tun, denn das bringt in aller Regel nur Ärger und Kosten mit sich. Und die von der Arma sind besonders verrufen.«

Die Arma dei Carabinieri bildete, wie Hagen inzwischen gelernt hatte, neben dem Heer, der Marine und der Luftwaffe eine eigene Teilstreitkraft innerhalb des italienischen Militärs, unterstand jedoch, soweit es polizeiliche Aufgaben betraf, dem Innenministerium.

Das Gelände, auf dem der scheußliche rosafarbene Kasten stand, war von einem übermannshohen, massiven und von Stacheldraht gekrönten Zaun umgeben. Ein schwarzer Alfa Romeo kurvte mit Blaulicht und leise quietschenden Reifen an ihnen vorbei zur Ausfahrt, bog rechts ab und beschleunigte mit beeindruckender Kraft. Erst, als der Wagen schon ein gutes Stück entfernt war, schaltete der Fahrer die Sirene ein.

Fiorina und Hagen betraten die Sicherheitsschleuse, wurden von einem misstrauischen Polizisten in schwarzer Uniform, der in einem Kabäuschen hinter Panzerglas saß, nach ihrem Anliegen gefragt. Was Fiorina sagte und was der andere durch eine blechern scheppernde Sprechanlage antwortete, konnte Hagen nicht verstehen. Beim Anblick der Sicherungseinrichtungen, die die Carabinieri selbst in einem so beschaulichen Ort wie Portoferraio für notwendig zu halten schienen, wunderte er sich nicht mehr, dass die Bevölkerung den Kontakt zu ihnen mied.

Sie mussten ein Weilchen warten, während der Mann hinter der dicken Scheibe telefonierte. Schließlich legte er den Hörer auf und bedeutete ihnen, zu einer Stahltür zu gehen. Der Öffner schnarrte mit der Bedeutung des Ortes angemessener Lautstärke, und sie traten ein ins Allerheiligste dieser wehrhaften Einrichtung.

Eine kühl lächelnde, ebenfalls uniformierte Frau kam ihnen entgegen, man schüttelte knapp und distanziert Hände. Fiorina schilderte ihr Anliegen, und Hagen hörte mehrmals das Wort »dispersa« in Kombination mit Lucias Namen und schloss daraus, dass es »vermisst« bedeutete. Sie wurden in ein kleines, altertümlich eingerichtetes und muffig riechendes Büro geführt. Mit wichtiger Miene schrieb die Polizistin ein kurzes Protokoll, erklärte Fiorina – wenn er richtig verstand –, dass es schwierig werden dürfte, die verschwundene Frau zu finden. Dennoch werde man selbstredend alles tun, was in den Möglichkeiten der Polizei stehe. Was nach Hagens Einschätzung bedeutete: erst mal gar nichts. Schließlich notierte die Polizistin noch Fiorinas Namen, Anschrift und Handynummer, und sie waren entlassen.

Beim Hinausgehen begegneten sie einem früheren Schulfreund von Fiorina namens Piero, der erst seit Kurzem wieder auf Elba war. Er bekleidete den Rang eines Tenente, und die Schulterklappen zierten zwei goldene Sterne. Fiorina wollte ihm von Lucia erzählen, aber er hatte es eilig und wimmelte sie ab. Fiorina rief ihm nach, sie werde ihn später anrufen.

»War interessant, mal so eine Carabinieri-Kaserne von innen zu sehen«, bemerkte Hagen, als sie ins Freie traten und Fiorina aufatmete. »Hast du zufällig Lust auf einen Caffè?«

Sie hatte.

»Wieso hast du ihr eigentlich nichts von Alessandro erzählt?«

Auf dem Weg hierher hatte Fiorina ihm von ihrem Gespräch mit Petronella Tommasi berichtet.

»Ich möchte erst noch mit dem zweiten Stalking-Opfer sprechen«, erwiderte sie mit gerunzelter Stirn. »Aber ich konnte die Frau bisher nicht erreichen. Wenn ich den Jungen bei der Polizei anschwärze, dann verliert er womöglich seine Arbeit. Er ist auf Bewährung aus dem Gefängnis entlassen worden, und solange ich mir nicht hundertprozentig sicher bin, dass er etwas mit Lucias Verschwinden zu tun hat, möchte ich keine Pferde scheu machen.«

Das gemeinsame große Abendessen, das üblicherweise am Sonntag im Palazzo Luccarelli zelebriert wurde, war inzwischen schon zur Tradition geworden. Auch, dass ihnen die Nonna Gesellschaft leistete, war nichts Neues mehr. Sie trug zwar selten etwas zur Unterhaltung bei, genoss es jedoch sichtlich, mit am langen Tisch sitzen zu dürfen.

Neu war allerdings, dass das Essen an einem Mittwoch stattfand, dass Fiorina Hagen den Anlass der Einladung außer der Reihe partout nicht verraten wollte und dass Nils mit von der Partie war. Mamma Luccarelli hatte darauf bestanden, Hagens Figlio kennenzulernen, und dieser wollte sich das Abenteuer eines original italienischen Familienessens natürlich nicht entgehen lassen. Neu war außerdem, dass das Essen wegen der schon fast sommerlichen Temperaturen unter freiem Himmel stattfand, im überraschend großen Innenhof hinter dem Haus.

Den Tisch, der hier das ganze Jahr über stand, hatte Federico eigenhändig gezimmert, aus alten Europaletten und Brettern, die er irgendwo gefunden oder vielleicht auch geklaut hatte. Bei Tageslicht ähnelte das Gebilde mehr einer modernen Plastik als einem Esstisch, aber da Mamma Luccarelli einige weiße Tücher darübergebreitet hatte, erfüllte das Machwerk – abgesehen von diversen Unebenheiten, Löchern und anderen tückischen Stellen – seinen Zweck.

Hagen und Nils hatten geholfen, Stühle in den Hof zu tragen, die Frauen hatten sich um Herstellung und Transport des Essens gekümmert, Federico und sein neuer Star Ambrogio um die Getränke. In den Zweigen des Granatapfelbaums, der aufgrund des ewigen Schattens zwischen den hohen Gebäuden etwas verhungert wirkte, hingen bunte Lichterketten, und die Stimmung war schon vor dem ersten Schluck Wein südländisch ausgelassen.

Fiorinas Mutter hatte wegen der zusätzlichen Gäste nach Hagens Schätzung dreimal so viel gekocht wie üblich. Für eine italienische Mamma war ein Essen, bei dem am Ende nicht jeder über Bauchschmerzen klagte, offenbar eine unverzeihliche Blamage.

Fiorina und Nils trafen heute zum ersten Mal aufeinander, schienen sich auf Anhieb zu verstehen, und Federico konnte natürlich keine Sekunde die Augen von dem knusprigen jungen Deutschen mit den weißblonden, schulterlangen Locken lassen. Nils' Haarfarbe musste von seinem Erzeuger stammen, den Hagen nie getroffen hatte. Constanze hatte rehbraune Haare, die sie allerdings immer wieder anders färbte, und Hagens Haar war dunkel und kurz geschoren.

Nils war erst fünf Stunden nach der Rückeroberung der Harley wieder aufgetaucht, hatte in der Zwischenzeit fast die komplette Insel erkundet und geradezu geleuchtet vor Glück.

Auch die Nonna, die neben Nils saß, betrachtete den neuen Gast mit Wohlwollen. Immer wieder versuchte sie, sein Haar zu berühren, ließ es jedoch schmollend bleiben, nachdem Mamma sie mehrfach ermahnt hatte. Ambrogio hatte gegenüber von Federico Platz genommen und erwies sich trotz seines einschüchternden Körperbaus und furchterregenden Aussehens rasch als netter Kerl, der zwar kein Wort Deutsch, jedoch recht ordentlich Englisch sprach.

Erstes Thema war natürlich der Anlass des außer der Reihe stattfindenden Abendessens. Mamma Luccarelli hielt sogar eine kleine Ansprache zu Hagens Ehren, lobte seine Großzügigkeit in den Himmel und schwor, er werde sein vieles Geld irgendwann bis auf den letzten Euro zurückerhalten. Fiorina übersetzte die Lobeshymne für Hagen und Nils, und am Ende mussten alle miteinander anstoßen, was bei der langen Tafel nicht ohne Verrenkungen, Gelächter und Rotweinflecken abging.

Zweites Thema war die siegreiche Schlacht um die Harley-Davidson. Hagen ließ Nils erzählen, der seine Aufgabe mit Bravour meisterte und den Überfall auf Alessandros Onkel genussvoll ausschmückte. Fiorina übersetzte dieses Mal ins Italienische, wie der Recke Hagen seinen furchterregend großen Revolver gezogen und in die Luft geschossen hatte.

»Waren bloß Platzpatronen«, fiel ihm Hagen ins Wort. Dass in den letzten zwei Kammern der Trommel für alle Fälle scharfe Munition gesteckt hatte, brauchte niemand zu wissen.

Mamma erklärte, sie wäre zu gerne dabei gewesen, hätte auch ihren alten Karabiner mitgebracht, um diesem Halunken – todsicher ein Abkömmling der Piraten, die Elba in früheren Zeiten so oft ausgeplündert und in Angst und Schrecken versetzt hatten – zusätzliches Feuer unter seinem stinkenden Hintern zu machen. Federico meinte, sie hätten den Bösewicht an einen Baum binden und ein wenig foltern sollen, und die Nonna nickte fröhlich zu allem, obwohl sie vermutlich kein Wort verstand.

»Vielleicht stammt der Kerl auch vom Festland«, überlegte Mamma. »Von da kommt ja auch selten etwas Gutes. Aus dem Süden, natürlich, wo ständig alles gestohlen wird, was nicht festgeschraubt ist.«

Nach ihrer Ansicht waren die meisten Bewohner des

westlichen Teils ihrer geliebten Insel Halunken, Strauchdiebe und Schlitzohren. Fiorina meinte, aufgrund des Dialekts, den der Onkel sprach, sei er wohl tatsächlich nicht auf Elba zur Welt gekommen. Sie vermutete allerdings, er stamme eher aus dem Trentino.

Als ersten Gang gab es Mamma Luccarellis allseits geschätzte Panzanella, einen toskanischen Brotsalat mit Tomaten und anderem Gemüse, den sie extra für Nunzio gemacht hatte, ihren alten Nachbarn aus dem Haus gegenüber. Inzwischen hatte er sich ebenfalls zu ihnen gesellt und neben die Nonna gesetzt. Anschließend wurden Berge von gefüllten Zucchiniblüten aufgetragen, und als Primo Pansotti con salsa di noci, selbst gemachte Teigtaschen mit einer überirdisch gut schmeckenden Walnusssoße.

Federico berichtete von den Fortschritten seiner Band. Eine Bassistin namens Raffaella mit Walkürenfigur und Reibeisenstimme, die Ambrogio unbedingt dabeihaben wollte, hatte trotz mehrfacher Nachfragen immer noch nicht zugesagt. Aber noch während Federico erzählte, plärrte Ambrogios Handy los. Es war Raffaella, die erklärte, sie werde am nächsten Morgen zu den Proben kommen, und damit war die Band komplett.

Auf diesen glücklichen Umstand musste natürlich wieder jeder mit jedem anstoßen, was die Zahl der roten Flecken auf dem weißen Tuch noch einmal beträchtlich erhöhte. Mamma Luccarelli verlor einige mild mahnende Worte wegen des Radaus am Vorabend. Inzwischen war es ihr zum Glück gelungen, alle Nachbarn, die sich beschwert hatten, wieder zu besänftigen.

Das Repertoire der aufstrebenden Rockband umfasste

schon über fünfzehn Stücke, erfuhr das mehr oder weniger interessierte Publikum. Ein wenig Uriah Heep und Led Zeppelin, viel von Federico selbst Komponiertes und einiges von Zucchero, den Federico perfekt nachahmen konnte, wie er umgehend unter Beweis stellte. Er stimmte einen Song nach dem anderen an, bis Fiorina augenrollend versuchte, ihn unter dem Tisch gegen das Schienbein zu treten, und Mamma, die vor Begeisterung in die Hände klatschte, ihn schließlich bat, auch die anderen Menschen am Tisch wieder einmal zu Wort kommen zu lassen.

Die Nonna und Nunzio schwiegen die meiste Zeit selig vor sich hin, tuschelten nur hin und wieder miteinander. Er hatte seiner Angebeteten eine kunstvoll gefertigte, mit funkelnden Steinchen besetzte Spange für ihre silbernen Löckchen mitgebracht, die vielleicht aus den Zeiten übrig geblieben war, als er nicht nur Uhren verkauft und repariert hatte, sondern auch wertvollen Schmuck, von dem er noch manches kostbare Stück in irgendwelchen Schubladen verwahrte.

Wasser und Wein flossen, die Stimmung stieg, das Secondo wurde aufgetragen. Heute gab es ein Gericht, das Hagen noch nicht kannte: Stoccafisso all'elbana, Stockfisch mit Kartoffeln, Tomaten, Oliven und Pinienkernen. Wie alles, was Fiorinas Mamma auf den Tisch brachte, schmeckte auch dieser im Grunde sehr einfache Eintopf göttlich.

Als ihr Teller leer war, beugte Fiorina sich zu Hagen herüber. »Ich überlege die ganze Zeit, ob Lucia sich vielleicht vor Alessandro versteckt. Nach allem, was mir sein früheres Stalkingopfer erzählt hat …«

»Möglich ist vieles«, erwiderte er achselzuckend.

»Vielleicht hat es am Montagabend Streit gegeben«, fuhr sie unbeirrt fort. »Alessandro ist ja angeblich handgreiflich geworden, und dabei könnte ihr Handy kaputtgegangen sein. Positano hat Alessandro verscheucht, sie ist in Panik davongelaufen und hat sich nicht anders zu helfen gewusst, als ... vielleicht sogar die Insel zu verlassen?«

»Vielleicht solltest du die Geschichte jetzt einfach mal für ein paar Stunden vergessen, Bellissima. Lass dir das Essen schmecken und denk lieber an was Schönes.« Er küsste sie erst auf den Mund, dann auf die Nasenspitze. »Zum Beispiel an das kommende Wochenende.«

»Himmel, ich muss das Hotelzimmer noch buchen!« Fiorina grinste ihn verrucht an, während ihre Mutter angestrengt woandershin sah. Auch sie war einmal jung gewesen, und auch damals hatte das mit der vorehelichen Keuschheit vermutlich nicht immer so ganz geklappt. Um sie auf andere Gedanken zu bringen, erzählte er Fiorina von Enzo Bibbiani, der ihn heute Morgen so schändlich versetzt hatte.

»Deutsche Handwerker lassen einen auch mal hängen«, schloss er kopfschüttelnd. »Aber dann rufen sie einen wenigstens an und erzählen einem ein schönes Märchen. Sogar sein Handy hat er ausgeschaltet, der Knallkopf.«

Nach dem Hauptgang musste Federico Ambrogio und Nils unbedingt das Napoleon-Klo zeigen. Dieses befand sich in einem wurmstichigen Verschlag, den jemand vor Ewigkeiten an das Haus angebaut hatte, und war eine von Federicos kreativen Ideen, um Touristen ein paar Euro abzuluchsen.

Während seiner nur zehn Monate dauernden Verbannung auf die Insel hatte der abgesetzte Kaiser unweit vom Haus der Luccarellis in der Villa dei Mulini gelebt. Dieser Umstand hatte Federico auf den Gedanken gebracht, ein Schild ans Haus zu hängen, das auf ein Plumpsklo hinwies, wo Napoleon angeblich mehrfach seine hochwohlgeborene Notdurft verrichtet hatte. Für die Besichtigung dieser historisch bedeutsamen Einrichtung verlangte Federico zwei Euro. Der eigentliche Trick waren jedoch angeblich zeitgenössische Lithografien, die in dem Verschlag hingen und allesamt den großen Korsen in Siegerpose an verschiedenen Punkten Elbas zeigten. Nicht wenige der Gäste versuchten nach der Besichtigung, dem tumben Führer eines oder zwei der Bilder abzuluchsen, wozu dieser sich regelmäßig nach langem Hin und Her überreden ließ. Pro Bild kassierte Federico hundertfünfzig Euro, gerne auch mehr.

Unnötig zu sagen, dass er nicht nur das Plumpsklo selbst gebaut hatte, sondern auch die Lithografien produzierte, von Hand auf künstlich vergilbtes Büttenpapier druckte, zart kolorierte und in Rahmen fasste, die von irgendwelchen Flohmärkten oder zum Abbruch vorgesehenen Häusern stammten. So trug auch Federico ein wenig zum Haushaltseinkommen bei, und selbst jetzt, da die Familie solche halbseidenen Geschäfte im Grunde nicht mehr nötig hatte, ließ er nicht davon ab, weil es ihm einfach zu viel Spaß machte, arrogante deutsche, Schweizer oder britische Touristen abzuzocken.

Als Nachtisch gab es Latte dolce fritto, eine gebackene süße Creme, für die Fiorina verantwortlich zeichnete und von der Hagen sich dreimal geben ließ. Federico gab noch eine Kostprobe von Zuccheros *Donne* zum Besten, Ambrogio trommelte dazu auf dem Tisch, und am Ende erhielten die beiden sogar von der Nonna und Fiorina lebhaften Applaus. Fledermäuse huschten herum und zogen viele der kleinen Fliegen und Stechmücken aus dem Verkehr, die allmählich lästig wurden. Nach dem Kaffee schlief die Nonna an Nunzio gelehnt im Sitzen ein und warf ihr Weinglas um, Mamma sah ein wenig abgekämpft, aber rundum glücklich um sich, Nils schielte vor Müdigkeit, hatte sichtlich zu tief ins Glas geschaut, und das Leben war einfach herrlich.

11

Am Donnerstagmorgen war Fiorina wie üblich früh auf den Beinen. Bevor sie ins Bad ging, trank sie mit ihrer Mutter zusammen in der Küche den ersten Caffè des Tages, ihr Ritual zum Tagesbeginn, seit sie aus Frankfurt zurückgekehrt war. Nonna Maria ließ sich immer erst später blicken, und Federico war auch zu den Zeiten, als er noch nicht die halbe Nacht lang einen Höllenlärm veranstaltete, selten vor Mittag aus dem Bett gekrochen.

Rosetta Luccarelli stand schon am altersschwachen Gasherd und setzte gerade die Macchinetta auf. Fiorina öffnete die Fenster, schlug die Läden zurück und atmete die noch frische Morgenluft und die Gerüche ihrer Heimatstadt ein. Sogar den Duft aus der Bäckerei ein paar Ecken weiter, in der Dodos Hallodri von Ehemann arbeitete, konnte sie erschnuppern. Wieder schien die Sonne vom schon jetzt strahlend blauen Himmel. Summend schaltete Fiorina das Radio an, ein Gerät aus den Sechzigerjahren des vergangenen Jahrhunderts, das zusammen mit der Nonna vor wenigen Wochen in den ersten Stock umgezogen war. Paolo Conte sang *Via con me.*

Während sie aus dem wurmstichigen Büfett die Zuckerdose und zwei Espressotassen und aus dem kanariengelben Resopalschränkchen die Kristallschale mit den Biscotti holte, schwärmte ihre Mutter in einem fort vom gestrigen Abend. Fiorina machte da und dort eine zustimmende Bemerkung – auch sie hatte den Abend genossen –, war mit ihren Gedanken jedoch nicht bei der Sache.

Sie hatte schlecht geschlafen. Allerdings nicht wegen des üppigen Essens oder weil sie für ihre Verhältnisse zu viel Wein getrunken hatte. Ihre Unruhe rührte vielmehr aus der Sorge um Lucia, die sie einfach nicht losließ. Immer wieder war sie aus wirren Träumen hochgeschreckt, hatte ihre Klientin vor sich gesehen, wie sie mit großen, verzweifelten Augen in einer dunklen Ecke kauerte und sich vor Alessandro versteckte, der böse grinsend näher und näher kam. Fiorina beschloss, später Piero anzurufen, ihren einstigen Schulfreund und jetzigen Tenente der Carabinieri, um ihm von dem Stalker zu erzählen.

»Aber doch nicht *die* Tassen«, hörte sie ihre Mutter tadelnd sagen. »Die nehmen wir nur, wenn wir Gäste haben, Carissima.«

Seufzend stellte Fiorina das unerwünschte Geschirr zurück in den Schrank und holte andere Tassen hervor, von denen die eine einen großen Sprung hatte und an der anderen ein Stückchen abgebrochen war. Sie verkniff sich die Bemerkung, die ihr auf der Zunge lag. Schließlich wollte sie nicht schon am Morgen Streit. Diese alten, unansehnlichen Dinger würde Mamma vermutlich noch bis zum Tag des Jüngsten Gerichts aufheben, weil irgendeine Uroma sie vor Ewigkeiten als Hochzeitsgeschenk bekommen hatte, während das schöne Service mit jedem gästelosen Tag noch ein wenig mehr verstaubte.

So heftig sie früher den Kopf über die Unordnung in der Wohnung der Nonna geschüttelt hatte, so sehr trat Rosetta Luccarelli mittlerweile in die Fußstapfen ihrer Schwiegermutter. Dass es Mamma schwerfiel, sich von Altem und Liebgewonnenem zu trennen, verstand Fiorina ja. Aber was, bitte schön, sprach gegen heiles Geschirr oder einen Teppich, der nicht von Motten zerfressen war?

Wehmütig dachte Fiorina an Hagen, mit dem sie wohl nie solche Diskussionen würde führen müssen, da er in dieser Hinsicht sehr pragmatisch war. Noch immer war sie nicht ganz sicher, was sie sich von der Beziehung mit ihm erhoffte. Seit der Katastrophe mit Moritz fiel es ihr schwer, Vertrauen zu fassen, sich auf eine neue Liebe einzulassen. Nach noch nicht einmal zwei Monaten wagte sie noch nicht, zu sagen, ob ihre momentane Verliebtheit die Stürme des Lebens überstehen würde, die unweigerlich auch auf Hagen und sie zukommen würden. Andererseits, wenn er irgendwann einmal um ihre Hand anhalten und sie Ja sagen sollte, dann könnte sie endlich hier ausziehen und ihr Leben so führen, wie es ihr passte.

Die Macchinetta begann, zu brodeln und zu dampfen. Rosetta Luccarelli stellte das Gas ab, goss schwungvoll Kaffee in die bereitgestellten Tassen und setzte sich zu Fiorina an den Tisch.

»Die Gemellis haben sich gestern übrigens auch beschwert«, sagte sie mit düster gefurchter Stirn. »Und die Rossini natürlich, die alte Ziege.«

Sie machte eine Geste, die die halbe Nachbarschaft einzuschließen schien, kippte drei Löffel Zucker in ihren

Kaffee und rührte geräuschvoll um. Im Radio verklangen die letzten Akkorde eines Songs von Laura Pausini, und das hektische Piepsen begann, das die Nachrichten ankündigte.

»Aber was soll er denn machen?«, rief Fiorinas Mutter. »Wenn Federico mit seiner Band Erfolg haben will, dann hilft eben nur üben, üben und nochmals üben.«

Fiorina äußerte sich auch zu diesem Thema nicht. In Italien, dem Land der Mammoni, der Muttersöhnchen, wurden Söhne von ihren Mammas nun mal auf Händen getragen.

»... Mülldeponie eine weibliche Leiche gefunden«, sagte der Sprecher im Radio gerade. »Die Tote wurde gestern Abend zufällig von zwei Angestellten entdeckt, die sofort die Polizei informierten und ...«

»Madonna santa!« Mamma bekreuzigte sich. »Auf der Mülldeponie, stell dir vor! Die arme Frau!«

Die Stadt Grosseto, wo sich die Mülldeponie befand, war etwa sechsmal so groß wie Portoferraio und lag auf dem toskanischen Festland. Hastig drehte Fiorina die Lautstärke auf.

»Die Leiche wurde bislang nicht identifiziert. Die Polizei bittet die Bevölkerung dringend um Unterstützung. Die Tote ist um die vierzig Jahre alt, einen Meter sechzig groß, schlank und rothaarig.«

Die Beschreibung passte exakt auf Lucia.

»Bekleidet war die Tote mit einem hellroten Kostüm. Wie sie auf die Deponie gelangte, ist noch völlig unklar.«

Schon hatte Fiorina das Telefonino in der Hand, suchte mit fliegenden Fingern nach der Website der Carabinieri in Grosseto.

»Was ist denn los?«, fragte ihre Mutter irritiert. »Wieso bist du auf einmal so blass? Sag bloß, du kennst die Frau?«

Rasch hatte Fiorina die Meldung gefunden, wischte mit dem Zeigefinger über die Beschreibung der Toten und … sah Lucias Gesicht vor sich, bleich, mit geschlossenen Augen und bläulichen Lippen, nur notdürftig zurechtgemacht. Das Kinn war abgedeckt, an der Stirn waren Abschürfungen und ein nur schlecht überschminkter Bluterguss erkennbar.

»Ich muss sofort zu den Carabinieri«, sagte Fiorina tonlos und sprang auf. Ihren Caffè hatte sie noch nicht einmal angerührt.

Enzo Bibbianis Handy war immer noch nicht erreichbar, stellte Hagen beim zweiten Morgenespresso fest, den er allein auf seiner Terrasse trank.

Nils war früh aufgestanden, hatte ihm beim italienisch kargen Frühstück Gesellschaft geleistet, anschließend zu Hagens Verblüffung kommentarlos das Bad geputzt und war danach, eine fröhliche Melodie pfeifend, die Treppe zum Strand hinabgestiegen, in der einen Hand sein dickes Buch, in der anderen ein buntes Handtuch. Heute hatte er auf die Badehose verzichtet, da Hagens kleine Privatbucht so versteckt lag, dass neugierige Blicke nicht zu befürchten waren.

Leise fluchend, warf Hagen das Smartphone auf den Tisch. Morgen war Freitag, am Montag wollte Enzo mit den Reparaturarbeiten beginnen, und sie hatten noch immer nicht besprochen, was Hagen zu diesem Zweck alles besorgen musste. Was war nur los mit dem Kerl? Hatte der andere Deutsche, für den er arbeitete, Hagen aus dem Geschäft gedrängt, und Enzo wagte nicht, ihm mitzuteilen, dass aus ihrem Deal vorerst nichts wurde? Das würde zwar erklären, weshalb er nicht anrief, nicht jedoch, warum sein Handy seit gestern ständig ausgeschaltet war.

Hagen meinte, sich zu erinnern, dass Enzo in Marina di Campo zu Hause war. Seufzend wählte er die Nummer von Fiorinas Tante Renata, die ihm diesen Superhandwerker so warm empfohlen hatte. Sie war schon in den Fünfzigern, seit fast zwanzig Jahren eine gut versorgte Witwe, deren erwachsene Kinder über die Welt verstreut lebten, und genoss ihr Single-Dasein in vollen Zügen. Erst nach dem achten Tuten ging sie ans Telefon.

»Pronto!«

Da sie kein Wort Deutsch sprach und nur wenige Brocken Englisch, gestaltete sich die Unterhaltung wie üblich schwierig. Am Ende schien Zia Renata jedoch zu begreifen, was Hagen von ihr wollte, und sagte eifrig etwas, das für ihn klang, als wollte sie sich seines Problems annehmen.

»Subito«, schloss sie, bevor sie auflegte.

Tatsächlich rief sie ihn wenige Minuten später zurück. Enzo wohnte zusammen mit seiner Ehefrau Claudia in der Via Guglielmo Marconi, mitten in der Altstadt von Marina di Campo, das früher einmal ein verträumtes Fischerdorf gewesen war. Heute war das Städtchen an der Südküste der Insel zumindest in der Hochsaison völlig überlaufen von Touristen. Dennoch hielt sich der Trubel selbst in den wildesten Zeiten in Grenzen, da die riesigen Hotelburgen fehlten, wie man sie von Rimini und anderen Orten an der Adriaküste kannte. Die Ortsverwaltung hatte rechtzeitig die Bremse gezogen und nicht allzu viele Hotels genehmigt.

»Claudia non parla tedesco«, sagte Zia Renata am Ende ihres Redeschwalls.

Auch Enzos Frau sprach also kein Deutsch, aber irgendwie würde es schon gehen. Hagen wollte, dass der Pool im Sommer benutzbar war, und Enzo war der erste Handwerker, der sich das Elend wenigstens angesehen hatte.

Das Wetter war herrlich, die Luft noch frisch, die Harley blitzte unternehmungslustig in der Vormittagssonne, und der Helm lag in der Garage.

»Bin mal für eine Weile weg!«, rief Hagen in Richtung Strand, erhielt jedoch keine Antwort.

Er schrieb Nils eine kurze Handynachricht und ließ die Terrassentür einen Spalt offen stehen, damit sein Stiefsohn ins Haus konnte, wenn ihm die Sonne zu viel wurde oder ihn ein menschliches Bedürfnis plagte.

Kurz darauf wummerte Hagen die steile Zufahrt zur Küstenstraße hinauf, wandte sich nach links und fühlte sich schon nach Sekunden als King of the Road. Gemütlich tuckerte er dahin, durchquerte Porto Azzurro, genoss den warmen Wind im Gesicht. Selbstredend hatte er keinen Integralhelm gekauft, sondern einen offenen, dessen Visier er zur Feier des Tages hochgeklappt ließ.

Mit jeder Faser seines Körpers genoss er das Gefühl der Freiheit, das ihm ein Motorrad immer schon vermittelt hatte. Er liebte es, die Gerüche in sich aufzusaugen, die hier im Süden so viel intensiver und abwechslungsreicher waren als im meist kühleren Deutschland. Er genoss es, nicht in einer Blechkiste eingeschlossen durch diese herrliche Landschaft zu kurven, die ihm nach jeder Biegung neue, noch prächtigere Aussichten bot. Kurz: Er war glücklich.

Zwanzig Minuten später stellte er sein schweres Gefährt in Marina di Campo auf dem kleinen Parkplatz zwischen der Via Giacomo Puccini und der Via Giuseppe Verdi ab, klemmte sich den Helm unter den Arm und wandte sich in Richtung Altstadt.

Claudia Bibbiani schien nicht zu Hause zu sein, denn auf Hagens Läuten hin reagierte niemand. Das Haus, vor dem er stand, war eine hässliche, billig gebaute Kiste aus den Fünfzigerjahren des letzten Jahrhunderts. In einem verblichenen Ockerton gestrichen, schmutzig braune Rollläden vor todsicher zugigen Fenstern. Im Erdgeschoss befand sich eine kleine Buchhandlung, die gerade erst öffnete.

»Claudia è andata a fare la spesa«, erfuhr er ungefragt von einer jungen Verkäuferin mit unendlich langem schwarzen Haar, die gerade Ständer voller Ansichtskarten und bunter Strandutensilien vor den Eingang rollte. Als sie Hagens verständnislose Miene bemerkte, fügte sie lächelnd hinzu: »She went shopping. Will be back soon.«

Ein zahnlückiger Greis, der sich aus einem Fenster im ersten Obergeschoss beugte, nickte eifrig zu den Worten der Verkäuferin. Seine Pupillen waren trüb, vermutlich war er halb blind, hatte jedoch am Ton der Klingel erkannt, wen der große Fremde in der leise quietschenden Lederkombi zu sprechen wünschte.

Er spreizte die Linke und sagte: »Tornerà fra cinque minuti«, was wohl bedeutete, dass Claudia Bibbiani in fünf Minuten zurück sein würde. Gestenreich erzählte der

Alte Hagen etwas von einem Pescatore, bei dem sie vermutlich Fische einkaufte.

Tatsächlich kam nach kurzer Zeit eine Frau herangestöckelt – nach Hagens Schätzung in den späten Vierzigern. Sie trug ein sommerlich farbenfrohes Kleid und halbhohe Pumps, in der einen Hand einen blau gepunkteten Einkaufsbeutel, über der Schulter eine schicke Handtasche. Bella Figura – wenn eine Italienerin das Haus verließ, dann tat sie das nicht in Jogginghose und Badelatschen, selbst, wenn es nur zum fünfzig Schritte entfernten Fischhändler ging. Ihre schwarze Lockenpracht hatte sie mit einer lilafarben funkelnden Spange gebändigt, und sogar Ohrringe sah Hagen in der Sonne blitzen.

Als Claudia Bibbiani den Riesen im feuerwehrroten Ganzkörperanzug bemerkte, verlangsamte sie ihre Schritte und musterte ihn neugierig.

»Sono Hagen«, stellte er sich möglichst freundlich vor. »Io cerco Enzo.«

Das Letzte war bestimmt kein richtiges Italienisch gewesen, aber offenbar dennoch verständlich.

»Non c'è«, lautete die knappe, abweisende Antwort, die von einem plötzlich finsteren Blick begleitet wurde.

Enzo war also nicht da. Das hatte er sich fast gedacht. Nun wurde es schwierig für Hagen. Er gestikulierte stumm, rang nach Worten.

»Do you speak English?«, fragte er schließlich in seiner Not und sah sich nach der Buchhändlerin um, die jedoch in den Tiefen ihres Ladens verschwunden war.

»A little«, antwortete Claudia Bibbiani zurückhaltend.

»Where can I find Enzo? We had an agreement. He wanted to do some work for me.«

Sie antwortete mit einem Schwall italienischer Sätze, die klangen, als wäre sie wütend auf ihren Gatten, auf den lästigen Besucher, auf die Welt an sich. Als sie bemerkte, dass Hagen kein Wort verstand, schrie sie in markerschütternder Lautstärke: »Pippo!«

Augenblicke später tauchte an dem Fenster im ersten Stock, aus dem eben noch der zahnlückige Greis geschaut hatte, ein junger Mann auf und grinste breit auf sie herab. Wie sich herausstellte, sprach er Deutsch, und zwar nicht einmal schlecht, wenn auch mit rheinischem Akzent.

Hagen erfuhr, dass Claudias Mann gestern Morgen zum letzten Mal gesichtet worden sei, als er das Haus verließ, um einen Job in der Nähe von Cavo zu erledigen. Bei einem deutschen Signore, von dem Enzos Frau lediglich wusste, dass er schwerreich und angeblich ein Dottore war und eine Villa vom Format eines Schlosses bewohnte.

»Hat ’ne Menge Arbeit da oben«, verkündete Pippo mit großer Geste. »Seit drei Wochen schon. Ziemlich großes Projekt, mehr weiß ich aber auch nicht. Praktisch jeden Tag ist er dort. Manchmal, wenn es spät wird, übernachtet er sogar bei dem Deutschen. Er soll sehr nett sein, behauptet Enzo, obwohl er stinkreich ist. Und außerdem zahlt er anscheinend gut.«

Der Mann, der Pippo genannt wurde, war etwas über dreißig, trug eine Brille mit runden Gläsern, war hager und hatte struppiges dunkelblondes Haar, das in alle möglichen Richtungen vom länglichen Kopf abstand.

»Gestern Morgen?«, fragte Hagen stirnrunzelnd. »Da wollte er eigentlich zu mir kommen, um etwas zu besprechen. Er ist aber nicht aufgetaucht.«

Pippo senkte die Stimme, als er sagte: »Claudia glaubt,

dass er mal wieder fremdgeht. Hat er angeblich schon öfter gemacht. Und wenn Sie mich fragen, dann stimmt das auch. Das Schlitzohr hat irgendwo auf der Insel eine Geliebte, die er hin und wieder besucht. Und manchmal, wenn sie es zu doll getrieben haben, dann vergisst er die Zeit und kommt erst spätnachts heim.« Er zwinkerte anzüglich. »Oder eben gar nicht.«

Die betrogene Ehefrau schien genau zu verstehen, was gesprochen wurde, und starrte Hagen so hasserfüllt an, als wäre er der Schuldige an ihrem Ehedesaster. Drei kleine Mädchen in hübschen Kleidchen und rosafarbenen Schühchen lärmten vorbei.

»Fragen Sie sie bitte, ob sie eine Telefonnummer von dem anderen Deutschen hat«, bat Hagen.

»Hat sie nicht. Sie weiß ja nicht mal seinen Namen. Wir haben selber schon überlegt, da mal nachzufragen, ob Enzo gestern überhaupt zur Arbeit gekommen ist …«

Ein kleiner, erbärmlich qualmender Lieferwagen ratterte und schepperte die schmale Straße entlang, die eigentlich den Fußgängern vorbehalten war, und hielt drei Häuser weiter, um Kisten voller Obst und Gemüse anzuliefern.

»… und wann er wieder weggefahren ist«, beendete Pippo seinen Satz, als es wieder ruhig war. »Wie gesagt, dass er mal bei dem Deutschen übernachtet, ist schon vorgekommen. Normalerweise hat er dann aber wenigstens angerufen.«

Dass Enzos Handy nicht erreichbar war, hatte Claudia Bibbiani natürlich längst gemerkt. Wie Hagen schon vermutet hatte, arbeitete Enzo ohne Rechnung und ließ sich bar bezahlen. Er beschloss, nach Cavo zu fahren, um dem angeblich so netten und großzügigen Landsmann einen Besuch abzustatten. Er hielt es zwar für unwahrscheinlich, dass dieser etwas von Enzos Verbleib wusste, aber es konnte nie schaden, Leute zu kennen. Außerdem wollte er mit eigenen Augen sehen, ob die Villa des anderen wirklich so viel toller war als seine eigene und Enzo tatsächlich so gut arbeitete, wie Zia Renata behauptete. Ein reicher Deutscher mit großem Haus dürfte in dem winzigen Ort im Nordosten der Insel mindestens so bekannt sein wie er selbst in Porto Azzurro.

Claudia Bibbiani sagte wieder etwas auf Italienisch zu Pippo. Am Dienstagabend habe Enzo über etwas gebrütet, übersetzte dieser, sei noch maulfauler gewesen als gewöhnlich und habe nicht mit der Sprache herausgewollt, als Claudia ihn fragte, was los war. Erneut wurde palavert.

»Und gestern ist er ohne Frühstück losgezogen, was er sonst nie macht«, fuhr Pippo fort. »Nicht mal sein Lunchpaket hat er eingepackt, das Claudia ihm gerichtet hatte.«

Hagen hob die Brauen.

»Der ist ab durch die Mitte zu seinem Betthäschen, wenn Sie mich fragen. Wahrscheinlich kann sie bessere Panini machen als Claudia und auch sonst …«

Grinsend machte Pippo eine eindeutige und international verständliche Geste, die Enzos Frau zum Glück nicht sah.

12

Fiorina wartete nun schon seit einer geschlagenen Stunde auf Piero. Unruhig ging sie auf dem schmalen Korridor der Carabinieri-Wache auf und ab. Der Schock über Lucias Tod saß ihr immer noch in den Gliedern.

Ihre Aussage hatte Fiorina bereits zu Protokoll gegeben, was nicht nur eine halbe Ewigkeit gedauert, sondern in der Dienststelle auch für erhebliche Aufregung gesorgt hatte. Wieder einmal hatte sie vorgegeben, mit Lucia befreundet gewesen zu sein. Eigentlich war Fiorina also längst fertig, es sei denn, sie musste die Tote noch identifizieren. Doch dazu hätte sie vermutlich nach Grosseto fahren müssen. Piero, den sie bisher nur zwischen Tür und Angel gesehen hatte, wollte jedoch unbedingt noch unter vier Augen mit ihr sprechen. Und sie erhoffte sich von ihrem früheren Schulfreund die eine oder andere Information darüber, wie und wann Lucia gestorben war.

Während der Wartezeit hatte sie immer wieder versucht, Hagen anzurufen, um ihm die schlimme Neuigkeit mitzuteilen, doch sie hatte ihn nicht erreicht. Von Nils, mit dem sie über Hagens Festnetznummer gesprochen hatte, wusste sie immerhin, dass er zurzeit auf dem Motorrad unterwegs war. Ihrer Mutter, die sie vor dem überstürzten Aufbruch mit Fragen überhäuft und ihr inzwischen schon drei ebenso besorgte wie aufgeregte Sprachnachrichten geschickt hatte, hatte Fiorina bisher nur das Nötigste mitgeteilt. Sie wollte sich von ihr nicht noch verrückter machen lassen.

Die Tür gegenüber der Kaffeemaschine sprang auf.

»Signora Luccarelli?« Ein uniformierter, noch ziemlich junger Polizist mit militärisch kurz geschnittenem Haar trat aus der Tür. »Der Tenente hat jetzt Zeit für Sie.«

Er trat zur Seite und winkte sie galant in das Büro. Als Fiorina den winzigen, muffig riechenden Raum betrat, ertönte ein schrilles Klingeln.

»Bringst du uns noch zwei Caffè, Eugenio?«, rief Piero dem davoneilenden Kollegen nach, während es in einem fort weiterklingelte.

Fiorina konnte nur Pieros Hände mit den perfekt manikürten Nägeln sehen – er selbst verschwand fast vollständig hinter einem großen Computerbildschirm –, was sie daran erinnerte, dass er schon in der Schule einer der wenigen Jungs mit stets sauberen Fingern gewesen war. Seine Linke deutete auf den Besucherstuhl vor seinem Schreibtisch, auf dem sich Akten und Computerausdrucke türmten, seine Rechte griff nach dem Telefon, einem großen, uralten Ding in verstaubtem Grün. Pieros Aftershave, ein frischer Zederndu‌ft, stieg Fiorina in die Nase.

»Buongiorno, Signor procuratore«, rief er ins Mikrofon. »Tutto bene?«

Vor dem vergitterten Fenster begann ein Presslufthammer zu rattern, auch in der Viale Elba wurde gebaut, wie Fiorina schon bei ihrer Ankunft bemerkt hatte. Es war zum Verzweifeln, nirgendwo fand sie mehr Ruhe vor dem ewigen Lärm. Doch dann erinnerte sie sich, dass man sich früher ständig geärgert hatte, weil der Staat alles verkommen und verrotten ließ. Und nun, da der Milliardensegen aus Brüssel es endlich erlaubte, wenigstens die schlimmsten Missstände zu beheben, sollte man sich vielleicht nicht beschweren.

Seufzend setzte sie sich. Piero hingegen, der eine schmucke schwarze Uniformhose mit breiten roten Streifen an den Seiten und ein weißes Hemd trug, sprang auf. Mit dem Hörer am Ohr schloss er das Fenster, wodurch es allerdings nur unwesentlich leiser wurde. Auf dem Korridor zischte und knurrte etwas, vermutlich die Kaffeemaschine.

»Dieser Meinung bin ich auch, Herr Staatsanwalt«, sagte er zuvorkommend ins Telefon und befingerte seine schwarze, auf halbmast hängende Krawatte. »Aber ob es wirklich Selbstmord war, ist zu einem so frühen Zeitpunkt doch noch gar nicht … Ich verstehe, Herr Staatsanwalt … Aber natürlich, Herr Staatsanwalt.«

Er blieb neben dem Schreibtisch stehen, errötete bis unter die Haarspitzen. Ob vor Wut oder Scham, konnte Fiorina nicht beurteilen. Beim Wort »Selbstmord« war sie zusammengezuckt. All ihre Befürchtungen, all ihre Zweifel und Sorgen holten sie schlagartig wieder ein.

»Selbstverständlich, ich halte Sie auf dem Laufenden.« Piero lauschte wieder und nickte mehrmals mit so verkniffener Miene, als stünde sein Vorgesetzter direkt vor ihm. »Danke, Ihnen auch, und schöne Grüße an Ihre Gattin.«

Mit grimmigem Blick warf er den Hörer auf das Telefon mit tausend Knöpfen und sich selbst in seinen Drehstuhl, der vorwurfsvoll knarrte. An einem Haken an der Wand hingen seine Schirmmütze und die Uniformjacke mit den beiden blitzenden Sternen auf den Schulterklappen. Daneben standen Aktenschränke und Regale, die ebenso vor Unterlagen überquollen wie der Schreibtisch.

»Ich hatte mich so auf einen gemütlichen Anfang hier gefreut, erst einmal ein bisschen ankommen, die Kollegen kennenlernen – von wegen.« Stöhnend fuhr er sich durch das krause, an den Schläfen schon leicht ergraute Haar. »Jetzt habe ausgerechnet *ich* den neuen Fall auf dem Tisch, in einer halben Stunde steht die Kollegin aus Grosseto auf der Matte, um die Akte mit mir durchzugehen, und der Staatsanwalt nervt mich alle paar Minuten, ob ich nicht endlich vorzeigbare Ergebnisse habe.«

»Habe ich das eben richtig verstanden?«, fragte Fiorina mit belegter Stimme, nachdem sie ein wenig Mitgefühl geheuchelt hatte. »Lucia soll Selbstmord begangen haben?«

»So ist es. Der Rechtsmediziner sagt, sie sei an inneren Verletzungen gestorben, die typisch sind für einen Sturz aus großer Höhe. Und da sie möglicherweise depressiv war, ist der Gedanke naheliegend, dass sie irgendwo runtergesprungen ist.«

Der Carabiniere von vorhin erschien, stellte ein kleines Tablett mit zwei dampfenden Plastikbechern und vier weißen Zuckertütchen auf den einzigen freien Platz des Tisches, salutierte kurz und verließ das Büro nun endgültig.

»Depressiv?«, wiederholte Fiorina erschrocken. War ihr während der wenigen Therapiestunden also doch etwas entgangen? Könnte Lucia noch leben, wenn sie selbst aufmerksamer gewesen wäre? »Wie … wie kommt ihr darauf?«

Mit gerunzelter Stirn wühlte Piero in seinen Papierbergen.

»Mamma mia, was für ein Chaos«, murmelte er. »Danke übrigens für deine Aussage. Aus dem Kulturamt war auch schon jemand da, ein gewisser Positano. Er hat die Tote anhand der Fotos identifiziert und gesagt, sie habe immer einen sehr abwesenden Eindruck gemacht. Außerdem habe es ständig Ärger mit ihr gegeben. Offenbar hat sie sehr unkonzentriert gearbeitet, nichts richtig abgeschlossen, ist ständig zu spät gekommen.«

»Sind das Gründe, sich das Leben zu nehmen?«

»Natürlich nicht. Aber es zeigt, dass sie Probleme hatte. Große Probleme. Er hält sie jedenfalls für depressiv, und auch seine beiden Mitarbeiterinnen teilen diese Einschätzung offenbar.«

»Hast du mit ihnen gesprochen?«

»Piano, piano, eins nach dem anderen.«

Endlich fand er, was er suchte – zwei verbogene Kaffeelöffel. Mit entschuldigendem Lächeln reichte er einen davon seiner Besucherin, riss eine Zuckerpackung auf, kippte den Inhalt in seinen Becher.

»Lucia Santoro scheint sehr zurückgezogen gelebt zu haben, hatte kaum soziale Kontakte, Familienangehörige gibt es keine mehr. Eine flüchtige Bekannte aus dem Fitnessstudio hat sich bisher bei uns gemeldet und eine Nachbarin. Du bist der erste Mensch, von dem ich höre, dass er mit ihr befreundet war. Was weißt du über die Tote?«

Piero konnte sie schlecht auf die Nase binden, dass sie Lucia ohne Zulassung behandelt und sich damit vielleicht sogar strafbar gemacht hatte.

»Ihr Chef übertreibt maßlos.« Fiorina räusperte sich, um den Kloß im Hals loszuwerden. »Ich kenne ihn zufällig, und ich nehme an, dass die beiden anderen im Kulturamt ihm nur nach dem Mund reden. Eines kann ich dir jedenfalls sagen: Ich glaube nicht, dass Lucia depressiv war. Im Gegenteil, sie wollte ein neues Leben beginnen, Reisen unternehmen, die Welt kennenlernen, ihre neue Freiheit genießen.«

Sie erzählte Piero von Stefano Turrone, Lucias Ex-Liebhaber, und der Trennung vor wenigen Wochen. Dass Massimo Positano solche Behauptungen über seine ungeliebte Mitarbeiterin verbreitete, wunderte Fiorina nicht. Genau so hatte sie ihn eingeschätzt.

»Sie ist erst vor Kurzem nach Elba zurückgekommen, natürlich hat sie hier erst wenige Bekannte und Freunde gefunden«, fügte sie hinzu. »Außerdem hatte sie Liebeskummer. Ist doch klar, dass sie mit den Gedanken nicht immer bei der Sache war, aber …«

»Liebeskummer? Wenn das kein guter Grund ist, sich umzubringen«, fiel Piero ihr triumphierend ins Wort und ließ den Inhalt des zweiten Zuckertütchens in seinen Becher rieseln.

»Gibt es denn einen Abschiedsbrief?«

»Bisher haben wir nichts gefunden. Aber wir stehen ja noch ganz am Anfang unserer Ermittlungen.«

»Und was, wenn sie nicht freiwillig gesprungen ist? Wenn jemand nachgeholfen hat?«

»Fremdverschulden halte ich für unwahrscheinlich.

Die Obduktion ist zwar noch nicht abgeschlossen, aber bisher hat der Rechtsmediziner nichts gefunden, was darauf hindeuten würde. Sie hat keine Abwehrverletzungen an den Händen oder Armen, zum Beispiel.«

»Trotzdem, Piero, ich glaube das einfach nicht«, hielt Fiorina mit viel zu lauter Stimme dagegen und fragte sich, wen sie eigentlich überzeugen wollte – ihren alten Schulfreund oder sich selbst. »Lucia litt unter Höhenangst, nie im Leben wäre sie irgendwo aus großer Höhe runtergesprungen. Und außerdem, wie, bitte schön, landet sie anschließend auf der Mülldeponie von Grosseto? Da hat doch jemand nachgeholfen.«

Mit einer unwilligen Geste wischte er ihren Einwand zur Seite und kippte den Kaffee in einem Zug hinunter. »Du als Psychologin weißt doch am besten, dass verzweifelte Menschen zu allem Möglichen fähig sind.«

»Nur, weil der Staatsanwalt sich auf die Suizidhypothese eingeschossen hat und dir Druck macht, kannst du doch nicht einfach die Augen vor der Wirklichkeit verschließen«, schnappte sie zurück. Es durfte einfach nicht sein, dass sie sich in der Einschätzung ihrer Klientin so getäuscht hatte. »Weißt du denn schon, wo sie heruntergesprungen sein soll? Und wie sie später auf die Deponie gekommen ist?«

Genervt schüttelte er den Kopf und verdrehte die Augen. »Wie gesagt, wir fangen gerade erst an. Wir haben einen Aufruf an die Bevölkerung gestartet, bald werden die Telefone hier nicht mehr still stehen.«

Fiorina nahm einen großen Schluck Kaffee. »Wann ist Lucia denn gestorben?«

»Laut der Rechtsmedizin am Montagabend.«

Alarmiert richtete sie sich auf – also kurz nach dem Vorfall mit Alessandro! Falls Massimo Positano nicht auch in diesem Punkt gelogen hatte. Aber sie wusste ja auch aus anderer Quelle, dass Alessandro Lucia nachgestellt hatte. War er vielleicht zurückgekommen, nachdem Lucias Chef nach Hause gefahren war? Hatte er Lucia erneut belästigt, und die Situation war eskaliert?

»Hör zu, Piero.« Fiorina leerte ebenfalls ihren Becher und setzte sich aufrecht hin. »Ich muss dir was Wichtiges erzählen.«

Cavo wirkte wie ausgestorben, als Hagen endlich ankam. Die Siestazeit hatte begonnen, die Sonne stand hoch am Himmel. Schon, während er den Motor abstellte, wurde ihm in seinem Lederanzug heiß, und bald fühlte er den Schweiß in Strömen seinen Rücken herablaufen.

Er hatte nicht die schnellste Route gewählt, die von Marina di Campo über Porto Azzurro geführt hätte, sondern sich den Luxus gegönnt, erst nach Portoferraio zu fahren und in einem Geschäft für Motorräder und Zubehör die dickste Kette zu kaufen, die der unentwegt rauchende und ausgesucht unfreundliche Inhaber auf Lager hatte, sowie ein schweres Vorhängeschloss. Von dort war er dem Küstensträßchen über Magazzini, Bagnaia und Nisporto gefolgt. Wieder hatte er jeden Meter der Strecke mit ihren atemberaubenden Ausblicken genossen, jede Kurve des schmalen Sträßchens, jedes Schlagloch, das er elegant umrundete oder auch nicht. An den überwältigenden Düften der sonnenbeschienenen Macchia konnte er sich nicht sattriechen, das Türkisblau des Meeres nicht oft genug sehen.

Da er zu faul war, ständig aufs Handy zu schauen, verfuhr er sich mehrfach und ärgerte sich kein einziges Mal darüber. Irgendwo an einem einsamen Kiosk am Wegrand gönnte er sich den Luxus einer großen, eiskalten Cola und beneidete sich selbst um seine Freiheit, um dieses herrliche Fleckchen Erde, um Fiorina und noch manches andere.

Und nun stand er also in Cavo neben seiner beim Abkühlen friedlich tickenden Harley und schwitzte. Eilig hängte er den Helm an den Lenker, schälte sich aus der Kombi und warf sie einfach über den Sattel. Kein Mensch weit und breit, da war die Gefahr eines Diebstahls wohl eher gering.

Nur wenige Kilometer südlich von hier lagen die Bergwerke, hatte ihm Fiorina einmal erzählt, wo schon die Etrusker vor zweieinhalb Jahrtausenden Eisenerz abgebaut hatten. Die Etrusker waren es auch, die der Insel ihren Namen gaben: Ilva, was in ihrer Sprache schlicht Eisen bedeutete.

Hagen begann einen Rundgang durch das verschlafene Dorf. Die Sonne schien heute mit einer Kraft, dass er selbst in Jeans und Poloshirt ständig auf der Suche nach dem nächsten Schattenfleck war.

Jetzt erst sah er, dass Fiorina mehrmals angerufen hatte, und rief sie zurück. Sie war erschüttert von Lucias Tod, schimpfte über die Carabinieri und ihren alten Schulfreund Piero, der sie nicht ernst genommen hatte, als sie ihm von Alessandro erzählte. Immerhin hatte er sich am Ende den Namen des jungen Mannes notiert, der Lucia gestalkt hatte.

»Sie wollen einfach, dass es ein Selbstmord war«, verkündete Fiorina wutschnaubend. »Wenn wir nichts dagegen tun, Hagen, dann legen diese Schwachköpfe den Fall heute noch zu den Akten. Kein Mensch will wissen, wo dieser angebliche Selbstmord stattgefunden hat und wie Lucias Leiche auf der Mülldeponie gelandet ist. Ich könnte schreien!«

Hagen versprach, später bei ihr vorbeizukommen, damit sie alles in Ruhe besprechen konnten. Als sie endlich ein wenig entspannter klang, erzählte er von Enzos angeblicher Geliebter und dem Deutschen, der irgendwo in der Nähe von Cavo wohnen sollte.

Auf den Terrassen am Lungomare langweilten sich die Kellner. Da sich um diese Jahreszeit noch kaum Touristen hierher verirrten, waren nur wenige Tische besetzt. Der Coop hatte geschlossen, und selbst die Jachten im kleinen Hafen schienen im seligen Dämmerschlaf zu liegen. Irgendwo bellte ein Hund, sonst hörte man bis auf das gelegentliche Klopfen eines schweren Hammers von einem der Boote nichts.

In einem schattigen Nebensträßchen fand Hagen schließlich doch eine offene Tür. Eine winzige Weinhandlung hatte aus unerfindlichen Gründen auch über Mittag geöffnet, und der pausbäckige, überraschend große Mann hinter dem Tresen sprach sogar ein paar Brocken Deutsch.

»Die Touristen«, sagte er. »Sie mögen, wenn ich sprechen ihre Sprache. Aber Englisch besser.«

Es roch nach modrigem Weinkeller, und die Luft in dem Lädchen war angenehm kühl. An allen Wänden standen hohe Regale, vollgestopft mit Flaschen. Weine aus dem Chianti gab es, aber auch aus Apulien und Sizilien.

Die meisten stammten jedoch von der Insel, manche davon waren ohne Etikett.

Auf Englisch erklärte Hagen dem Inhaber dieser Fundgrube für Weinkenner, er sei auf der Suche nach einem Landsmann. Einem Deutschen, der angeblich reich war und eine große Villa bewohnte.

»Siegfried«, sagte der hagere Kerl, der unentwegt die knochigen Hände an seiner waldgrünen Schürze abwischte. »I know him well. He often buys wine at my place.«

Siegfrieds Nachname lautete Herzog, und er schien einer der besten Kunden von *Vini per Amici* zu sein. Hin und wieder war der Weinhändler sogar schon in der Villa des Deutschen gewesen, um Wein und Prosecco anzuliefern, wenn wieder einmal eine Party gefeiert wurde, was offenbar des Öfteren vorkam. Sein Landsmann besitze eine gut gehende Firma in Deutschland, erfuhr Hagen, und lade hin und wieder Kunden und Geschäftspartner ein, die er in einer großen Limousine mit Chauffeur vom Aeroporto dell'Elba abholen ließ.

Mehr war aus dem Mann allerdings nicht herauszubringen, obwohl Hagen ihm sogar zwei Flaschen elbanischen Sangiovese abkaufte, das Stück für achtzehn Euro. Der Händler wollte es sich mit seinem größten Kunden offenbar nicht verderben und weigerte sich sogar, Hagen dessen Adresse zu verraten.

Dieses Problem sollte sich lösen lassen. Zur Not musste Nils wieder einmal aushelfen.

Mit einer schmalen weißen Plastiktüte in der Hand schlenderte Hagen zum Lungomare zurück und stellte beim Anblick der immer noch großenteils verwaisten Terrassen fest, dass er hungrig war. Vor einem Lokal mit dem merkwürdigen Namen *I Sassirossi* blieb er stehen. Eine junge Kellnerin in dunklem Rock, weißem Blüschen und schwarzen Ballerinas lächelte ihn so herzzerreißend traurig an, dass er in den Schatten der sonnengelben Markise trat und an einem kleinen Tisch neben der Eingangstür Platz nahm. Er war der einzige Gast, stellte er fest, als er einen Blick ins Innere warf.

Als die Bedienung ihm die dünne Speisekarte vorlegte, sagte er in seinem besten Italienisch: »Buongiorno, Signorina.«

»Hallo.« Das Lächeln der Frau wurde eine Spur breiter. »Wir können gern Deutsch reden.«

»Sie klingen, als hätten Sie eine Weile in Bayern gelebt.«

»München«, erwiderte sie und setzte sich auf den zweiten Stuhl am Tisch. »Ich studiere dort. Politologie, Soziologie und Journalismus.«

Sie war etwa so groß wie Fiorina, hatte dasselbe glatte schwarze Haar, eine mädchenhafte Figur und auffallend schlanke, schön geformte Hände. Im Herbst würde sie ihr Studium abschließen, erzählte sie, weshalb sie sich schon jetzt nach einer Anstellung umsah.

»Ich würde gern was mit Journalismus machen, aber es kommt kaum Resonanz auf meine Bewerbungen. Meistens Volontariate, wo man Kaffee kochen darf und kein Geld verdient. Da bin ich lieber hier und helfe meinem Papa, als dass ich in meinem WG-Kämmerchen in München versauere. Meine Masterthesis kann ich genauso gut hier schreiben, und in Deutschland regnet es seit Tagen. Ich bin übrigens Gianna, und wir können Du sagen, wenn du magst.«

Sie reichte ihm die Hand, drückte verblüffend herzhaft zu.

»Mein Sohn ist Journalist«, sagte Hagen. »Mein Stiefsohn, genauer gesagt. Er lebt auch in München, und bei ihm läuft es inzwischen ganz gut. Vielleicht solltest du mal mit ihm reden?«

Er zückte sein Handy und diktierte Gianna Nils' Nummer.

»Zurzeit ist er sogar auf Elba, macht ein bisschen Urlaub. Vielleicht trefft ihr euch einfach mal auf einen Kaffee? Netzwerken ist ja das A und O in eurer Branche.«

Während sie sich überschwänglich bedankte, warf er einen Blick auf die Karte und bestellte – jetzt wieder auf Italienisch – eine Cola und eine »Pizza quattro stazioni«.

»Pizza mit vier Bahnhöfen ist leider aus«, erwiderte sie todernst und erhob sich. »Die Bahnhofsernte war im vergangenen Jahr miserabel, und deshalb sind sie zurzeit unbezahlbar. Wie wär's stattdessen mit Vier Jahreszeiten?«

Spitzbübisch grinsend, ließ sie ihn einige Male »stadschoni« aussprechen, bis sie mit dem Ergebnis zufrieden war und sich aufmachte, die Bestellung an ihren Papa weiterzugeben.

Hagen lehnte sich zurück und genoss die Aussicht. Rechts ragte im Mittagsdunst ein nur auf der Kuppe bewachsener Felsklotz aus dem Meer, die Isola Palmaiola, ein Naturschutzgebiet für Meeresvögel. Auf die seltenen Korallenmöwen, die neben anderen Vögeln dort nisteten, war Fiorina so stolz, als hätte sie die Tiere selbst aufgezogen und dort draußen angesiedelt. Ganz obenauf machte sich ein strahlend weißes Leuchttürmchen wichtig.

Im Hafen wiegten sich kleine und große Jachten und

Motorboote in der schläfrigen Dünung. Auf einer Landzunge, die das Hafenbecken nach Norden hin begrenzte, standen vereinzelt Häuser. Ferienhäuser, vermutete Hagen. Vielleicht auch Siegfried Herzogs angeblich so pompöse Villa? Das Hämmern hatte aufgehört, bis auf das Geklimper der Takelagen war es fast vollkommen still. Einmal röhrte ein alter Fiat mit defektem Auspuff vorbei, und der Geruch nach Brackwasser wurde zunehmend vom Pizzaduft überlagert.

Gianna stellte die Cola mit extra viel Eis vor Hagen hin und setzte sich wieder zu ihm. Was er denn so treibe, wollte sie wissen, auf Elba in der Vorsaison. Ob er gar nicht arbeiten müsse. Er erzählte ihr, dass er bei Porto Azzurro ein Haus besaß und zurzeit keine Lust auf Arbeit hatte.

»Cool«, meinte Gianna und betrachtete ihn mit unverhohlenem Neid. »Hat dir eigentlich schon mal wer gesagt, dass du Jason Statham total ähnlich siehst?«

Hagen seufzte. »Ungefähr zehntausendmal, ja. Aber ich höre es trotzdem hin und wieder gern. Im Moment bin ich übrigens auf der Suche nach einem Deutschen. Siegfried Herzog. Schon mal gehört?«

Gianna nickte skeptisch. »Den kennt hier jeder. Er ist aber nicht besonders beliebt im Ort. Kauft selten hier ein, isst nie in einem unserer Restaurants. Das meiste, was er braucht, lässt er sich aus Portoferraio liefern oder sogar aus Livorno. Im Hafen hat er eine Jacht liegen, den schwarzen Protzkahn da drüben. Aber wenn es daran was zu reparieren gibt, dann engagiert er nie die Handwerker von hier, sondern lässt welche von Gott weiß wo kommen. Damit macht man sich keine Freunde.«

Auf seine Frage hin beschrieb sie Hagen den Weg zu Herzogs Villa, zeichnete sogar eine kleine Skizze auf eine der dünnen weißen Servietten, die in einem Halter auf dem Tisch standen. Zu guter Letzt schrieb sie auch noch die wichtigsten Straßennamen auf ihre improvisierte Landkarte.

Ein Glöckchen bimmelte. Hagens Pizza ohne Bahnhöfe war fertig.

13

Auf der Piazza Antonio Gramsci war heute einiges los, obwohl immer noch Siestazeit war. Zwei Reisegruppen, eine englische und eine holländische, standen Schlange vor Gabrieles Bar, und er konnte gar nicht schnell genug all die Aranciate, Cappuccini und Tramezzini herbeischaffen, die seine Gäste ungeduldig erwarteten.

Fiorina, die sich nach ihrem Besuch bei den Carabinieri endlich ein wenig beruhigt hatte, stand im Schatten der Platane neben der Bank, auf der die Nonna und Nunzio Händchen haltend saßen. Dodo leistete ihnen Gesellschaft, und auch Fiorinas Mutter war mit von der Partie. Sie arbeitete zwar nach wie vor als unterbezahlte Kassiererin in einem Supermarkt im Süden der Stadt, seit die Luccarellis aber nicht mehr unter ständiger Geldnot litten, nur noch halbtags.

Das Gesprächsthema des Tages war natürlich Lucia, an deren tragischem Tod ganz Portoferraio lebhaften Anteil nahm. Die Nachricht machte im Viertel noch schneller die Runde als andere, da offenbar jeder hier wusste, dass die Tote Fiorinas Klientin gewesen war.

»Und du bist dir ganz sicher, dass die Polizei ihn verhaftet hat?«, fragte Fiorina überrascht. »Alessandro Molteni?«

»Genauso heißt er«, verkündete Dodo triumphierend. »Gabriele hat es mir vorhin erzählt. Er weiß es von seiner Schwester und die von ihrem Verlobten. Der ist nämlich bei der Polizei.«

Nach Pieros Desinteresse an dem jungen Stalker hatte Fiorina nicht damit gerechnet, dass ihre Aussage so dramatische Konsequenzen nach sich ziehen würde, erst recht nicht in so kurzer Zeit. Sie hatte am späten Vormittag mit Piero gesprochen, und jetzt war es nicht einmal halb drei.

»Das heißt, dieser Molteni hat deine arme Patientin ermordet?«, fragte Fiorinas Mutter mit großen Augen und bekreuzigte sich. »Madonna santa, che disastro!«

»Zumindest ist er hochgradig verdächtig, sonst hätten die Carabinieri ihn nicht gleich verhaftet«, schaltete sich Nunzio mit Expertenmiene ein und sah einem Wölkchen nach, das der leichte Wind spielerisch vor sich hertrieb. »Ob er wohl schon gestanden hat?«

»Das kann ich mir nicht vorstellen«, sagte Fiorina und dachte daran, wie der magere junge Mann sie ebenso feindselig wie unsicher angestarrt hatte. »Aber sie werden ihn trotzdem vor Gericht bringen. Er hat bestimmt kein Alibi.«

»Sie haben Spuren von ihm gefunden«, behauptete Dodo aufgekratzt. »An der Leiche. Was waren das noch mal für Spuren?«

Mit wichtiger Miene strich sie sich eine ihrer seit Neuestem goldblond gefärbten Strähnen aus dem gebräunten Gesicht. Ihre Mandelaugen leuchteten, weil endlich einmal sie im Mittelpunkt stand. Normalerweise machte sie nur mit dem unverbesserlichen Gigolo, mit dem sie verheiratet war, von sich reden.

»Fingerabdrücke?«, mutmaßte Fiorina.

Dodo ging zwei, drei Schritte auf die Bar zu, rief lauthals nach Gabriele. Der schien sie jedoch inmitten seiner vielen, unentwegt auf ihn einplappernden Gäste nicht zu hören.

»Jetzt weiß ich's wieder«, sagte sie mit blitzenden Augen, als sie sich umwandte. »Blutspuren, das war's, und zwar an Lucias Kleidung. Blut von diesem Alessandro, jawohl.«

»Also war er's doch.« Angewidert spie Nunzio auf den Boden. »Che cretino! So eine schöne junge Frau.«

Da er meistens, wenn er sich nicht gerade hier auf der Piazza die Zeit vertrieb, auf seinem Stuhl vor der Haustür saß, hatte er Lucia hin und wieder gesehen. Er hatte sogar einmal ein wenig mit ihr geplaudert, als sie auf dem Weg zu Fiorinas Praxis war.

»Wie ein Mörder ist er mir eigentlich nicht vorgekommen«, sagte Fiorina nachdenklich. »Irgendwie hat er mir sogar leidgetan, als ich ihn nach Lucia gefragt habe. Ich hatte den Eindruck, dass er sich Sorgen um sie macht.«

»Alles nur Show, der hat sich bloß verstellt«, lautete Nunzios unbarmherziges Urteil. »Wie wäre sein Blut denn sonst an ihre Kleidung gekommen? Du hast es jedenfalls goldrichtig gemacht, als du den Carabinieri von dem Nichtsnutz erzählt hast, Fiorina.«

Auch ihre Mutter und Dodo, die gerade lautstark ihre aus der Schule heimkehrenden Kinder begrüßte, waren seiner Meinung.

»Das mit den Blutspuren ist ganz einfach zu erklären«, entgegnete Fiorina mit einem mulmigen Gefühl im Bauch und umriss mit knappen Worten den Vorfall am Montagabend in der Eingangshalle des Bürohauses. Sie erinnerte sich an das Pflaster, das sie an Alessandros linkem Handgelenk bemerkt hatte. Vermutlich hatte Lucia ihn mit ihren langen Fingernägeln verletzt, als sie versuchte, sich den zudringlichen Verehrer vom Leib zu halten.

Inzwischen machte sie sich Vorwürfe, weil sie Piero von Alessandro erzählt hatte. Lucia hatte sich von dem jungen Mann nicht bedroht gefühlt. Außerdem hatte Fiorina ihm am Tag nach Lucias Tod gegenübergestanden. Wäre er der Schuldige gewesen – hätte er dann nicht umgehend das Weite gesucht, als sie ihn auf den Streit am Vorabend ansprach? Er hatte unsicher gewirkt, misstrauisch, aber auf keinen Fall wie jemand, der eine schwere Schuld auf sich geladen hatte. Ihr Instinkt als Psychologin sagte ihr, dass Piero auf der falschen Spur war.

»Wieso hat er die arme Frau dann auch noch nach Grosseto gebracht?«, wunderte sich Fiorinas Mutter händeringend. »Auf die Müllkippe? Wer tut denn so was?«

»Spuren verwischen«, war Nunzio überzeugt. »Das ist doch klar.«

»Verrückte Killer machen alles Mögliche«, behauptete Dodo. »Er hat sie in den Kofferraum seines Autos geworfen, nachts, natürlich, und zur Deponie gebracht. Wahrscheinlich, um sie noch im Tod zu beleidigen, in den Dreck zu ziehen. Wer weiß schon, wie solche durchgeknallten Typen ticken.«

»Der durchgeknallte Typ hat gar kein Auto«, warf Fiorina ein, aber niemand hörte ihr zu.

»Ich bin jedenfalls froh, dass er jetzt hinter Gittern sitzt«, meinte Fiorinas Mutter, deren Wangen vor Empörung glühten, und schüttelte die schwarzen Locken. »Auf der ganzen Insel sind die Moltenis verrufen. Im Supermercato hat der Onkel auch schon Ärger gemacht, hat Susanna mir erzählt, und dass sie sogar Hagens Motorrad gestohlen haben, das sagt ja wohl alles.«

»Das war der Onkel, Rosetta«, wies Nonna Maria ihre Schwiegertochter mit ihrer trotz des hohen Alters immer noch klaren Stimme zurecht. »Und dafür, dass der arme Junge in so asozialen Verhältnissen aufgewachsen ist, kann er ja schließlich nichts!«

Alle musterten sie verblüfft. Schließlich kam es selten vor, dass die alte Dame sich an einem Gespräch beteiligte, und dann auch noch mit einem so durchdachten und perfekt formulierten Beitrag. Wieder einmal wurde Fiorina klar, von wem sie ihren Sinn für Gerechtigkeit geerbt hatte. Doch bevor sie ihrer Großmutter beipflichten konnte, ergriff Nunzio wieder das Wort.

»Er war schon einmal im Gefängnis und bestimmt nicht ohne Grund.« Mit abfälliger Miene strich er eine Falte seiner altmodischen, aber immer noch eleganten Tuchhose glatt. Dann tätschelte er der Nonna halb liebevoll, halb nachsichtig die Hand. »Nein, nein, Maria, er hat die arme Lucia in die Tiefe gestoßen, so viel steht fest. Die Frage ist nur, wo.«

»Einmal kriminell, immer kriminell«, pflichtete Dodo ihm bei und warf beide Arme in die Luft.

Die Rossinis gesellten sich zu der Expertenrunde unter der Platane, wurden mit lautem Hallo begrüßt, aber wie immer nicht ganz so herzlich wie andere Nachbarn. Das

Ehepaar, das auf die siebzig zuging und gerade die dreijährige Enkeltochter beaufsichtigte, wohnte ebenfalls in der Via del Carmine, und kaum einer im Viertel konnte die beiden neureichen Angeber richtig leiden.

Es wunderte niemanden, dass Giovanni Rossini nach dem ersten Small Talk über die schreckliche Neuigkeit und die steigenden Preise rasch beim nagelneuen Audi seines Schwiegersohnes landete. Seine Frau war aus demselben Holz geschnitzt wie er. Mit schriller Stimme ermahnte sie ihre Enkelin, die mit Dodos Kindern Fangen spielte, sie solle das neue Kleidchen nicht schmutzig machen, das sie in Florenz gekauft habe und das sooo teuer gewesen sei. Als sie über den unerträglichen Lärm in der Straße zu lamentieren begann, der ihr seit Neuestem nicht nur während der Siesta den Schlaf raube, sondern auch noch die Nachtruhe, gab es da und dort beifälliges Gemurmel, und Rosetta Luccarelli verdrehte entnervt die Augen.

Fiorinas Gedanken irrten immer wieder ab. Vor allem Nunzios letzte Bemerkung spukte ihr durch den Kopf. Wo mochte Lucia in den Tod gestürzt sein? Natürlich kam ihr als Erstes die Dachterrasse des Bürohochhauses in den Sinn, in dessen viertem Stock sich ihr Arbeitsplatz befand. Aber selbstverständlich gab es in der Stadt noch hundert andere Orte, wo man sich dem Tod in die Arme werfen konnte. Kirchtürme, die Steilküste, die Mauern der Forte Falcone.

Wenn Lucia am Montagabend noch einmal ins Büro gegangen war, um dort was auch immer zu erledigen, hätte ihr Mörder sie danach abpassen können. Dodos Vermutung, der Täter habe Lucia noch im Tod demütigen wollen, war vielleicht gar nicht abwegig, musste Fiorina zugeben. Wer konnte so grausam sein, einer Toten so etwas anzutun? Warum hatte er sie nicht einfach einige Kilometer von Portoferraio entfernt ins Meer geworfen? Oder an der Westküste, wo es noch einsamer war und von wo der Leichnam Wochen, wenn nicht Monate gebraucht hätte, bis er bei Sardinien oder Korsika angeschwemmt wurde? Wer, außer vielleicht einem verstoßenen Liebhaber, konnte eine Frau so sehr hassen? Und natürlich musste Fiorina an Stefano Turrone denken, den Professor in Lucca.

Ohne Giannas Skizze hätte Hagen Siegfried Herzogs Anwesen nie und nimmer gefunden. Es lag einige Kilometer nördlich von Cavo auf einem Hochplateau, fast am Ende der Halbinsel. Die letzten Kilometer der holprigen Zufahrt, die in einem weiten Bogen verlief, um sich dem Grundstück schließlich von Norden her zu nähern, waren nicht einmal mehr asphaltiert gewesen.

Als Hagen die Harley neben einem beeindruckenden Gittertor aus massiven, schwarz lackierten Eisenstäben abstellte, war fünfzehn Uhr schon vorüber. Die Sonne stand immer noch hoch am Himmel, und obwohl eine große Zypresse Schatten spendete, brach ihm innerhalb von Sekunden erneut der Schweiß aus. So ein Auto mit Klimaanlage hatte doch auch seine Vorteile. Wieder riss er sich die Lederkombi vom Leib und hängte sie zusammen mit dem Helm an den Lenker.

Zum Sträßchen hin wurde Herzogs Anwesen von einer übermannshohen blendend weißen und vielleicht zweihundert Meter langen Mauer begrenzt, in deren Mitte sich die Einfahrt befand. Vom Haus her, das sich jenseits einer weitläufigen Kiesfläche erhob, war kein Geräusch zu hören. Der pompöse, säulengeschmückte Eingang war links und rechts mit kugelförmig beschnittenen Buchsbäumchen in hohen schwarzen Kübeln geschmückt.

Wie in Italien üblich und leider oft auch notwendig, wie er aus eigener Erfahrung wusste, waren auf der Mauer Überwachungskameras montiert. Hagen zählte vier Stück, zwei davon, die ihn kritisch beäugten, links und rechts von der Einfahrt, zwei weitere an den Enden der Mauer. Das ganze Anwesen war sorgfältig gepflegt und machte tatsächlich sehr viel mehr her als sein eigenes Heim, musste er sich neidvoll eingestehen.

Verschwitzt, wie er war, wollte Hagen nicht gleich die Bekanntschaft des Hausherrn machen. So schlenderte er im Schatten der Feigen- und Aprikosenbäume an der Mauer entlang bis zu ihrem südlichen Ende, wo das Sträßchen einfach aufhörte. Der Wind hatte inzwischen aufgefrischt, sodass sein T-Shirt zügig trocknete.

Siegfried Herzogs riesiges Grundstück war auf beiden Seiten – vermutlich aus optischen Gründen – nicht durch eine Mauer, sondern von hohen Zäunen begrenzt, die mit reichlich Stacheldraht, allerdings nicht mit Kameras versehen waren. So konnte Hagen von hier aus einen Blick auf die ausgedehnte Rasenfläche hinter dem Haus werfen, die wie bei seinem eigenen – zugegeben sehr viel kleineren – Grundstück zum Meer hin an einem schroffen Steilhang endete, an dessen unterem Ende sich vermutlich ebenfalls ein kleiner Privatstrand befand. Er sah einen bläulich schimmernden Pool, natürlich um einiges größer als sein eigener und gut gefüllt. Sogar einen Tennisplatz gab es. Vereinzelte, geschickt platzierte Bäume spendeten hie und da Schatten, und das Gras leuchtete so grün, als würde es jeden Tag großzügig gewässert. Dazwischen standen immer wieder üppig blühende, vor Gesundheit strotzende Büsche. Keine einzige Pflanze hier kümmerte so vor sich hin wie die meisten auf seinem eigenen Grundstück.

Außerhalb des Zauns erstreckte sich nördlich des Grundstücks ein kleiner Pinienwald und hier, wo Hagen stand, duftende, summende und brummende Macchia, die da und dort in lichten Mischwald überging. Der Wind säuselte im Geäst knorrigen Gestrüpps, Zikaden kreischten, im Unterholz raschelte es geschäftig, nur die Vögel hielten noch Siesta.

Weiter rechts in einer Senke, etwa hundert Meter von ihm entfernt, entdeckte Hagen ein von Kletterpflanzen überwuchertes Steinhäuschen, vielleicht ein ehemaliger Bauernhof. Stellenweise war das Dach bereits eingestürzt, aber dennoch schienen dort Menschen zu wohnen. Vor der Tür standen klobige Halbschuhe und Gummistiefel, an einem Ast baumelten zerfledderte Handtücher und drei verwaschene T-Shirts.

Hagen wandte sich um und ging zurück zur Einfahrt. Als er nur noch wenige Schritte davon entfernt war, schnurrte das Tor zur Seite, und ein stahlgrauer BMW Roadster mit offenem Verdeck fuhr heraus. Am Steuer saß eine Frau, die eine große Sonnenbrille und ein buntes Tuch über dem Haar trug. Sie beschleunigte zügig, Kies spritzte, und schon verschwand der sportliche Wagen um die Kurve.

Während sich das Tor wieder schloss, drückte Hagen einen großen, silbern glänzenden Knopf, an dem kein

Name stand. Aus dem Haus war der Klang eines melodischen Gongs zu hören, ansonsten geschah nichts. Neben dem Knopf war eine Zifferntastatur in die Mauer eingelassen, über die man vermutlich das Tor öffnen konnte, wenn man den richtigen Code kannte. Darüber glotzte ihn eine weitere, in einer schwärzlichen Glaskuppel verborgene Kamera feindselig an.

Er läutete ein zweites Mal, wartete, aber wieder kam keine Reaktion. Gab es in diesem Angeberpalast denn kein Personal? Oder hatte der Hausherr ihn längst auf einem Bildschirm besichtigt und nicht für würdig befunden, ihm die Gnade seiner Aufmerksamkeit zu gewähren?

Als Hagen sich missmutig abwandte, sagte eine freundliche Stimme in seinem Rücken: »Cosa c'è?«

Ein schlanker Mann um die fünfzig in weißen Shorts und zitronengelbem Poloshirt stand hinter den Gitterstäben des Tors und lächelte Hagen an. Sein sportlichkantiges Gesicht mit Dreitagebart war braun gebrannt, und auch seine gebräunten Arme und Beine verrieten, dass er sich häufig im Freien aufhielt. Die schmale goldgerahmte Brille schien teuer gewesen zu sein.

»Herr Herzog, nehme ich an?«, fragte Hagen auf Deutsch und erwiderte das Lächeln. »Mein Name ist Berensen. Hagen Berensen.«

»Freut mich, Sie kennenzulernen«, sagte der andere ebenfalls auf Deutsch.

Schon surrte das schwere Tor wieder zur Seite. Die Fahrerin des BMW hatte jünger gewirkt als Herzog, aber in diesem Punkt konnte man sich bei Frauen mit großen Sonnenbrillen leicht täuschen. Außerdem schmückten sich wohlhabende ältere Männer ja gerne mit jüngeren Frauen.

»Ich lebe auch auf der Insel, ein Stück weiter südlich, und bin auf der Suche nach Enzo Bibbiani.«

»Enzo wie?«, fragte Herzog verständnislos, aber nach wie vor freundlich.

Während sie Hände schüttelten, erklärte Hagen sein Interesse an dem Handwerker. Der Hausherr, den Hagen auf der Straße für einen Arzt oder einen Professor für irgendetwas Geisteswissenschaftliches gehalten hätte, schüttelte bedauernd den Kopf.

»Enzo hat mir gesagt, er würde für einen Deutschen arbeiten, der in der Nähe von Cavo eine Villa mit großem Grundstück besitzt. Fällt Ihnen dazu vielleicht ein Name ein?«

»Leider nein«, erwiderte Herzog mit ehrlichem Bedauern. »Hätten Sie vielleicht dennoch Lust, einen Kaffee mit mir zu trinken? Wo wir doch praktisch Nachbarn sind?«

Kurze Zeit später saß Hagen auf einer weitläufigen Terrasse unter einer riesigen sandfarbenen Markise. Alles hier war mindestens doppelt, wenn nicht dreimal so groß wie bei ihm zu Hause. Während er seinen neidvollen Blick schweifen ließ, kümmerte sich sein Gastgeber in den Tiefen seiner Villa um den Kaffee. Das Grundstück war mit Geschmack und Verstand bepflanzt. Die übermütig blühenden Büsche, das satte Grün des Rasens, auf dem prächtig gedeihende Orangenbäumchen und Zypressen standen, alles wirkte gepflegt. Erst nach einiger Zeit entdeckte Hagen, dass zwei, nein, sogar drei Mähroboter gemächlich ihre Runden drehten und den Rasen kurz hielten.

Natürlich musste er beim Anblick dieser Pracht an Sergio Rossi denken, den apulischen Mafiaboss, der ebenfalls eine Villa auf der Insel besaß und mit dem er beim Kauf seines eigenen Hauses und dann wieder vor zwei Monaten zu tun gehabt hatte. Immer noch nagte der Zorn an Hagen, weil es ihm bislang nicht gelungen war, genügend Beweise zusammenzutragen, um Rossi ins Gefängnis zu bringen. Aber immerhin hatte er in diesem Zusammenhang Fiorina kennengelernt.

Zumindest der Ausblick, stellte Hagen befriedigt fest, war hier nicht besser als zu Hause. Aquamarinblaues Meer, soweit das Auge reichte, die Festlandküste im Nachmittagsdunst, hie und da ein buntes Segel und gleich zwei Fähren, eine in Richtung Portoferraio unterwegs, die andere nach Piombino.

Rechts von der mit Natursteinen belegten Terrasse lag der Pool, den er von draußen schon gesehen hatte, links der Tennisplatz, der jedoch offensichtlich schon seit Längerem nicht mehr genutzt wurde. Eine Baustelle war nirgends zu sehen, was wohl bedeutete, dass er tatsächlich an der falschen Adresse war. Er hatte auch nicht den Eindruck, dass Herzog die Unwahrheit sagte, als er behauptete, Enzo nicht zu kennen.

»Darf ich fragen, wie es Sie nach Elba verschlagen hat?«, fragte Siegfried Herzog in Hagens Rücken.

Nach wie vor mit einem Lächeln auf den schmalen Lippen stellte er ein Tablett aus gebürstetem Olivenholz auf den Tisch, verteilte die Tässchen und hohe Gläser voller Eiswürfel, in die er aus einer gläsernen Kanne heftig sprudelndes Wasser goss.

»Och«, erwiderte Hagen gedehnt und nahm gleich

einen tüchtigen Schluck vom Wasser. »Italien habe ich eigentlich schon immer geliebt. Ich war ungebunden, verfügte über die nötigen Mittel, und jetzt bin ich eben hier. Seit einem Dreivierteljahr schon.«

»Und, gefällt es Ihnen?«

Hagen nahm noch einen Schluck, merkte erst jetzt, wie durstig er war. »Mit jedem Monat besser.«

Er erzählte, wie er im Winter unter der Kälte und dem ewigen Regen gelitten hatte, außerdem unter den hiesigen Gewohnheiten und Vorstellungen von Pünktlichkeit.

»Aber inzwischen fühle ich mich hier wie die sprichwörtliche Made im Speck. Ihr Caffè schmeckt übrigens super. Würden Sie mir verraten, woher Sie den bekommen?«

Herzog hing tiefenentspannt in seinem Sessel aus dunklem Rattangeflecht mit cremeweißen Polstern und schmunzelte in sich hinein. Mit seinem ruhigen, angenehmen Wesen und dem unaufgeregten Gehabe wurde er Hagen von Minute zu Minute sympathischer. Seine Figur und die kräftigen Hände verrieten, dass er viel Sport trieb. Vielleicht spielte er mit Begeisterung Tennis? Obwohl auf dem Platz nicht einmal ein Netz montiert war.

Herzog leerte seinen Espresso auf ex und verriet Hagen ohne Zögern die Marke der Kaffeebohnen, die er verwendete, und das Feinkostgeschäft in Livorno, von dem er sie bezog.

»Und Sie?«, fragte Hagen, nachdem er sein Tässchen ebenfalls ausgetrunken hatte. »Wie sind Sie hier gelandet?«

Herzog erzählte, er habe schon in jungen Jahren eine Firma für Medizintechnik in Paderborn gegründet.

»Ich bin Ingenieur und habe schon während des Studiums eine kleine Erfindung gemacht. Es hat mit der Messung des Blutstroms in sehr dünnen Äderchen mithilfe des Dopplerverfahrens zu tun.«

Hagen nickte, obwohl er keinen Dunst hatte, wovon die Rede war.

Das Produkt war ein Erfolg gewesen, die Firma über die Jahre gewachsen, beschäftigte heute fast einhundert Mitarbeiter und warf offenbar nach wie vor satte Gewinne ab. Vor einigen Jahren hatte der Erfinder beschlossen, sich aus dem aktiven Geschäft zurückzuziehen. Er hatte die Leitung der Firma einem seiner älteren Mitarbeiter anvertraut und mischte sich seither nur noch ein, wenn sein Rat gebraucht wurde. Was in letzter Zeit zum Glück immer seltener vorkam.

»Meine Frau war es, die unbedingt in den Süden ziehen wollte. Schon, als wir uns kennenlernten, war es ein Traum von ihr.«

»Ein herrliches Anwesen haben Sie hier«, gab Hagen zu. »Das Haus, die vielen schönen Pflanzen …«

Herzogs Lächeln wurde noch eine Spur stärker.

»Das da hinten«, fuhr Hagen fort, »dieser gläserne Kasten …?«

»Das ist unser Lift zum Strand hinab. Meiner Frau wurden die vielen Treppen mit der Zeit zu beschwerlich.

»Ich habe sie vorhin gesehen, in einem BMW Roadster.«

Herzogs Lächeln erlosch. »Meine Frau ist leider vor zwei Jahren gestorben. Die Dame, die Sie gesehen haben, ist eine liebe Freundin von mir.«

»Das tut mir leid. Das mit Ihrer Frau, meine ich.«

Seine Miene blieb finster. »Krebs. Drei Jahre hat sie leiden müssen. Immer wieder Chemo, noch eine Operation und noch eine, und am Ende hat alles nichts geholfen.«

Für eine kurze Weile herrschte bedrücktes Schweigen. Selbst die Zikaden gaben vorübergehend Ruhe.

»Sie sammeln Altertümer?«, fragte Hagen schließlich, um das unangenehme Thema abzuschließen, und deutete auf einige antik aussehende Statuen, die die Terrasse säumten.

Auch im Haus, das Herzog und er auf dem Weg hierher durchquert hatten, hatte er einige alt aussehende sitzende oder liegende Figuren aus grauem Stein gesehen. Manche fast lebensgroß, andere von der Größe eines Kaninchens. Die meisten waren so verwittert, dass man nicht einmal hätte sagen können, ob sie eine Frau oder einen Mann darstellten.

»Die Dinger hier draußen sind alle nicht echt«, sagte sein Gastgeber mit wegwerfender Geste. »Sie stammen von einem Künstler in Volterra, der sie nach etruskischen Originalen anfertigt. Er verwendet denselben Stein wie die Schöpfer der Originale und lässt sie künstlich altern. Die im Haus sind dagegen echt und sehr alt. Eine kleine Leidenschaft meiner Frau. Mir selbst gibt das alte Gerümpel nicht viel, ehrlich gesagt. Aber ich bringe es nicht übers Herz, mich davon zu trennen.«

Sein Blick war jetzt so trostlos, dass Hagen auch dieses Thema nicht vertiefen mochte.

Den Tennisplatz hatte Herzog ebenfalls auf Betreiben seiner Frau anlegen lassen.

»Drei oder vier Mal haben wir zusammen gespielt. Dann kam die Diagnose.«

Hagen äußerte noch einmal seine Bewunderung zu den gut gepflegten Pflanzen. Herzog beschäftigte einen Gärtner, der hin und wieder nach dem Rechten sah. Den Rest erledigte eine computergestützte Bewässerungsanlage, die er selbst gebaut hatte.

»Sie misst ständig die Bodenfeuchtigkeit, berücksichtigt sogar die Niederschlagsprognosen aus dem Internet«, erklärte der Erfinder mit fast kindlichem Stolz. »Die Elektronik ist immer noch ein Hobby von mir.«

Nachdem sie noch ein wenig über weniger belastete Themen wie das Klima der Insel und die italienische Lebensart geplaudert hatten, verabschiedete Hagen sich. Herzog, der immer noch ein wenig deprimiert dreinschaute, ließ es sich nicht nehmen, ihn zum Tor zu begleiten.

»Sie kennen nicht zufällig noch andere Deutsche hier in der Gegend?«, fragte Hagen beim Händeschütteln.

Benommen wiegte Herzog den Kopf. »Ich lebe sehr zurückgezogen, seit ...« Er senkte den Blick. »Hin und wieder lade ich Gäste aus Deutschland ein, um nicht völlig im Trübsinn zu versinken.«

Hagen dachte an die liebe Freundin im BMW, die Herzog ab und an besuchte, um ihn vermutlich beim Vertreiben der Trübsal zu unterstützen.

Mit einem Mal lächelte Herzog wieder, straffte den Rücken, sah Hagen wieder ins Gesicht.

»Vielleicht sieht man sich ja bald mal wieder«, sagte er. »Ich gebe am Samstagabend eine kleine Gesellschaft. Freunde aus Deutschland, Geschäftspartner, ein paar verdiente Angestellte. Falls Sie Lust und Zeit haben, sind Sie herzlich eingeladen. Aber bitte ganz leger, kein Dresscode, alles völlig zwanglos.«

Hagen versprach, es sich zu überlegen, und atmete auf, als das große Tor sich hinter ihm schloss.

14

Während Fiorina die Treppe zu Federicos Wohnung, Atelier und seit Neuestem auch noch Probenraum hinaufhetzte, wurde der Lärm mit jeder Stufe noch ein wenig lauter. Es schepperte und wummerte und dröhnte in einem fort. Oben angekommen, hämmerte sie mit beiden Fäusten gegen die Tür, aber niemand öffnete. In dem ohrenbetäubenden Krach hörten ihr Bruder und seine Bandgenossen natürlich nichts.

Nachdem die alte Rossini sich auf der Piazza immer mehr in Rage geredet und auch andere Anwesende aus der Nachbarschaft aufgewiegelt hatte, hatte Rosetta Luccarelli wohl oder übel versprechen müssen, ihren Sohn zur Räson zu bringen. Da sie jedoch die Nonna zur Pediküre begleiten musste, hatte sie ihrer Tochter diese undankbare Aufgabe aufs Auge gedrückt.

Die Tür war nicht abgesperrt. Fiorina stieß sie mit so viel Schwung auf, dass sie gegen die Wand krachte, durchquerte die schmale Diele, riss die nächste Tür auf.

Mitten im Raum stand eine etwa zwanzigjährige Frau in schwarzem Lackkleid und mit silbergrüner Mähne, die ihr bis zur voluminösen Taille reichte. Sie schien einen

Riesenspaß daran zu haben, die Saiten ihrer getigerten Bassgitarre zu zerreißen. Federico hüpfte wie ein Derwisch durchs Studio, während er auf seine E-Gitarre eindrosch und ihr ebenfalls die schrägsten Töne entlockte. Auch Ambrogio war so versunken in das Wumm-Wumm seiner hundert Becken und Trommeln, dass er nichts von Fiorinas Schreien hörte. Also blieb ihr nur eine Möglichkeit, um sich Gehör zu verschaffen.

»Che merda!«, polterte Federico los, als es schlagartig still wurde.

»Hey, ausgerechnet an der geilsten Stelle!«, kreischte die Silbergrüne. »Was, zur Hölle, soll das?«

Ambrogio hob den verklärten Blick, der sich nur langsam auf Fiorina fokussierte. Wutentbrannt warf sie die zwei Stecker auf den Boden, die sie aus der Dose gerissen hatte, und richtete sich auf. Während die beiden anderen sie böse anfunkelten, lächelte Ambrogio entschuldigend.

»Sind wir wieder zu laut gewesen?«, fragte er zerknirscht. »Es ist doch Tag, ich meine …«

Fiorina stemmte eine Hand in die Seite und fuchtelte mit der anderen aufgebracht herum. »Seid ihr jetzt total durchgedreht? Wenn ihr so weitermacht, zünden die Nachbarn uns noch das Haus an.«

»Also echt, wir sind von lauter Kunstbanausen umgeben.« Federico stöhnte theatralisch, gönnte seiner zornglühenden Schwester dann aber seinen unnachahmlichen Augenaufschlag, den er sonst nur bei neuen Angebeteten zum Einsatz brachte. »Du legst doch bestimmt bei Mamma ein gutes Wort für uns ein, Patatina?«

»Träum weiter, Bruderherz«, fauchte Fiorina. »Mamma ist auf hundertachtzig. Und wenn ihr euch nicht endlich am Riemen reißt, drehe ich im Keller die Sicherung heraus, und dann könnt ihr sehen, wo ihr bleibt mit eurer Kunst.«

Mit verträumter Miene trommelte Ambrogio ein paar leichte und dem Himmel sei Dank leise Rhythmen.

»Und wann sollen wir dann proben, eh? Die Musik lebt nun mal von der radikalen Vielfalt.« Mit dumpfem Ton stellte Federico seine signalrote Fender zur Seite, zog empört an seinem schweißnassen Shirt herum und wurde nun seinerseits laut: »Entweder müssen wir auf deine blöden Patienten Rücksicht nehmen, oder …«

»Jetzt beruhige dich mal, Federico, bestimmt finden wir eine Lösung«, unterbrach ihn Ambrogio mit sanfter Stimme. »Raffaella, hast du nicht gesagt, wir könnten vielleicht auf dem Hof deiner Tante in einem alten Schuppen …?«

»Tja, das klappt leider nicht.« Die Bassistin, die noch wilder tätowiert war als Ambrogio, rollte ihre meterdick schwarz umrandeten Augen. »Sie will jetzt auf einmal alles umbauen, Agriturismo, du weißt schon.«

»Aber wo sollen wir dann hin?«, jammerte Federico, der gekonnt in seine Rolle als kleiner Bruder zurückfiel und Fiorina herzzerreißend verzweifelte Blicke zuwarf. »Hast du nicht eine Idee? Du bist doch sonst immer so schlau.«

Sie zuckte nur mit den Schultern. Auch die beiden anderen waren ratlos.

Eigentlich war der Raum unterm Dach ja ideal zum Proben. Wo sich früher ein miefiges Wohnzimmer und ein schimmliges Schlafzimmer befunden hatten, erstreckte sich nun ein nur von dicken, alten Holzbalken unterbrochenes Loft mit Platz ohne Ende. Bevor Federico hier eingezogen war, hatte er mit Hingabe Trennwände herausgerissen, Türen und Wände gestrichen, die Bodendielen abgeschliffen. So energiegeladen hatte Fiorina ihn noch nie erlebt, fast tat er ihr leid mit seinem kläglichen Blick. Hätte sie nicht gewusst, was für ein begnadeter Schauspieler ihr Bruder war, sie hätte sich womöglich erweichen lassen.

»Wieso spielt ihr nicht einfach was, was den Leuten gefällt?«, schlug sie vor. »Wenn ihr später berühmt seid, könnt ihr immer noch andere Sachen probieren.«

Nach kurzem Zögern begannen Federicos Augen zu leuchten. »Das ist es – wir machen einen Gig hier im Viertel mit Uralt-Kamellen und Herzschmerz-Songs!«

»Wie jetzt?«, fragte Ambrogio verdattert. »Kein Hardrock mehr?«

»Ohne mich«, tönte Raffaella wutentbrannt. »Ich bin Künstlerin und keine … Nein, so war das nicht abgemacht.«

»Nur für den Anfang«, beschwichtigte Federico sie. »Ein bisschen Gianna Nannini, ein bisschen Suzi Quatro, da bricht dir kein Zacken aus der Krone, und dann merken diese Banausen, dass du nicht nur genial spielen kannst, sondern auch singst wie eine Göttin«, wickelte er sie mit zuckersüßer Stimme um den Finger. »Ich mache was mit Gefühl, Zucchero und Eros Ramazotti, natürlich, da werden sogar die Omas und Opas schwach.«

»Und wann soll dieser Gig sein?«, fragte Raffaella skeptisch.

»In ein, zwei Wochen? Das schaffen wir locker.« Seine kastanienbraunen Augen glühten jetzt vor Begeisterung.

»Ich weiß auch schon, wo: auf der Piazza vorne. Wir laden die komplette Nachbarschaft ein, und danach beschwert sich niemand mehr, wetten?«

Der Rest seines Vorschlags ging in Ambrogios ekstatischem Gejohle unter, und schließlich fügte sich auch Raffaella.

»Und wir versprechen hoch und heilig, dass es nicht mehr zu laut wird«, beteuerte Ambrogio treuherzig mit Blick auf Fiorina.

Inzwischen hatte Fiorina sich wieder beruhigt, bestand jedoch darauf, dass die Band während ihrer Praxistermine und in den allgemeinen Ruhezeiten die Lautstärke der Instrumente mäßigte oder am besten überhaupt nicht probte.

»Va bene«, sagte Federico, »und du, Ambrogio, nimmst dich bei der Bassdrum und der Snare ein bisschen zurück. Raffaella, du gehst bei den Riffs mal nicht ganz so in die Vollen, und Fiorina, von dir bitte wieder Strom, capite?«

Energiegeladen klopfte er auf den Holzkorpus seiner Gitarre, die er sich wieder umgehängt hatte.

»Uno, due, tre – andiamo, ragazzi!«

Auch Gianna wusste von keinem weiteren Deutschen in der nördlichen Hälfte der Halbinsel, bei dem Enzo arbeiten könnte.

Hagen war eigens noch einmal nach Cavo zurückgekurvt, um sie danach zu fragen. Als er ankam, war sie gerade im Begriff gewesen, sich auf ein chromblitzendes und sichtlich neues Mountainbike zu schwingen. Ihr Kellnerinnen-Outfit hatte sie gegen verwegen knappe Hotpants, ein bauchfreies Top und schreiend bunte Plateausandalen getauscht. Das Ristorante war inzwischen geschlossen und würde erst gegen Abend wieder öffnen.

Südlich von Cavo gab es noch das eine oder andere luxuriöse Anwesen, erfuhr Hagen, meist gut versteckt und über öffentliche Straßen kaum zu erreichen. Dort residierten reiche Leute, von denen man wenig wusste. Hin und wieder kam ein Helikopter vom Festland herübergerattert, um irgendwelche Menschen abzusetzen oder zum Flughafen Pisa zurückzubringen. Wer diese Menschen waren, wusste niemand. Natürlich gab es Gerüchte. Schwerreiche Russen, hieß es, oder amerikanische Filmschauspieler, die keinen Wert auf den Besuch von Paparazzi legten.

»Vielleicht gehört eine der Villen auch einem Deutschen, keine Ahnung. Das Personal, das diese Leute beschäftigen, stammt jedenfalls nicht von der Insel«, meinte Gianna. »Und mit den Hunden, die ihre Grundstücke bewachen, ist nicht zu spaßen.«

Hagen verspürte wenig Lust, diese geheimnisvollen Millionärspaläste aufzusuchen, um dort vermutlich ohnehin niemanden anzutreffen. Stattdessen machte er sich auf den Weg nach Portoferraio.

Dieses Mal wählte er die schnelle Route über Porto Azzurro, und während der Fahrt dachte er über Siegfried Herzog nach, den einsamen reichen Mann mit der »lieben Freundin«. Ob sie nicht vielleicht doch seine Geliebte war? Ob er vielleicht im Keller eine Baustelle hatte, an der Enzo arbeitete? Aber weshalb sollte er dann behaupten, ihn nicht zu kennen? Weil er Enzo bar bezahlte und den italienischen Staat dadurch um einige Euro Steuern betrog? Da hätten viele Inselbewohner Grund, ein schlechtes Gewissen zu haben. Inklusive Fiorina, die in vielen Dingen sonst korrekter war als viele Deutsche. Steuerhinterziehung galt in Italien nicht als Vergehen, sondern als Volkssport, hatte sie ihm einmal erklärt. Wer brav alle Steuern bezahlte, war entweder zu dumm, zu ängstlich oder zu fantasielos, um sich die entsprechenden Tricks und Kniffe einfallen zu lassen.

Als Porto Azzurro hinter ihm lag, hielt Hagen im Schatten einer Pinie an und versuchte, Fiorina zu erreichen, um sein Kommen anzukündigen. Aber ihr Handy war besetzt.

»Ich verstehe nicht ganz, was Sie von mir wollen«, sagte Nina Bolsonaro. »Die Geschichte mit dem jungen Molteni ist doch schon ewig her.«

Während Fiorina der Frau mit der mütterlich warmen Stimme den Grund ihres Anrufs erläuterte, öffnete sie das Fenster im Arbeitszimmer ihrer Praxis und klappte den Laden zurück. Wieder einmal war es stickig hier drin, aber in der Gasse draußen war es auch nicht viel besser. Die Handwerker nebenan waren ausnahmsweise einmal angenehm ruhig, bis auf ein gelegentliches Klopfen und Schaben war nichts zu hören.

»Das ist doch absurd – warum sollte Alessandro denn Ihre Freundin umgebracht haben?«, fragte Nina Bolsonaro, die andere der beiden Frauen, die ihre Anzeige gegen Alessandro zurückgezogen hatten. »Dazu wäre der Junge niemals fähig, und vergewaltigt hat er sie bestimmt auch nicht. Mich hat er jedenfalls nie angerührt.«

Zurzeit hielt sie sich in Ägypten auf, wo sie mit ihrer Familie Urlaub am Roten Meer machte. Ihr Handy war die meiste Zeit über ausgeschaltet, sie hatte weder die

Nachrichten im Internet verfolgt noch sich sonderlich dafür interessiert, was während ihrer Abwesenheit auf Elba vor sich ging.

»Ich weiß, dass Signora Tommasi etwas Derartiges hin und wieder behauptet hat«, fügte sie abfällig hinzu. »Aber meiner Meinung nach wollte sie sich nur wieder mal wichtigmachen. Ich kenne sie, zwei meiner Kinder hatten sie in der Schule. Wie die sich immer in Szene gesetzt hat – glauben Sie mir, sie übertreibt einfach maßlos.«

Vor dem Telefonat mit Nina Bolsonaro hatte Fiorina ihren alten Schulfreund Piero angerufen. Auf ihre Frage, ob er inzwischen noch mehr gegen Alessandro in der Hand habe als ein paar Blutspuren, die ebenso gut von dem Handgemenge am Montagabend stammen konnten, hatte der Tenente sich erst einmal wortreich entschuldigt, ihr sogar gedankt. Nur aufgrund ihrer Aussage sei er auf den jungen Molteni aufmerksam geworden, und da dieser kein Alibi für die Tatzeit hatte, dafür aber ein beeindruckendes Vorstrafenregister, sei er, Piero, felsenfest davon überzeugt, dass Alessandro Lucias Mörder war. Den Vorfall im Bürohochhaus habe der Verdächtige natürlich heruntergespielt. Angeblich hatte er sie nicht bedrängt, sondern lediglich ein wenig am Unterarm festgehalten und danach nicht mehr gesehen. An ihrer Leiche hatte der Rechtsmediziner inzwischen doch schwache Abwehrverletzungen sowie DNA-Spuren gefunden, die zurzeit noch ausgewertet wurden. Mit an Sicherheit grenzender Wahrscheinlichkeit aber, hatte Piero triumphierend geschlossen, stammten sie von Alessandro Molteni.

»Aber dass Alessandro Sie gestalkt hat, ist schon richtig, oder?«, fragte Fiorina ins Handy.

»Ja, er war schon sehr aufdringlich.« Nina Bolsonaro seufzte. »Ständig hat er Fotos von mir gemacht, und jeden Tag ist er mit seinem Motorino angerückt, hat gewartet, bis ich das Haus verlasse, und mich zugetextet.«

»Zugetextet … Womit denn?«

»Mit seinen Problemen eben. Davon hat er ja weiß Gott genug«, sagte Nina Bolsonaro aufgebracht. »Und eines Tages, als ich vom Einkaufen nach Hause gekommen bin, stand er dann plötzlich im Garten. Mein Mann war im Büro, die Kinder in der Schule – da bin ich natürlich furchtbar erschrocken. Der Kerl muss über den Zaun geklettert sein, hat mich wieder mal vollgequatscht. Ich habe ihn rausgeworfen und am selben Tag noch auf Rat meines Mannes angezeigt, denn das war ja nun eindeutig Hausfriedensbruch.«

Nebenan begann es wieder zu rattern. Fiorina verließ das Arbeitszimmer und ging in den Innenhof, wo der Lärm nur noch gedämpft zu hören war.

Im Nachhinein aber, fuhr Nina Bolsonaro fort, hätten sie Zweifel überfallen, ob sie nicht doch überreagiert hatte. Schließlich wollte sie dem damals Siebzehnjährigen nicht die Zukunft verbauen. Sie zog die Anzeige zurück, nahm ihn unter vier Augen ins Gebet, und tatsächlich hatten die Belästigungen anschließend aufgehört.

»Leider ist er später dann auf andere Weise mit dem Gesetz in Konflikt geraten.« Sie seufzte, dieses Mal noch tiefer. »Aber ein Mord? Nein, das kann ich mir wirklich nicht vorstellen.«

Fiorina wünschte ihr einen schönen Resturlaub und ging in die Praxis zurück, wo die Handwerker zu ihrer Erleichterung gerade ihre Sachen zusammenpackten, um

Feierabend zu machen. Das mulmige Gefühl, das sie schon vorhin auf der Piazza gehabt hatte, verstärkte sich. Immer mehr Zweifel nagten an ihr. Dodos Bemerkung kam ihr in den Sinn: »einmal kriminell, immer kriminell«. Mit seinem Vorstrafenregister, dem fehlenden Alibi und den belastenden Indizien war Alessandro für die Polizei natürlich der perfekte Verdächtige. Aber selbst wenn er nichts mit Lucias Tod zu tun haben sollte, stand immer noch die Suizidhypothese im Raum. Daran konnte – oder vielmehr wollte – Fiorina jedoch einfach nicht glauben.

Sie rief sich den Wortlaut von Lucias Telefonat ins Gedächtnis, das sie unfreiwillig mitgehört hatte. Lucia hatte sich für halb neun am Abend mit jemandem verabredet, um etwas zu besprechen. Mit wem? Mit ihrem Ex-Liebhaber Stefano Turrone? Mit jemandem aus ihrem Kollegenkreis? Sie hatte erleichtert geklungen, dass der Termin zustande kam. Im Bürohaus befanden sich neben dem Kulturamt auch Firmen, Arztpraxen, sogar eine Anwaltskanzlei. War das Thema dieses geplanten Treffens der Grund dafür, dass sie während der letzten Therapiestunde so nervös gewesen war und unbedingt gleich am nächsten Morgen mit Fiorina sprechen wollte?

Den Kopf voller Gedanken, schaltete Fiorina im Arbeitszimmer das Licht an und begann, die letzte Kiste hinter dem Paravent hervorzuzerren und auszuräumen. Es war zwar erst halb sieben, aber die Sonne, die ohnehin nur morgens in die enge Gasse schien, hatte sich hinter tief hängenden Wolken versteckt, sodass es hier drinnen schon fast dunkel war.

Sobald sie mit dem Auspacken fertig war, musste sie sich wieder an ihre Bücher setzen. Andererseits – solange sie nicht wusste, wer für Lucias Tod verantwortlich war, ob sie selbst daran vielleicht nicht ganz unschuldig war, würde sie ohnehin nicht die notwendige Ruhe fürs Lernen finden.

Das Handy läutete. Es war Hagen.

»Ich war in Cavo und bin jetzt auf dem Weg zu dir«, erklärte er. »Wir sehen uns doch heute?«

Nebenan verabschiedeten sich die Handwerker mit extragroßem Getöse voneinander, draußen in der Gasse röhrte ein Motorino mit defektem Auspuff bergauf. Wenigstens kam vom Dachgeschoss kein Lärm mehr, die Rockband hatte Wort gehalten.

»Certo, amore«, sagte sie, froh, Hagens Stimme zu hören. Wer, wenn nicht der ehemalige Commissario, konnte ihr helfen, Lucias wahren Mörder zu finden? »Was hast du denn in Cavo gemacht?«

Mit der freien Hand nahm Fiorina einen Leuchtglobus aus der Kiste, der sich mit seiner intensiven blauen Farbe bestimmt gut in der alten Vitrine machen würde.

»Ich war wegen Enzo da, aber …«

Der Rest von Hagens Worten wurde vom Geknatter des kleinen Motorrads übertönt, dessen Fahrer ausgerechnet vor ihrem offenen Fenster anhalten musste. Fiorina wollte nachsehen, was da los war, verfing sich aber mit dem Fuß im Globuskabel, das sich unbemerkt entrollt hatte. Dadurch verlor sie fast das Gleichgewicht, und etwas zischte haarscharf an ihrem Kopf vorbei.

Glas klirrte, etwas Schweres polterte zu Boden.

Mit aufheulendem Motor schoss das Motorino davon.

Instinktiv hatte Fiorina sich gebückt und beide Arme schützend um ihren Kopf gelegt, der Globus war ihr aus der Hand gefallen. Als nichts weiter geschah und das Geräusch des Motorrads rasch leiser wurde, hob sie vorsichtig erst den Blick und dann den Kopf. Erst jetzt wurde ihr bewusst, dass sie den Atem angehalten hatte.

Die Scheibe der Vitrine war zertrümmert, der Boden davor von Glassplittern übersät. Mittendrin lag ein scharfkantiger Ziegelstein.

»Fiorina!«, hörte sie Hagen aus weiter Ferne rufen, starrte mit klopfendem Herzen auf das Telefonino, das neben dem zum Glück nicht zerbrochenen Globus am Boden lag. »Alles okay bei dir?«

Die Kälte war das Schlimmste. Schlimmer als die Schmerzen, schlimmer als Schwindel und Übelkeit, Durst und Hunger, die Enzo Bibbiani quälten. Obwohl er sich wie ein Baby zusammengerollt und die Arme um die Beine geschlungen hatte, schlotterte er so sehr, dass er immer wieder an den Nonno denken musste, Claudias griesgrämigen alten Vater, mit dem es ständig Streit gab, um nichts und wieder nichts. Der hatte auch so gezittert. Bevor er irgendwann an einem Schlaganfall gestorben war.

Wie lange er wohl schon hier lag? Einige Stunden? Oder vielleicht schon Tage?

Noch immer war ihm nicht klar, wo er sich befand, geschweige denn, wie er hierhergekommen war. Sosehr er versuchte, sich zu erinnern, sosehr er sich den Kopf zerbrach, es gelang ihm einfach nicht. In seinem Gehirn war nichts als Nebel.

Der Boden war nicht nur eiskalt und hart, sondern überdies auch noch feucht. Manchmal regte sich etwas wie eine Erinnerung in seinem Hirn, ganz weit hinten und sehr zaghaft. Doch bevor er sie fassen konnte, verschmolz sie mit dem düsteren, wabernden Grau in seinem Kopf, löste sich bald vollends auf, und es gab nichts mehr außer der schwarzen Kälte, dem modrigen Geruch, seinem vom ständigen Frieren tauben Körper und dem elenden Stampfen in seinem Schädel, das nicht besser werden wollte.

Nach einer kleinen Ewigkeit, in der er wieder nur reglos und mit geschlossenen Augen in der Finsternis gekauert hatte, versuchte er, sich aufzurichten, gab sein Vorhaben jedoch sofort wieder auf. Ihm fehlte es schlichtweg an Kraft, die Kopfschmerzen, der Schwindel. Und was hätte es ihm auch gebracht? Er wusste, er hätte ohnehin keinen Schritt gehen können.

Wenn er nur wüsste, was geschehen war, bevor er ohnmächtig wurde. Er hatte sein Motorino neben dem Tor des Signore abgestellt, den Code eingetippt und …

Halt!

Er war nicht durchs Tor gegangen, jetzt fiel es ihm wieder ein, sondern außen an der Mauer und später am Zaun entlang. Bis zu der Stelle, wo die geheimnisvollen Männer immer verschwanden und irgendwann wieder auftauchten wie aus dem Nichts. Er hatte endlich wissen wollen, was die beiden, die er in den vergangenen Tagen mehrmals beobachtet hatte, dort trieben. Deshalb war er extra früher gekommen. Er wollte wissen, was in den Kisten war, die sie immer so achtsam trugen, als befänden sich wertvolle und zerbrechliche Dinge darin.

Diese Erkenntnis jagte einen Adrenalinstoß durch seinen geschundenen Körper, plötzlich war er aufgeregt, in seinem Kopf wirbelten Gedankenfetzen und Bilder durcheinander. Nach einigem Suchen hatte er eine Treppe gefunden, mitten im Wald, mit Ästen und Laub gut getarnt. Stufen aus klobigen, verwitterten Steinen, die krumm und schief in die Tiefe führten. Nach etwa zehn Stufen hatte er ein Podest erreicht und stand vor einer von oben nicht sichtbaren, dunkelgrau lackierten und offensichtlich vor nicht allzu langer Zeit montierten Stahltür. An der ein großes, sehr massives Hängeschloss baumelte.

Und dann – nichts mehr.

Enzo zwang sich, die Erinnerung nicht loszulassen, wieder und wieder an die Treppe zu denken, die er hinabgestiegen war. Er konzentrierte sich mit aller Kraft, roch den Duft der Macchia, den der Morgenwind von den Erdbeerbäumen und Steineichen herübertrug, hörte das ferne Tosen der Brandung, die gegen die Klippen anrannte.

Aber dann? Was war dann geschehen?

War es ihm gelungen, die Stahltür zu öffnen? Was hatte er dahinter vorgefunden? Hatte er sich irgendwo den Kopf gestoßen und deshalb das Bewusstsein verloren? War er im Dunkeln in ein tiefes Loch gestürzt?

Doch sosehr er sich auch das Hirn zermarterte, an diesem Punkt setzte seine Erinnerung aus.

15

Wieder wurden Fiorina und Hagen auf dem Gehöft der Moltenis vom Gekläffe der Hunde empfangen, die zum Glück auch heute angeleint waren. Diesmal stand eine gedrungene alte Frau mit verhärmtem Gesicht auf dem Hof, die zwei Körbe voller Einkäufe von der Ladefläche eines zerschrammten Pick-ups wuchtete und ihnen misstrauisch entgegenblickte. Molteni selbst, den Fiorina wegen des Steinwurfs zur Rede stellen wollte, war nirgendwo zu sehen. Sie war überzeugt, dass er hinter dem Anschlag steckte, und kochte immer noch vor Wut.

Sie stiegen aus dem Fiat, mit dem sie dieses Mal hergekommen waren, da Fiorina sich geweigert hatte, sich ohne Helm auf die Harley zu setzen.

»Mein Sohn ist noch unterwegs«, sagte die alte Frau mit knarrender Stimme und bedeutete den Hunden mit einer scharfen Geste, Ruhe zu geben. »Aber Sie können gleich wieder fahren. Für die Yamaha, hat er gesagt, braucht er noch ein, zwei Tage. Er wartet auf ein Ersatzteil.«

Die Hunde waren tatsächlich verstummt, blieben aber in Habachtstellung und beobachteten die Ankömmlinge mit hochgezogenen Lefzen und drohendem Knurren. Mit seiner Größe, dem kurz geschorenen Haar und der finsteren Miene sah Hagen zum Fürchten aus, und auch mit Fiorina war im Moment nicht gut Kirschen essen.

»Wir kommen nicht wegen der Yamaha«, erwiderte sie mit schlecht verhohlenem Zorn. »Sie können ihm übrigens ausrichten, dass die Reparatur der Schäden, die er mit seinem Ziegelstein angerichtet hat, mindestens dreihundert Euro kostet, vom Schmerzensgeld ganz abgesehen.«

»Wir haben keine dreihundert Euro.« Die Frau, bei der es sich vermutlich um Alessandros Großmutter handelte, stellte die Körbe seufzend vor der offen stehenden Haustür ab. »Was hat er denn jetzt wieder angestellt?«

»Wenn Ihr Sohn den Betrag nicht bis Anfang nächster Woche beglichen hat oder mir sonst in irgendeiner Weise weiter auf die Nerven geht, dann bekommt er Besuch von den Carabinieri«, schnappte Fiorina, ohne auf die Frage einzugehen. »Und glauben Sie mir, ich mache keine Witze, capisce?«

Vermutlich gab der rabiate Onkel ihr die Schuld an Alessandros Verhaftung, womit er leider nicht ganz unrecht hatte. Hagen hatte darauf bestanden, sie zum abgelegenen Gehöft der Moltenis zu begleiten. Er war in Sorge gewesen, dass sie in ihrem lodernden Zorn nicht heil ankommen würde, wenn sie selbst am Steuer saß. Trotz vieler beruhigender Worte hatte sie während der Fahrt wie auf Kohlen gesessen und war auch jetzt noch auf hundertachtzig.

»Das sehe ich«, sagte Alessandros Großmutter so ruhig, als wäre sie es gewohnt, für die Missetaten der Männer in ihrem Haus geradezustehen. »Ich rede mit ihm, Signora. Er wird für alles aufkommen.«

Mit müder Geste strich sie sich eine bleigraue Strähne aus der Stirn, die sich aus ihrem nachlässig gebundenen Pferdeschwanz gelöst hatte. Sie trug ein ausgeleiertes, aber sauberes Shirt über ihren ausgebeulten Jeans und dazu bunte Sneakers, die schon bessere Tage gesehen hatten.

»Und was immer mein Sohn getan hat, es kommt nicht wieder vor, das verspreche ich Ihnen bei der heiligen Caterina«, fügte sie hinzu, als Fiorina zu einer neuen Tirade ansetzte. »Aber bitte keine Polizei, in Ordnung? Wir haben wirklich schon genug Ärger, mein Enkel ist nämlich …«

Im Haus ertönte ein Schrei, gefolgt von einem dumpfen Krachen.

»Maledetto!«, kreischte eine heisere Frauenstimme. »Wo bleibst du denn, du alte Hexe? Stehst da draußen rum und palaverst mit irgendwelchen Leuten und lässt mich hier krepieren!«

Ohne ein Wort packte Alessandros Nonna einen der Körbe und verschwand damit im Haus, wo es schepperte und polterte. Die andere Frau stieß weiter wüste Beschimpfungen aus, unterbrochen von hysterischen Schreien. Wieder rumpelte etwas.

Fiorinas Groll legte sich augenblicklich. Hier brauchte jemand Hilfe. Sie nickte Hagen zu, sie liefen an den jetzt kleinlaut winselnden Hunden vorbei zur Tür und betraten das Haus.

Durch eine enge, dunkle Diele gelangten sie in einen Raum, vielleicht das Wohnzimmer, in dem wegen der teilweise geschlossenen Fensterläden ebenfalls nur Dämmerlicht herrschte. Der Anblick erinnerte Fiorina an die Wohnung ihrer Nonna, als diese noch allein unter dem Dach gehaust hatte. Alles hier war genauso zugemüllt, und es war kaum zu erkennen, welche Möbel sich unter den Bergen von alten Zeitungen und muffigen Jacken und Pullovern befanden. In einer Ecke lagen die Scherben eines zerbrochenen Blumentopfs, auf dem Boden ein umgekippter Hocker, zerbrochene Gläser und Flaschen. Es stank nach Schimmel, ungewaschener Kleidung und Alkohol.

»Auf dein Zimmer!«, rief die Nonna aufgebracht, die mühsam eine wild um sich schlagende Frau undefinierbaren Alters festhielt. »Hab ich nicht gesagt, du sollst dort warten, bis ich wieder da bin?«

»Merda!«, kreischte diese geifernd und tobend. »Lass mich gefälligst los!«

Es gelang ihr jedoch nicht, sich aus dem Griff der Nonna zu befreien, die für ihr Alter erstaunlich kräftig und wendig war. Die Jüngere war noch dürrer als Alessandro, das einzige Üppige an ihr waren die großen, weichen Brüste, die aus ihrem fadenscheinigen Dekolleté quollen. Das grellrote Haar hing ihr wirr ins schweißüberströmte Gesicht, ihre Rechte krampfte sich um einen krummen Stock, mit dem sie immer wieder ausholte, ihre Gegnerin aufgrund ihrer unkoordinierten Bewegungen jedoch nicht traf.

Mit wenigen Schritten war Hagen bei den beiden und entriss der Rothaarigen ihre Waffe. Diese heulte auf wie ein geschlagener Hund und trat mit den Füßen nach ihm. Er wich ihren Angriffen jedoch geschickt aus, und während die Großmutter ihren Oberkörper immer noch wie im Schraubstock hielt, packte er die zappelnden Beine der Frau.

»Da rüber.« Die Nonna wies mit dem Kopf auf ein längliches Möbelstück, das fast vollständig unter einem alten Armeemantel verschwand, offenbar das Sofa. »Und Sie«, die Alte wandte sich in Fiorinas Richtung, »bringen mir bitte eine der Flaschen aus dem Korb, ganz unten sind die.«

Über den Korb war Fiorina im düsteren Flur gestolpert. Unter Pastapackungen, Mehltüten, einem großen Käsestück und duftendem Ciabatta lagen tatsächlich drei grüne Flaschen ohne Etikett, die vermutlich schwarzgebrannten Grappa enthielten.

Hagen und die Nonna hatten die alkoholisierte Frau inzwischen aufs Sofa gelegt, hielten sie aber immer noch fest. Sie bäumte sich auf, und ihr Heulen steigerte sich zu neuen Höhepunkten.

»Aufmachen, schnell!«, wies die Nonna Fiorina an, als sie neben ihr stand. »Jetzt reg dich doch nicht so auf, Sabina, du kriegst ja gleich was.«

Als die Rothaarige die Flasche sah, gab sie augenblicklich Ruhe. Ihre Augen leuchteten auf. Die Nonna hielt ihr die Flasche an den Mund, sie trank gierig.

»So, das reicht«, sagte die alte Frau nach mehreren Schlucken und setzte die Flasche ab.

»Nein, nein, bitte«, schluchzte Sabina, während sie versuchte, sich loszureißen, um die Flasche festzuhalten.

»Später kriegst du noch mal was, aber jetzt musst du schlafen, das wird dir guttun.«

Die Nonna klang plötzlich so, als spräche sie zu einem verstockten Kleinkind, und Sabina verhielt sich auch so. Schließlich nickte sie, mit einem Mal lammfromm, und ihr Körper erschlaffte vollends. Fiorina konnte immer noch nicht einschätzen, wie alt sie war. Ihrem eingefallenen, welken Gesicht nach war sie mindestens so alt wie die Nonna, der Körper war jedoch der einer Frau mittleren Alters.

»Ich bin in der Küche«, sagte Alessandros Großmutter zu der unglücklichen Sabina, die offenbar ihre Tochter war, deckte sie mit dem Mantel zu, der auf dem Sofa gelegen hatte, und strich ihr überraschend zärtlich das verfilzte Haar aus der schweißnassen Stirn. »Wenn du was brauchst, dann ruf mich, Tesoro.«

In der Rechten die Flasche, verließ die Nonna den Raum, bedeutete ihren Besuchern, ihr zu folgen. Sabina lag ruhig atmend und mit geschlossenen Augen da, schien jetzt wirklich eingeschlafen zu sein.

Bei ihrem Anblick hatte Fiorina plötzlich ein Déjà-vu – war die Frau auf dem Sofa etwa Alessandros Mutter? Sie war rothaarig wie Lucia und die beiden anderen Frauen, die Alessandro belästigt hatte. Mit Nina Bolsonaro hatte Fiorina zwar nur telefoniert, wusste aber von ihrem Profilbild auf einem Messenger-Dienst, wie sie aussah.

In der Küche stellte die Nonna die Flasche und den Korb, den sie aus dem Flur mitgenommen hatte, auf einer zerschrammten Arbeitsplatte ab, öffnete alle Fensterläden und eine Tür, die zum Hof führte, wo einige schmutzige Hühner lustlos gackernd im Dreck herumpickten. Hagen ging hinaus, um den zweiten Korb zu holen, der noch vor der Tür stand.

»Für Sie auch einen Caffè?«, fragte die Alte und griff nach einer verbeulten Macchinetta, die sie aufschraubte und mit Wasser füllte.

Fiorina nahm das Angebot dankend an. Nach der Aufregung konnte sie die Stärkung gebrauchen, und gemeinsames Essen oder Trinken schaffte meist gegenseitiges Vertrauen. Auch Hagen, der gerade durch die Tür kam, nickte.

Der große, niedrige Raum mit rußgeschwärzter Holzdecke war mit einem Sammelsurium an wackeligen, lieblos angeordneten Möbeln und Geräten ausgestattet, die noch älter wirkten als die in Mammas Küche. Auch hier lagen Kleidungsstücke herum, die einen unangenehmen, säuerlichen Geruch verströmten. Der Boden, der Tisch und die Arbeitsflächen waren jedoch frei von Unrat und sauber gewischt. In der uralten Steinspüle stapelte sich nur wenig Geschirr.

Die Nonna füllte das Sieb der Macchinetta, stellte sie auf den Herd und zündete das Gas an.

»Danke für Ihre Hilfe«, sagte sie. »Alleine hätte ich bestimmt eine Ewigkeit gebraucht, um Sabina zu bändigen.«

»Di niente, è stato un grande piacere«, erwiderte Hagen galant.

Fiorina konnte sich ein Grinsen nicht verkneifen. Immer, wenn er Italienisch sprach, wobei er von Mal zu Mal weniger Fehler machte, leuchteten seine Augen in diesem übermütigen Blau, das sie an einen stolzen kleinen Jungen denken ließ.

»Entschuldigen Sie die Frage«, wandte sie sich an die Nonna. »Aber seit wann geht das schon so mit Ihrer Tochter?«

»Seit ich denken kann. Gearbeitet hat sie eigentlich nie. Wenn ich gewusst hätte, dass sie mir solche Probleme macht, dann hätte ich niemals …« Erschöpft fuhr sie sich über die Augen. »Nein, das stimmt nicht, ich liebe sie ja trotzdem.«

Fiorina strich ihr mitfühlend über den Arm. Die Alte schüttelte ihre Hand jedoch unwirsch ab und holte, mit nun wieder verschlossener Miene, Tassen, Löffel und eine angeschlagene Zuckerdose aus einem Hängeschrank, dessen Tür nicht richtig schloss.

Draußen war die Sonne schon hinter den Hügeln verschwunden und tauchte die Wiesen und Wälder in rotgoldenes Abendlicht. Welch ein Gegensatz zu der bitteren Realität hier drinnen.

»Sabina ist Alessandros Mutter?«, vergewisserte Fiorina sich. »Wer hat sich um ihn gekümmert, als er noch klein war? Sie selbst war ja wohl kaum in der Lage dazu.«

»Wer wohl?« Die Nonna verzog das faltige, von Wind und Sonne gegerbte Gesicht. »War weiß Gott nicht immer leicht, zwischen dem Haushalt und meinem Job auf dem Agriturismo der Pertinis, in der Nähe von Marciana Marina. Das können Sie mir glauben. Aber irgendwie musste es ja gehen.«

Das Leben des kleinen Alessandro, dachte Fiorina betroffen, musste karg und hart gewesen sein.

»Sonst dreht Sabina übrigens nicht so durch, wenn sie mal ein paar Stunden auf dem Trockenen sitzt«, fügte die alte Frau hinzu. »Aber das ewige Theater mit ihrem missratenen Jungen nimmt sie sehr mit. Die Carabinieri waren heute Mittag da und haben ihn mal wieder verhaftet. Angeblich hat er dieses Mal eine Frau umgebracht. Was für ein Schwachsinn!«

Fiorina hütete sich, zu erwähnen, dass ihre Aussage den Anstoß zu der Festnahme gegeben hatte.

»Ich habe davon gehört, ich stamme aus Portoferraio«, sagte sie nur. »Kennen Sie die Frau, die gestorben ist?«

Der Kaffee begann, zu brodeln und zu dampfen.

»Gar nichts hat er getan!«, begehrte die Nonna auf, drehte das Gas ab und musterte Fiorina böse. »Die brauchen einen Schuldigen, das ist alles. Und Alessandro passt ihnen natürlich prima in den Kram.«

»Das glaube ich auch«, erwiderte Fiorina.

Während ihrer Fahrt hierher hatte sie Hagen von ihren wachsenden Zweifeln an Alessandros Schuld erzählt.

»Sie sind die Erste, die das sagt.« Die Nonna atmete auf.

Von einem Gespräch zwischen ihrem Enkelsohn und einem seiner Freunde, der ihn vor Kurzem besucht hatte, wusste sie, dass Alessandro Lucia vor wenigen Wochen in einer Hafenbar kennengelernt hatte. Offenbar hatte er sie angesprochen und zu einem Aperitivo eingeladen. Vermutlich hatte Lucia sich zum Spaß auf ein Gespräch eingelassen und dadurch in dem jungen, einsamen, vermutlich verzweifelten Mann falsche Hoffnungen geweckt.

»Irgendwie gibt mir das zu denken«, sagte Fiorina während der Rückfahrt nach Portoferraio. »Alle Frauen, die Alessandro belästigt hat, sehen seiner Mutter ähnlich.«

Hagen, der dieses Mal auf dem Beifahrersitz saß, warf ihr einen aufmerksamen Blick zu. »Inwiefern?«

»Alle sind rothaarig, schon jenseits der vierzig und haben mindestens Körbchengröße D.«

»Du denkst, dass sie eine Art Mutterersatz für ihn waren?«, fragte Hagen ungläubig.

Sie nickte. »Ich möchte seine Übergriffe nicht entschuldigen, Stalking gilt mit Recht als Verbrechen. Aber er hatte einfach niemanden, dem er sein Herz hätte ausschütten können.«

Fiorina hatte noch einmal in ihren Aufzeichnungen nachgesehen und ein Zitat von Lucia entdeckt, das sie bei der ersten Durchsicht überlesen haben musste und erst jetzt verstand.

»Sie hat gesagt, Alessandro wollte eigentlich immer nur reden. Die beiden anderen Stalkingopfer haben es ähnlich formuliert.«

»Dann wollte er Petronella Tommasi gar nicht vergewaltigen?«

»Das hat sie behauptet, aber nach allem, was ich gehört habe, halte ich das für sehr fragwürdig.«

Den Rest der Strecke legten sie schweigend zurück, jeder in seine Gedanken versunken. Das Abendrot über dem Meer und den Hügeln verblasste mehr und mehr, und bald senkte sich die Nacht über Elba.

»Kommst du noch mit auf einen Sprung? Mamma hat bestimmt was Feines gekocht«, sagte Fiorina, als das Ortsschild von Portoferraio in Sicht kam. Dann sagte sie, mit einem anderen, weicheren Klang in der Stimme: »Oder sollen wir es uns noch ein bisschen in meiner Praxis gemütlich machen?«

»Im Prinzip gerne, Bellissima.« Hagen stöhnte so theatralisch wie ein waschechter Italiener. »Aber mir tut alles weh von der Motorradfahrerei. Das Kreuz, die Arme, die Beine. Du hättest heute nicht viel Freude mit mir.«

Als Hagen endlich zu seinem Heim zurückkehrte, fühlte er sich restlos zerschlagen, es war Viertel nach neun, und ihn erwartete eine Überraschung.

Vor dem Garagentor stand ein betagter Alfa Romeo Giulietta mit Münchner Kennzeichen, und während er die Harley mithilfe der in Portoferraio erstandenen Kette an den dicken Stamm einer großen Zypresse band, hörte er Gelächter von der Terrasse. Nils hatte offenbar Besuch. Von einer Frau. Hoffentlich nicht von Constanze, seiner Mutter. Obwohl die wohl kaum in einem rostigen Alfa angereist wäre.

Mit dem Helm unter dem Arm stakste Hagen am Haus entlang zur Terrasse hinunter, hörte erneut das helle Lachen der Frau, die zum Glück ganz und gar nicht nach Constanze klang. Er bog um die Ecke und sah seinen Stiefsohn zusammen mit Gianna, der aufgeweckten Studentin aus dem Ristorante in Cavo, am Terrassentisch sitzen und zwei Pizzen vertilgen, die sie wohl als Gastgeschenk mitgebracht hatte.

»Hallo, Hagen«, rief sie gut gelaunt.

»Hi, Hagen«, sagte Nils mit vollem Mund. »Bist ganz schön lange auf Tour gewesen.«

»Ich hab dir deinen Wein mitgebracht«, verkündete Gianna mit fröhlichem Augenzwinkern. »Den hast du bei uns vergessen.«

Die weiße Tüte, richtig, mit dem teuren Rotwein.

»Bleibt von euren Pizzen vielleicht ein Eckchen übrig?«, fragte Hagen hoffnungsvoll. »Ich bin am Verhungern.«

»Ist noch eine im Backofen für dich«, erwiderte Nils mit schon wieder vollem Mund. »Gianna hat für dich auch eine mitgebracht.«

»Capricciosa«, sagte diese. »Ich hoffe, die magst du. Und eine Flasche von unserem Hauswein habe ich auch dabei. Mit besten Grüßen von meinem Papa.«

»Und wer bedient jetzt die Gäste?«

»Mamma«, lautete die wenig überraschende Antwort.

»Erst muss ich aus dieser verfluchten Lederkombi raus und unter die Dusche«, sagte Hagen. »Ich stinke wie ein toter Iltis. Aber Capricciosa mag ich. Schmeckt mir fast noch besser als Pizza mit Bahnhöfen.«

Nils guckte verdutzt, als Gianna aus vollem Hals loslachte.

»Vorhin war ein Igel da«, sagte er dann.

»Das ist Ignaz. Er schaut jeden Abend um diese Zeit vorbei, um nach dem Rechten zu sehen.«

Hagen schleppte sich ins Haus und nahm sich vor, Ignaz später wie üblich ein Schälchen mit Katzenfutter hinzustellen.

In der Nacht wurde Hagen von einem hektischen Piepsen aus dem Tiefschlaf gerissen. Die Alarmanlage wieder einmal. Meist wurden die Bewegungsmelder von irgendwelchen Stachelschweinen, Füchsen oder anderen Tieren ausgelöst, die nachts auf seinem Grundstück herumstreunten, oder es waren Fehlalarme. Dieses Mal war es jedoch nicht der Sensor an der oberen Hausecke, sondern der über dem Garagentor, der bisher noch nie Ärger gemacht hatte. Der Wecker zeigte Viertel nach drei.

Benommen seufzend, setzte er sich auf und wandte sich dem Monitor zu, der am Kopfende seines Betts an der Wand hing. Er wählte die Kamera an, die am Mast der Satellitenantenne montiert war, schwenkte sie in Richtung Garage. Der Mond war inzwischen aufgegangen und spendete genug Helligkeit, um erkennen zu lassen, dass sich zwei dunkle Gestalten an seiner Harley zu schaffen machten. Taschenlampenlicht huschte herum.

Fünf Sekunden später war Hagen im Erdgeschoss. Barfuß, in seinen Schlafshorts und dem ausgeleierten grauen T-Shirt, das Constanze so gehasst hatte, und mit seiner guten alten Walther PPK in der Hand, die seit einiger Zeit geladen und gesichert in einer Nachttischschublade lag. Die Schiebetür zur Terrasse klemmte zu sehr, um sie lautlos öffnen zu können, und die offizielle Haustür, die er so gut wie nie benutzte, lag zu nah am Tatort. So kletterte er aus dem Küchenfenster.

Geduckt huschte er die schmale, steile Betontreppe hinauf, die auf das Flachdach seiner Villa führte, vermied es sorgfältig, dort auf den Kies zu treten, schlich auf dem oberen Rand der rückwärtigen Mauer entlang, die das Haus vom Fels trennte, gelangte auf das Dach der Garage.

Nun hatte er die Szene vor beziehungsweise unter sich. Es überraschte ihn nicht, in dem stämmigeren der beiden Kerle Alessandros Onkel zu erkennen, der gerade versuchte, die neue Kette mithilfe eines Bolzenschneiders zu durchtrennen. Sein Komplize war mittelgroß und dürr und kam ihm nicht bekannt vor. Das Kommando führte eindeutig Molteni.

Hagen richtete die Waffe, die dieses Mal nicht mit Platzpatronen geladen war, in den Himmel und drückte zweimal ab.

Die zwei Ganoven stoben auseinander, als wäre eine Handgranate zwischen ihnen explodiert. Hektisch sahen sie um sich, blickten jedoch nicht nach oben, wo der

Angreifer stand. Offenbar waren die beiden so perplex, dass sie im ersten Moment nicht an Flucht dachten oder daran, die Taschenlampen auszuschalten. Erst, als Hagen noch eine dritte Kugel auf die Reise schickte, dieses Mal vor die Füße des Onkels, begannen sie zu laufen wie die Hasen. Sekunden später sprang auf der Straße oben ein Automotor an, dessen Geräusch sich eilig entfernte.

Bald darauf lag Hagen wieder im Bett. Nils und Gianna schienen nicht einmal aufgewacht zu sein bei der Knallerei.

16

»Du willst wirklich den Aufzug nehmen?«, fragte Hagen am nächsten Morgen mit kritischem Blick. »Das Ding sieht aus, als würde es demnächst auseinanderfallen.«

»Am Dienstag hat er noch funktioniert«, erwiderte Fiorina ungerührt und hielt ihm die rostige Tür auf, die dringend einen neuen Anstrich benötigte. »Komm schon, mein strahlender Held. No risk, no fun.«

Sie stiegen in die enge Kabine, die laut Typenschild für fünf Personen zugelassen war. Die Tür fiel scheppernd zu, und Fiorina musste den Knopf dreimal drücken, bis der Aufzug sich ruckelnd in Bewegung setzte und sie von allerlei merkwürdigen Geräuschen begleitet ins vierte Obergeschoss hinaufschleppte.

»Von Rechts wegen gehört diese Bruchbude abgerissen«, maulte Hagen. »Sie ist sowieso ein Schandfleck für eure schöne Stadt.«

»Wieso bist du denn so schlecht gelaunt?«

Er verdrehte die Augen und erzählte Fiorina vom gestrigen Abend, von Gianna, die sich mit Nils so prächtig verstand, von der ungeheuer leckeren Pizza Capricciosa, die ihm tonnenschwer im Magen gelegen hatte, und entschieden zu viel Wein. Erst hatten sie den von Giannas Vater spendierten Rosso di Casa niedergemacht und anschließend noch eine der teuren Flaschen, die Hagen in Cavo erstanden hatte. Am Ende war nicht daran zu denken gewesen, Gianna nach Hause fahren zu lassen. So hatte sie – auffallend bereitwillig übrigens – in Nils' Zimmer übernachtet, was zu gewissen Lärmbelästigungen führte, zumal die Villa – wie Hagen bei dieser Gelegenheit feststellte – ziemlich hellhörig war.

Natürlich berichtete Hagen auch von der erfolgreichen Vertreibung der Motorraddiebe. In Nils' Zimmer war es mäuschenstill gewesen, als er am Morgen sehr unausgeschlafen aufbrach, um Fiorina vor dem achtstöckigen Bürogebäude am Fährhafen von Portoferraio zu treffen, in dessen Lift sie jetzt langsam nach oben rumpelten. Da Giannas alter Alfa immer noch die Garagenausfahrt blockierte, hatte er sich trotz Muskelkater an allen möglichen und unmöglichen Stellen wieder auf die Harley geschwungen, heute jedoch – wie in Italien üblich – in Straßenkleidung und ohne Lederkombi.

»Hinterher brauche ich unbedingt einen Kaffee«, verkündete Hagen, als er die klapprige Tür aufdrückte und Fiorina aussteigen ließ. »Und zwar einen doppelten und hammerstarken.«

»Den kann ich auch vertragen«, verkündete sie lachend. »Gleich um die Ecke ist eine nette kleine Bar.«

»Was machen wir eigentlich hier?«

»Ich will Positano fragen, wie das am Montagabend genau abgelaufen ist. Und wenn ich allein komme, dann nimmt dieser Macho mich bestimmt nicht ernst oder wirft mich womöglich einfach raus.«

Neben der Tür zu Lucias letztem Arbeitsplatz prangte ein angeberisch großes und offenkundig frisch poliertes Messingschild mit der beeindruckenden Aufschrift: *Ministero della Cultura – Soprintendenza Archeologia, Belle Arti e Paesaggio per le province di Pisa e Livorno.* Die Tür hatte keine Klinke, sodass Hagen den billigen Plastikklingelknopf unter dem pompösen Schild drückte. Über ihnen wurde gehämmert, gescheppert und geschimpft. Vielleicht wurde das Treppenhaus renoviert, das es wahrlich nötig hatte. Wie der Rest des heruntergewirtschafteten Gebäudes auch.

Der Türöffner surrte, und sie betraten einen karg möblierten Raum, an dessen Wänden sich Schaukästen voller Mineralien aneinanderreihten. Gegenüber dem Eingang befand sich ein Tresen, links schloss sich ein Flur an, von dem mehrere Türen abgingen. Es roch nach Kaffee und dem billigen Parfüm der winzig kleinen Schwarzhaarigen Ende dreißig, die gerade dabei war, Aktenordner in Umzugskartons zu verstauen.

Sie unterbrach ihre staubige Tätigkeit, um die Besucher wort- und gestenreich zu begrüßen. Offenbar herrschte hier nicht viel Publikumsverkehr, und sie freute sich auf ein wenig zwischenmenschlichen Austausch.

Durch das Fenster des Empfangsraums, der vermutlich zugleich als Sekretariat diente, hatte man einen phänomenalen Blick auf den Fährhafen und die Bucht von Portoferraio, die im Licht der Morgensonne gleißte und funkelte wie ein gigantisches Diadem.

Fiorina ergriff das Wort, behauptete, sie sei eine gute Freundin von Lucia gewesen und würde gerne noch einmal ihren Vorgesetzten Massimo Positano sprechen.

»Non c'è«, sagte die kleine Empfangsdame und Sekretärin, und ihre Miene verdüsterte sich, als wäre sie untröstlich, weil ihr Chef zurzeit durch Abwesenheit glänzte. Signor Positano komme morgens in der Regel gegen acht ins Büro, habe jedoch im Moment irgendwelchen Amtspflichten außerhalb nachzugehen.

Sie trug ein geschmackvolles Kleidchen und verwegen hohe, farbenprächtige Pumps. Letztere vermutlich nicht nur der Mode wegen, sondern auch, um sich ein wenig größer zu machen.

»Wahrscheinlich ist er einkaufen«, sagte Fiorina auf Deutsch zu Hagen.

Wenn die Herrschaften warten wollten, sei das kein Problem, erklärte die wuselige Sekretärin mit erdbeerrotem Lippenstift. Und falls ihnen vielleicht ein Caffè …

»Sì, sì«, fiel Hagen ihr begeistert ins Wort. »Per me un caffè doppio, per favore.«

Während sie ihren Kaffee im Stehen tranken, plauderte Fiorina mit der Sekretärin, und Hagen stellte wieder einmal zufrieden fest, dass sein Wortschatz von Tag zu Tag größer wurde. Er hätte zwar nicht mitdiskutieren können, verstand den Inhalt des Gesprächs jedoch problemlos. Ob Lucia am Montagabend nach Dienstschluss noch einmal hier gewesen war, vermochte die Frau hinter dem abgenutzten und fleckigen Tresen nicht zu sagen, da sie üblicherweise um halb acht Feierabend machte.

Die Zweigstelle Elba des Kulturamts Pisa werde demnächst geschlossen, möglicherweise auch nur verkleinert, erfuhren Fiorina und Hagen. Die hiesigen Aufgaben werde künftig Pisa übernehmen, und die auskunftsfreudige Sekretärin sowie eine junge Kollegin, die zurzeit krank war, stellten sich darauf ein, demnächst arbeitssuchend zu sein. Die Akten würden schon nach und nach verpackt und auf die Reise nach Pisa geschickt. Sollte die Zweigstelle nur verkleinert werden, werde ein Teil der Akten wohl irgendwann wieder zurückkommen.

»Vielleicht werden wir auch alle versetzt und müssen zukünftig nach Pisa pendeln.«

Niemand wusste etwas Genaues.

»Wie üblich in diesem Land, wo ja alles zentralisiert wird.« Sie rollte die dunklen Augen. »Es ist so schrecklich viel Unruhe hier, weil niemand sagen kann, wie es weitergeht. Kürzlich hat es sogar Streit gegeben zwischen Lucia und Massimo.«

»Am Montagabend?«, fragte Fiorina aufmerksam.

»Nein, am Freitag. Die Nerven liegen blank. Auch wenn man übernommen wird – die Fahrerei nach Pisa und zurück jeden Tag, darauf freut sich niemand.«

Hagens Wunsch nach einem zweiten Caffè doppio wurde zuvorkommend erfüllt. Gerade, als er das heiße Tässchen zum Mund führte, öffnete sich die Tür, und Massimo Positano, der Chef der kleinen Behörde, betrat die Szene. Wie Fiorina vermutet hatte, mit zwei Einkaufstüten, die vom wenige Hundert Meter entfernten Coop stammten.

Lautstark ereiferte er sich über die Handwerker im Haus, die überall Dreck und Lärm verursachten, mit ihren tausend Kisten und Werkzeugen mal da und mal dort den Durchgang versperrten. Er erkannte Fiorina offensichtlich wieder, versuchte jedoch nicht einmal, so zu tun, als freute er sich über das unverhoffte Wiedersehen. Hagen warf er nur einen skeptischen Blick zu, straffte den Rücken und reichte Fiorina immerhin die Hand, wozu er jedoch erst die eine seiner Tüten abstellen musste.

Positano war noch kleiner, als Fiorina ihn beschrieben hatte, und Lino Ventura tatsächlich wie aus dem Gesicht geschnitten. Genau besehen, war er kaum größer als seine Schreibkraft, muskulös und selbst für einen Italiener übertrieben elegant gekleidet. Sein hageres Gesicht war glatt rasiert, das dunkelbraune Haar wie mit dem Lineal gescheitelt.

Fiorina stellte Hagen als Commissario von Europol vor, wozu dieser ein wenig mit seinem selbst gebastelten Dienstausweis wedelte. Sie erläuterte jedoch nicht den Grund seiner Anwesenheit, sondern sagte nur, es hätten sich inzwischen weitere Fragen wegen des Todes von Positanos Mitarbeiterin ergeben.

Nach kurzem Zögern führte Positano sie missmutig in sein Büro. Dort deponierte er seine Einkäufe neben einem stählernen Garderobenständer, an dem lediglich ein alter Stockschirm hing. Mit unwirscher Geste bat er seine Besucher, Platz zu nehmen, und setzte sich auf seinen Chefsessel, der so hoch gestellt war, dass Hagen vermutete, er müsste nun mit den Beinen baumeln. Er setzte seine finsterste Polizistenmiene auf, was ihm heute nicht sonderlich schwerfiel.

»Kann es sein, dass Lucia am Montagabend doch noch einmal im Büro war?«, begann Fiorina.

Mit der Würde seines Amtes erklärte Positano, was er am Dienstag gesagt habe, gelte selbstverständlich auch heute noch. Er habe das Büro um kurz vor halb neun abgeschlossen, um seinen schwer verdienten Feierabend anzutreten, und Lucia nach der unerquicklichen Begegnung mit dem jungen Flegel nicht mehr gesehen.

Nach dieser Auskunft wurde der Chef der kleinen Behörde zunehmend schmallippig und einsilbig, aber Fiorina ließ nicht locker. Schließlich fragte er sie mit unverhohlener Feindseligkeit, was sie eigentlich von ihm wolle und in wessen Auftrag sie hier sei, um ihm mit ihren überflüssigen Fragen die kostbare Arbeitszeit zu stehlen.

»Alles, was ich zu der Angelegenheit sagen kann, habe ich Ihnen bereits beim letzten Mal gesagt und außerdem bei den Carabinieri zu Protokoll gegeben.«

Während er sprach, musterte Positano Hagen immer wieder kurz, der seinen Blick ruhig und kühl erwiderte. Ihn irritierte wohl die Tatsache, dass ein ausländischer Polizist mit der Sache befasst zu sein schien, doch er wagte offenbar nicht, zu fragen, weshalb sich auf einmal Europol für den Tod seiner Untergebenen interessierte.

»Was könnte Lucia Santoro hier gewollt haben?«, wiederholte Fiorina eindringlich. »Weshalb ist sie noch einmal zurückgekommen? Hatte sie vielleicht etwas im Büro vergessen?«

»Woher soll ich das wissen?«, polterte Positano los.

»Sie haben sie nicht danach gefragt?«

»Wieso sollte ich?« Er hatte sich inzwischen wieder ein wenig gefangen und in seine Chefpose zurückgefunden. »Ich habe diesen jungen Hallodri vertrieben, und anschließend war sie ja verschwunden.«

»Hat sie das Haus verlassen?«

»Möglich wäre es.« Gleichmütig zuckte er mit den Schultern. »Ich bin dem Flegel bis zur Straßenecke gefolgt, sie könnte in der Zwischenzeit den Hof auf der anderen

Seite verlassen haben. Ich kann es nicht sagen, und allmählich müsste ich nun wirklich …«

Während Fiorina eisig erklärte, sie und ihr Begleiter würden erst dann wieder gehen, wenn sie erfahren habe, was ihre Freundin so spät am Abend noch im Haus wollte, wurde Positano wieder nervöser. Sein Blick, seine Hände, vermutlich sogar seine baumelnden Füße, kamen nicht mehr zur Ruhe. Schweißperlen glitzerten auf der hohen, eckigen Stirn.

»Hast du das gesehen?«, sagte Fiorina, als sie und Hagen wieder im Treppenhaus standen. »Der war ja am Ende ein einziges Nervenbündel.«

»In die Hosen hat er sich fast gemacht«, erwiderte Hagen grinsend. »Da haben wir wohl eine Goldader angebohrt.«

»Dieser arrogante Kerl hat etwas zu verbergen, und ich wette, es hängt mit Lucias Tod zusammen.«

Er nickte. »Wo wir schon mal hier sind – was hältst du davon, wenn wir ein wenig im Haus rumfragen? Vielleicht haben am Montag noch mehr Leute länger gearbeitet.«

Fiorina war einverstanden. »Aber dann stelle ich dich als Bekannten aus Deutschland vor. Nicht, dass jemand auf die Idee kommt, sich deinen gefakten Dienstausweis genauer anzusehen.«

Am Empfang der Anwaltskanzlei im ersten Stock saß eine Blondine mit einer markanten Hornbrille. Fiorina gab vor, ihr deutscher Begleiter brauche wegen eines Unfalls mit seinem Mietwagen eine Rechtsberatung. Während die Empfangsdame den Kalender in ihrem PC konsultierte, kam Fiorina wie beiläufig auf ihr eigentliches Anliegen zu sprechen.

»Eine entsetzliche Geschichte, ja«, entgegnete die Blondine und machte eine weit ausholende Geste. »Auch wenn wir die Tote kaum kannten, sind wir doch alle schockiert. Sie war ja sehr zurückhaltend. Nie ist sie mal auf einen Plausch stehen geblieben. Auf der Dachterrasse, wo viele von uns gerne mal eine kleine Rauchpause machen oder zwischendurch etwas essen, habe ich sie kein einziges Mal gesehen.«

In der Kanzlei wurde abends tatsächlich oft lange gearbeitet, da viele Mandanten erst nach Büroschluss Zeit hatten. An dem Abend, als Lucia starb, hatte ihres Wissens jedoch niemand etwas Ungewöhnliches bemerkt.

»Passt es Ihnen am Dienstag in zwei Wochen?«, fragte die Blonde mit Blick auf den Bildschirm. »Nachmittags um sechzehn Uhr?«

So lange könne ihr Begleiter leider nicht warten, behauptete Fiorina bedauernd und verabschiedete sich.

Auch in der Physiotherapiepraxis im zweiten und im Architekturbüro im dritten Stock war am fraglichen Abend niemandem etwas aufgefallen. Vor der Steuerkanzlei im fünften Stock stapelten sich Papiersäcke und Kisten voller Werkzeug, und im Treppenhaus waren zwei von oben bis unten mit Staub bedeckte Handwerker damit beschäftigt, die alten, vielfach gerissenen Steinplatten von den Stufen zu reißen und durch moderne, mattgrau schimmernde Granitplatten zu ersetzen. Hier war der Lärm so laut, dass Fiorina sich kaum mit dem jungen Mann am Empfang verständigen konnte. Das Ergebnis war jedoch dasselbe: Niemand wusste etwas über die Ereignisse in der Eingangshalle am Montagabend.

Das sechste Stockwerk belegte eine Exportfirma. Als Fiorina und Hagen das überraschend modern und teuer eingerichtete und zudem angenehm klimatisierte Entree betraten, trafen sie auf eine exquisit gekleidete Frau mit dunkler Kurzhaarfrisur und einen etwa dreißigjährigen Mann in weißen Jeans und blassblauem Kurzarmhemd. Sie standen vor einem großen Holzregal, auf dem sich allerhand Flaschen, bunte Gläser und geflochtene Weidenkörbe voller heubrauner Papiertüten drängten.

»Das müssen wir besser präsentieren«, sagte die Frau gerade, die etwa in Fiorinas Alter war und kaum größer als sie. »Die Pasta nehmen wir raus, dieser exponierte Platz ist besser für die Marmeladen, für die teuren Öle und die guten Weine.«

Hinter einem schmalen, elegant geschwungenen Tresen, hier aus aschgrauem Glas und edlem Holz gefertigt, stand eine zweite Frau, mit ebenfalls dunklem, aber langem Haar und nicht ganz so teuer gekleidet. Sie trug ein weißes Headset im rechten Ohr, in das sie halblaut und mit konzentriertem Blick auf Französisch hineinsprach.

»Buongiorno, Signori«, sagte die Kurzhaarige zu den beiden Besuchern und zauberte ein unwiderstehliches Lächeln auf ihr schmales Gesicht. »Wie kann ich Ihnen helfen?«

Fiorina stellte sich und Hagen vor. »Signor Berensen kommt aus Deutschland und interessiert sich für Olivenöl.«

»Da sind Sie bei mir genau richtig, Herr Berensen«, sagte die andere in fließendem und fast akzentfreiem

Deutsch und reichte erst ihm und dann Fiorina die Hand. »Gisella Ricci, ich bin die Inhaberin und Geschäftsführerin von *Olio, dolci e amore.*«

Ihre Stimme war rauchig und kraftvoll, und ihr exquisites Parfüm verbreitete einen intensiven Geruch nach Sandelholz und Veilchen. Sie fragte, ob ihre Besucher etwas trinken wollten, und bat sie in einen Besprechungs- und Ausstellungsraum.

Auf dem Weg dorthin fragte sie Hagen: »Woher aus Deutschland kommen Sie denn?«

»Aus der Nähe von München.«

»Und wie gefällt Ihnen unsere Insel?«

»Jedenfalls tausendmal besser als Deutschland. Das Klima, das Meer, das Essen …«

»Dafür ist es nicht so grün.« Sie lachte auf eine sympathische, offene Art und betrachtete Hagen mit unverhohlenem Interesse, was Fiorina gar nicht gefiel. »Sind Sie Wiederverkäufer?«

»Nein, nein, ich brauche das Öl für den Eigenbedarf. Genauer für meinen Bruder, der in München ein Spezialitätenrestaurant betreibt. Fünf Liter müssten für den Anfang reichen. Verkaufen Sie auch so kleine Mengen? Wenn er damit zufrieden ist, dann wird er mehr bestellen.«

»Aber selbstverständlich, bei uns ist jeder Kunde König. Wir liefern übrigens regelmäßig nach Deutschland, mindestens zweimal pro Woche.«

Gisella Ricci sprach mit lebhafter Mimik und selbst für eine Italienerin energischer Gestik, ließ zwischendurch immer wieder ihr perlendes Lachen hören. Die geborene Verkäuferin, dachte Fiorina.

Auch in diesem Raum, der noch um einiges größer war als das großzügige Entree, gab es geflochtene Weidenkörbe. Sie standen auf dem Boden, und in den meisten war eine Auswahl der Produktpalette von *Olio, dolci e amore* arrangiert und mit Pinienzweigen, langen Gräsern und getrockneten Blumen dekoriert. Der Duft, den sie verströmten, ließ die Illusion entstehen, man spazierte über besonnte Wiesen. Die Poster an den Wänden zeigten glückliche alte Bauern, die in schwieligen Händen voller Stolz ihre Erzeugnisse präsentierten.

Mit großer Geste deutete die Firmenchefin auf die Flaschen mit golden oder grün glänzendem Öl, die auf einem mit Olivenzweigen dekorierten Sideboard aufgereiht waren. Ausführlich erklärte sie die Charakteristika der diversen Öle, die fast ausnahmslos von der Insel stammten, und pries deren Vorzüge. Hagen lauschte aufmerksam, aber Fiorina hörte bald nur noch mit halbem Ohr zu. Die kulinarischen Besonderheiten ihrer Heimat waren nichts Neues für sie, und die Aussicht hier oben stellte sogar die im Kulturamt in den Schatten. Durch eine raumhohe Fensterfront waren der Darsena-Hafen mit seinen vielen bunten Booten und schneeweißen Jachten zu sehen, die roten Ziegeldächer des Centro storico, das Forte Stella mit seinem bescheidenen Leuchtturm, die Villa dei Mulini, Napoleons ehemalige Stadtresidenz. Jenseits des Hafens erstreckte sich das leuchtende Blau des Meeres, darüber ein wolkenloser Himmel.

Die Tür ging auf, der Angestellte brachte auf einem Tablett die gewünschten Getränke. Cappuccini für die Gäste, einen Espresso für seine Chefin, dazu Mineralwasser und eine Auswahl von winzigen, aber überaus lecker aussehenden Dolci.

Fiorina war froh über die Stärkung, die viele Fragerei hatte ihre Kehle ausgedörrt, und vom köstlichen Duft, den die kleinen Törtchen und Biscotti verströmten, lief ihr das Wasser im Mund zusammen. Nun verstand sie, wofür das *Amore* im Firmennamen stand: Die Produkte, die von hier exportiert wurden, waren wirklich zum Verlieben.

Zuvorkommend deutete Gisella Ricci auf die artischockengrünen Designerstühle, die um einen großen runden Tisch in derselben Farbe gruppiert waren. Sie wartete, bis ihre Besucher sich gesetzt hatten, erst dann ließ auch sie sich nieder.

»Stimmt es denn«, sagte Fiorina wie nebenbei und ebenfalls auf Deutsch, »dass diese Frau, die vor Kurzem tot auf einer Mülldeponie gefunden wurde, hier im Haus gearbeitet hat?«

Das herzliche Lächeln der Gastgeberin erlosch, sie schlug ihre wolkengrauen Augen nieder.

»Ja, im Kulturamt. Ich kannte sie aber kaum. Sie hat hin und wieder Marmeladen und Süßigkeiten bei mir eingekauft, am liebsten diese Sorte.« Sie deutete auf ein mit Feigenmus gefülltes Törtchen, das auf dem Silberteller lag. »Furchtbar, dass ausgerechnet ihr so etwas zugestoßen ist. Lucia war immer so … heiter und allem Neuen gegenüber aufgeschlossen.«

Überrascht hob Fiorina die Brauen. Sie selbst hatte Lucia anfangs als zurückhaltend und verschlossen erlebt. Doch bevor sie nachhaken konnte, sprach ihre Gastgeberin schon weiter.

»Ganz im Gegensatz zu ihrem Chef übrigens, wie heißt er noch?« Abfällig verzog Gisella Ricci das längliche Gesicht, nippte an ihrem Caffè, den sie wie Fiorina ungesüßt trank. »Positano, genau. Ein aufgeblasener Kerl und schrecklicher Angeber, und ein Choleriker ist er außerdem. Kein Wunder, dass Lucia sich nicht mit ihm verstanden hat.«

»Hat sie das gesagt?«

»Nicht direkt. Aber erst neulich habe ich zufällig gehört, wie die beiden sich im Treppenhaus gestritten haben. Positano hat sie angebrüllt, es gab einen Knall, als ob jemand gegen eine Tür geprallt wäre, und sie hat geschrien, dass mir himmelangst wurde. Fast dachte ich …«

»Was?«, fragte Hagen mit hochgezogenen Brauen. »Dass er ihr etwas antut?«

Gisella Ricci schwieg einige Sekunden, bevor sie antwortete: »Das haben Sie gesagt. Ich wollte schon hinunterlaufen, um ihr zu helfen, aber dann habe ich gehört, wie jemand die Treppe hinunterrannte, dem Geklapper der Absätze nach eine Frau, und war beruhigt.«

»Sind sie sicher, dass es Lucia war?«, fragte er.

Nachdrücklich nickte die Geschäftsführerin. »Ja, es war eindeutig ihre Stimme. Und seine. Er hat diesen komischen Akzent der Leute aus Ligurien.« Sie legte die Stirn in Falten, musterte erst Hagen, dann Fiorina. »Warum interessiert Sie das eigentlich so?«

Wieder einmal behauptete Fiorina, mit Lucia bekannt gewesen zu sein, weshalb sie gerne wissen wollte, wie sie zu Tode gekommen war.

Ein kurzes Klopfen ertönte, die Frau mit dem Headset steckte den Kopf zur Tür herein.

»Ich habe den Signore vom Zoll wieder in der Leitung«, sagte sie auf Italienisch. »Soll ich ihn durchstellen?«

Ungehalten erklärte Gisella Ricci, sie wünsche jetzt keine Störung und werde den Herrn wie vereinbart am Nachmittag zurückrufen.

»Wo waren wir?«, fragte sie mit noch stärker gerunzelter Stirn, als die Tür leise geschlossen wurde.

»Der Streit zwischen Lucia und Positano«, half Hagen ihr mit einem charmanten Lächeln auf die Sprünge. »Konnten Sie verstehen, worum es dabei ging?«

Leider habe sie kein Wort verstanden, behauptete Gisella Ricci. Als Fiorina fragte, wann dieser Streit im Treppenhaus gewesen sei, strich sie sich nachdenklich über das Dekolleté ihres langärmeligen, leuchtend orangefarbenen Minikleids, das nicht nur ihre schmale Figur betonte, sondern auch einen ansprechenden Kontrast zu ihrem dunklen Haar bildete.

»Ende der vergangenen Woche?«, überlegte Gisella Ricci und biss sich auf die schön geschwungene Unterlippe. »Ja, ich glaube, am Freitag war es.«

Am Montagabend, als Lucia gestorben war, hatte jedoch auch sie nichts Ungewöhnliches gehört oder beobachtet und die Firma ausnahmsweise pünktlich um acht Uhr verlassen.

17

»Was suchen wir hier eigentlich?«, fragte Hagen mürrisch, als sie die glutheiße, in der prallen Mittagssonne flimmernde Dachterrasse betraten.

Weder in der gynäkologischen Praxis noch im Übersetzungsbüro in den beiden obersten Stockwerken hatten Fiorina und er etwas Neues erfahren. In seiner Rechten trug Hagen jetzt einen Fünf-Liter-Kanister mit dem teuersten Olivenöl, das die geschäftstüchtige Firmeninhaberin im Angebot hatte. Ein leichter Wind wehte von der Bucht her und machte die Hitze erträglicher.

»Ich weiß es nicht«, erwiderte Fiorina. »Ich dachte, es kann nichts schaden, wenn wir uns hier oben mal ein bisschen umsehen. Vielleicht hat Lucias Mörder sie ja doch von hier oben heruntergestoßen.«

»Selbstmord hältst du immer noch für ausgeschlossen?«

»Hagen, sie litt unter Höhenangst«, versetzte Fiorina gereizt. »Sie hat sich kaum auf ihren Balkon im zweiten Stock getraut. Wenn sie sich das Leben hätte nehmen wollen, dann hätte sie mit Sicherheit eine andere Methode gewählt.«

»Vielleicht war sie vor jemandem auf der Flucht«, überlegte er mit Blick aufs Meer. »Die Treppe nach unten war wegen der Baustelle versperrt, wie wir gesehen haben, der Aufzug war ihr zu langsam …«

Große Terrakottakübel mit Palmen und üppig blühenden Oleanderbüschen schmückten die weitläufige Terrasse, die fast die ganze Grundfläche des Hauses einnahm. Der Boden war überraschend sauber, an einigen Stellen feucht. Vermutlich war heute schon jemand hier oben gewesen, um die Pflanzen zu gießen. Weiße Plastiktische standen unordentlich herum, eine Unzahl dazu passender Stühle. Daneben zwei Kisten aus dunklem Holz, in denen vielleicht die Polster verwahrt wurden. Hier oben konnte man eine Party feiern. Mit prächtiger Aussicht. Nur ein Sonnenschutz fehlte.

»Da sie nach unten nicht kann, läuft sie aufwärts«, murmelte Hagen mit schmalen Augen, »landet hier oben, sucht etwas, wo sie sich verstecken kann, findet aber nichts.«

»Die Kisten«, widersprach Fiorina. »Oder die riesigen Kübel mit den Palmen da drüben. Lucia war nicht besonders groß, und es dürfte schon dunkel gewesen sein.«

Aus dem Hof drang das Dröhnen eines Lkw-Motors zu ihnen herauf. Blechernes Scheppern, Quietschen, Krachen und Rumpeln. Hagen ging zum Geländer aus weiß lackiertem, über die Jahre allerdings schon ziemlich verrostetem Stahlrohr, beugte sich vor und blickte hinunter.

Ein gelber Baustellen-Lkw war gerade dabei, eine leere Schuttmulde abzustellen. Anschließend würde er die daneben stehende, randvolle aufladen und abtransportieren.

Auf der gegenüberliegenden Seite des Hofs parkten die Autos sowie mindestens ein Dutzend kleine Motorroller, deren Besitzer vermutlich im Haus arbeiteten. Ganz am Rand stand eine schwere, sichtlich neue Moto Guzzi, die vielleicht Positano gehörte, denn auf einem seiner Regale hatte Hagen vorhin einen Helm gesehen.

Noch einmal blickte er auf die volle Schuttmulde tief unter ihm, und endlich ging ihm ein Licht auf.

»Das ist es.« Er wandte sich um. »Es ist ganz einfach. Sie ist in die Mulde gefallen, und am nächsten Tag ist der Lkw gekommen und hat die Kiste samt Lucia zur Deponie bei Grosseto transportiert.«

»Bravissimo, commissario!«, rief Fiorina nach kurzer Verblüffung und gab ihm einen schmatzenden Kuss.

Sie suchten den Teil der Terrasse ab, wo Lucia vor ihrem Absturz gestanden haben musste, fanden jedoch nichts, was ihnen einen Hinweis hätte geben können auf das, was hier vor vier Tagen geschehen war. Auch am Geländer war nichts Verräterisches zu entdecken.

»Falls sie hier war, dann werden die Spezialisten der Polizei etwas finden«, war Hagen überzeugt. »Winzige Faserspuren, Fingerabdrücke, Handschweiß. Seit Montag hat es meines Wissens nicht geregnet.«

»Ich rufe Piero an, er soll jemanden herschicken.« Fiorina hielt ihr Smartphone schon in der Hand. »Sieht übrigens so aus, als würde jemand den Boden regelmäßig abspritzen. Wir sollten unbedingt mit dem Hausmeister reden, falls es in dieser Bruchbude so etwas gibt.«

»Vorhin war im Hof ein Typ, der sehr nach Hausmeister ausgesehen hat«, fiel Hagen ein, nachdem sie das kurze Telefonat mit ihrem alten Schulfreund beendet hatte.

»Die DNA-Spuren unter Lucias Fingernägeln sind noch nicht ausgewertet«, sagte Fiorina. »Piero hofft aber, heute noch Ergebnisse zu bekommen.«

Den Hausmeister fanden sie nach einigem Suchen und Fragen im Kellergeschoss, wo er irgendwelche schweren Kartons aufeinanderstapelte. Der untersetzte Mann hieß Alfonso Realo, schien aus dem Süden zu stammen, hatte einen neugierigen Blick und einen beachtlichen Händedruck.

»Aber sicher«, bestätigte er mit breitem Grinsen, als Fiorina ihn fragte, ob er die Pflanzen auf der Terrasse gieße. »Jeden Tag.«

Und ja, auch die Fläche spritze er hin und wieder ab und sammle außerdem den Müll ein, den manche nach der Lunchpause zurückließen. Früher habe oben ein großes, wunderschönes Sonnensegel Schatten gespendet, erzählte er so stolz, als gehörte ihm das ganze Haus. Ein Sturm im März habe es jedoch abgerissen und vermutlich ins Meer geweht.

»Dann waren Sie am Dienstagmorgen also auch oben«, sagte Fiorina.

Alfonso Realo nickte energisch.

»Ist Ihnen dabei irgendetwas aufgefallen?«

»Aufgefallen?«, fragte der kleine Mann zurück. »Am Dienstag …« Plötzlich begannen seine Augen zu leuchten. »Le scarpe!«

»Was für Schuhe?«, fragte Hagen.

»Le porterò«, erwiderte der aufgeweckte Hausmeister und wieselte davon. »Un attimo.«

Sekunden später kam er zurück, in der Linken ein paar

knallbunte High Heels der Marke Prada. Diese hätten oben einfach am Boden gelegen, erklärte er empört, und er habe sie an sich genommen, damit sie nicht verloren gingen. Später hatte er sie in seinem Büro im Erdgeschoss deponiert, in der Hoffnung, die Besitzerin werde sich irgendwann melden. Aus dem Augenwinkel sah Hagen, wie Fiorina neben ihm zusammenzuckte, als sie die Fundstücke erblickte.

»Die sind ziemlich teuer«, meinte Alfonso Realo kopfschüttelnd. »Wer lässt denn so was herumliegen?«

Fiorina bat ihn, Lucias Schuhe den Polizisten zu übergeben, die in Kürze hier auftauchen würden, und ihnen zu erzählen, wann und wo er sie gefunden hatte. Vom Tod der Besitzerin hatte er noch nichts gehört. Er habe sie auch kaum gekannt, erklärte er mit einem Unterton, als hätte die schöne Frau aus dem Kulturamt sich nur ungern mit einfachen Menschen wie ihm abgegeben.

Fiorina und Hagen bedankten sich herzlich, verließen das Haus und traten auf die Calata Italia, die belebte Straße, die am Hafen entlang zur Altstadt führte.

»Was ist?«, fragte sie, als Hagen unvermittelt stehen blieb.

Er kniff die Augen zusammen. »Ich weiß nicht. Ich habe eben was gesehen, das mich an irgendwas erinnert hat.«

Wortlos machte er kehrt, lief mit dem Ölkanister in der Rechten zurück, sah sich im Hof um, fand jedoch nicht heraus, was ihn irritiert hatte.

»Gehen wir was trinken«, schlug er vor, als er wieder neben Fiorina stand, die ihn fragend ansah. »Und irgendwas zu beißen wäre auch nicht schlecht. Ich habe noch nicht gefrühstückt, und die süßen Miniteilchen von der Ricci machen nicht satt.«

»Also, was haben wir?«, fragte Hagen, nachdem er den dritten Caffè lungo dieses Tages hinuntergestürzt, mit reichlich Wasser nachgespült und die Hälfte seines Panino con prosciutto crudo e rucola verschlungen hatte.

Obwohl die Bar eher einfach und unspektakulär war, waren sowohl der geräucherte Schinken als auch der Rucola von einer Qualität, wie man sie in Deutschland lange suchen musste. Fiorina hatte sich für eine große Cola mit Eis und ein mit Kirschtomaten und Mozzarella belegtes Panino entschieden. Sie saßen an einem kleinen runden Tisch unter einer weinroten Markise, keine fünfzig Schritte von dem Ort entfernt, wo Lucia vermutlich in den Tod gestürzt war.

Hagen zupfte eine der dünnen Papierservietten aus dem Ständer, ergriff den silbernen Stift, den Fiorina aus ihrer Handtasche gezaubert hatte, malte einen Kreis in die Mitte und schrieb »Lucia« hinein.

»Erstens: das Opfer.«

Er zeichnete weitere Kreise, die er um den ersten herum anordnete.

Vor ihren Füßen verlief die Straße, wo zurzeit glücklicherweise kaum Verkehr herrschte. Dies würde sich jedoch in Kürze ändern. Die Fähre von Moby Lines, die gerade den Hafen ansteuerte, würde demnächst anlegen. Eine beachtliche Autoschlange wartete bereits darauf, in den Bauch des klobigen Schiffs fahren zu dürfen.

»Zweitens: Positano.« Hagen schrieb den Namen in den obersten der äußeren Kreise. »Er hatte Stress mit

Lucia, und außerdem hat er Dreck am Stecken. Der ist so erschrocken, als er gehört hat, ich sei Polizist, dass er nicht mal gefragt hat, was ich eigentlich bei ihm zu suchen habe.«

»Und er hat kein gutes Haar an ihr gelassen«, warf Fiorina ein. »Aber wenn er sie getötet hätte, würde er dann so über sie herziehen?«

Hagen sagte nichts dazu, sondern notierte den nächsten Namen. »Gisella Ricci. Die hat sich auch irgendwie merkwürdig benommen, finde ich. Mir war sie viel zu redselig einem Kunden gegenüber, der bloß ein bisschen Olivenöl kaufen will. Normalerweise hätte sie uns doch an ihren Angestellten verwiesen.«

Nachdenklich nickte Fiorina. »Wie sie Lucia beschrieben hat, fand ich auch seltsam. Allerdings sehe ich da beim besten Willen kein Motiv. Positano hat in Lucia vielleicht eine Konkurrentin gesehen, wenn das hiesige Büro verkleinert wird. Ich weiß zwar nicht, ob das ein Grund ist, jemanden umzubringen, aber es ist wenigstens mal etwas Greifbares.«

»Es muss kein Mord gewesen sein«, gab Hagen mit dem Stift am Mund zu bedenken. »Vielleicht war es nur eine heftige Auseinandersetzung, sie haben sich wieder mal angeschrien, er hat sie ein bisschen rumgeschubst und ...«

»Lucia wäre niemals freiwillig auf das Dach gestiegen«, beharrte Fiorina. »Und wenn doch, dann hätte sie sich nicht einmal in die Nähe des Geländers gewagt.«

»Vielleicht hat sie im Eifer des Streits nicht ...«

»Guten Morgen, Herr Nachbar!«, rief eine fröhliche Männerstimme in nächster Nähe.

Hagen sah auf und blickte in Siegfried Herzogs lächelndes, braun gebranntes Gesicht. Er trug schreiend bunte Biker-Klamotten samt schickem Helm und saß auf einem vermutlich sündteuren Rennrad.

»Hallo, Herr Herzog«, grüßte er freundlich zurück. »Respekt, ganz schön heftig, mit dem Rad von Cavo hierher und wieder zurück.«

»Man muss in Bewegung bleiben«, erwiderte der andere leichthin. »Wer rastet, der rostet. Außerdem verblödet man, wenn man immer nur auf der Terrasse sitzt und die Füße in die Sonne hält. Aber keine Sorge, wenn es zu steil wird, dann schiebe ich auch mal.« Jetzt erst nahm er Fiorina zur Kenntnis. Sein Lächeln wurde noch um einige Stufen strahlender. »Wie ist es nun morgen Abend? Darf ich mit Ihnen und Ihrer charmanten Begleiterin rechnen?«

Herzogs Einladung hatte Hagen völlig vergessen.

»Wir haben das Wochenende über leider auf dem Festland zu tun«, sagte er mit geheucheltem Bedauern. »Der Termin hat sich erst heute Vormittag ergeben, tut mir leid.«

Herzog wirkte kein bisschen enttäuscht, als er sagte: »Na, dann vielleicht ein anderes Mal.«

»Ganz bestimmt«, sagte Fiorina mit ihrem herzlichsten Lächeln.

Herzog nickte ihnen zu, trat in die Pedale und strampelte zügig davon.

Hagens Stift schwebte schon über dem nächsten Kreis. »Wen haben wir noch?«

»Alessandro«, sagte Fiorina zögernd. »Aber alles in mir sperrt sich dagegen, zu glauben, dass er etwas mit Lucias Tod zu tun haben könnte.«

»Wie gesagt, es kann auch ein Unfall gewesen sein. Aber ich gebe dir recht, mein Favorit ist der Junge auch nicht gerade.«

»Dann wäre da natürlich noch Lucias Ex«, fuhr sie mit krauser Stirn fort. »Stefano Turrone, der Professor in Lucca. Dem sollten wir morgen einen Besuch abstatten, wenn wir schon auf dem Festland sind. Nach Lucca brauchen wir höchstens eine Stunde.«

»Gute Idee. Sehr gute Idee sogar. Bisher ist er der große Unbekannte in der Geschichte.«

»Und er hätte eines der stärksten Motive der Welt.«

Gerade, als Hagen den Namen von Lucias verstoßenem Liebhaber in den Kreis schrieb, hielt er inne.

»Jetzt hab ich's«, sagte er. »Bin gleich wieder da.«

Ohne ein weiteres Wort der Erklärung stand er auf und lief zum Bürohochhaus. Wenig später betrat er den Innenhof, wo die Autos und Zweiräder der Angestellten parkten, und da stand er, der BMW Roadster, Cabrio, stahlgrau. Das Kennzeichen endete mit den Buchstaben HB. Die Frau, die Herzog als seine liebe Freundin bezeichnet hatte, war in so einem Wagen davongefahren. Das Kennzeichen hatte sich ihm eingeprägt, weil es seine Initialen trug wie fast alle Autos, die er in seinem Leben schon besessen hatte. Konnte das ein Zufall sein?

Dass gerade jetzt Alfonso Realo aus der Tür trat, um einen prallen schwarzen Müllsack neben die übervollen Tonnen zu wuchten, war jedenfalls ein Zufall, ein sehr willkommener sogar.

Hastig kratzte Hagen sein Italienisch zusammen.

»Questa macchina …«, begann er.

»La BMW?«, fragte der Hausmeister aufmerksam.

»Sì, sì …«

Was, zur Hölle, mochte Besitzer heißen?

»È la macchina della Signora Ricci«, kam Alfonso Realo seiner Frage zuvor. »Una macchina bellissima.« Er küsste seine Fingerspitzen.

Der BMW gehörte der Geschäftsführerin der Exportfirma im sechsten Stock. Sie war also die Frau, die Herzog gestern Nachmittag besucht hatte.

Fiorina machte große Augen, als Hagen ihr die Neuigkeit eröffnete.

»Was könnte das bedeuten?«

»Keine Ahnung«, gestand er ein wenig atemlos. »Aber irgendwas hat es zu bedeuten, das habe ich im Gefühl.«

»Wahrscheinlich haben die zwei einfach nur ein Techtelmechtel miteinander«, mutmaßte Fiorina.

»Mag sein, vielleicht ist Herzog auch einer ihrer Kunden, und sie beliefert die Kantine seiner Firma in Deutschland.«

»Muss ja eine tolle Firma sein, wenn sie ihre Leute derart nobel verköstigen«, fand Fiorina.

Die Moby-Lines-Fähre hatte vor wenigen Minuten festgemacht, und ein wahrer Lindwurm an Fahrzeugen quälte sich keinen Meter von ihrer Tischkante entfernt vorbei, wirbelte Staub auf und nebelte sie mit Abgasen ein.

18

Massimo Positanos Haus war eines jener typischen Neubauhäuser in den Vororten von Portoferraio, wie man sie in den Sechziger- und Siebzigerjahren des vergangenen Jahrhunderts eilig hochgezogen hatte. Hellgelb verputzt, zweistöckig, mit rotem Dach und einer Terrasse im ersten Stock, die über eine Außentreppe erreichbar war – alles adrett und sauber, aber lieblos und steril. Weder bei der Einfahrt zum Carport noch neben der Haustür standen Blumentöpfe oder sonst etwas Buntes, die dunkelbraunen Fensterläden waren allesamt zugeklappt.

Es war kurz nach fünf Uhr nachmittags, und die Hitze stand in der Straße, die menschenleer war – abgesehen von einem alten Mann, der im Schatten eines Feigenbaums zwei Häuser weiter saß. Fiorina stupste Hagen an und ging auf den Alten zu. Den Ferrari, auf dessen Rücksitzen bereits ihre Koffer für den Ausflug aufs Festland lagen, hatten sie in einiger Entfernung geparkt, um nicht zu viel Aufmerksamkeit auf sich zu ziehen.

Nach dem schnellen Imbiss in der Bar am Hafen hatten sie Siesta gehalten. Da die Nonna in der Wohnung war, natürlich in getrennten Räumen – Hagen auf dem alten, erbärmlich knarrenden Sofa im Wohnzimmer, Fiorina in ihrem eigenen Zimmer. Beim anschließenden Caffè in der Küche hatten sie beschlossen, eine spätere Fähre zu nehmen und sich zuvor ein wenig in Massimo Positanos Nachbarschaft umzuhören. Schließlich rangierte Lucias cholerischer Chef zurzeit auf Platz eins ihrer Verdächtigenliste.

Später war Hagen nach Hause gefahren, um zu packen und im Ferrari wiederzukommen, während Fiorina in ihr Zimmer zurückgekehrt war, um ebenfalls ihren Koffer zu füllen. Da sie wie bei ihrem letzten Besuch in ihrem Traumhotel im Val di Cornia auch an diesem Wochenende ein wenig ausreiten wollten und Fiorina außerdem etwas Schickes für die Abende im hoteleigenen Ristorante brauchte, hatte sie sich für den großen Koffer entschieden.

»Buona sera«, begrüßte Fiorina den alten Mann und war froh um den Schatten des großen Baums, unter dem er sich niedergelassen hatte. »Wir wollen zu Signor Positano. Wissen Sie vielleicht, wo er wohnt?«

Der Asphalt strahlte die über den Tag gespeicherte Hitze wie ein Backofen ab, in der Sonne war es kaum auszuhalten. Im Westen zogen trübgraue Wolken auf, die hoffentlich ein wenig Abkühlung bringen würden.

Wie erwartet, deutete der Angesprochene auf das Haus, dessen Adresse Fiorina im Online-Telefonbuch gefunden hatte.

»Aber da werden Sie jetzt kein Glück haben«, nuschelte der Alte, der nicht mehr viele Zähne zu haben schien. »Massimo kommt immer erst gegen halb neun aus dem Büro, manchmal sogar noch später.«

»So ein Pech.« Fiorina, die natürlich mit dieser Antwort gerechnet hatte, verdrehte gekonnt die Augen. »Neulich waren wir schon einmal in der Gegend, ich habe versucht, ihn anzurufen, er war aber nicht zu erreichen. Wir sind alte Bekannte von ihm und haben ihn schon seit Ewigkeiten nicht mehr gesehen.« An Hagen gewandt, sagte sie ebenfalls auf Italienisch: »Wie lange ist das jetzt her, Amore?«

»Quattro anni«, kam es wie aus der Pistole geschossen.

»Vier Jahre schon! Wie die Zeit vergeht.« Fiorina lachte.

Der alte Mann schien sich zu freuen, ein wenig Gesellschaft zu haben. Aufmerksam sah er von einem zum anderen und machte eine Bemerkung über die Unwägbarkeiten des Lebens. Dann nahm er seine speckige Mütze ab, kratzte sich am fast haarlosen Schädel. »Am Montag ist er sogar erst um elf heimgekommen.«

»So spät?«, fragte Fiorina mit großen Augen.

»Ich habe mich auch gewundert. Das ist immer meine Bettgehzeit, und Massimos Motorrad macht ja einen Höllenlärm. Ich erinnere mich, dass ich es gehört habe, als ich aus dem Bad gekommen bin. Und ich bin sicher, dass es am Montag war, denn am Montag besucht mich immer mein Sohn mit meinen zwei Enkeln.« Betrübt schüttelte er das Haupt. »Sein altes Motorrad, das ist viel leiser gewesen. Aber das neue, das ist ein Gedonner, sag ich Ihnen, das geht einem durch Mark und Bein.«

Hagen bat Fiorina, zu fragen, seit wann Lucias Chef denn ein neues Motorrad besaß.

»Fünf Wochen, vielleicht?«, rätselte der Alte mit gerunzelter Stirn. »Oder sind es jetzt schon sechs? Jedenfalls noch nicht lange. Mein Sohn sagt, so eine große Moto

Guzzi kostet fast zwanzigtausend Euro. Und dabei jammert Massimo ständig, dass sein Gehalt nicht zum Leben reicht.«

Erst zweieinhalb Stunden nach dem Vorfall zwischen Lucia und Alessandro war Positano nach Hause gekommen. Mehr als genug Zeit, seine Untergebene unter irgendeinem Vorwand auf die Dachterrasse zu locken und …

»Wie geht es ihm denn sonst so?«, fragte sie den alten Mann zuckersüß. »Doch hoffentlich gut? Und Massimos Familie auch?«

»Eine Familie hat er ja nicht mehr«, erwiderte der Greis empört. »Von Mirella ist er seit zwei Jahren geschieden, und die kleine Laura lebt mit ihrer Mamma in Massa Marittima.«

Er hielt inne, sah sich um. Bis auf eine weiß-schwarz gefleckte Katze, die über den glühenden Asphalt schlich, war immer noch niemand zu sehen, der ihn hätte belauschen können. Dennoch fuhr er mit gesenkter Stimme fort: »Unter uns gesagt, wo Sie doch seine Freunde sind – in letzter Zeit gefällt er mir gar nicht. Immer ist er ganz grau im Gesicht, und wenn er heimkommt, hat er kaum noch Zeit für einen kleinen Plausch unter Nachbarn, sondern verschwindet meistens sofort im Haus.«

»Der Arme.« Fiorina machte ein betroffenes Gesicht. »Hat er vielleicht Sorgen wegen seines Jobs? Ich habe gehört, das Kulturamt soll aufgelöst werden.«

»Wie so vieles auf unserer schönen Insel.« Der Alte seufzte. »Ich sage immer zu ihm, Massimo, sage ich, schlimmstenfalls musst du eben nach Pisa pendeln, davon geht doch die Welt nicht unter. Hauptsache, du hast

Arbeit.« Die unzähligen Falten auf seiner Stirn wurden noch tiefer. »Aber es ist nicht nur das. Seit ein, zwei Wochen muss es noch etwas anderes geben, was ihm Sorgen macht. Er wirkt in letzter Zeit, als wäre er nicht mehr er selbst. Ob er vielleicht krank ist, habe ich schon überlegt.«

»Mamma mia …«

»Ich habe ihn natürlich gefragt, was los ist, er will aber nicht darüber reden.« Wieder seufzte er. »Mein Sohn meint, es ist vielleicht wegen der Hypothek. Er muss ja auch Unterhalt zahlen für seine kleine Laura. Aber Massimo ist schließlich nicht der Einzige hier, der Schulden hat.«

Fiorina erwähnte Lucias Namen, doch der Alte hatte offenbar noch nie von ihr gehört. Schließlich verabschiedeten sie sich und gingen Hand in Hand zum Auto zurück. In den vergangenen Minuten schien es noch heißer und drückender geworden zu sein. Selbst das Atmen fiel Fiorina schwer.

»Gisella Ricci und Positanos Sekretärin haben beide übereinstimmend gesagt, der üble Streit zwischen Positano und Lucia sei am Freitag gewesen.« Hagen blickte auf die müde schäumenden Wellen hinab, die in ruhigem Rhythmus gegen den Schiffsrumpf schlugen. »Vielleicht ist es am Montagabend, nachdem Alessandro weg war, ja wieder von vorne losgegangen?«

Fiorina nickte. »Ich überlege gerade, wie plausibel es ist, dass die beiden sich wegen des drohenden Stellenabbaus gestritten haben. Er ist der Chef, und sie war noch in der Probezeit. Da war sie doch keine Konkurrenz für ihn.«

»Oder sie hat herausgefunden, dass er sie feuern wollte, und hat ihn zur Rede gestellt?«

Auch Fiorina betrachtete das Spiel der gegen den Bug klatschenden Wellen und die hochspritzende Gischt. »Irgendwie ist das trotzdem unlogisch.«

»Stimmt«, gab Hagen zu. »Wenn einer von beiden einen Grund gehabt hätte, den anderen vom Dach zu stoßen, dann Lucia ihren Chef und nicht umgekehrt.«

Sie lehnten nebeneinander an der Reling der Fähre. Der Fahrtwind spielte mit Fiorinas Haar. Elba wurde kleiner und kleiner, dafür kam die toskanische Küste zügig näher. In zwanzig Minuten würden sie Piombino erreichen, und von dort dauerte die Fahrt zu ihrem Hotel im Val di Cornia am nördlichsten Rand der Maremma keine halbe Stunde. Nach einer ausgiebigen Dusche würden sie sich mit einem fürstlichen Abendessen verwöhnen lassen. Die Wolken hatten sich – wie so oft am Meer – überraschend wieder verzogen, das reinigende Gewitter war ausgeblieben. Dennoch konnte Fiorina in der Meeresbrise endlich wieder frei atmen.

»Worum auch immer es bei diesem Streit am Freitag ging«, sagte sie nachdenklich, »bestimmt war es genau das, worüber Lucia am Dienstagmorgen unbedingt mit mir sprechen wollte. In der Sitzung am Montag wirkte sie jedenfalls sehr nervös und angespannt.« Abrupt richtete sie sich auf. »Vielleicht hat sie ja ihrem Ex davon erzählt? Sie hatten trotz der Trennung immer noch regelmäßig Kontakt. Er hat sie ständig angerufen, einmal hat er sie sogar besucht, und sie hat sich wieder erweichen lassen.«

Kurz entschlossen holte sie ihr Handy hervor, um Stefano Turrone anzurufen und ein Treffen zu vereinbaren, was sie bisher versäumt hatte.

Hagen blinzelte in die Sonne, die sich langsam dem Horizont näherte. Die Farben der fast spiegelglatten See begannen schon, weich zu werden, und waren kaum noch vom zarten Blau des Himmels zu unterscheiden. Möwen zogen hoch oben ihre Kreise und stürzten sich hin und wieder kreischend ins Wasser.

»Aber nicht vor morgen Nachmittag, okay?« Er legte einen Arm um Fiorinas Schultern und lächelte sie schelmisch an. »Morgen schlafen wir uns erst mal gründlich aus.«

»Du willst dein Geburtstagsgeschenk schon morgen Vormittag haben?« Fiorina lachte glucksend, während sie Stefano Turrones Nummer in der Anrufliste ihres Smartphones suchte.

Anstelle einer Antwort schnupperte Hagen an ihrem Haar und küsste ihren Nacken. Seufzend steckte sie das Handy wieder ein und schmiegte ihre Wange an seine harte Schulter. Den Anruf konnte sie ebenso gut später erledigen.

Die Schmerzen hatten endlich nachgelassen, das dröhnende Stampfen in Enzo Bibbianis Kopf war einem dumpfen Pochen gewichen. Auch die Übelkeit und der Schwindel waren kaum noch spürbar. Dafür klebte seine Zunge am Gaumen, sein Mund war so trocken wie das Flussbett des Morello im Sommer, eines Flüsschens auf Sizilien, an dessen Ufer er als Kind oft gespielt hatte. Er brauchte unbedingt etwas zu trinken, sonst würde er über kurz oder lang verdursten.

Er versuchte, die Finger der rechten Hand zu bewegen. Wie anstrengend es war, wie unfassbar mühevoll, doch schließlich gelang es ihm. Wäre er nicht am Ende seiner Kräfte gewesen, hätte er gejubelt vor Freude und Erleichterung.

Eine Weile lag er wieder still da, versuchte, durch langsames Ein- und Ausatmen seinen hämmernden Herzschlag zu beruhigen. Das Bild einer sanft sprudelnden Quelle schwebte unentwegt vor seinen geschlossenen Augen. Er meinte sogar, das Plätschern des frischen Wassers zu hören, den Geschmack von kühlem Nass auf seiner staubtrockenen Zunge zu spüren. Als er die Augen öffnete, starrte er jedoch in dieselbe tintenschwarze Finsternis wie zuvor. Nirgendwo hier gab es Wasser, in diesem eiskalten, dunklen Loch, und …

Andererseits befand er sich ja offenbar in einer Art Keller, einem Keller unter dem Wald. Wohin sonst hätte die graue Stahltür am Ende der Treppe führen sollen, wenn nicht in einen Weinkeller oder in einen uralten, längst vergessenen unterirdischen Vorratsraum? Womöglich gab es hier ja doch irgendwo Wasser? Regenwasser, das durch den Boden sickerte? In ein Fass, eine Schüssel, einen alten Kanister, irgendetwas? Und fiel da nicht sehr weit entfernt und fast unhörbar leise hin und wieder ein Tropfen in Flüssigkeit, vielleicht eine Pfütze?

Plötzlich hatte Enzo Bibbiani ein Ziel vor Augen. Als er versuchte, nun auch die andere Hand zu bewegen, ging es schon sehr viel besser als vorhin. Einen Finger nach dem anderen knickte er um, streckte ihn wieder, am Ende alle zehn auf einmal. Auch die Arme gehorchten wieder seinem Willen, die Beine …

Nach einer weiteren, dieses Mal nicht so langen Verschnaufpause tastete er mit beiden Händen den Boden um sich herum ab, fühlte Stein. Nur an einer Stelle, seitlich neben seinem Kopf, war der Boden weich und locker. Als er die Finger in die lose Erde grub, war das Gefühl so angenehm, dass er aufstöhnte vor Freude. Dann aber zuckte er zusammen. Er war auf etwas Hartes, Scharfkantiges gestoßen, das sich anfühlte wie eine große Scherbe.

Etwas regte sich in seiner Erinnerung, ein verschwommenes Bild, das er jedoch trotz aller Anstrengung nicht fassen konnte. Es musste mit dem Moment zu tun haben, als er das Bewusstsein verlor.

19

»Und – habe ich dir zu viel versprochen?« Fiorinas Augen blitzten übermütig, als Hagen am Samstagnachmittag seinen Blick über die Piazza dell'Anfiteatro schweifen ließ. »Ist Lucca nicht wirklich ein Juwel?«

»Auf jeden Fall ist es eine Stadt der Gegensätze«, erwiderte er entspannt. »Natur und jede Menge krumme Gassen und alte Häuser, romantisch und quirlig, geruhsam und geschäftig – hier findet man wirklich alles auf engstem Raum.«

Der ellipsenförmige Platz war von einer lückenlosen Häuserfront umgeben. Die Gebäude waren in blassem Gelb oder lichtem Ocker gestrichen und vor Jahrhunderten auf den Ruinen eines römischen Amphitheaters errichtet worden, hatte Fiorina ihn voller Stolz aufgeklärt. Die Terrassen der Bars und Cafés auf dem Platz quollen über vor Menschen. Andere besichtigten die Schaufenster der vielen kleinen Geschäfte, die Mode, Lederwaren, Schmuck oder Krimskrams feilboten, oder bummelten einfach nur über die autofreie Piazza. Sehen und gesehen werden, der beliebteste Zeitvertreib im Land, wo die Zitronen blühen. Dazwischen liefen Kinder lärmend Tauben hinterher, und über allem hing ein verführerischer Kaffeeduft.

Nach dem entspannten Abend gestern mit herrlichem Menü, einer ruhigen Nacht und einem überaus kurzweiligen Vormittag, den sie im Wesentlichen im Bett oder auf dem weichen Teppich davor verbracht hatten – mit gelegentlichen Ausflügen auf einen Sessel am Fenster, den winzigen, jedoch erstaunlich stabilen Schreibtisch und überall dorthin, wo man sonst noch Sex haben konnte, wenn man halbwegs jung, gelenkig und außerdem frisch verliebt war –, waren Fiorina und Hagen nach Lucca aufgebrochen. In einem kleinen, aber feinen Ristorante in der Nähe des Doms hatten sie einen schnellen Lunch zu sich genommen. Danach waren sie durch die Altstadt geschlendert, hatten das goldene Mosaik an der Fassade der romanischen Basilika San Frediano bewundert, den Palazzo Pretorio, ein Bürgerhaus mit imposanten Säulengängen aus der Renaissance. Sogar die zweihundertdreißig Stufen des Torre Guinigi waren sie hinaufgestiegen, wo sich ihnen auf einer mit Bäumen bepflanzten Plattform eine unvergleichliche Aussicht bot. Tief unter ihnen lagen die verschachtelten Dächer der Altstadt, die von einer vier Kilometer langen, spätmittelalterlichen Stadtmauer umgeben war. Östlich der Stadtgrenzen begann die wildromantische Gebirgslandschaft der Garfagnana mit ihren schmalen, verwunschenen Schluchten und tiefgrünen, stillen Wäldern.

»Im Gegensatz zu Florenz gehört Lucca noch den Einheimischen«, sagte Fiorina, als sie sich an einen der Terrassentische eines kleinen Cafés am Südrand der Piazza setzten. »Oder zumindest den Italienern.«

»Weißt du, dass ich dich manchmal beneide, weil du auf dein Land so stolz sein kannst?«, fragte Hagen nach einigen schweigsamen Sekunden.

»Warum nicht? Es ist doch wunderschön.« Überrascht musterte sie ihn. »Bist du etwa nicht stolz auf dein Heimatland?«

Er ergriff die auf dem Tisch liegende Karte, obwohl er schon wusste, dass er einen Caffè lungo wählen würde.

»Wir Deutschen tun uns immer noch schwer mit dem Nationalstolz«, erwiderte er. »Ist ja auch klar, nach all den schlimmen Sachen, die während der Nazizeit passiert sind. Darauf, dass in Deutschland manches besser funktioniert als anderswo, kann man ja wohl kaum stolz sein. Wenn der typische Deutsche etwas anpackt, dann will er es ordentlich machen, im Guten wie leider auch im Schlechten.«

Fiorina schmunzelte. »Mir ist aufgefallen, dass deutsche Touristen oft versuchen, so zu tun, als wären sie keine Deutschen und vor allem keine Touristen.«

Hagen grinste. »Nichts klingt verächtlicher, als wenn deutsche Touristen Touristen Touristen nennen, hab ich mal irgendwo gelesen.«

Er sah sich vergeblich nach einer Bedienung um.

»In Deutschland sind alle so krankhaft ehrgeizig«, fuhr er seufzend fort. »Jeder hat es eilig, und jede noch so kleine Unwichtigkeit muss von vorne bis hinten diskutiert und durchgeplant werden. Das mit dem Dolce Vita werden wir wohl nie lernen, fürchte ich.«

»Ich finde, du hast schon gute Fortschritte gemacht«, meinte Fiorina lachend.

Sie lehnte sich zurück, sah einem Schwarm aufgeregt

davonflatternder Tauben nach, und ihre Miene wurde nachdenklich.

»In meinen Jahren in Frankfurt hatte ich selten das Gefühl, richtig entspannt zu sein. Anfangs habe ich gedacht, es liegt an meiner persönlichen Situation während des Studiums. Ich musste ja ständig nebenher jobben, um über die Runden zu kommen. Aber auch später am Uniklinikum, eigentlich mein Traumjob, bin ich nie zur Ruhe gekommen. Und dann, als Unternehmenspsychologin bei der Deutschen Bank, wurde alles noch viel schlimmer. Ständig diese Atemlosigkeit, die Angst, etwas vergessen oder nicht alles geschafft zu haben, wenn man abends nach Hause ging.«

Hagen beobachtete schon seit einigen Minuten einen Anzugträger mit auf Hochglanz polierten Schuhen und großem Aktenkoffer, der nur wenige Meter von ihnen entfernt mit einer einfach gekleideten alten Frau plauderte, deren schütteres silberweißes Haar in der Sonne glänzte. Während sie weit über achtzig sein musste, war der Mann höchstens Mitte vierzig, äußerst elegant gekleidet und machte nicht den Eindruck eines Menschen, der nichts zu tun hatte. Dennoch stand er da, als hätte er alle Zeit der Welt, gestikulierte mit der linken Hand, während seine rechte den schweren Koffer hielt. Was gesprochen wurde, konnte Hagen nicht verstehen, mit Sicherheit jedoch nichts Geschäftliches. Dieser Mann verbrachte Zeit mit einer alten Frau, weil es ihm Freude machte. Weil es ihm wichtig war. Weil er sie ernst nahm mit ihren Ansichten, Sorgen und kleinen Freuden. Jetzt stellte er sogar den Koffer ab, um mit beiden Händen einen Abstand zu zeigen wie ein Angler, der zu Hause demonstriert, wie lang der Hecht war, der ihm am Ende leider doch entwischt war.

»Ihr Italiener habt einfach einen anderen Lebensrhythmus als wir. Euch sind ganz andere Sachen wichtig«, meinte Hagen und sah sich erneut und allmählich ein wenig verärgert um. »Trotzdem hätte ich jetzt gern einen Kaffee. Wenn keine Bedienung kommt, gehen wir jetzt und trinken unseren Kaffee woanders.«

Fiorina warf einen Blick auf ihr Handy. »Wir müssen sowieso allmählich los. Es ist schon drei, und ich will dir vor unserem Treffen mit Turrone unbedingt noch das Geburtshaus von Giacomo Puccini zeigen. Er ist der berühmteste Sohn dieser Stadt.«

»Ich hasse Opern«, knurrte Hagen. Beim Aufstehen hatte er entdeckt, dass der junge, klapperdürre und ziemlich picklige Ober an der Wand lehnte und tiefenentspannt mit einem Bekannten herumalberte.

»Das wird sich ändern«, sagte Fiorina voller Überzeugung, »wenn du erst einmal *Turandot* erlebt hast. Oder *Tosca.*«

Seufzend legte er den Arm um sie. Fiorina strahlte ihn an. Sie mochte es, Arm in Arm mit ihm zu gehen, obwohl es bei italienischen Paaren auch heute oft noch unüblich war, seine Zweisamkeit so ungeniert zur Schau zu stellen.

Prof. Dr. Stefano Turrone war höchstens einen halben Kopf größer als Fiorina, und das steingraue Haar, das sich in Strähnen um seinen kantigen Schädel wand, lichtete sich nicht nur am Scheitel. Trotz seiner unansehnlichen Frisur und dem nachlässig rasierten Kinn verstand Fiorina schon in den ersten Minuten des Gesprächs, warum Lucia sich in ihren Professor verliebt hatte. Seine Stimme war volltönend, der Blick seiner Augen ebenso warm wie konzentriert, und bei jedem Wort, das sie oder Hagen an ihn richteten, schenkte er ihnen seine volle Aufmerksamkeit.

Fiorina hatte sich schon beim ersten Telefonat mit ihm als Therapeutin seiner Ex-Geliebten vorgestellt. Seine Affäre mit Lucia, deren gewaltsamer Tod ihn immer noch merklich erschütterte, schilderte er unerwartet offen und nicht ohne Selbstkritik.

»Ich habe viel von ihr verlangt«, sagte er, als sie ihren Treffpunkt an der Porta Santa Maria, einem der sechs mittelalterlichen Stadttore, hinter sich gelassen hatten und auf der breiten Stadtmauer entlangschlenderten. »Zu viel, wenn ich ehrlich bin. Im Grunde habe ich jeden Tag damit gerechnet, dass sie unsere Beziehung beendet. Ich habe ihr zwar von Anfang an gesagt, dass ich meine Frau und die Kinder nie verlassen würde, aber je länger unsere Affäre dauerte, desto mehr hat Lucia darunter gelitten.«

Er seufzte schwer und schwieg für einige Sekunden. Ein gertenschlankes Mädchen mit wehendem blonden Haar und in der Sonne glitzernden Riemchensandalen überholte sie mit elegantem Schwung auf einer pinkfarbenen Vespa.

»Jedes Wochenende war sie allein und abends unter der Woche immer auf Abruf«, fügte er leise hinzu. »Auch ihren Urlaub konnte sie – abgesehen von gelegentlichen Reisen zu wissenschaftlichen Tagungen – nie mit mir zusammen verbringen.«

Nach der Hitze in den steinernen Häuserschluchten des Centro storico war es erfrischend luftig und herrlich schattig unter den Platanen und Kastanien, die den Weg säumten. Die Luccaneser nutzten die Wälle als Naherholungsgebiet, gingen darauf spazieren, trieben Sport und trafen sich auf den umliegenden Wiesen mit Familienangehörigen und Freunden, um Boccia zu spielen oder Picknicks zu veranstalten.

»Wie haben Sie reagiert, als Lucia einen Schlussstrich zog und nach Elba zurückging?«, fragte Hagen in seinem holprigen Italienisch.

»Ich war am Boden zerstört. Auch wenn ich jahrelang damit gerechnet hatte, dass es irgendwann zu Ende sein würde, wollte ich nicht wahrhaben, dass es jetzt tatsächlich aus sein sollte.«

»Das war es ja auch nicht. Zumindest nicht für Sie.«

»Ich … Stimmt, Sie haben recht. Ich habe es einfach nicht ertragen, sie nicht mehr sehen zu dürfen, nie wieder ihre Stimme zu hören. Deshalb habe ich sie nach ein paar Wochen dann doch wieder angerufen.«

Ehrliche Verzweiflung sprach aus seinen schiefergrauen Augen, als er erst Hagen, dann Fiorina ansah, als hoffte er auf Vergebung.

»Sie müssen verstehen – wir waren zwölf Jahre zusammen«, fuhr er wild gestikulierend fort. »Nach so langer Zeit trennt man sich nicht ohne Schmerzen.«

Mit den flachen Lederslippern, der sandfarbenen Tuchhose und kurzärmeligem, ebenfalls hellem Hemd mit feinen dunklen Streifen war Stefano Turrone klassisch elegant, aber leger gekleidet. Sein nervöser Blick schweifte in die Ferne, über die Kuppen der Berglandschaft jenseits von Lucca, wurde plötzlich nachdenklich, fast düster.

»Früher konnte ich nie verstehen, warum Männer ihre Ehefrauen betrügen. Wenn man eine Familie gegründet hat und glücklich miteinander ist, dachte ich, wie kann man dann fremdgehen? Aber dann kam ich in die Midlife-Crisis, und sie traf mich mit aller Wucht. Nichts machte mir mehr Spaß, ständig hatte ich das Gefühl, zu kurz zu kommen, etwas Wichtiges versäumt zu haben.«

Stefano Turrone blieb stehen, sah einem Mann zu, der unter dem lautstarken Applaus eines älteren Paars einem höchstens dreijährigen Mädchen nachlief, das quietschend vor Glück auf einem feuerroten Laufrad davonsauste.

»Genau zu dieser Zeit trat Lucia in mein Leben. In einer meiner Vorlesungen über die Etrusker saß sie immer in der ersten Reihe.« In seine Erinnerungen versunken, lächelte der Professor in sich hinein. »Sie ist mir aufgefallen, weil sie immer so kluge Fragen stellte. Hübsch war sie außerdem, beneidenswert jung, andererseits aber ausgesprochen sachlich und zurückhaltend, vielleicht sogar ein wenig schüchtern. Keinesfalls so aufdringlich wie manche ihrer Kommilitoninnen. Überhaupt war sie ganz anders als ihre Altersgenossinnen, sie war so …«

Tief atmete er die warme Luft ein, breitete beide Arme aus, lachte so herzlich und zugleich verzweifelt, dass Fiorina ihn noch sympathischer fand.

»Sie ging mit offenen Augen durch unsere schöne Welt. Wenn ich mit ihr zusammen war, hatte ich das Gefühl, auf einmal wieder jung zu sein. Zu sehen, zu hören, zu riechen, zu staunen. Erst da ist mir bewusst geworden, wie sehr meine Frau und ich uns auseinandergelebt hatten.« Er zuckte die Schultern, ging weiter. »Und dann gab es bald kein Halten mehr. Ich wurde süchtig nach Lucia, ja, süchtig.«

»Am Abend vor ihrem Tod haben Sie sie fünfmal angerufen«, sagte Fiorina. »Sie hat es mir selbst erzählt. Und soweit ich weiß, war das nicht das einzige Mal, dass Sie sie so bedrängt haben.«

»Ich weiß ja, das hätte ich nicht tun sollen«, gestand er zerknirscht. »Aber ich hoffte eben, dass sie es sich vielleicht doch noch einmal anders überlegt. Ich weiß, es war dumm von mir und sehr selbstsüchtig. Auch, dass ich sie besucht habe, in ihrem Haus in Portoferraio, war ein Fehler. Aber ich konnte nicht anders, ich musste sie einfach sehen. Ich brauchte sie wie ein Junkie seinen nächsten Schuss.«

Stefano Turrone sprach jetzt mit einem Tempo und in einer Eindringlichkeit, als hätte er eine halbe Ewigkeit darauf gewartet, endlich jemandem sein Herz ausschütten zu dürfen.

»Waren Sie später noch einmal bei ihr?«

Fiorina war nicht entgangen, wie Lucias Ex-Liebhaber jeden Spaziergänger, Radfahrer oder Jogger, der ihnen entgegenkam, aufmerksam musterte. Ihre Frage beantwortete er erst, als eine farbenfroh gekleidete Frau mit Kinderwagen, die ihn freundlich und respektvoll grüßte, außer Hörweite war.

»Nein, nur das eine Mal, ich schwöre es, bei allem, was mir heilig ist.« Mit bitterernstem Blick legte er eine Hand aufs Herz, hob die andere zum Schwur. »Danach haben wir nur noch telefoniert.«

»Wo waren Sie am vergangenen Montagabend?«, fragte Hagen, jetzt plötzlich in seinem Commissario-Ton.

»Das war der Abend, als sie starb, nicht wahr?« Seine gequälte Miene spiegelte Stefano Turrones Schmerz und seine Schuldgefühle wider. »Zu Hause war ich. Ich musste eine Vorlesung für den nächsten Morgen vorbereiten.«

»Kann das jemand …?« Hagen wandte sich Hilfe suchend an Fiorina.

»Bezeugen?«, kam Stefano Turrone ihr zuvor. Nein, an jenem verhängnisvollen Abend sei er allein gewesen, da seine Frau zusammen mit den drei schon fast erwachsenen Kindern die Schwiegereltern in La Spezia besuchte.

In wenigen Worten berichtete Fiorina ihm von Massimo Positanos Streit mit Lucia. Stefano Turrone konnte sich jedoch nicht erklären, was der Auslöser oder Inhalt der Auseinandersetzung gewesen sein mochte. Dass ihre Stelle gefährdet war, hatte Lucia offenbar schon kurz nach ihrem Dienstantritt erfahren.

»Positano hat mit seiner Sekretärin darüber gesprochen, Lucia war im Büro nebenan und hat alles mitgehört. Zufällig habe ich sie am selben Abend angerufen. Sie verstand nicht, warum man sie in dieser Situation überhaupt eingestellt hatte, und war sehr aufgebracht. Die Tätigkeit im Kulturamt hat ihr großen Spaß gemacht, ihre Aufgaben waren vielfältig und interessant. Außerdem wäre es nicht leicht für sie gewesen, auf der Insel eine andere Stelle zu finden, die ihrer Qualifikation entsprach.«

Davon konnte auch Fiorina ein Lied singen. Immer mehr wurde es Usus, dass Arbeitgeber neuen Mitarbeitern in den ersten Monaten nicht einmal mehr ein Gehalt bezahlten, um sie am Ende der Probezeit nicht selten vor die Tür zu setzen und durch neue, hoffnungsvolle Bewerber zu ersetzen.

Lucia hatte hauptsächlich Kulturveranstaltungen organisiert, erfuhren sie, Konzerte, Ausstellungen und dergleichen. Auch das Museum in Rio nell'Elba auf der Ostseite der Insel hatte sie betreut. Manchmal durfte sie auch Ausfuhrzertifikate für historische Kulturgüter erstellen.

»Sie wissen vielleicht«, wandte er sich an Hagen, »dass in Italien sehr darauf geachtet wird, dass unsere Kunst- und Kulturschätze nicht außer Landes gebracht werden.« Kurz zögerte er. »Gerade fällt mir ein, neulich hat sie einen Kulturfonds erwähnt, um den es irgendwelche Differenzen gab.«

»Mit Positano?«, fragte Fiorina sofort.

»Ja, für die Verwaltung des Fonds war er zuständig, und obwohl noch reichlich Geld im Topf war, hat er sich immer geziert, wenn Lucia eine Finanzierung für eine Veranstaltung brauchte. Vielleicht war das der Grund für den Streit? Gut möglich, dass Positano …« Er machte eine Geste, als stopfte er sich die Taschen mit etwas voll.

Nachdem sie für Hagen alles Wesentliche übersetzt hatte – bei komplizierten Themen reichte sein Wortschatz noch immer nicht aus, um die Details und Nuancen zu verstehen –, bat er sie, zu fragen, von welcher Summe denn die Rede sei.

»Das staatliche Kulturbudget für Elba beträgt meines Wissens höchstens fünfzigtausend Euro, also lächerlich wenig.« Stefano Turrone runzelte die Stirn. »Aber soweit ich weiß, sind auch noch EU-Gelder da.«

»Wie viel?«

»Mehr. Wesentlich mehr. Genaueres weiß ich allerdings nicht.«

Hagens Augen wurden schmal und dunkel. Es hatten

schon Menschen wegen kleinerer Beträge gemordet, sagte sein Blick.

Doch dies war nicht das einzig Interessante, das Stefano Turrone zu berichten wusste.

20

Die Luft des Spätnachmittags war samtig weich, duftete nach tausend Pflanzen und Blüten, nach Pferden, Ackerbau und gesundem Landleben. Das Grillenorchester gab ein Sinfoniekonzert. Weit entfernt brummte gemütlich ein Traktor, noch immer stand die Sonne hoch am Himmel.

»Und, was denkst du?«, fragte Fiorina, nachdem sie einige Zeit schweigend Hand in Hand gegangen waren.

Das Hotel war längst hinter einem Wäldchen verschwunden. Rechts und links des unbefestigten Wegs hatten sich anfangs große Weinfelder erstreckt. Inzwischen hatten sie weitläufigen, eingezäunten Weideflächen Platz gemacht, auf denen Pferde grasten oder in kleinen Gruppen beieinanderstanden und gelassen irgendwohin blickten, wo es für Menschen nichts zu sehen gab. Manchmal galoppierte eines der Tiere plötzlich los, andere schlossen sich an, und die Herde drehte eine Runde über die Koppel, bis alle sich wieder beruhigten. Man brauchte nichts von Pferden zu verstehen, um zu wissen, dass es diesen Tieren gut ging.

»Über den Professor?«, fragte Hagen. »Er ist mir ein

bisschen zu smart und zu redselig, als dass ich ihm alles ungeprüft glauben möchte. Außerdem stellt er seine Betroffenheit über den Tod seiner angeblich so sehr geliebten Lucia für meinen Geschmack eine Spur zu deutlich zur Schau. Aber nun gut, immerhin habe ich einiges über die Etrusker gelernt.«

Nachdem zum Thema Lucia alles gesagt war, hatte Turrone, der an der Università di Pisa Alte Geschichte lehrte, ihnen aus dem Stegreif eine kleine Vorlesung gehalten über dieses bis heute rätselhafte Volk, das – lange bevor die Römer sich breitmachten – in Teilen Nord- und Mittelitaliens heimisch gewesen war. Die Etrusker waren den ungehobelten Neusiedlern nicht gerade wohlgesinnt gewesen, hatten sie sich jedoch durch ihre überlegene Waffentechnik jahrhundertelang erfolgreich vom Hals halten können. Während die römischen Soldaten noch mit Schwertern und Rüstungen aus Bronze kämpfen mussten, kannten die Etrusker bereits das Eisen, das wesentlich härter und haltbarer war. Eisenschwerter blieben länger scharf und brachen nicht so leicht. Lange war es den Etruskern sogar streng verboten gewesen, das wertvolle Metall an Römer zu verkaufen. Aber es war damals gewesen wie auch heute noch: War eine Technik einmal in der Welt, dann verbreitete sie sich, Verbote hin oder her, früher oder später über den Erdball. Die Römer waren mächtiger und stärker geworden, die Etrusker hatten sich beugen müssen. Viele hatten sich in den römischen Staat integriert, römische Frauen oder Männer geheiratet, um schließlich als Volk einfach im Nebel der Geschichte zu verschwinden.

»Auf mich hat er ehrlich gewirkt«, sagte Fiorina leicht

verwundert. »Seine Erschütterung über Lucias Tod kam von Herzen. Ich glaube, er hat sie wirklich geliebt.«

Hagen zuckte die Achseln. »Vielleicht bin ich ja auch zu misstrauisch. Aber, das solltest du nicht vergessen, er hat für den Tatzeitpunkt kein Alibi.«

»Spricht das nicht eher für ihn? Hätte er sie getötet, dann hätte er uns mit Sicherheit ein perfektes Alibi präsentiert.«

»Wie schon gesagt, es muss kein geplanter Mord gewesen sein. Aber nein, ich glaube im Grunde auch nicht, dass er Lucia auf dem Gewissen hat.«

Sie erreichten den Pferdehof. Vor einem der Ställe stand die Tochter des Ehepaars, das das Anwesen bewirtschaftete. Die drahtige junge Frau in Reiterhosen, die gerade einem Falben die Hufe auskratzte, begrüßte das immer noch Händchen haltende Paar wie alte Freunde und akzeptierte keine Hilfe beim Striegeln und Satteln.

»Sie machen Urlaub«, erklärte sie lächelnd. »Und im Urlaub soll man nicht arbeiten.«

Ihr Vater Michele, der Reitlehrer, sei noch mit einer anderen Gruppe unterwegs, übersetzte Fiorina für Hagen. Er müsse jedoch demnächst zurück sein, und dann könnten sie mit ihm und einigen anderen Hotelgästen ausreiten, die etwas abseits auf den Beginn ihres Abenteuers warteten.

Fiorina und Hagen hatten keine Lust auf Small Talk mit den anderen Reitschülern und schlenderten ein Stück den Weg zurück, den sie gekommen waren.

»Dass Lucia so viele Schulden hatte, wie Turrone behauptet, wundert mich ein wenig«, sagte Fiorina nachdenklich. »Wobei ich schon gestaunt habe, wie teuer und exquisit sie immer angezogen war. Kleider, Schuhe, Handtaschen, Schmuck – alles vom Feinsten.«

Laut Stefano Turrone hatte Lucia mit dem Haus in Portoferraio auch einen Berg Schulden geerbt. Die verstorbene Tante hatte für die Renovierung des Hauses Hypotheken aufgenommen, was Lucia bei der Annahme des Erbes möglicherweise entgangen war.

»Lässt sich daraus vielleicht eine Erklärung für ihren Tod konstruieren?«, schlug Fiorina vor.

»Sie könnte versucht haben, sich auf krummen Wegen Geld zu beschaffen. Sie könnte die falschen Leute angepumpt haben. Vielleicht hat in Wirklichkeit *sie* den Kulturfonds geplündert und nicht ihr schmieriger Boss?«

»Das kann ich mir nicht vorstellen, sie war nicht der Typ für so was.« Fiorina blieb abrupt stehen. »Andererseits … Falls er Dreck am Stecken hatte, hätte er sie nicht anzeigen können, ohne Gefahr zu laufen, selbst aufzufliegen.«

Hagen sah sie aufmerksam an. »Und dann droht auch noch die Auflösung der Zweigstelle, sämtliche Akten und Belege wandern nach Pisa, und wer weiß, wer sie sich dort zur Brust nimmt.«

»Sie geraten in Panik«, spann Fiorina den Faden mit konzentriertem Blick weiter. »Lucia zieht jemanden ins Vertrauen, bittet ihn vielleicht um Geld, um alles wieder in Ordnung zu bringen, und verabredet sich am Montagabend mit ihm …«

Hagen lachte kalt. »Oder sie versucht, es von Positano zu erpressen, dem sie irgendwie auf die Schliche gekommen ist.«

»Der war doch angeblich selbst pleite. Und so etwas traue ich ihr einfach nicht zu, Hagen.«

Fiorina trat an den Zaun, um einer neugierigen Stute, die schon eine Weile neben ihnen hertrabte, den Hals zu streicheln. Das Tier schnaubte zufrieden, warf den Kopf zurück und galoppierte mit aufgestellten Ohren davon, als hätte es einen großartigen Sieg errungen.

Einige Schritte gingen sie schweigend Hand in Hand und lauschten auf die Geräusche aus der Ferne. Ein Hund bellte, ein anderer antwortete, ein Hahn krähte, ein Automotor brummte. Die Grillen hatten sich ein wenig beruhigt, irgendwo hinter einem Berg knatterte ein Sportflugzeug. Die Sonne brannte erbarmungslos auf sie herab.

Hagen wischte sich den Schweiß von der Stirn. »Das Geld, das er abgezweigt hat, hat er für sein neues Motorrad verjubelt. Er dreht durch, scheucht Lucia auf die Dachterrasse … Doch, das könnte passen. Aber wir dürfen uns nicht zu früh auf eine Hypothese einschießen. Es gibt bestimmt noch eine Menge andere Möglichkeiten.«

Wieder gingen sie ein Stück ohne ein Wort, jeder in seine Gedanken versunken.

»Oder doch Turrone«, sagte Hagen dann. »Er bereitet am Montagabend nicht seine Vorlesung vor, sondern fährt nach Portoferraio, wartet, bis Lucia aus dem Gebäude kommt, um mit ihr zu reden, sie wieder rumzukriegen. Sie will nicht, er wird handgreiflich, sie bekommt Angst …«

»Und läuft ganz bestimmt nicht die vielen Treppen hoch bis zur Dachterrasse, bei ihrer Höhenangst«, fiel Fiorina ihm ins Wort.

»Stimmt. Wäre sie in Richtung Straße geflüchtet, dann wäre sie zwei Sekunden später unter Menschen gewesen und damit in Sicherheit. Nein, sie muss mit jemand anderem verabredet gewesen sein. Und jetzt sollten wir endlich aufhören mit dem Rätselspiel. Das bringt alles nichts, und außerdem ist Wochenende und …«

»Und da ist Michele.« Fiorina deutete nach links, wo einige Reiter in gemächlichem Tempo aus einem Wäldchen kamen, angeführt vom Reitlehrer.

Wenig später hatten Fiorina und Hagen ihre Pferde zugewiesen bekommen und durchquerten nun mit ihrer Reitergruppe das steinige Bett eines Bachs, der kaum noch Wasser führte. Dann ging es einen steilen Hang hinauf. Fiorina beugte sich nach vorne, um ihrer braunen Stute mit weißer Blesse den Aufstieg zu erleichtern. Die immer noch blühenden Ginsterbüsche am Wegrand verströmten einen in der Wärme des Spätnachmittags betäubend intensiven Duft, Mohnblumen säumten den Trampelpfad, der sich steil nach oben wand.

Als sie die Kuppe erreichten und der Weg wieder breiter wurde, trabten sie und Hagen an den anderen vorbei. Außer ihnen waren noch ein schweigsames holländisches Pärchen und zwei vor Aufregung völlig durchgedrehte Engländerinnen mit von der Partie. Michele, der Inhaber des Reiterhofs und ihr Lehrer, ermahnte Fiorina, nicht zu weit vorauszureiten, tat es aber vermutlich nur der Form halber. Schon bei ihrem Ausritt vor drei Wochen hatte er bemerkt, wie sicher Hagen im Sattel saß und dass auch Fiorina keine Anfängerin war. Reiten gelernt hatte sie während ihrer Jahre in Frankfurt.

Zu allen Seiten erstreckten sich jetzt sanft gewellte Wiesen und Felder in verschiedenen Grünschattierungen, aufgrund der anhaltenden Trockenheit zeigten sich da und dort jedoch schon das erste Ocker und Braun. Zwischen Mastixsträuchern spitzten rosafarbene Orchideen hervor, die Hügel in der Ferne waren von Macchia überwuchert. Irgendwo klagte ein Esel über sein trauriges Schicksal, Zikaden überboten sich in ihrem Werben um die Gunst der Weibchen. Die Luft flirrte, Staubkörnchen tanzten im weichen Sonnenlicht.

Seit Fiorina wieder in Italien lebte, wusste sie ihre Heimat erst richtig zu schätzen. Sie ließ ihren Blick schweifen, sog jeden Sinneseindruck in sich auf. Die Wärme der Sonnenstrahlen auf der Haut, das rhythmische Geräusch der Pferdehufe, die Weite des Himmels, die intensiven Gerüche der Blumen und Ledersättel.

Hin und wieder gab Hagen ihr Tipps – worauf sie beim Schrittwechsel achten sollte oder wie sie am besten das Hanfseil hielt, das man hier anstelle der sonst üblichen Zügel verwendete. Ansonsten sprachen sie kaum, auch ihm schien der Ausritt Freude zu machen. Und auch er war sichtlich ergriffen von all der Schönheit um sie herum.

Der auf diesem Hof übliche Reitstil ähnelte dem Westernreiten, beruhte jedoch auf der jahrhundertealten Tradition der Butteri, der maremmanischen Rinderhirten, denen die Trittsicherheit im oft schwierigen Gelände und die Verlässlichkeit ihrer Tiere stets wichtiger gewesen waren als Schönheitswettbewerbe oder sportliche Wettkämpfe. Über die Zeit war so ein Miteinander zwischen Pferd und Reiter entstanden, Gerten und Sporen waren überflüssig geworden. Vermutlich war das der Grund, warum Michele diesen Reitstil im Gegensatz zum englischen als sanft bezeichnete.

Als die Zickzackkurven des Wegs endeten und ein gerades, ebenes Stück vor ihnen lag, stellte Hagen sich in die Steigbügel, duckte sich über den Hals seines temperamentvollen Rappen, schnalzte mit der Zunge und schoss davon wie ein Pfeil. Fiorinas Stute fiel erst mit leichter Verzögerung in den Galopp. Doch dann jagte auch sie so schnell dahin, dass ihr fast die Luft wegblieb. Bald aber genoss sie den warmen Wind im Gesicht, fühlte sich so frei und unbeschwert wie schon lange nicht mehr.

Sie erreichten ein kleines Gehölz, wo der Weg wieder in einen schmalen, von Wurzeln durchzogenen Pfad überging. Die Pferde fielen von allein in den Schritt. Nach der Hitze, die sich zwischen den Wiesen und Feldern staute, waren die Kühle und die Stille des Waldes überwältigend. Goldene Sonnenstrahlen fielen schräg durch das dichte Blattwerk der Kork- und Steineichen. Der Duft war plötzlich erdig und dunkel, jedoch nicht weniger berauschend als draußen auf der offenen Ebene.

Hagen war schon als Kind viel geritten, wusste Fiorina aus seinen Erzählungen. Auf dem Bauernhof bei Bielefeld, wo er aufgewachsen war, hatte man immer Pferde gehalten. Der Umgang mit Tieren lag ihm im Blut – ganz anders als Moritz, Fiorinas Ex-Verlobtem in Frankfurt. Als ehrgeiziger Springreiter hatte er sein Turnierpferd nicht als Lebewesen betrachtet, sondern als Sportgerät, von dem er Leistung forderte – auch wenn das Tier Schmerzen litt und sich für seinen Ehrgeiz die Gelenke ruinierte. Hagen hingegen schien mit seinem Rappen zu verschmelzen, nicht nur wegen seines schwarzen Outfits. Seine Bewegungen waren kraftvoll und geschmeidig, und Fiorina sah diese ebenso sanfte wie wilde Seite an ihm, die er sonst nur im Taumel der körperlichen Liebe zeigte. Allein schon das Zusehen war ein Fest.

Am Ende des Wäldchens warteten sie, bis der Rest der Gruppe aufschloss, dann ritten sie gemeinsam weiter. An der von Dornen überwucherten Ruine eines ehemaligen Bauernhofs begann der Abstieg. Der Weg schlängelte sich durch dichte Macchia, bot immer wieder überwältigende Ausblicke über die toskanische Hügellandschaft mit ihrer vielerorts noch unberührten Natur oder auf das Meer in der Ferne, das im Licht der jetzt tiefer stehenden Sonne glitzerte. Elba lag still im Wasser wie ein träumender Buckelwal.

Bald erreichten sie das munter plätschernde Bächlein, das dem Val di Cornia seinen Namen gegeben hatte, und näherten sich ihrem Hotel. Aus den hellen Natursteinen der Gegend errichtet, lag das Castello aus dem 16. Jahrhundert eingebettet zwischen Weinbergen und einem Olivenhain und funkelte in der Abendsonne. Das von apricotfarbenen Rosen überrankte Haupthaus und die Nebengebäude waren von einem weitläufigen, verwunschenen Park mit uralten Bäumen umgeben.

»Mmm«, machte Hagen, als ein verführerischer Duft nach Knoblauch und Wildkräutern aus der Küche herüberwehte. »Ich glaube, ich habe schon wieder Hunger.«

»Mein Magen knurrt auch schon wie ein ausgewachsener Löwe.«

Fiorina trieb ihr Pferd an und trabte ihm davon. Dieses Mal war es Hagen, der mit Verzögerung folgte.

»Und?«, fragte sie mit spitzbübischem Lächeln, als sie den Reithof erreichten. »Was ist besser – Pferd oder Harley?«

Hagen ließ sich Zeit mit der Antwort.

»Beides«, sagte er schließlich schmunzelnd und schwang sich aus dem Sattel.

Das Essen war auch an diesem Abend wieder göttlich. Nach knusprigen Crostini mit Leberpastete und in Eierteig frittierten Zucchiniblüten wurde die beste Pasta aufgetischt, die Fiorina je gekostet hatte: Pappardelle alla lepre, frische Bandnudeln mit Hasenragout. Auch die Bistecca alla fiorentina, butterzartes Filet von frei laufenden maremmanischen Rindern auf Gemüsen der Saison, ließen keinen Wunsch offen. Würziger Käse aus eigener Produktion und frisch gebackener Kuchen mit einem Klecks Mascarpone und Erdbeeren aus dem nahen Obstgarten rundeten das Menü ab. Dazu wurden Wasser aus einer nahen Quelle und ein fruchtiger Sangiovese gereicht, der in der hoteleigenen Cantina gereift war.

»Nicht einmal meine Mamma hätte das besser gekonnt«, sagte Fiorina anerkennend, als sie den Dessertteller zur Seite schob, auf dem kein einziger Krümel mehr zu sehen war.

»Sogar den Käse machen sie selbst.« Hagen tunkte sein letztes Stück Pecorino in den Akazienhonig und kaute andächtig.

»Das ist Teil der hiesigen Tradition«, sagte Fiorina nicht ohne Stolz. »Die Toskana ist immer sehr bäuerlich geblieben. Im Landesinneren isst man mehr Fleisch als Fisch.«

Das Stimmengewirr am langen Tisch war beachtlich. Alle Hotelgäste saßen an einer langen, weiß gedeckten Tafel und unterhielten sich kreuz und quer auf Italienisch, Deutsch, Holländisch, Englisch und Französisch. Gläser klirrten, Besteck klapperte, immer wieder wurde laut gelacht und durcheinandergerufen.

Die Wände des Saals, in dem sie speisten, zierten liebevoll restaurierte Fresken in blassen Farben. Das fast schwarze Holz der schweren Möbel atmete Würde und Vergangenheit, in den Ecken standen eiserne Kandelaber, die noch aus dem Mittelalter zu stammen schienen. Zwei riesige offene Kamine sorgten in der kalten Jahreszeit für Wärme, jetzt aber waren die Glastüren zur großen, von mächtigen alten Platanen umgebenen Terrasse weit geöffnet.

»Die Slow-Food-Bewegung ist nicht zufällig in Italien entstanden«, fuhr Fiorina mit erhobener Stimme fort, um den Geräuschpegel zu übertönen. »Getreu dem Wahlspruch: buono, pulito e giusto.«

»Gut, sauber und fair. Im Piemont war das, nicht wahr?« Hagen grinste. »Man glaubt es kaum, aber manchmal kommen sogar Nicht-Toskaner auf gute Ideen.«

Nach dem Espresso, zu dem wahlweise Nusslikör oder Grappa serviert wurde, beschlossen sie, einen kleinen Spaziergang durch den Park zu machen, der das Castello umgab.

Arm in Arm schlenderten sie zwischen mediterranen Gewächsen umher, deren Blüten selbst spätabends noch berauschende Düfte verströmten. Längst war es dunkel geworden, kleine Laternen erhellten den gekiesten Weg zwischen Steinfiguren, Pavillons und Statuen aus Carrara-Marmor. Zypressen standen stramm wie Wachsoldaten. Immer noch lärmten die Zikaden, dann und wann huschte eine Fledermaus an ihnen vorbei.

»Schau«, sagte Fiorina, als vor einem aus weißem Stein

gemeißelten Liebespaar immer wieder etwas in der Dunkelheit aufleuchtete.

»Glühwürmchen?«

»Extra für uns, Amore. Jetzt fehlt mir eigentlich nur noch eines zum vollkommenen Glück.«

Abertausende Sterne glitzerten am Firmament, und die laue Luft fühlte sich so weich an wie ein Samtumhang.

»Du meinst, die Nachspeise nach der Nachspeise, Bellissima?«

Hagen wartete ihre Antwort nicht ab, sondern zog sie mit leisem Lachen zum Haus zurück.

Wie köstlich Wasser schmecken konnte!

Gierig nahm Enzo Bibbiani noch einen großen Schluck, konnte gar nicht genug bekommen. Auf einmal aber verschluckte er sich, musste husten, geriet in Panik. Er hatte doch nichts von der kostbaren Flüssigkeit verschüttet?

Stöhnend setzte er die Flasche ab, hielt sie so fest und dennoch umsichtig, wie es ihm in seiner misslichen Lage möglich war, trank erneut. Nun jedoch in kleinen, vorsichtigen Schlucken.

Stundenlang war er damit beschäftigt gewesen, seinen Körper wieder unter Kontrolle zu bringen. Eisern hatte er die Hände bewegt, die rechte, die linke, die Arme, Füße, Beine. Irgendwann war er dazu übergegangen, den Kopf zu heben, Brust und Bauch. Vor Erschöpfung war er ständig eingeschlafen, doch der Durst, der ihn mit jeder Minute mehr quälte, hatte ihn immer wieder geweckt.

Nach einer gefühlten Ewigkeit war es ihm endlich gelungen, vorwärts zu kriechen, erst langsam, Zentimeter für Zentimeter, bald zügiger, und so hatte er begonnen, den Keller zu erforschen. Er schien riesig zu sein, verwinkelt, und aus unendlich vielen kleinen, länglichen Räumen zu bestehen, die alle miteinander verbunden waren. Die Durchgänge waren eng. Wie hoch die Decken waren, konnte er nicht einschätzen, da er noch nicht wagte, sich ganz aufzurichten, aus Angst, ihm könnte schwindlig werden.

Während seiner Erkundungstour im Schneckentempo hatten ihm immer wieder Wände den Weg versperrt, oder er war auf Kanten und Treppenstufen getroffen, die Gott weiß wohin führten. Da und dort lagen Gegenstände mit seltsam poröser Oberfläche. Manche waren länglich und schmal, andere hingegen so klein wie Kiesel, wieder andere spitz und scharfkantig wie Scherben.

Und dann hatte er hinter einem Mauerwinkel die Wasserflasche entdeckt. Aus Plastik, noch fast voll. Natürlich hatte er in der undurchdringlichen Schwärze nicht wissen können, ob es wirklich Wasser war, was darin gluckerte, und nicht zum Beispiel Motorenöl oder noch Schlimmeres. Er war so aufgeregt gewesen wie noch nie zuvor.

Es war ihm gelungen, sich aufzusetzen, mit zitternden Händen den Deckel abzuschrauben, an der Flüssigkeit zu riechen. Zögernd hatte er einen Finger hineingesteckt, ihn vorsichtig abgeleckt. Und dann gab es kein Halten mehr. Er trank wie ein Verdurstender, was er ja schließlich auch war …

Jetzt aber zwang er sich, die Flasche wieder abzusetzen und zu verschließen. Er durfte nicht zu viel auf einmal trinken. Schließlich wusste er nicht, wie lange der kärgliche Vorrat reichen musste.

Die Flasche, wurde ihm plötzlich bewusst, war nicht

voll gewesen. Jemand musste vor ihm daraus getrunken haben. Vermutlich die beiden Kerle, die er beobachtet hatte.

Hatten sie ihn niedergeschlagen? Verdankte er ihnen seinen ungewollten Aufenthalt in diesem eiskalten, unwirtlichen Labyrinth, aus dem es offenbar kein Entrinnen gab?

21

Wie oft in italienischen Hotels fand Hagen das Frühstücksangebot auch heute wieder enttäuschend. Zwar gab es sogar ein Büfett mit diversen Käsesorten, Salami, Mortadella und Prosciutto, außerdem neben verschiedenen Sorten Obst und Gemüse natürlich reichlich Kuchen und Gebäck. Aber nach der etwas kräftezehrenden Nacht stand ihm der Sinn eher nach Spiegeleiern mit Speck, die jedoch nicht zu bekommen waren. So lud er sich den Teller voll mit dem, was da war.

Fiorina, die ebenfalls ein wenig erschöpft, nach der leidenschaftlichen Nacht aber zugleich zufrieden und glücklich wirkte, beschränkte sich auf Gesundes, wie Obst, Müsli und Joghurt. Die einzige Ausnahme bildete ein Cornetto alla crema, das für sie zum Tagesbeginn gehörte wie der erste Caffè.

Sie setzten sich an einen von einem Olivenbaum beschatteten Tisch auf der Terrasse. Vögel jubelten, die Sonne gab auch heute wieder ihr Bestes, die Luft war frisch und mild zugleich.

»Ein Traum«, sagte Hagen. »Wieso machen wir so was nicht öfter?«

Fiorina strahlte ihn an. »Ja, warum eigentlich nicht?«

»Wir nehmen uns einfach vor, ein Wochenende im Monat woanders zu verbringen. Beim nächsten Mal grübeln wir aber nicht über Morde nach, sondern nutzen die Zeit für etwas Schöneres. Insbesondere die Nächte – da hätte ich auch schon ein paar Ideen«, fügte er grinsend hinzu.

Der Ober, ein würdiger Herr Anfang sechzig, trat mit einer knappen Verbeugung an ihren Tisch, um ihre Wünsche zu notieren. Hagen bestellte einen Cappuccino und Orangensaft, Fiorina einen Caffè doppio und Wasser.

»Sie kommen von Elba?«, fragte der Mann mit verschmitztem Lächeln auf Deutsch, während er einige unsichtbare Krümel vom blütenweißen Tischtuch wischte.

»Kleiner Landausflug«, verkündete Hagen entspannt. »Es ist wunderschön hier. Wir sind bestimmt nicht zum letzten Mal bei Ihnen.«

Fiorina und der Ober wechselten ins Italienische und plauderten ein wenig über dies und jenes, aber Hagen hörte bald nicht mehr zu. Er genoss die Aussicht, das Streicheln des Winds im Gesicht, diesen unvergleichlichen und unbeschreiblichen Duft der Toskana, das Brüllen eines Stiers irgendwo in der Nähe und das Wiehern eines Pferds ein Stück entfernt. Lange war er nicht mehr so glücklich gewesen wie in diesen Sekunden.

»Hagen, hör mal«, sagte Fiorina, als die Getränke auf dem Tisch standen. »Jetzt wäre doch die Gelegenheit …«

»Gelegenheit wofür?«

»Es mir endlich zu verraten.«

»Verraten? Was denn?«

»Du weißt schon. Du hast es versprochen.«

»Ach, das. Wieso wollt ihr nur alle ständig wissen, wie ich zu meinem Geld gekommen bin?«

»Millionen fallen nicht einfach vom Himmel. Und wenn du sie nicht gewonnen hast und nicht geerbt und nicht gestohlen, woher hast du sie dann?«

Hagen schnitt ein Panino auf, belegte es üppig mit Mortadella und biss mit Genuss hinein.

»Also gut. Es ist ja nichts, wofür man sich schämen müsste«, sagte er, als er den Bissen heruntergeschluckt hatte. »Nach meiner Ausbildung zum Polizisten kam ich erst mal zur Bereitschaftspolizei. Das sind die armen Schweine, die bei Fußballspielen versuchen, die Schlägertrupps auseinanderzuhalten, und bei Demonstrationen dafür sorgen, dass nichts aus dem Ruder läuft, solche Sachen. Ich war noch keine zwei Wochen dabei, da musste ich mit nach Hannover, zu einem Open-Air-Konzert mit Whitney Houston. Siebzigtausend Karten hatten sie verkauft, ein Megaevent also.«

»Whitney Houston habe ich auch mal live gesehen, in Rom. Was für eine Stimme«, schwärmte Fiorina.

»Natürlich gab es auch Vorgruppen. Eine Band kam aus Göttingen, und die waren sogar ziemlich gut, aber noch kaum bekannt. Die Sängerin hieß Nelly Probst.«

»Und du warst ihr so sympathisch, dass sie dir ein paar Millionen geschenkt hat?«

»Dann hätte ich schon viel früher bei der Polizei gekündigt«, entgegnete Hagen lächelnd. »Nein, es gab so einen Spinner, der sich in diese Nelly verknallt hatte. Er war auf jedem ihrer Konzerte, hat sie Tag und Nacht angerufen oder mit schmalzigen SMS beharkt. Er hat ihr seitenlange Liebesbriefe geschrieben, ihr Berge von Blumen geschickt und so weiter und so fort. Irgendwann ist er dann auch noch bei ihr zu Hause aufgetaucht, und da hat sie ihn schließlich angezeigt.«

»Wie bei Nina Bolsonaro«, sagte Fiorina. »Bei ihr stand Alessandro auch auf einmal im Garten.«

»Ein paar Wochen vor dem Konzert in Hannover hat das Amtsgericht ein Annäherungsverbot erlassen. Er musste immer mindestens zweihundert Meter Abstand von ihr halten, durfte sie nicht mehr anrufen und ihr nicht mehr schreiben.«

»Bis jetzt klingt das alles nicht nach Millionen.«

»Du wolltest es hören, also unterbrich mich nicht dauernd.«

Plötzlich war Hufgeklapper zu hören. Michele kam mit einer kleinen Gruppe von Reitschülern vorbei. Er erkannte Fiorina und Hagen, winkte gut gelaunt. Bald waren sie weitergeritten, und es herrschte wieder Stille.

»Na, jedenfalls war der Spinner natürlich doch in Hannover«, fuhr Hagen fort. »Ich war zusammen mit ein paar Kolleginnen und Kollegen dafür eingeteilt, im Flur vor den Garderoben aufzupassen. Irgendwann kommt Nelly von der Bühne, total verschwitzt und abgekämpft, geht an mir vorbei, ohne mich überhaupt zu sehen, und dann steht er auf einmal da.«

»Der Spinner?«

»Genau. Mit einem Messer in der Hand.«

Wenn er Nelly nicht kriegen könne, dann solle sie auch kein anderer bekommen, hatte der Mann gebrüllt. Hagen hatte erst gar nicht begriffen, was los war, bis eine Kollegin schrie, er solle aufpassen. Er schlug dem Stalker das Messer aus der Hand, mehr aus Versehen als mit Absicht, zog sich dabei eine Schnittwunde zu, schaffte es dennoch, den Mann in den Schwitzkasten zu nehmen und auf den Rücken zu werfen.

»War eine üble Schweinerei. Am Ende hat es ausgesehen, als hätten wir auf Leben und Tod gekämpft, so sehr hab ich geblutet.«

»Da war dir Nelly bestimmt sehr dankbar ...«

»Sie hat mir sogar einen Kuss gegeben, auf den Mund. Und dann wollte sie meinen Namen wissen und hat versprochen, mir ihr nächstes Liedchen zu widmen. Außerdem sollte ich alle Einnahmen bekommen, die daraus entstehen würden, und die Rechte an dem Lied.«

»Das muss ja ein großer Hit geworden sein.«

Zwei Englisch sprechende Ehepaare, mindestens im Alter des Obers, nahmen am Nachbartisch Platz und begannen unverzüglich, über das Frühstück zu meckern, über einen schwergängigen Wasserhahn im Bad und eine Dusche, die überallhin spritzte, nur nicht auf den Menschen, der darunter stand. Aus dem Park hörte man fröhliches Kindergeschrei.

Hagen lachte wieder. »Mal hab ich ein paar Hundert Euro gekriegt, später fünfzig, und nach drei, vier Jahren gar nichts mehr. Das Lied hat übrigens *Ich bin's nur* geheißen.«

»Nie gehört.«

»Doch. Aber nicht die Originalversion. Nelly ist ein paar Jahre später an einer Überdosis gestorben, die Band hatte sich zu diesem Zeitpunkt längst aufgelöst. Und ich hatte immer noch die Rechte an dem Liedchen. Und dann kriege ich eines Abends einen Anruf von einem Agenten in New York. Er vertrat unter anderem Abigail, und die wollte unbedingt Nellys Song covern.«

»*It's only me*«, hauchte Fiorina mit großen Augen.

»Genau. Erst wollten sie mich mit ein paar Tausend Euro abspeisen, doch dann habe ich zum zweiten Mal Glück gehabt. Ich hatte schon fast akzeptiert, dann aber aus irgendeinem Grund gesagt, ich wollte erst mal darüber schlafen.«

In der folgenden Nacht hatte ein Anwalt, ebenfalls in New York ansässig, sich bei Hagen gemeldet. Irgendwie hatte er von dem geplanten Deal erfahren und, wie es klang, mit dem Megastar Abigail noch eine Rechnung offen. Er bot Hagen an, ihn bei dem Geschäft zu vertreten, gegen zehn Prozent der Beute.

»Er hat die Arme, die in Wirklichkeit übrigens Sandy Miller heißt, regelrecht abgezockt. Sie wollte den Song aber ums Verrecken haben, und ...«

Und seither wurde Hagen zugeschüttet mit Geld.

In einem Zug leerte Fiorina ihr Glas. »Darauf brauche ich einen Prosecco.« Sie hielt nach dem Ober Ausschau. »Antonio hat mir übrigens eben erzählt, auf Elba sei am Freitagabend ein Mann ums Leben gekommen. Bei einem Verkehrsunfall.«

»Antonio?«

»Der nette Ober, der so hervorragend Deutsch spricht.«

»Ihr seid schon per Du? Muss ich etwa eifersüchtig sein?«

Sie lachte, warf den Kopf zurück, strich sich die Ponyfransen aus der Stirn.

Der Verunglückte, erfuhr Hagen, war auf einem Motorrad unterwegs gewesen und vermutlich wegen überhöhter Geschwindigkeit von der Straße abgekommen.

»Sorry, meine Schöne, aber das ist mir im Moment aus tiefstem Herzen gleichgültig.« Behaglich seufzend verschlang Hagen den letzten Bissen seines Paninos. »Schlechte Nachrichten werden erst am Montag wieder entgegengenommen.«

Nun begann auch Fiorina, an ihrem Blätterteighörnchen zu knabbern. Der Ober servierte mit vollendeter Eleganz den Prosecco, zwinkerte ihr verschwörerisch zu, und Hagen stellte verblüfft fest, dass er tatsächlich ein wenig eifersüchtig wurde. Aber nur ein ganz klein wenig.

Er nippte am Cappuccino, genoss den Kaffeeduft, der sich mit dem Geruch von hauchdünn geschnittenem Parmaschinken mischte, und seufzte genießerisch. »Ist das Leben nicht herrlich?«

»Seit ich dich kenne, ja«, erwiderte Fiorina mit feierlichem Ernst. »Davor bestand meines aus einer Aneinanderreihung kleiner und großer Katastrophen. Es ist ein solcher Luxus, nicht jeden Morgen darüber nachdenken zu müssen, woher das Geld für den nächsten Einkauf kommt, während man ständig hofft, dass am Auto nichts kaputtgeht. Sich solche Sachen wie das hier leisten zu können …«

Sie machte eine weite Geste über das Castello und die in der Vormittagssonne dösende Hügellandschaft, trank einen Schluck Prosecco, aß ein Stückchen Apfel und ein wenig Ananas.

»Geld ist wirklich nicht alles«, fuhr sie philosophisch fort, »aber es entspannt doch ungemein, welches zu haben. Manchmal fürchte ich, ich könnte eines Morgens aufwachen, und es wäre alles wieder wie früher. Mamma müsste wieder schuften von früh bis spät, ich irgendwelche Idiotenjobs machen, nur um uns ein einigermaßen erträgliches Leben zu ermöglichen. Was machst du da?«

»Sekündchen mal«, sagte Hagen, der ihr plötzlich nicht mehr zuhörte, sondern an seinem Smartphone hantierte. »Ich seh nur gerade was nach. Es lässt mir doch keine Ruhe … Das gibt's ja nicht.« Er sah auf. »Hier steht, der verunglückte Motorradfahrer heißt Massimo P.!«

»Positano … Ob das wirklich ein Unfall war?«

»Selbstmord?«, rief Fiorina entgeistert ins Handy, als sie zwei Stunden später im Wagen saßen. »Bist du sicher?«

»Was heißt schon sicher?«, fragte Piero ungnädig zurück. »Wir stehen ja noch ganz am Anfang. Vielleicht war es auch ein Unfall. Er hat nach der Arbeit noch eine Runde auf seiner Moto Guzzi gedreht. Das hat er öfter gemacht, heißt es. Nach Acquaviva war er unterwegs, und da hat es ihn aus einer Kurve gehauen. Er ist gegen einen Felsen gedonnert, und das war's.«

Augenzeugen hatten sich bisher noch keine gemeldet. Massimo Positanos geschiedene Frau hatte ausgesagt, er sei in der letzten Zeit sehr niedergeschlagen und nervös gewesen, was die Suizidhypothese untermauerte. Sie vermutete, es habe mit den anstehenden Veränderungen im Kulturamt zu tun.

Gerade durchquerten Fiorina und Hagen San Vincenzo, einen kleinen Ort an der Etruskischen Küste. In etwa zwanzig Minuten würden sie den Fährhafen in Piombino erreichen. Hagen gondelte mit seinem himmelblauen Ferrari so gemächlich dahin, dass Fiorina am liebsten den Platz mit ihm getauscht hätte. Seit sie wusste, dass Massimo Positano tot war, hatte sie es eilig, nach Hause zu kommen.

»Jedenfalls gibt es keinerlei Hinweise auf Fremdverschulden«, hörte sie Piero sagen. »Und außerdem gibt es Neuigkeiten zum Fall Lucia Santoro.«

»Lucia? Madonna, was denn?«

»Nun …« Piero zögerte. »Das muss aber wirklich unter uns bleiben.«

»Piero, du weißt, dass ich schweigen kann wie zehn etruskische Hügelgräber.«

»Ich hoffe es.« Piero holte erst noch einmal tief Luft, bevor er weitersprach. »Wie es aussieht, hat Positano sie auf dem Gewissen.«

Gisella Ricci, die Inhaberin der Exportfirma für toskanische Leckereien, war vor einer guten Stunde auf der Carabinieristation erschienen und hatte Massimo Positano schwer belastet. Sie hatte von einem handgreiflichen Streit zwischen ihm und Lucia kurz vor ihrem Tod berichtet.

»Signora Ricci hat die beiden am Montagabend im Hof des Bürohochhauses gesehen, als sie gerade auf dem Weg zu ihrem Wagen war. Die zwei standen bei Positanos Motorrad, er hat heftig auf deine Freundin eingeredet, sie gepackt und geschüttelt wie ein Verrückter. Angeblich hat er sogar gedroht, sie umzubringen, wenn sie irgendetwas Bestimmtes tut. Was, hat die Zeugin leider nicht verstanden. Lucia hat sich losgerissen und ist weinend ins Haus gerannt.«

»Wann genau soll das denn gewesen sein?«, fragte Fiorina ungläubig.

»Nach halb neun, vielleicht Viertel vor. Und laut dem Gerichtsmediziner ist der Tod deiner Freundin maximal eine halbe Stunde später eingetreten.«

Piero unterhielt sich kurz mit jemandem, offenbar war

eine Kollegin in sein Büro gekommen. Fiorina musste eine Weile warten, bis er wieder Zeit für sie hatte, und wurde mit jeder Sekunde unruhiger. Warum hatte Gisella Ricci bei ihrem Gespräch nichts von diesem Streit erwähnt?

»Soweit wir wissen, ist Positano der Letzte, der Lucia Santoro gesehen hat – mal abgesehen vom jungen Molteni, der immer noch bestreitet, sie umgebracht zu haben«, fuhr Piero schließlich fort. »Wahrscheinlich ist Positano ihr nachgelaufen, sie ist in ihrer Panik hoch auf die Dachterrasse, und der Rest ist Geschichte.«

»Das ist doch unlogisch, Piero. Warum sollte sie ins Haus zurücklaufen? Sie wäre doch viel eher in Richtung Straße geflohen, unter Menschen. Und selbst wenn diese Geschichte stimmt – warum sollte Positano deshalb Selbstmord begehen?«

»Weil er nicht damit fertiggeworden ist. Er war ja kein Killer. Und selbst wenn es gar nicht Absicht war, so was steckt niemand einfach so weg.«

»Gibt es einen Abschiedsbrief?«

Den gab es natürlich auch dieses Mal nicht.

»Das heißt, Alessandro Molteni ist wieder auf freiem Fuß?«, fragte Fiorina erleichtert.

»So gut wie. Ich brauche nur noch die Unterschrift des Staatsanwalts. Ich muss zugeben, du hattest den richtigen Riecher, Fiorina, ich bin dir …«

Sie hörte, wie Pieros Tür geöffnet wurde und eine rauc Männerstimme etwas rief.

»Tut mir leid, aber ich muss Schluss machen«, sagte Piero daraufhin mit gepresster Stimme. »Eine Schlägerei zwischen besoffenen Touristen auf dem Forte Falcone oben. Ciao, bella.«

Hagen hatte das Gespräch mitgehört und im Wesentlichen verstanden, was Piero gesagt hatte. Wie erwartet, runzelte er die Stirn.

»Schon komisch«, meinte er. »Kaum ist Positano tot, rennt die Ricci zur Polizei, um ihn anzuschwärzen.«

»Du sagst es. Außerdem hat sie uns gegenüber behauptet, sie hätte an dem Abend, als Lucia starb, pünktlich Schluss gemacht. Soweit ich mich erinnere, ist ihre Firma nur bis zwanzig Uhr geöffnet. Wie will sie dann diesen angeblichen Streit zwischen Lucia und Positano beobachtet haben, den sie uns gegenüber mit keinem Wort erwähnt hat?« Fiorina überlegte. »Hat sie dir nicht eine Visitenkarte gegeben?«

Sie fand sie in Hagens Geldbörse, ließ sie dann aber stecken. Es wäre unklug gewesen, Gisella Ricci durch einen Anruf vorzuwarnen. Sie wollte der Frau in die Augen sehen, wenn sie ihre Fragen stellte.

»Am besten, wir schauen nachher in ihrer Firma vorbei«, sagte sie. »Selbstständige arbeiten ja oft auch am Sonntag.«

»Und dieses Mal«, sagte Hagen, und sein Ton wurde grimmig, »stelle ich mich als Commissario von Europol vor. Der gefakte Dienstausweis müsste im Handschuhfach liegen.«

22

Nachmittags um halb vier stellte Hagen den Ferrari auf dem heute fast leeren Parkplatz des Bürohochhauses ab. Gisella Riccis BMW Roadster war nicht zu sehen. Auch erfolgreiche Geschäftsführerinnen schienen hin und wieder den Sonntag zu ehren.

Immerhin war der patente Hausmeister da, der etwas im Motorraum eines Mercedes-Oldtimers reparierte. Vermutlich, weil hier mehr Platz war als bei ihm zu Hause am Straßenrand. Alfonso Realo freute sich sichtlich über die unerwartete Gesellschaft und strahlte die beiden an.

»Signora Ricci non c'è«, beantwortete er Fiorinas Frage bereitwillig. Er habe sie in den drei Stunden, die er nun schon an seinem Doppelvergaser werkelte, nicht gesehen.

Von Positanos Tod hatte er noch nicht gehört. Er erblasste, als Fiorina ihm davon erzählte, ließ sogar den Schraubenschlüssel fallen, den er in der Hand hielt. Fahrig wischte er seine Hände an einem halbwegs sauberen Lappen ab und reichte die Rechte erst ihr, dann Hagen.

Positano habe er nie besonders gut leiden können, erfuhren sie ungefragt. Er wolle nicht schlecht über einen Toten sprechen, Positano sei bestimmt ein grundanständiger Mann gewesen. Dennoch sei man nie miteinander warm geworden.

Hagens Handy spielte AC/DC, doch er ließ es spielen. Vermutlich war der Anrufer nur wieder Nils, der zu faul war, selbst nachzusehen, wo die Nudeln standen.

»Und wie ist es mit Signora Ricci?«, wollte Fiorina wissen.

Dieses Mal zögerte Realo, der sein Werkzeug inzwischen wieder aufgehoben hatte, auffallend lange mit der Antwort. Sie sei schon in Ordnung, sagte er schließlich, grüße immer freundlich, auch ihn, den Hausmeister, was Positano offenbar nicht immer für nötig befunden hatte. Ihre Firma führe Signora Ricci mit harter Hand. Ihre zwei Angestellten hatten wohl nichts zu lachen, schimpften oft über sie, verdienten auf der anderen Seite aber so gut, dass sie die Launen und Wutausbrüche ihrer Chefin klaglos ertrugen.

Inzwischen war der Himmel nicht mehr ungetrübt blau wie am Vormittag. Erste Wolken, die kein gutes Wetter versprachen, segelten vom Westen heran. Ein böiger Wind war aufgekommen, der Staub und Papierschnipsel über den Hof wirbelte.

Mit Positano sei Gisella Ricci früher gut klargekommen, berichtete Realo weiter, in letzter Zeit allerdings nicht mehr. Aus welchem Grund das Verhältnis sich eingetrübt hatte, wusste er nicht zu sagen. Dafür wusste der auskunftsfreudige Hausmeister, wo die rührige Firmenchefin zu Hause war. Bereitwillig nannte er die Adresse.

Das zweistöckige weiße Haus, in dem Gisella Ricci wohnte, schmiegte sich an den Hang westlich der Viale Luigi Einaudi. Es war um einiges kleiner als die Häuser in der Nachbarschaft, dafür jedoch relativ neu, schätzungsweise nicht älter als zehn Jahre, und von einer in dieser Wohngegend üblichen wehrhaften Mauer mit Gittertor umgeben. In diesem Viertel lebten Menschen, die geerbt hatten oder weit mehr als der Durchschnittsitaliener verdienten.

Auf dem kleinen Hof hinter dem Gittertor standen Terrakottatöpfe mit großen Oleanderbüschen. Die Berberitzen und Zitronenbäumchen im Garten waren sauber geschnitten, Palmenwedel spitzten über das hellrote Dach. Von der großen, mit prächtig blühenden Bougainvilleen geschmückten Terrasse im Obergeschoss war die Aussicht aufs Meer gewiss noch spektakulärer als von der Stelle aus, wo Fiorina ihren Fiat geparkt hatte. Den Ferrari hatten sie auf dem Parkplatz des Bürohochhauses stehen lassen, da der Kleinwagen sehr viel unauffälliger war als Hagens Sportauto.

»Ihr Laden scheint ja echt gut zu laufen«, meinte Hagen, der auf dem Beifahrersitz saß.

Sie starrten das Haus an, wo sich in der halben Stunde, die sie jetzt schon hier saßen, rein gar nichts bewegt hatte. Sämtliche Rollläden waren heruntergelassen.

Zu gern wäre Fiorina aus dem heißen und stickigen Auto gestiegen, um sich ein wenig die Beine zu vertreten. Doch die Gefahr, dass Gisella Ricci sie entdeckte, sollte sie plötzlich auftauchen, war zu groß. Fiorina hatte einen Parkplatz unter einer Pinie mit weit ausladenden Ästen gefunden, doch obwohl die Sonne nicht mehr aufs Autodach brannte, schien die Schwüle mit jeder Minute drückender zu werden.

Der Fiat stand keine dreißig Meter von Gisella Riccis Haus entfernt in einer Parkbucht. Seit sie hier auf der Lauer lagen, hatten Fiorina und Hagen noch keinen Menschen zu Gesicht bekommen. Jeder, der einigermaßen vernünftig war, hielt sich jetzt am Meer oder in seinem Haus auf oder hatte sich ein schattiges Plätzchen in seinem Garten gesucht.

»Nur mal angenommen, es war Gisella Ricci, die Lucia während der letzten Therapiestunde angerufen hat«, sagte Fiorina. »Dann hat Lucia sich mit ihr für den Abend verabredet, wurde aber von Alessandro aufgehalten und …«

Sie hielt inne, denn in diesem Moment bog ein stahlgrauer Roadster schwungvoll um die Ecke.

»Das ist sie.« Hagen machte sich klein und hielt sich eine Hand vors Gesicht.

Fiorina rutschte in ihrem Sitz nach unten und spähte über die Kante des Armaturenbretts. Sie beobachtete, wie Gisella Ricci, ein Telefonino am Ohr, aus dem Wagen sprang, den sie am Straßenrand abgestellt hatte. Heute trug sie ein luftiges, knielanges Kleid aus einem bunt bedruckten Stoff, aber trotz der Gewitterschwüle wieder mit langen Ärmeln. Mit der freien Linken öffnete sie das Gittertor, lief die Treppe hinauf und betrat, das Handy immer noch am Ohr und wild gestikulierend, das Haus.

Wenig später wurden im Erdgeschoss zwei Rollläden halb nach oben gezogen. Ein Fenster klappte auf, Gisella Riccis nun sehr aufgebrachte Stimme war kurz zu hören. Sie waren jedoch zu weit entfernt, um etwas verstehen zu können. Dann war es wieder so ruhig wie zuvor.

»Sind Observationen eigentlich immer so langweilig?«, fragte Fiorina nach einer Weile und gähnte hinter vorgehaltener Hand. »In den Filmen sieht das immer viel aufregender aus, wenn der Detektiv …«

Die Anfangsklänge von *Highway to Hell* ertönten, Hagens Klingelton.

Seufzend zog er das Smartphone aus der Tasche seiner engen Jeans, warf einen Blick darauf. Eine unbekannte italienische Festnetznummer wurde angezeigt, sah Fiorina aus dem Augenwinkel.

Er nahm das Gespräch an. Am anderen Ende war eine aufgeregte Frau, die ohne Punkt und Komma auf ihn einredete. Offenbar verstand er kein Wort, denn er drückte Fiorina das Gerät augenrollend in die Hand.

Die Anruferin war Claudia Bibbiani. Fiorina hörte erst nur zu, stellte dann die eine oder andere Frage und erfuhr nach und nach, was geschehen war.

Am Vormittag hatte Claudia Bibbiani ihren Mann Enzo als vermisst gemeldet. Die Carabinieri hatten ihre Aussage zu Protokoll, sie aber nicht ernst genommen, da ihr Gatte, wie in Marina di Campo anscheinend jedermann wusste, schon früher immer mal wieder für einige Tage verschwunden war. Sie hingegen war inzwischen überzeugt, dass ihm etwas zugestoßen sein musste.

»Was mache ich denn jetzt nur?«, fragte sie verzweifelt. »Ins Gesicht haben sie mir gegrinst, diese Schweine! Ausgelacht haben sie mich!«

Aber dann hatten die Carabinieri sich offenbar doch nicht wohlgefühlt in ihrer Haut, denn sie hatten immerhin eine Handy-Ortung veranlasst. Claudia Bibbiani redete sich immer mehr in Rage, ihre Worte kamen immer zusammenhangloser, und Fiorina verstand immer weniger.

»Machen Sie sich keine Sorgen«, versuchte sie, die verzweifelte Ehefrau zu beruhigen. »Commissario Berensen macht sich gleich auf den Weg zu Ihnen, dann können Sie alles in Ruhe mit ihm besprechen.«

»Der Deutsche ist Commissario?« Claudia Bibbiani klang ebenso überrascht wie erleichtert. »Madonna santa, was für ein Segen!«

»Und du bist sicher, dass du hier allein zurechtkommst?«, fragte Hagen, nachdem sie ihm das Wichtigste übersetzt hatte.

»Certo, amore.« Sie beugte sich zu ihm hinüber und gab ihm einen schmatzenden Kuss auf den Mund. »Ist ja eh nichts los. Und falls doch … Moment mal!«

»Was ist?«, fragte Hagen, der schon halb ausgestiegen war.

»Sie hat Deutsch gesprochen.«

»Ganz bestimmt nicht. Ich habe kein einziges Wort verstanden von ihrem hysterischen Geplapper.«

»Nicht Signora Bibbiani, die Ricci. Ich bin sicher, sie hat am Telefon vorhin Deutsch gesprochen.«

»Sie hat wahrscheinlich tausend Kunden in Deutschland.«

Fiorina musste ihm recht geben. »Wie kommst du zu deinem Auto?«

Gutmütig lachte er. »Im Gegensatz zu euch Italienern sind wir Deutschen imstande, hin und wieder ein paar Meter zu Fuß zu gehen. Es sind nur zwei, drei Kilometer, und ein bisschen Bewegung tut mir gut.«

»Falls sich hier was tut oder mir langweilig ist, dann rufe

ich dich an, okay?«, rief Fiorina ihm mit verhaltener Stimme nach, als er mit ausladenden Schritten davonging, war sich jedoch nicht sicher, ob er sie noch gehört hatte.

Schon während des schweißtreibenden Fußmarsches zum Hafen hinunter hatte Hagen das Unheil verkündende nachtschwarze Wolkengebirge im Süden gesehen, und während der Fahrt nach Marina di Campo geriet er in einen apokalyptischen Wolkenbruch. Er konnte nur noch im Schritttempo fahren, lief ständig Gefahr, von der Straße abzukommen, und obwohl die Scheibenwischer auf höchster Stufe liefen, vermochte er kaum, die Wegweiser zu entziffern. Wieder einmal stellte er fest, dass ein Ferrari ein Schönwetterauto war. Aber immerhin hatte er ein Dach über dem Kopf und wurde nicht nass.

Bis Marina di Campo, normalerweise eine Fahrt von nicht einmal einer halben Stunde, brauchte er wegen des Unwetters über fünfundvierzig Minuten. Der unangenehmste Teil seines Ausflugs war jedoch der Weg vom Parkplatz durch die Altstadt bis zu Claudia Bibbianis Haus. In sintflutartigem Regen lief er durch die Gassen, begleitet von Blitz und Donner und einem Sturm, der ihn mehr als einmal fast von den Füßen riss.

Als er keuchend den Klingelknopf drückte, war er nass bis auf die Haut. Der Türöffner schnarrte so rasch, als hätte Enzo Bibbianis Frau mit dem Finger auf dem Knopf auf ihn gewartet. Pippo, der Deutsch sprechende Nachbar, war inzwischen wieder nach Köln zurückgekehrt. Als Ersatz hatte Claudia Bibbiani einen jungen Burschen namens Adriano hergebeten, der jedoch lediglich einige Brocken Deutsch und ein grauenhaftes, nur mit Mühe verständliches Englisch sprach. Er war dürr und groß und roch, als hätte er das T-Shirt schon vor zwei Wochen in die Wäsche stopfen sollen.

Die Carabinieri, erfuhr Hagen, hatten Claudia Bibbiani am Nachmittag angerufen. Die Handy-Ortung hatte ergeben, dass sich das Telefonino ihres vermissten Ehemanns in der Nähe von Patresi befunden hatte, bevor es aus dem Netz verschwand. Im äußersten Westen der Insel also. Das war am Mittwoch gewesen, und seither war es nicht wieder eingeschaltet worden.

Cavo, wo die Villa des Deutschen lag, der Enzo angeblich beschäftigte, lag am entgegengesetzten Ende der Insel, im Osten.

Zwischen Claudia Bibbiani und dem talentarmen Dolmetscher entspann sich ein gestenreiches Gespräch, das wie so oft in Italien klang, als würden sie in Kürze beginnen, sich zu prügeln.

»Er auch so sagen«, verkündete Adriano schließlich. »Enzo say, he drive to Signore tedesco. But not do.«

Dann wohnte das Betthäschen des alten Schwerenöters wohl irgendwo an der Westküste.

»Wann genau ist das Handy denn ausgeschaltet worden?«

Wieder ging es eine Weile hin und her.

»Eleven o'clock«, lautete das Ergebnis der Diskussion. »Morning, not evening.«

Enzo hatte das Haus am Mittwochmorgen gegen halb acht verlassen. Nach Patresi fuhr man eine Dreiviertelstunde, wenn man sich Zeit ließ. Enzo war auf seinem Motorrad unterwegs gewesen, und Hagen war nicht aufgefallen, dass er zu einem besonders gemütlichen Fahrstil neigte. Was mochte er in der Zeit getrieben haben? Weshalb er sein Handy später ausgeschaltet hatte, war dagegen leicht zu erraten.

Das Gespräch fand in der Küche der Bibbianis statt, die einfach eingerichtet, aber blitzsauber war. Auf dem Herd simmerte etwas, das äußerst lecker roch. Die aufgelöste Köchin hatte Hagens Blick bemerkt und sprang eilig auf, um einen Teller für ihn zu holen und mit reichlich Ragout und Kartoffeln zu beladen. Auch der dürre Dolmetscher wurde versorgt. Sie selbst mochte nichts essen. In ihren Augen schimmerte jetzt nackte Angst.

»Sorrow make ill«, kommentierte Adriano und fiel über das Rinderragout her, als hätte er seit Tagen gehungert. Auch Hagen knurrte der Magen, obwohl Fiorina und er auf der Fähre eine Kleinigkeit zu sich genommen hatten. Einmal mehr stellte er fest, dass manche italienische Hausfrau besser kochte als viele selbst ernannte Gourmetköche in seiner alten Heimat.

Claudia Bibbiani erhob sich noch einmal, verschwand kurz und kam mit einer Flasche ohne Etikett zurück, die Rotwein enthielt. Die Gastgeberin wäre sicherlich schwer gekränkt gewesen, hätte Hagen sich nicht wenigstens ein Gläschen einschenken lassen.

An den geschlossenen Fensterläden rüttelte der Wind. Der Regen tobte und toste, als wäre die nächste Sintflut angebrochen.

»Dieser deutsche Signore bei Cavo«, sagte Hagen zwischen zwei Bissen. »Ich habe ihn nicht gefunden. Angeblich gibt es dort nur einen Deutschen mit einem großen Haus, aber der sagt, er kennt Enzo nicht. Dieser Wein schmeckt übrigens genial. Und das Essen auch.«

Als Adriano ihn nur verständnislos anstarrte, wiederholte er das Kompliment auf Englisch, streute hie und da Italienisches ein. Endlich begriff der andere und übersetzte, begleitet von den unverzichtbaren weit ausholenden Gesten.

Während Adriano sprach, fiel Hagens Blick auf ein gerahmtes Foto an der Wand, das einen beleibten, ein wenig dümmlich dreinschauenden Herrn in Uniform zeigte. Darunter war ein kleines Brett montiert, auf dem ein Sträußchen verstaubter Plastikblumen und ein billiger Keramikbecher standen. Den Becher zierte ein ähnliches Foto, garniert mit einigen italienischen Worten, die er nicht verstand.

Um ein Haar hätte er sich verschluckt.

»Das ist doch …«, brachte er heraus.

Adriano nickte begeistert, deutete stolz auf das Bildchen im billigen Plastikrahmen.

»Il Duce!«, kommentierte er mit Ehrfurcht in der Stimme und mit einer Miene, als handelte es sich um ein kostbares Kunstwerk.

Hagen war vorübergehend sprachlos. In diesem Haushalt wurde offenbar immer noch Mussolini und dem Faschismus gehuldigt.

Nachdem er seinen Teller geleert hatte, fragte er, was Claudia Bibbiani von dem Deutschen wisse. Sie konnte jedoch nur sagen, was er schon gehört hatte. Dass Enzos Auftraggeber reich war, ein riesiges Haus an der Küste bewohnte, fast schon einen Palast, der auf einem parkartigen Grundstück stand.

Die Beschreibung passte – wenn man die eine oder andere südländische Übertreibung abzog – durchaus auf

Herzogs Anwesen. Doch aus welchem Grund sollte Herzog leugnen, Enzo zu kennen? Hatte er Sorge, Hagen könnte ihn beim Finanzamt verpetzen, weil er einen Schwarzarbeiter beschäftigte? Wohl kaum. Kannte er den Namen gar nicht, weil ein anderer Enzo engagiert hatte und dieser nur als Subunternehmer für ihn arbeitete? Andererseits hatte Hagen nirgendwo auf dem Grundstück eine Baustelle gesehen.

Alles sehr seltsam. Herzog hatte glaubwürdig auf ihn gewirkt, ehrlich, anständig sogar. Und dennoch …

Nachdenklich nahm Hagen sich ein Stück Brot, um seinen Teller auszuwischen und sich auch den letzten Tropfen Soße nicht entgehen zu lassen.

Claudia Bibbiani hob ruckartig den Kopf, sprach mit Maschinengewehrgeschwindigkeit auf den jungen Übersetzer ein. Hagen verstand nur zwei Wörter: »ascensore«, was Aufzug bedeutete, und »mare«.

Der reiche Deutsche besaß einen Aufzug, um nicht Treppen steigen zu müssen, wenn er im Meer baden wollte.

»Also doch«, sagte Hagen gepresst. »Dieser verlogene Drecksack!«

23

Wieder gähnte Fiorina. In und um Gisella Riccis Haus hatte sich schon wieder eine halbe Ewigkeit lang nichts Bemerkenswertes ereignet. Zwei Motorinos und eine Vespa waren vorbeigefahren, eine hellgraue Katze hatte die Straße überquert und war in einen Garten verschwunden, ein Rentnerehepaar mit großem Hund hatte ein Nachbarhaus betreten.

Trotz offener Autofenster hielt Fiorina es in dem aufgeheizten Wagen nicht mehr aus. Sie stieg aus und genoss die Brise, die mit ihrem Haar spielte. Drohend schwarze Wolken türmten sich im Süden, aus denen es unentwegt blitzte. Hin und wieder hörte sie schon das ferne Grollen des Donners. Das tiefe Blau des Meers war einem bleiernen Grau gewichen, und es roch nach Staub und der Hitze auf dem Asphalt.

Inzwischen war sie überzeugt, dass Gisella Ricci vorhin wirklich Deutsch gesprochen hatte. Als sie vor ihrer Haustür gestanden und in der Handtasche nach dem Schlüssel gekramt hatte, war sie aus irgendeinem Grund lauter geworden.

Kommt nicht infrage!, meinte Fiorina, verstanden zu haben. *Schmink dir das ab!*

Und später, eine halbe Sekunde bevor die Tür ins Schloss fiel, noch ein Wort: *Toll!*

Oder … Fiorina schloss die Augen, konzentrierte sich. Hatte die Ricci gar nicht »toll« gerufen, sondern vielleicht eher »Zoll«? Hatte etwa wieder der Herr vom Zoll angerufen wie während ihres Besuchs neulich? Mit dem wäre sie aber doch bestimmt nicht per Du gewesen …

Plötzlich schlug in der Nähe eine Tür zu. Eilige Schritte waren zu hören.

Gisella Ricci hatte sich umgezogen. Trotz der drückenden Schwüle trug sie jetzt Leggins, ein figurbetontes, langärmeliges Shirt und Sneakers, alles in Schwarz. Über ihrer Schulter baumelte ein schmaler dunkelbrauner Rucksack. Im Laufschritt öffnete sie das Tor, sprang in den BMW.

Auch Fiorina setzte sich wieder hinters Steuer und hoffte, dass die andere sie nicht bemerkt hatte. Schon fegte der Roadster mit quietschenden Reifen davon, in Richtung Innenstadt. Ein erster großer Regentropfen zerplatzte auf der Windschutzscheibe, als Fiorina den Motor anließ.

Seit mindestens fünfzehn Minuten stand Gisella Riccis Wagen nun schon auf dem Hof des Bürohochhauses, und die Fahrerin saß immer noch drin. Telefonierte sie wieder? Oder wartete sie, bis das Gewitter vorbei war?

Fiorina hatte den Fiat an einer Stelle am Straßenrand geparkt, von wo sie den Hof einsehen konnte, jedoch nicht Gefahr lief, bemerkt zu werden. Abgesehen von dem Roadster, standen nur drei weitere Autos dort. Das Gebäude selbst schien verwaist zu sein, nirgendwo brannte Licht.

Der Himmel war während der Fahrt fast schwarz geworden, Sturm war aufgekommen. Jetzt blitzte und donnerte es im Sekundentakt, und der Regen prasselte so heftig aufs Dach des Fiat, dass er alle anderen Geräusche übertönte. Sogar das Tuten der Fähre, die gerade in den Hafen einlief, ging in dem Inferno unter. Umso erstaunter war Fiorina, als sich mitten im stärksten Regenguss die Fahrertür des BMW öffnete und Gisella Ricci, den Rucksack über der Schulter, zur Eingangstür des Bürohochhauses hastete und hineinschlüpfte.

Kurz darauf flackerte im Hausinneren Licht auf. Allerdings nicht im sechsten Obergeschoss, wo sich Gisella Riccis Firma befand, sondern im vierten Stock, den das Kulturamt belegte. Der Lichtschein zuckte hin und her, verschwand, flammte erneut auf.

Benutzte sie eine Taschenlampe? Wollte aus irgendeinem Grund kein Licht machen? Und was hatte sie überhaupt dort zu suchen?

Fiorina nahm das Telefonino zur Hand und wählte Hagens Nummer, doch es ging nur die Voicebox ran. Vermutlich befand er sich gerade in einem der zahlreichen Funklöcher auf der Insel. Oder ein Teil des Handynetzes war ausgefallen, was bei Gewittern hie und da vorkam.

Was sollte sie tun?, überlegte sie fieberhaft. Warten, bis Hagen zurückrief? Piero verständigen? Bis die Carabinieri hier waren, war Gisella Ricci vielleicht längst wieder weg. Zusammen mit dem, wonach sie dort oben suchte.

Fiorina hinterließ eine Nachricht auf Hagens Voicebox, stellte das Handy auf lautlos und stieg aus. Sie musste herausfinden, was die Frau dort oben trieb. Die Frage war nur, wie sie ohne Schlüssel ins Haus kommen sollte. Aber sie hatte Glück. Die Tür war nicht richtig zugeschnappt. Hin und wieder war es auch von Vorteil, dass in Fiorinas Heimatland nicht alles perfekt funktionierte.

Im Treppenhaus war es stickig heiß und so still wie auf dem Friedhof. Fiorina wischte den Regen von ihrer durchnässten Bluse, strich sich das Wasser aus den Haaren, lief die Treppe hinauf, ohne Licht zu machen. Es war erst halb acht, aber wegen des Gewitters so dunkel, als wäre die Nacht hereingebrochen. Es roch nach Baustellenstaub, Chlor und merkwürdigerweise ein wenig nach Limone.

Die Tür zum Kulturamt war nur angelehnt und schien nicht beschädigt zu sein. Woher hatte Gisella Ricci den Schlüssel? Von Massimo Positano?

Vorsichtig schob Fiorina die Tür ein wenig auf, hörte von innen leise Geräusche und folgte ihnen. Es war ein Klappern und Quietschen, als würden schwere Schubladen aus Metall aufgezogen und wieder zugeschoben.

Die Einbrecherin befand sich in Positanos Büro. Die Tür zu schließen, hatte sie nicht für nötig befunden. Immer wieder fiel das Licht ihrer Taschenlampe in den dunklen Korridor und tauchte ihn für Sekundenbruchteile in gespenstisches Licht.

Jetzt erst wurde Fiorina bewusst, dass sie völlig wehrlos war. Was, wenn Gisella Ricci in ihrem Rucksack eine Waffe hatte? Sollte sie lieber den Rückzug antreten? Oder gab es hier etwas, das sie notfalls zu ihrer Verteidigung einsetzen konnte?

Nach kurzem Suchen entdeckte sie einen hölzernen Spazierstock, der in einem Schirmständer neben der Tür steckte. So leise wie möglich nahm sie ihn in die Hand und fühlte sich gleich ein wenig sicherer.

Plötzlich war es ganz still.

Fiorina hielt den Atem an. Kein Quietschen und Klappern mehr, dafür ein hektisches Rascheln. Sie drückte die Tür zu Positanos Büro ein wenig weiter auf. Glücklicherweise war sie gut geölt. Vorsichtig spähte Fiorina durch den Spalt.

Gisella Ricci stand mit dem Rücken zu ihr, blätterte mit fliegenden Fingern eine dicke Mappe mit losen Blättern durch, die aufgeschlagen auf einem brusthohen Aktenschrank lag. Die Taschenlampe lag neben ihr, der Lichtkegel war auf die Unterlagen gerichtet. Der Rucksack hing über einer Stuhllehne.

Ein Gedanke zuckte durch Fiorinas Kopf. Warum war sie nicht schon früher darauf gekommen? Lucia hatte möglicherweise nicht ihren Chef erpresst, sondern Gisella Ricci. Die Frage war nur, womit? Dann hatte vielleicht Gisella Ricci ihre Klientin auf dem Gewissen. Und dann wäre Fiorina jetzt mit einer Mörderin allein!

Gisella Ricci klappte die Mappe mit Schwung zu, zerrte eine zweite aus dem Aktenschrank. Als im Hof unten Motorengeräusch ertönte und ein Scheinwerfer aufflammte, hob sie kurz den Kopf, sah zum Fenster, wühlte dann weiter. Fiorina trat einen Schritt zurück. Sobald sie draußen war, würde sie Piero verständigen. Doch erst einmal musste sie weg von hier, und zwar so schnell wie …

Später wusste sie nicht mehr, wie alles gekommen war. Vielleicht war sie mit dem Spazierstock gegen den Türrahmen gestoßen oder hatte ein anderes Geräusch gemacht. Jedenfalls fuhr Gisella Ricci plötzlich herum, hielt etwas metallisch Glänzendes in der Hand. Doch noch bevor sie die Waffe entsichern konnte, war Fiorina bei ihr, holte mit dem Stock aus, erwischte statt des Kopfes ihrer Gegnerin jedoch nur die linke Schulter.

Wütend schrie Gisella Ricci auf, die Waffe polterte zu Boden. Vor dem Fenster zuckten zwei Blitze in kurzer Folge, ohrenbetäubender Donner folgte. Regen peitschte gegen die Fensterfront.

Fiorina versuchte, die Pistole wegzukicken, war jedoch zu langsam. Gisella Ricci, die halb zu Boden gegangen war, hatte die Waffe schon wieder gepackt, mit beiden Händen diesmal. Fiorina schlug noch einmal zu, traf dieses Mal besser, aber nicht gut genug, denn Gisella Ricci, die sich noch nicht ganz aufgerichtet hatte, zielte mit hassverzerrter Fratze auf Fiorina, und bevor diese ein drittes Mal ausholen konnte, drückte sie ab.

Das Unwetter hatte schon während des Gesprächs mit Claudia Bibbiani nachgelassen, sodass Hagen fast trocken war, als er wieder in den Ferrari kletterte. Dennoch standen die Straßen immer noch voller gefährlich tiefer Pfützen, und zweimal war die Fahrbahn durch umgestürzte Bäume blockiert, die ihn zu zeitraubenden Umwegen zwangen. Außer ihm war kaum jemand unterwegs.

Das Gewitter schien jetzt über Portoferraio zu toben. Erst kurz vor Porto Azzurro wurde es besser. Hier hatte es offenbar nur ein wenig geregnet, und der Sturm hatte sich damit begnügt, kleinere Äste und allerhand Unrat auf der Fahrbahn zu verteilen. So bestand Hoffnung, dass es nicht auf sein Bett geregnet hatte und er den Fitnessraum morgen ohne Gummistiefel würde betreten können.

Hagen fuhr weiterhin langsam. Noch war es zu hell für das, was er vorhatte.

Als er die Zufahrt seines Zuhauses hinter sich ließ, kam ihm eine Idee, und er wählte die Nummer von Nils, der allerdings nicht ans Handy ging. Vermutlich war er schon wieder mit seiner Gianna zugange.

Also sprach er ihm auf die Voicebox und bat ihn, ihm möglichst schnell ein Dossier zu Siegfried Herzog zusammenzustellen. »Wenn's geht, heute noch. Ansonsten weiterhin viel Vergnügen euch beiden.«

Wenige Kilometer vor Cavo änderte er seinen Plan. Ursprünglich hatte er vorgehabt, bei Herzog Sturm zu läuten und den verlogenen Kerl ohne Ankündigung in die Mangel zu nehmen. Dass er leugnete, Enzo Bibbiani zu kennen, konnte nur bedeuten, dass er etwas mit dessen Verschwinden zu tun hatte. Unterwegs waren Hagen jedoch Zweifel gekommen. Es war zwar unwahrscheinlich, aber nicht ausgeschlossen, dass es in der Gegend noch mehr Menschen gab, die sich einen Lift zum Strand leisteten. Deshalb beschloss er, sich erst noch einmal ein wenig umzusehen und dann zu entscheiden, wie er weiter vorgehen würde.

Wenn Enzo auf Herzogs Anwesen gearbeitet hatte, dann mussten dort irgendwelche Spuren davon zu finden sein. Baumaterial, Werkzeuge, vielleicht eine Schubkarre. Erst, wenn er einen überzeugenden Beweis dafür präsentieren konnte, dass Herzog gelogen hatte, würde er ihm auf den Pelz rücken.

So steuerte er den Ferrari etwa hundert Meter von Herzogs Anwesen entfernt in einen nicht allzu matschig aussehenden Waldweg, stellte den Motor ab und versuchte, Fiorina zu erreichen, deren Nachricht er erst vor Kurzem entdeckt und abgehört hatte. Sie ging jedoch nicht ans

Handy, hatte es vermutlich leise gestellt, während sie Gisella Ricci nachspionierte. Ersatzweise sprach er ihr nun seinerseits eine kurze Nachricht auf, damit sie wusste, wo er war und was er vorhatte.

Auch hier hatte es geregnet, allerdings nicht annähernd so heftig wie in der Mitte der Insel. Als Hagen aus dem Wagen stieg, tropfte es noch von den Bäumen, irgendwo in der Nähe gurgelte ein Bächlein. Er erreichte das Sträßchen zu Herzogs Einfahrt mit halbwegs trockenen Schuhen, überquerte es und schlug sich auf der anderen Seite in die Büsche.

In der Ferne donnerte es immer noch, aber das Gewitter schien sich weiter nach Norden zu bewegen, aufs Meer hinaus. Es hatte kaum abgekühlt, immer noch war es schwül. Nebelschwaden stiegen vom feuchten Boden auf, überall dampfte und gluckste es. Und es wurde jetzt zügig dunkel, was Hagen sehr gelegen kam.

Der Bewuchs war glücklicherweise nicht allzu dicht, sodass er gut vorankam und wenige Minuten später an dem hohen, oben mit Stacheldraht bewehrten Zaun stand, der Herzogs Park nach Norden hin begrenzte. Nur auf der Westseite, wo sich die Einfahrt befand, schützte die übermannshohe, mit Überwachungskameras gespickte Mauer das Anwesen. Hagen wandte sich nach links, der Steilküste zu, hörte das Meer brausen und toben.

Nach gut hundert Metern erreichte er das Ende des Zauns und den etwa zwanzig Meter tiefen Abgrund zum Strand hinunter. Tief unten sah er im letzten Dämmerlicht einen schmalen Sand- und Kiesstreifen, den Herzog per Fahrstuhl besuchte, wenn ihm danach war. Auch das Ende des Zauns war großzügig mit Stacheldraht bewehrt, sodass es ohne Werkzeug unmöglich war, an dieser Stelle auf Herzogs Grundstück zu gelangen, ohne Kopf und Kragen zu riskieren oder sich zumindest die Hosen zu zerreißen.

Das umfriedete Gelände war fast quadratisch, schätzungsweise zweihundert Meter lang und breit. Etwas, das nach Baustelle aussah, war nirgendwo zu erkennen. Allerdings war es inzwischen so dunkel geworden, dass er keine zwanzig Meter weit sehen konnte. Nur vom Haus her kam ein wenig Licht, und manchmal ließ sich der Mond zwischen zwei Wolken kurz blicken.

Hagen machte kehrt, sah sich nach einem Baum um, dessen Äste über den Zaun ragten, fand jedoch keinen. Er ließ das Pinienwäldchen hinter sich, kämpfte sich einige Meter durch stacheliges Gestrüpp, stand schließlich, mit inzwischen durchnässten Schuhen und an mehreren Stellen angerissenen Hosenbeinen, wieder auf der Straße. Was für ein Glück, dass er heute Morgen nicht die italienischen Slipper, sondern Sportschuhe angezogen hatte.

Um nicht ins Sichtfeld der Überwachungskameras zu kommen, schlug er einen weiten Bogen nach Westen und erreichte das südliche Ende der Mauer. Dort verharrte er und überlegte. Hielt Herzog Enzo irgendwo in seinem Haus gefangen? Im Keller? Oder in der Garage? Eine andere Möglichkeit gab es nicht. Es sei denn, er hätte den armen Kerl von hier fortgeschafft und …

Das halb verfallene Bauernhäuschen fiel ihm ein, das er bei seinem letzten Besuch gesehen hatte. Das wäre ein perfektes Versteck. Womöglich lag Enzo dort, gefesselt und geknebelt, vielleicht auch längst tot.

Die Frage nach dem Warum würde Herzog ihm beantworten. Hagen freute sich schon sehr darauf, diesem Mistkerl, der immer so freundlich tat, die Daumenschrauben anzulegen. Bevor er ihn den Carabinieri übergab, würde er ihn selbst vernehmen. Und zwar so, dass dieser Dreckbacke Hören und Sehen verging. Inzwischen war er überzeugt, dass Herzog für Enzos Verschwinden verantwortlich war.

Hagen bewegte sich jetzt wieder in Richtung Meer. Auf dieser Seite wuchsen kaum Bäume, dafür umso mehr Macchia, die erst kurz vor der Abbruchkante zum Meer in einen lichten Mischwald überging. Immer wieder blickte er nach rechts, wo das zerfallene Haus stand. Manchmal bildete er sich ein, dort einen Schimmer von Licht zu sehen, war sich jedoch nicht sicher.

Auch auf dieser Seite fand sich keine Möglichkeit, den Zaun zu überqueren. Das Tosen der Brandung wurde wieder lauter, je weiter er vorankam. Immer öfter musste er jetzt das Smartphone als Taschenlampenersatz benutzen, achtete darauf, dass das Licht von Herzogs Haus her nicht zu sehen war. Er blieb stehen, blickte zurück.

Von hier hatte er freie Sicht auf Herzogs Villa, in der inzwischen hinter mehreren Fenstern Licht brannte. Manchmal meinte er, Musik zu hören. Violinen. Etwas Klassisches. Den Hausherrn entdeckte er nicht. Weder an einem Fenster noch auf der dezent beleuchteten Terrasse, wo Hagen erst vor wenigen Tagen noch gesessen hatte. Inzwischen war die Bewölkung aufgerissen, und der Mond spendete so viel Licht, dass er manches erkennen konnte, was vorhin für ihn unsichtbar gewesen war. Wie das Glashäuschen des Strandlifts und – nur einen Steinwurf von ihm entfernt – eine mit kleinen Sandsäcken beschwerte Plane auf dem Boden. Sollte sich darunter Enzos Baustelle befinden?

Langsam ging er weiter, traf fast am Ende des Zauns auf einen Trampelpfad, der nach rechts führte, in Richtung Bauernhausruine. Kurz entschlossen folgte er dem offenkundig wenig benutzten Weg. Bald vereinigte dieser sich mit einem anderen, sichtlich öfter begangenen Pfad, der von der Steilküste weg und in den Wald hineinführte, und …

Hoppla, was war das denn?

Um ein Haar wäre er in ein Loch gestürzt, das jemand nachlässig mit Ästen getarnt hatte.

Wieder kam das Handylicht zum Einsatz.

Eine steile Treppe führte in die Tiefe. Vielleicht ein alter Vorratskeller, der zum Bauernhaus gehörte? Aber wäre der nicht viel näher am Haus?

Hagen leuchtete hinunter und erahnte eine Tür, hörte ein Rascheln in seinem Rücken, wirbelte herum, und so traf ihn der Schlag nicht am Hinterkopf, sondern seitlich über dem Ohr.

Er verlor das Gleichgewicht, wollte sich am nächsten Baum festhalten, glitt jedoch ab, schlug der Länge nach hin. Der Angreifer, von dem er nur vage Umrisse erkennen konnte, war deutlich kleiner als er, aber breit wie ein Schrank und offenbar sehr kräftig. Der Mann holte mit etwas Länglichem aus, vielleicht einem dicken Holzstück, um Hagen den Rest zu geben. Aber dieser kam schon wieder auf die Füße, schoss nach vorne, rammte seinem Gegner den Kopf unters Kinn und die Faust in die Magengrube.

Mit einem verblüfften Ächzen ging der andere zu Boden und verlor dabei seinen Prügel, den Hagen im nächsten Moment in der Hand hielt. Sein Angreifer hatte ein seltsam dunkles Gesicht. War er maskiert? Wer war der Kerl überhaupt? Gehörte er zu Herzogs Security-Truppe, von der Hagen bei seinem ersten Besuch hier nichts bemerkt hatte?

»Mit mir nicht, Arschloch«, knurrte er, als er ausholte.

Der zweite Schlag kam von hinten, und er spürte ihn kaum, so schnell gingen alle Lichter aus.

24

Die Wasserflasche konnte nur einer der beiden Schwarzen hier vergessen haben, überlegte Enzo Bibbiani. Sie mussten ihn niedergeschlagen und in dieses Verlies gesperrt haben, um ihn seinem Schicksal zu überlassen. Aber warum? Weshalb sollte er hier verdursten oder verhungern? Er hatte ihnen doch nichts getan. Trieben sie hier etwas Verbotenes und hielten ihn für einen gefährlichen Zeugen, der sie verraten könnte? Was, Madonna santa, konnte es Geheimnisvolles in diesem trostlosen Verlies mitten im Wald geben, von dem niemand wissen durfte?

Wäre er von der Herumkriecherei in dem klammen Loch nicht so unsagbar erschöpft gewesen und hätte er eine Idee gehabt, in welcher Richtung der Ausgang sich befand, dann hätte er sich dorthin schleppen und versuchen können, die Stahltür zu öffnen. Vielleicht brauchte man von innen keinen Schlüssel. Oder er hätte sich irgendwie bemerkbar machen können, in der Hoffnung, dass jemand draußen ihn hörte und befreite. Dann wäre er wieder bei seiner Claudia, die sich bestimmt schreckliche Sorgen um ihn machte. Nie wieder würde er böse zu ihr sein. Nie wieder würde er sie belügen und betrügen.

Von Angelina würde er sich trennen, das schwor er jetzt bei allen Heiligen, deren Namen er kannte. Ja, sollte er lebendig hier herauskommen, dann würde er ein neues Leben beginnen. Vielleicht sogar hin und wieder mit Claudia und ihrer zänkischen Mutter in die Kirche gehen.

Aber dieser Keller war riesig und zum Verzweifeln verwinkelt. Immer wieder zweigten neue Korridore ab, die zu immer neuen Kammern führten. Längst hatte er sich heillos verirrt. Bald würde das Wasser zur Neige gehen, und was dann?

Enzo Bibbiani kauerte sich noch mehr zusammen, schlang die Arme um die Beine, um sich ein wenig zu wärmen. Seine Hände und Beine, sein Rücken und Bauch, alles fühlte sich an wie Eis. Sein Magen knurrte inzwischen wie ein wütender Bär. Der Hunger war jedoch nichts im Vergleich zu dem quälenden Durst. Dennoch musste er mit dem wenigen Wasser, das noch in der Flasche war, sparsam umgehen.

In der Hoffnung, irgendwo noch mehr Trinkbares zu finden, hatte er den Keller inzwischen weiter erforscht. Stundenlang war er herumgekrochen, hatte den Boden abgetastet, um nicht unversehens in ein Loch zu stürzen, und sogar versucht, einige dieser Treppenstufen hinaufzuklettern, auf die er immer wieder stieß. Doch das war ihm zu anstrengend gewesen.

Das Einzige, was seine klammen Finger da und dort zu fassen bekamen, waren die kurzen oder längeren porösen Gegenstände, die er inzwischen für dürre Aststücke ohne Rinde hielt, und scharfkantige Scherben.

Einmal stieß er auf etwas großes Rundes, das hohl klang, als er dagegen klopfte. Er ertastete einen Griff, eine

Öffnung. Vermutlich ein alter Tonkrug, den jemand weggeworfen hatte. Die Oberfläche fühlte sich rau an, offenbar hatte der Töpfer sich nicht viel Mühe mit dem Ding gegeben. Die Außenwand schien an manchen Stellen verziert zu sein, zumindest konnte Enzo Bibbiani Vertiefungen ertasten, die wohl ein Ornament bildeten. Leider hatte der Krug nur Staub und Dreck enthalten, aber nichts Trinkbares.

Zum tausendsten Mal überlegte er, was in den Minuten geschehen war, bevor er das Bewusstsein verlor. Er hatte nachsehen wollen, woher die beiden Männer den Inhalt ihrer Kisten holten. Er hatte die mit Ästen und Laub getarnte steinerne Treppe im Wald gefunden, war sie vorsichtig hinabgestiegen, bis zur stählernen Tür, und …

Dann war immer noch alles schwarz.

Frustriert kroch er weiter, stieß erneut auf etwas Rundes, vielleicht einen großen Stein. Die Oberfläche war glatt und das Ding in seiner Hand seltsam leicht. Also doch kein Stein. Außerdem war es hohl und hatte in der oberen Hälfte zwei Löcher, nein, drei. Darunter fühlte er eine Öffnung, die noch um einiges größer war, außerdem gezackt, mit kleinen, glatten …

Ein heiserer Schrei entfuhr seiner Kehle.

Das waren doch nicht etwa Zähne?

Entsetzt ließ er den Totenschädel fallen, robbte in die andere Richtung, weg, nur weg, hielt dann aber inne, überlegte angestrengt. Sollte das, was er eben gefunden hatte, wirklich ein menschlicher Schädel sein, dann waren die vermeintlichen Aststücke, die überall in verschiedenen Dicken, Längen und Formen herumlagen, in Wirklichkeit Knochen …

Heilige Madonna, wohin war er nur geraten? Sollte dieses grausige Loch auch sein Grab werden? Würde dereinst ein anderer seine Knochen finden?

Kalter Schweiß bildete sich auf seiner Stirn, unter den Achseln, am Rücken. Wie viele Menschen mochten vor ihm hier gestorben sein?

Da!

Ein dumpfes Geräusch.

Etwas quietschte und knarrte weit entfernt.

Als würde eine schwere Tür geöffnet.

Schritte.

Sie kamen näher.

Heilige Mutter Gottes – waren das seine Retter?

Oder seine Mörder?

»Wie geht es ihr?«, fragte Fiorina, als Piero den Verbandsraum im Ospedale di Portoferraio betrat, wo sie auf ihre medizinische Versorgung wartete. »Hat es sie schlimm erwischt?«

»Eine Platzwunde am Kopf, eine leichte Gehirnerschütterung, ein angeknackstes Schlüsselbein, eine gebrochene Nase und noch einige kleinere Blessuren im Gesicht.« Er grinste anerkennend. »Dafür, dass die Ricci versucht hat, dich zu erschießen, bist du ziemlich gnädig mit ihr umgesprungen, finde ich.«

Sie selbst hatte nur einige Kratzer am Hals, Prellungen an Schultern und Armen und ein überdehntes Handgelenk. Der junge bärtige Arzt, der Fiorina untersucht hatte, war eben zur Tür hinaus. Immer noch hörte sie wie durch Watte, ihre Ohren waren betäubt vom Knall des Schusses. Das würde sich aber bald wieder normalisieren, hatte der

Arzt gemeint. Jetzt musste sie nur noch auf eine Schwester warten, die ihre Wunden versorgte.

Gisella Ricci hatte dreimal abgedrückt, ihre Waffe war jedoch nicht losgegangen. Erst, als sie sie fallen ließ, hatte sich der Schuss gelöst. Das Geschoss hatte zum Glück nicht Fiorina getroffen, sondern einen gerahmten Schnappschuss an der Wand, der Massimo Positano im Kreis seiner Kolleginnen zeigte. An die anschließende Rauferei mit Gisella Ricci, die mit Zähnen und Krallen gekämpft hatte wie eine tollwütige Katze, konnte sie sich kaum erinnern. Irgendwann war das Licht angegangen, und eine vertraute Stimme hatte gebrüllt: »Auseinander, ihr zwei Verrückten!«

Die zwei Frauen hatten erschrocken voneinander abgelassen, und als Fiorina sich umwandte, hatte sie in die halb finster, halb ungläubig blickenden Augen des Hausmeisters geschaut, der einen schweren Schraubenschlüssel in der Hand hielt und den Fuß auf die Waffe stellte.

Erst später, als es im Kulturamt vor Sanitätern und Polizisten wimmelte, erfuhr sie, warum er so plötzlich aufgetaucht war. Ausgerechnet seinen Drehmomentschlüssel, sein größtes und teuerstes Werkzeug, hatte er bei der Reparatur seines Oldtimers im Hof liegen lassen. Deshalb war er noch einmal hergekommen, hatte das Gesuchte auch sofort gefunden und wollte schon wieder in den Wagen steigen. Doch dann hatte er das Licht der Taschenlampe gesehen, das immer wieder in Massimo Positanos Büro aufflackerte, und kurz darauf den Schuss gehört.

»Hast du schon mit ihr reden können?« Fiorina, die auf einer Trage lag, setzte sich vorsichtig auf. »Was hat sie eigentlich gesucht?«

Sie legte das Handy zur Seite, auf dem mehrere Nachrichten eingegangen waren, die abzuhören oder zu lesen sie bisher jedoch noch nicht die Kraft gehabt hatte. Der Schreck saß ihr noch in den Knochen.

Piero stellte sich an das kleine Fenster, das auf einen von funzeligen Laternen beleuchteten Parkplatz hinausging, und sah hinaus. Der Sturm war weitergezogen, und der Regen hatte so plötzlich aufgehört, wie er begonnen hatte. Der Asphalt war schon fast wieder getrocknet.

»Nacktfotos«, beantwortete er Fiorinas Frage und wandte sich um.

»Wie bitte?« Beinahe hätte sie gelacht. »Das glaubst du aber nicht, oder?«

»Natürlich nicht. Solche Fotos hat man auf dem Handy oder dem PC, aber todsicher nicht im Büro zwischen irgendwelchen Akten versteckt. Angeblich hat Positano welche von ihr gemacht. Die beiden hatten eine Weile was miteinander, wusstest du das?«

Sie schüttelte den Kopf. »Ich wusste es nicht, und ich glaube es auch nicht.«

»Nach seinem Tod, behauptet sie, hatte sie eine Heidenangst, dass die Aufnahmen in falsche Hände geraten.«

»Und was könnte wirklich dahinterstecken?«

»Keine Ahnung. Die Papiere, die sie durchsucht hat, waren jedenfalls keine Fotos.«

»Sondern?«

»Ausfuhrgenehmigungen für alte Kulturgüter.«

»Positano und sie haben irgendwelche krummen Dinger miteinander gedreht«, mutmaßte Fiorina. »Er hat wertvolles altes Zeug für den Export freigegeben, die er nicht hätte freigeben dürfen, sie hat die nötige Logistik, um die Sachen ins Ausland zu schaffen, und den Gewinn haben sie sich geteilt.«

»Und dann ist Lucia ihnen auf die Schliche gekommen und hat versucht, Positano zu erpressen«, führte Piero ihren Gedanken fort.

Mit einem Mal passte alles zusammen, auch wenn es Fiorina nach wie vor schwerfiel, sich Lucia in der Rolle einer Erpresserin vorzustellen.

»Möglicherweise steckt die Ricci sogar hinter dem Anschlag auf Positano«, ergänzte Piero.

Nicht allzu überrascht strich Fiorina sich eine immer noch feuchte Haarsträhne aus dem Gesicht.

»An seinem Motorrad wurde manipuliert, sagen die Kollegen von der Kriminaltechnik in Florenz. Am ABS-Steuergerät. Deshalb haben die Bremsen auf einmal nicht mehr funktioniert.«

»Und so was traust du der Ricci zu? Versteht sie etwas von Technik?«

»Sie muss einen Helfer gehabt haben. Aber Unfall oder Suizid können wir definitiv ausschließen, so viel ist sicher. Sein Mörder ist ihm vermutlich gefolgt und hat an einer günstigen Stelle – wir nehmen an, per Funk – die Bremsen außer Betrieb gesetzt.«

»Aber wer kann so was?«

»Das ist genau die richtige Frage an dieser Stelle.«

»Weshalb sollte sie ihn umbringen?«

»Er wollte aussteigen?«, mutmaßte Piero. »Er wollte einen größeren Anteil vom Gewinn?«

»Ich denke eher, er ist in Panik geraten, weil alle Akten nach Pisa gebracht werden sollten und dort möglicherweise geprüft worden wären.«

Die wichtigste Frage für Fiorina war jedoch, inwiefern Lucia in diese Sache verwickelt war. Dass sie bei dem illegalen Handel mit italienischen Kulturgütern mitgemischt hatte, war äußerst unwahrscheinlich, da sie erst vor wenigen Monaten beim Kulturamt angefangen hatte. War sie ihrem Chef auf die Schliche gekommen und hatte versucht, ihn von den illegalen Geschäften abzuhalten? Das würde den Streit am Freitag vor ihrem Tod erklären.

»Wie ist Gisella Ricci überhaupt ins Kulturamt reingekommen?«, fragte Fiorina.

»Sie hatte Positanos Schlüssel. Die wird sie ihm wohl geklaut haben.« Piero seufzte. »Wie und wann und wo, das weiß ich alles noch nicht. Im Moment ist sie nicht sehr gesprächig, und der Arzt hat mich auch nicht lange mit ihr reden lassen. Am Ende hat er mich regelrecht rausgeworfen.« Mit Unheil verkündender Miene nahm er Fiorina ins Visier. »Aber nun zu dir, schöne Frau. Was wolltest du eigentlich …?«

Noch während er sprach, sank sie mit schmerzverzerrter Miene auf ihr Lager zurück.

»Tut mir leid, Piero«, murmelte sie und fasste sich an die Stirn. »Mir ist auf einmal furchtbar schwindlig, und ich habe solche Kopfschmerzen …«

Wie auf ein Stichwort ging die Tür auf, eine Schwester erschien und bedeutete dem Tenente mit einer resoluten Geste, er solle verschwinden. Mit der Aufforderung an Fiorina, morgen so früh wie möglich zu ihm ins Büro zu kommen und ihre Aussage zu Protokoll zu geben, wünschte er ihr gute Besserung und verabschiedete sich missmutig.

Die Schwester, eine kleine, mollige Frau, die Fiorina ein

bisschen an ihre Mutter erinnerte, inspizierte die diversen Verletzungen der Patientin, die nun, da der Adrenalinrausch abgeklungen war, mehr und mehr zu schmerzen begannen.

»Soll ich Ihnen etwas gegen die Kopfschmerzen geben?«, fragte sie und nahm Tupfer und Desinfektionsmittel zur Hand.

»Ist schon wieder viel besser«, wehrte Fiorina ab.

Die Schwester grinste wissend und diagnostizierte einen klassischen Fall von »allergia contro poliziotti«, eine Bullenallergie. Dann nahm sie die erste Schramme in Angriff. »Wenn es wehtut, schreien Sie einfach, okay?«

Das Erste, was Hagen wahrnahm, als er wieder zu sich kam, waren Kälte und mörderische Kopfschmerzen. Seine Zähne klapperten, und er lag auf etwas Hartem, Feuchtem. Steinboden, stellte er fest, nachdem er ein wenig herumgetastet hatte.

Er sah nichts, nicht den allerleisesten Lichtschimmer. Entweder war er von dem zweiten Schlag erblindet, oder es war wirklich absolut dunkel hier. Seine Hände waren nicht gefesselt, und er fühlte auch keinen Knebel im Mund.

Stöhnend versuchte er, sich aufzurichten, gab jedoch sofort wieder auf. Die Kopfschmerzen waren einfach zu stark. Erst mal liegen bleiben, zu Kräften kommen, nachdenken. Später würde er sein Gefängnis erkunden, nach einem Ausgang suchen und diesen zweifellos früher oder später auch finden.

Das Handy?

Damit könnte er Licht machen, sich im Liegen schon

einmal ein wenig orientieren. Er tastete die Taschen seiner Jeans ab, doch da war kein Handy. Offenbar hatten die beiden Schläger es ihm abgenommen. Auch sein Portemonnaie steckte nicht mehr in der Gesäßtasche, wo es hingehörte. Und der Autoschlüssel war ebenfalls weg.

Durstig war er, stellte er bald fest. Ein Königreich für ein Glas Wasser! Schwindlig war ihm außerdem.

Nach mehreren Anläufen schaffte Hagen es schließlich, sich trotz des Hammerwerks in seinem Kopf aufzusetzen und an die raue, kalte Wand zu lehnen, die er neben sich fühlte. Nachdem er einige Male durchgeatmet hatte, wurde ihm ein wenig besser. Als er die Beine ausstreckte, stieß er mit den Füßen gegen eine weitere Mauer. Der Raum, in dem er sich befand, dem muffigen Geruch nach vielleicht ein Keller, musste ziemlich schmal sein.

Lange Zeit blieb er einfach sitzen, atmete flach und gleichmäßig, wartete darauf, dass die Kopfschmerzen nachließen. Was diese allerdings nicht vorzuhaben schienen.

Als Fiorina das Ospedale verließ, dachte sie endlich daran, die diversen Nachrichten abzuhören beziehungsweise zu lesen, die sich auf ihrem Smartphone angesammelt hatten. Die meisten stammten von ihrer Mutter, die sich Sorgen machte, weil sie ohne Erklärung nicht zum Abendessen erschienen war. Eine Sprachnachricht war von Hagen. Er hatte sie vor etwa anderthalb Stunden geschickt.

»Stehe bei Herzogs Grundstück, und irgendwas stimmt hier nicht. Herzog hat mich angelogen. Enzo *muss* hier gewesen sein, und Herzog *muss* ihn kennen. Ich sehe mich jetzt erst mal ein bisschen um und melde mich dann wieder. Hoffe, bei dir ist alles okay. Ciao, Bellissima, und tausendachthundertsiebenundzwanzig Küsse. Und noch fünf dazu als Reserve.«

Sie versuchte, ihn anzurufen, erreichte ihn jedoch nicht. Probierte es erneut, ließ es an die zwanzig Mal tuten, aber wieder vergebens. Seltsam. Hagens Handy war eingeschaltet, befand sich nicht in einem Funkloch. Warum ging er nicht ran?

Schließlich wählte sie die Nummer seines Stiefsohns Nils. Auch er wusste nicht, wo Hagen steckte. Dieser habe ihn vor nicht ganz zwei Stunden angerufen und gebeten, ein Dossier zu Siegfried Herzog zusammenzustellen und ihm aufs Handy zu schicken. Lebenslauf, beruflicher Werdegang, alles, was sich auf die Schnelle im Internet finden ließ.

Dann rief sie noch ihre Mutter an, die sich natürlich schreckliche Sorgen um ihre Tochter gemacht hatte.

»Du klingst so komisch, Carissima«, meinte Rosetta Luccarelli besorgt. »Es ist doch alles in Ordnung bei dir?«

»Aber ja, Mamma, alles bestens«, schwindelte Fiorina.

»Hast du schon etwas gegessen? Du musst doch furchtbar hungrig sein.«

»Jaja, alles okay, Mamma.«

Sie verabschiedete sich hastig, hatte jetzt keine Nerven für langwierige Erklärungen. Und von ihrem Abenteuer würde ihre Mutter noch früh genug erfahren.

Ratlos ging Fiorina zum Bürohochhaus, wo immer noch ihr Wagen stand. Vom Krankenhaus bis dorthin waren es keine fünfhundert Meter, und die Bewegung in der durch das Gewitter ein wenig abgekühlten Luft tat ihr gut. Hatte Hagen sein Handy lautlos gestellt und vergessen, es wieder in den Normalzustand zu versetzen? War er auf dem Heimweg und hörte im lauten Ferrari das Klingeln nicht? Warum hatte er sich nicht wie versprochen gemeldet, bevor er losgefahren war?

Bald hatte sie den Fiat erreicht, stieg jedoch nicht ein, sondern versuchte noch einmal, Hagen zu erreichen. Aber gleichgültig, wie oft sie die Wahlwiederholung drückte, es war vergebens. Allmählich war sie ernsthaft beunruhigt.

Das Einfachste wäre gewesen, Siegfried Herzog anzurufen und zu fragen, ob Hagen bei ihm war. Doch sie hatte keine Telefonnummer von ihm, im Internet wurde sie nicht fündig, und er stand auch nicht im Telefonbuch Elbas. Vielleicht hatte er gar keinen Festnetzanschluss in seiner angeblich so pompösen Villa. Glücklicherweise hatte Hagen ihr genau beschrieben, wo sein Anwesen sich befand.

Kurz entschlossen stieg sie in den Wagen, ließ den Motor an. Die kleine Uhr am Armaturenbrett zeigte halb zehn. Das Benzin sollte noch reichen für eine Fahrt nach Cavo und zurück.

25

Was waren seine Optionen?, überlegte Hagen, nachdem er eine gefühlte Ewigkeit einfach nur dagesessen und den Kopf ruhig gehalten hatte.

Erstens: warten, bis die Kopfschmerzen weiter nachließen. Zweitens: den Raum erkunden. Irgendwo musste dieser Keller ja schließlich einen Ausgang haben. Und drittens: die Tür oder was auch immer aufbrechen. Wenn er nur etwas zu trinken hätte. Und zwei starke Schmerztabletten dazu …

Plötzlich stockte ihm der Atem. Hatte er nicht eben ein Geräusch gehört?

Eine Weile lauschte er, doch es war wieder so still wie zuvor. Vielleicht eine Ratte? Fledermäuse? Keine Luftbewegung, nicht das kleinste bisschen Licht irgendwo. Außer dem Pochen und Rauschen in seinen Ohren nicht das leiseste Geräusch …

Aber da!

Da war es wieder gewesen. Das Geräusch, das von links kam, hatte dieses Mal wie ein unterdrücktes Keuchen geklungen. Oder so, als würde einige Meter entfernt jemand atmen. Hoffentlich ein friedliebender Mensch und kein großes, hungriges Tier, das sich in diesen Dreckskeller verirrt hatte. Ein Wildschwein? Gab es auf Elba Bären? Ratten jedenfalls atmeten nicht so laut.

Hagen schaffte es, auf alle viere zu kommen, und krabbelte los. Der Raum war tatsächlich sehr schmal. Und verwinkelt. Ständig stieß er gegen irgendwelche Ecken und Kanten. Anscheinend handelte es sich um eine Art Korridor, von dem immer wieder andere Gänge abzweigten.

Der Keller schien sehr alt zu sein. Kein Beton, sondern nackter Fels, stellenweise sehr uneben. Alle paar Sekunden musste er eine Pause einlegen und warten, bis der tobende Schmerz in seinem Schädel wieder ein wenig nachgelassen hatte. Abgesehen von den Kopfschmerzen, schien nur seine rechte Schulter etwas abbekommen zu haben bei dem Kampf vorhin. Vorhin? Er hatte keine Vorstellung, wie lange er bewusstlos gewesen war. War draußen vielleicht längst wieder Tag? Fiorina würde sich Sorgen machen. Immerhin wusste sie, wo sie nach ihm suchen musste.

Hinter einer Biegung wurden die Atemgeräusche lauter. Hin und wieder fühlte er Steine am Boden und Stangen, die seltsam leicht und unterschiedlich lang und dick waren, und harte, kantige Dinge, die sich wie Tonscherben anfühlten. Das Wesen, was immer es war, schien tief zu schlafen. Schließlich berührte er etwas Weiches. Ein grober Stoff. Kein Tier, halleluja.

Ein Geruch stieg ihm in die Nase, der ihm bekannt vorkam. Ein billiges Aftershave und abgestandener Zigarettenrauch. Mit äußerster Vorsicht tastete er den Menschen ab, der vor ihm lag. Die Brust hob und senkte sich im

Rhythmus des Atemgeräuschs. Bartstoppeln, jede Menge Falten im Gesicht.

Kein Zweifel – der Typ, der zusammengekrümmt vor ihm lag und partout nicht wach werden wollte, benutzte dasselbe Rasierwasser und rauchte dasselbe Unkraut wie Enzo Bibbiani.

Der Typ war Enzo Bibbiani.

Hagen rüttelte an seiner Schulter. Anfangs leicht, dann fester. Aber es war nichts zu machen. Der Kerl schlief nicht, er war bewusstlos. Lag vermutlich schon seit Mittwoch hier, ohne Essen, ohne Trinken. Seine Haut fühlte sich kalt an, der Atem ging bedenklich flach und manchmal auch unregelmäßig. Vorsichtig hob Hagen den Kopf ein wenig an, fühlte feuchte, fettige Haare und eine mächtige Beule.

Er gab Enzo einen vorsichtigen Klaps. Und noch einen. Schüttelte ihn ein wenig. Aber es hatte keinen Sinn. Als er seinen Leidensgenossen wieder ablegte, stellte Hagen fest, dass dieser etwas im Arm hielt und an sich drückte wie ein Baby oder einen kostbaren Schatz.

Eine Plastikflasche.

Leider bis auf den letzten Tropfen leer.

Fiorina trat so hart auf die Bremse, dass der Fiat ins Schlingern kam – die Lichter da vorne, das musste es sein.

Das Haus, das in einiger Entfernung vor ihr lag, war hell erleuchtet, vor allem das obere Stockwerk. Sonst aber war alles zappenduster hier, nirgendwo eine Straßenlaterne oder eine andere Lichtquelle. Weit und breit kein Nachbarhaus. Herzogs Anwesen lag so einsam, wie Hagen es beschrieben hatte.

Hundert Mal hatte sie anhalten und nach dem Weg fragen müssen, dreimal hatte sie sich verfahren, schließlich in ihrer Not Nils angerufen. Erst, als Gianna, die immer noch oder schon wieder bei ihm zu Besuch war, ihr den Weg beschrieb, hatte sie endlich hierher gefunden.

Langsam fuhr Fiorina weiter, das Tor zu Herzogs Grundstück kam in Sicht, die Einfahrt. Hagens Ferrari war nirgendwo zu sehen. War er tatsächlich schon wieder weggefahren? Wohin? Und weshalb hatte er sie nicht benachrichtigt?

Sein Handy war inzwischen offenbar ausgeschaltet, stellte sie fest, und es gab keinen vernünftigen Grund, warum er das hätte tun sollen. War sein Akku leer? Er hatte immer ein Ladegerät im Wagen. War es defekt? Nein, hier stimmte etwas nicht.

Sie folgte der Straße noch einige Meter weiter, bis sie endete, doch auch hier stand kein Ferrari. Schließlich wendete sie, parkte den Fiat ein wenig abseits vom Tor und stieg aus. In der Ferne hörte sie die Brandung gegen die Klippen donnern.

Zutiefst beunruhigt, rief sie Nils ein weiteres Mal an. Doch auch er hatte noch immer nichts von seinem Stiefvater gehört, ebenso wenig wie Federico, bei dem sie ebenfalls nachfragte. Er wusste nur, dass Mamma ganz aufgelöst war vor Sorge um ihre Tochter. Sie bat ihn, ihr zu versichern, alles sei in bester Ordnung, und sie werde bald nach Hause kommen.

Unschlüssig stand Fiorina vor dem Tor zu Herzogs Anwesen und horchte in die Nacht, hörte bis auf das Tosen der Wellen und das Lärmen der Zikaden jedoch nichts, weder Stimmen noch Musik wehten vom Haus herüber. Sollte Hagen seinen Wagen irgendwo auf dem Grundstück abgestellt haben?

Fiorina lugte zwischen den Gitterstäben des Tors hindurch, konnte im Licht der Halogenscheinwerfer, die sich automatisch eingeschaltet hatten, einen gekiesten Hof erkennen, auf dem ein dunkler, noch regennasser SUV stand. Dahinter eine breite Garage, die bequem zwei Fahrzeugen Platz bot. Das Garagentor war geschlossen.

Nach einem letzten Zögern läutete sie.

»Cosa c'è?«, fragte eine Männerstimme unwirsch aus dem Lautsprecher.

Inzwischen war es halb zwölf geworden. Wirklich nicht die beste Zeit für unangemeldete Besuche. Auf Deutsch fragte sie nach Hagen, doch Herzog behauptete – jetzt freundlicher –, der sei heute nicht hier gewesen.

»Als ich ihn zum letzten Mal getroffen habe, in Portoferraio, waren Sie dabei, Signora. Seither habe ich nichts mehr von ihm gehört, tut mir leid. Weshalb fragen Sie? Ist etwas nicht in Ordnung?«

Fiorina versicherte, alles sei bestens, sie erreiche Hagen nur nicht. »Ich nehme an, er schmollt. Ein kleiner Streit am Nachmittag, nichts Ernstes.«

»Wenn ich in irgendeiner Weise helfen kann, lassen Sie es mich wissen.«

Das Licht erlosch, sie stand wieder im Dunkeln. Nein, nicht ganz. Die Bewölkung war aufgerissen, und der Mond sorgte für spärliche Beleuchtung.

Sie überlegte. Wenn Hagen nach Hause gefahren wäre, vielleicht immer noch unterwegs war, hätte er ihr mit Sicherheit eine Nachricht geschickt oder sie angerufen. Nein, er musste irgendwo hier in der Nähe sein. Wieder blickte sie auf ihr Handy – drei Balken, der Empfang war gut.

Angst kroch in ihr hoch, kalt und beklemmend. War ihm etwas zugestoßen? Aber warum gab es dann keine Spur von seinem Wagen? Hatte Herzog sie belogen?

Fiorina trat ein paar Schritte zurück, bis die Überwachungskameras sie nicht mehr im Blick hatten, und sah sich um. Rechts von Herzogs Anwesen war das Gelände aufgrund des dichten Macchiabewuchses ziemlich unwegsam, linker Hand erstreckte sich ein Pinienwäldchen, das wie auch auf der anderen Seite nur durch einen Zaun vom großzügigen Grundstück abgegrenzt war. Sie wandte sich nach links.

Würziger Harzduft stieg ihr in die Nase. Sie musste an Enzo Bibbiani denken, der ebenfalls spurlos verschwunden war. Vielleicht befand er sich auch hier? Wenn sie doch nur irgendwie auf das Grundstück käme, vielleicht hielt Herzog Hagen dort irgendwo gefangen, auch wenn ihr völlig schleierhaft war, weshalb er das tun sollte.

Der Zaun war viel zu hoch, um hinüberzuklettern. Außerdem war er am oberen Ende mit Stacheldraht bewehrt. Und erst jetzt wurde ihr bewusst: Allein hätte sie ohnehin keine Chance. Wenn wirklich Herzog hinter Hagens Verschwinden steckte, dann war der Mann hochgradig gefährlich und würde nicht zögern, auch sie aus dem Verkehr zu ziehen.

Sollte sie Piero verständigen? Aber welche Beweise gegen Herzog hatte sie denn? Einen diffusen Verdacht hatte sie, der durch nichts zu belegen war, und ein dumpfes Gefühl in der Magengegend, das sich immer mehr zur Panik steigerte.

Mit klammen Fingern wählte sie Federicos Nummer.

»Du musst mir helfen«, sagte sie anstelle einer Begrüßung und schilderte ihm ihr Problem.

Entgegen ihren Befürchtungen versprach Federico ohne Zögern und mit feierlichem Ernst, er werde ihr selbstverständlich beistehen. Wenn Hagen in Gefahr schwebe, den er verehrte, werde er alles Menschenmögliche tun, um ihn zu retten. Notfalls unter Einsatz seines Lebens.

»Wie schnell kannst du hier sein?«, fragte Fiorina nur halb erleichtert.

»Nicht ich allein, Patatina«, verkündete ihr Bruder mit Pathos. »Wir kommen als Team und sind quasi schon unterwegs.«

Hagens Schmerzen schienen allmählich ein wenig nachzulassen. Er versuchte, aufzustehen, gab aber wieder auf, da ihm sofort schwindlig und die Kopfschmerzen infernalisch wurden. Er brauchte Wasser, irgendwo in diesem elenden, feuchten Loch sollte sich doch welches finden lassen. Und dann würde man weitersehen.

So ging er wieder in Krabbelstellung, Enzos Flasche in der einen Hand, und robbte weiter. Als der Gang sich gabelte, entschied er sich für die linke Seite. Kurz darauf zweigte er erneut ab, dann ein weiteres Mal. Türen gab es hier offenbar keine.

Und irgendwann hörte er tatsächlich das herrliche Geräusch eines Tropfens, der in eine Pfütze fiel. Und wieder. Und noch einmal.

Er bewegte sich schneller vorwärts, erschrak heftig, als er wieder gegen etwas Hartes stieß. Eine steinerne Stufe, die nicht besonders breit war. Die Oberfläche des Steins war rau und unregelmäßig. Entweder war der Steinmetz ein Faulpelz gewesen, oder der Stein war über sehr lange Zeit verwittert.

Es folgten vier weitere Stufen, die aber nur auf ein Podest führten, einen erhöhten Sockel. Auch dieser war aus Stein, länglich und viereckig. Was das wohl sein mochte? Weder konnte er Weinregale darauf ertasten noch Körbe oder Kisten für Lebensmittelvorräte.

Enttäuscht kletterte er wieder nach unten, fand bald darauf die nächste schmale Treppe, die ebenfalls nur wenige Stufen hoch war. Dieses Mal führten sie jedoch auf ein leicht vertieftes Podest, das wie ein Becken von einem vielleicht zehn Zentimeter hohen Steinrand umgeben war. Das Platschen der Tropfen war jetzt sehr nah, und als Hagen seine linke Hand ausstreckte, war sie nass.

Die Pfütze in dem steinernen Becken war leider nicht tief genug, um darin die Flasche zu füllen. Auch sein Versuch, mit der Hand Wasser zu schöpfen, scheiterte kläglich. So musste er sich damit begnügen, die Hand zu befeuchten und abzulecken. Nachdem er die Prozedur ungefähr tausendmal wiederholt hatte, war ihm besser. Sogar die Kopfschmerzen schienen weiter nachgelassen zu haben. Wenn es hier nur nicht so verflucht kalt wäre. Inzwischen musste er die Zähne zusammenbeißen, damit sie nicht unentwegt klapperten.

Nach einigem Herumkriechen auf dem Podest fand er schließlich die Stelle, wo die Tropfen ins Becken fielen. Er schraubte den Verschluss von der Flasche und hielt sie darunter. Es würde ein Weilchen dauern, bis sie voll genug war, dass es sich lohnte, damit zu Enzo zurückzukehren.

Aber wenn er auch sonst nichts hatte – Zeit hatte er im Überfluss.

Ob Fiorina seine Nachricht inzwischen gelesen hatte?

Bestimmt.

Ob sie sich wunderte, warum er plötzlich nicht mehr erreichbar war?

Mit Sicherheit.

Ob sie daraus die richtigen Schlüsse zog?

Hoffentlich.

Er fragte sich, wie lange er wohl bewusstlos gewesen war. Minuten? Stunden? Womöglich sogar Tage? Sein enormer Durst sprach für Letzteres. Andererseits hätte er sich dann wesentlich schlechter fühlen und Hunger haben müssen.

Allmählich, sehr allmählich, veränderte sich das Geräusch, mit dem die Tropfen in die Flasche fielen. Anfangs hatten sie »tock« gemacht, später »plitsch«, und nach einer halben Ewigkeit machten sie nun »platsch«. Nach dem Gewicht der Flasche zu schließen, dürfte er etwa einen Viertelliter gesammelt haben.

Hin und wieder wechselte Hagen die Hand oder gönnte sich selbst einen winzigen Schluck. Das Wasser schmeckte gut, war vermutlich Regenwasser, das durch die Erdschicht über ihm sickerte. Wie dick diese wohl sein mochte? Und wie gut, dass es geregnet hatte.

Als er das Gefühl hatte, genug Wasser gesammelt zu haben, schraubte er den Deckel auf die Flasche, stieg vorsichtig die wenigen Stufen hinab – jetzt nicht mehr krabbelnd, sondern aufrecht – und wandte sich in die Richtung, aus der er gekommen war. Dabei stieß er wieder einmal gegen etwas. Es war aus glattem Holz, rund und lang, und lehnte an der Wand. Am unteren Ende Blech – eine Schaufel. Daneben fühlte er etwas mit kürzerem Stiel, eine Spitzhacke. Außerdem eine Kiste aus grobem Holz, die weitere Werkzeuge zu enthalten schien, und am Boden einen großen Kunststoffeimer voller feuchter Erde.

War der Keller irgendwo eingestürzt und musste ausgebessert werden? Wozu er wohl dienen mochte? Jedenfalls nicht zur Lagerung von Lebensmitteln, Wein oder irgendwelchen Gerätschaften. Aber wofür dann?

Sosehr Hagen sich den Kopf zerbrach, er fand keine Antwort. Die Spitzhacke nahm er mit. Die würde sich im Fall des Falles als Waffe einsetzen lassen.

26

Ambrogio musste gefahren sein wie der Leibhaftige persönlich, denn nur wenig mehr als eine halbe Stunde nach Fiorinas Anruf rückte die komplette Musikertruppe in seinem klapprigen Bus an. Raffaella war in Begleitung ihres Freunds, der fast so groß und durchtrainiert war wie der Schlagzeuger.

Fiorina war ihnen ein Stück entgegengegangen, um die Lagebesprechung an einer Stelle abzuhalten, wo Herzog sie nicht beobachten konnte.

»Hast du den Werkzeugkoffer dabei?«, fragte sie ihren Bruder.

»Na klar.« Federico, der passend zum bevorstehenden Einsatz eine alte Lederhose, schwarze Stiefel und einen olivgrünen Parka trug, grinste selbstzufrieden. »Mamma hat übrigens nichts gemerkt, als ich den Karabiner aus ihrem Schlafzimmerschrank stibitzt habe.«

Dieser stammte aus dem Zweiten Weltkrieg, und Federico hatte sogar daran gedacht, reichlich Munition mitzubringen, die hoffentlich noch funktionierte.

Nils und Gianna, die Fiorina ebenfalls alarmiert hatte, waren schon einige Minuten früher angekommen. Die beiden sahen aus, als hätten sie vor ihrem überstürzten Aufbruch noch auf Wolke sieben geschwebt, und waren noch nicht ganz wieder in der Realität angekommen. Somit waren sie nun zu siebt – das sollte reichen.

Während Federico zwei große Zangen, mehrere Hämmer und weitere, hoffentlich nützliche Dinge verteilte, erklärte Fiorina ihren Mitstreitern den Plan, den sie sich zurechtgelegt hatte.

»Wir drei fahren zum Tor und lenken ihn ab.« Sie deutete auf Federico und Ambrogio und dann auf den Zaun, der Herzogs Grundstück zum Pinienwäldchen hin abgrenzte. »Ihr geht da lang, schneidet ein Loch in den Zaun und kommt von hinten.«

Fiorina bat die anderen, zu überprüfen, ob ihre Telefoninos auf lautlos gestellt waren. Dann machte sich die Gruppe auf den Weg, die sich durch den Zaun Zutritt zu Herzogs Grundstück verschaffen würde. Ambrogio setzte sich wieder hinter das Steuer des Busses, Fiorina und ihr Bruder schlüpften auf die Bank neben ihm, und schon ging es los in Richtung Tor.

In seinem militärgrünen Camouflage-Outfit und den schweren Stiefeln sah Ambrogio selbst unter friedlicheren Umständen aus wie ein schlecht gelaunter Guerillakämpfer. Den Schlagstock, den er mitgebracht hatte, hielt er wie eine Trophäe in der Hand. Fiorina selbst steckte noch in den denselben kurzen Jeans, für die sie sich am Morgen entschieden hatte, und ihrer inzwischen ziemlich verschwitzten Lieblingsbluse.

Die Scheinwerfer flammten wieder auf.

Das Haus war immer noch hell erleuchtet, obwohl Mitternacht längst vorüber sein musste. Am Himmel trieben tief hängende Wolken eilig ostwärts. Zwischendurch spendete immer wieder der Mond sein kaltes, flüchtiges Licht.

Ambrogio stellte den alten Bus direkt vor dem Tor ab, stieg als Erster aus und hielt Fiorina mit einer so galanten Geste die Tür auf, als führte er seine Herzensdame zu einem Ball aus. Federico folgte mit dem Karabiner im Arm.

Sie läutete.

»Sie schon wieder?«, knarrte Herzogs Stimme auf Deutsch aus der Sprechanlage. »Und wer sind die unfreundlichen Herren neben Ihnen?« Natürlich beobachtete er sie mithilfe seiner Kameras. »Was wollen Sie denn noch?«

»Dasselbe wie vorhin. Wir suchen Hagen Berensen und sind überzeugt, dass Sie ihn hier irgendwo versteckt halten.«

»Und ich habe Ihnen vorhin schon erklärt, dass ich nicht weiß, wo er sich herumtreibt. Wissen Sie, wie spät es ist?«

»Machen Sie das Tor auf. Wir wollen uns selbst davon überzeugen, dass Sie die Wahrheit sagen. Wenn Sie nicht öffnen, werden wir uns gewaltsam Zutritt verschaffen.«

»Wie bitte? Was erlauben Sie sich? Ich werde die Carabinieri rufen.«

»Tun Sie das.«

»Verschwinden Sie!«, rief er mit nun kaum unterdrückter Wut. »Verschwinden Sie sofort, sonst …«

»Sonst?«, fragte Fiorina angriffslustig, als er verstummte. »Nur zu, rufen Sie die Carabinieri an. Aber vorher öffnen Sie das Tor, oder es könnte sein, dass es Schaden nimmt.«

Es knackte und rauschte in der Sprechanlage, dann wurde es still. Dennoch war Fiorina sicher, dass Herzog sie immer noch beobachtete. Die Scheinwerfer rechts und links vom Tor waren dieses Mal angeblieben.

»Va bene.« Sie nickte Ambrogio zu, der von dem Wortwechsel auf Deutsch natürlich nichts verstanden hatte. »Fangen wir an.«

Er fletschte die Zähne, holte mit dem Schlagstock aus und donnerte ihn mit voller Wucht gegen einen der schwarzen Vierkantstäbe. Fiorina packte den Hammer, den Federico ihr gegeben hatte, mit beiden Händen und hieb ebenfalls auf einen der Eisenstäbe ein. Ihr Bruder hielt den Karabiner so, dass Herzog ihn sehen konnte, lud die Waffe durch und gab einen Schuss knapp über das Dach der Villa hinweg ab.

Eine Alarmanlage begann zu jaulen, das rote Blinklicht am rechten Giebel begann, aufgeregt zu zucken.

Mit Fiorina allein wäre der Deutsche vermutlich fertiggeworden. Vielleicht hätte er sie umgebracht und ihren Tod der Polizei später als Unfall oder Notwehr verkauft. Drei Menschen konnte er jedoch nicht so einfach von der Bildfläche verschwinden lassen, und da Federico inzwischen demonstrativ sein Handy in die Luft hielt und die Szene filmte, musste er nun auch noch fürchten, dass die ganze Aktion im Netz landete. Während sie möglichst viel Krach machten, um Hagens mutmaßlichen Entführer nervös zu machen und abzulenken, gelang es den anderen hoffentlich bald, ein Loch in den Zaun zu schneiden und ihm in den Rücken zu fallen.

»Aufhören!«, gellte Herzogs Stimme zwischen den dumpfen Schlägen aus der Sprechanlage. »Sind Sie jetzt völlig übergeschnappt? Hören Sie sofort auf damit! Sie beschädigen mein Eigentum. Das ist Hausfriedensbruch. Das wird Ihnen und Ihren Kumpanen noch sehr leidtun.«

Mit jedem seiner Worte spornte er Fiorina und Ambrogio weiter an. Sie schlugen und hämmerten, was das Zeug hielt. Federico feuerte zur Einschüchterung einen weiteren Schuss in die Nacht.

»Wenn Sie nicht sofort aufhören, mache ich Sie fertig, haben Sie verstanden?«, schrie Herzog, jetzt mit sich überschlagender Stimme. »Vandalismus ist das, was Sie da machen. Sie glauben doch wohl nicht, dass ...«

Das Tor schepperte und wackelte, war aber natürlich viel zu massiv, um durch die Hiebe ernsthaften Schaden zu nehmen.

Im Haus begann ein großer Hund, zu bellen.

Ganz in der Nähe klappte eine Tür.

Noch mehr Scheinwerferlicht flammte auf, eilige Schritte kamen über den Hof, und schon stand Herzog auf der anderen Seite des Tors. Mit einer Schrotflinte in der Hand und Angst im Blick.

»Schluss jetzt, aber sofort!« Seine Stimme klang plötzlich gar nicht mehr so selbstsicher wie zu Beginn. Er richtete die Flinte auf Fiorina, in der er mit Recht die Rädelsführerin vermutete. »Oder ich drücke ab!«

»Die Carabinieri müssen jede Sekunde hier sein«, log sie. »Die habe ich nämlich schon vor einer halben Stunde verständigt. Und das mit dem Abdrücken würde ich mir an Ihrer Stelle noch mal gut überlegen.«

Die Alarmanlage heulte weiter, und alles lief wie von Fiorina geplant. Herzog war völlig auf die offenkundig verrückt gewordenen Besucher am Tor fokussiert und bekam nichts mehr von dem mit, was in seinem Rücken geschah. Damit, dass er sie mit einer Waffe bedrohte, hatte sie allerdings nicht gerechnet. Und damit, dass die anderen so lange brauchen würden, um den Zaun zu zerschneiden, auch nicht.

Der Hund tobte immer noch. Vermutlich kam das wütende Bellen von einem Tonband, sonst hätte Herzog ihn zur Verstärkung mitgebracht.

Hoffentlich, dachte Fiorina, waren ihre Hilfstruppen inzwischen auf dem Grundstück. Madonna santa – wie konnte man nur so lange brauchen, um ein paar Drähte durchzuschneiden?

Herzog richtete seine Flinte in die Luft und drückte ab.

»Haben Sie nicht gehört?«, brüllte er. »Sie verschwinden jetzt, sonst ...«

»Wir gehen hier nicht ohne Hagen Berensen weg«, verkündete Fiorina, die sich nicht halb so stark fühlte, wie sie zu klingen versuchte. »Und jetzt machen Sie endlich das verfluchte Tor auf!«

Herzog schob eine neue Patrone in den Lauf seiner Waffe.

»Niemals!«, schrie er. »Für wie dumm halten Sie mich?«

Mit wildem Blick zielte er erneut auf Fiorina. Beim Nachladen hatten allerdings seine Finger gezittert, seine Selbstsicherheit war nur gespielt.

Nun baute sich Federico vor seiner Schwester auf, den Karabiner auf den Bauch des zunehmend verzweifelten Deutschen gerichtet.

»Nur über meine Leiche, Freundchen!« Federico gab einen weiteren Warnschuss ab, dieses Mal über Herzogs Kopf hinweg.

Etwas klirrte. Vielleicht eine der Amphoren, die Fiorina auf den Säulen links und rechts der Haustür gesehen hatte. Nie hatte sie ihren Bruder so geliebt wie in diesen Sekunden.

Die beiden Männer standen sich gegenüber, nur durch das Tor getrennt, jeder mit einer tödlichen Waffe in der Hand, musterten sich feindselig. Sonst geschah nichts.

Wo, zum Teufel, blieben nur die anderen?

»Herr Herzog, wir wollen hier keine Toten, okay?«, rief Fiorina hinter Federicos magerem Rücken. »Seien Sie doch vernünftig, wir ...«

Wieder feuerte Herzog in die Luft. Es roch nach Pulverdampf. Die Sache lief völlig aus dem Ruder. Was war denn nur mit der Verstärkung? Ewig konnten sie Herzog nicht beschäftigen.

Wieder krachte etwas, dieses Mal jedoch sehr viel leiser als bei den Schüssen.

Ein wütender, gurgelnder Schrei, offenbar von Herzog, dann fiel etwas Schweres scheppernd zu Boden.

»Mission accomplished!«, rief Raffaella triumphierend.

Fiorina wagte sich aus der Deckung. Ambrogio, der sich bei Herzogs erstem Schuss auf den Boden geworfen hatte, stand auf, klopfte sich verlegen den Staub von den Hosenbeinen, beide Daumen schnellten nach oben. Federico ließ sein Gewehr sinken.

Nils schaffte es, das Schloss zu entriegeln, und mit vereinten Kräften wurde das Tor ein wenig zurückgeschoben, sodass ein Spalt entstand, durch den die drei aufs Grundstück schlüpfen konnten. Herzog lag zusammengekrümmt und halb bewusstlos am Boden. Seine Schrotflinte hielt jetzt Gianna in der Hand. Raffaella und ihr

Freund verschnürten den laut stöhnenden Hausherrn mit dem aus Mammas Küche stammenden Klebeband zu einem handlichen Paket, und Fiorina betete, dass wirklich er hinter Hagens Verschwinden steckte. Sonst würden sie wohl alle zusammen im Gefängnis landen.

»Das war ganz schön knapp.« Tief atmete sie ein und wieder aus. »Wieso kommt ihr denn so spät?«

Es hatte Probleme mit dem Zaun gegeben, erfuhr sie von Nils. Die Zangen, die Federico mitgebracht hatte, waren viel zu stumpf gewesen, um damit den Maschendraht zu durchschneiden. So hatten sie einer nach dem anderen per Räuberleiter über den Zaun klettern müssen, nachdem sie Raffaellas Jeansjacke über den Stacheldraht gelegt hatten.

Trotz weicher Knie übernahm Fiorina wieder das Kommando.

»Federico, Nils, wir durchsuchen die Garage und das Grundstück«, sagte sie. »Der Rest schafft Herzog ins Haus, am besten in den Keller, falls es einen gibt, und dann seht ihr euch dort drinnen um. Ihr beginnt im Keller, d'accordo?«

Ambrogio und Raffaellas Freund hoben Herzog hoch, der zwar ächzte und keuchte, aber dennoch heftig um sich trat. Raffaella und Gianna liefen schon zur offen stehenden Haustür. Während Federico und Nils das Haus umrundeten, um den hinteren Teil des Grundstücks nach einem möglichen Versteck abzusuchen, versuchte Fiorina, die für Italien völlig untypisch breite Garage zu öffnen. Einen Knauf zum Drehen gab es nicht, sondern lediglich ein Schlüsselloch. Vermutlich konnte man sie aber auch per Fernbedienung öffnen. Wenn man eine hatte.

Sie folgte den anderen ins Haus, sah sich im protzigen Entree um. Auf niedrigen Säulen standen verwitterte Skulpturen aus Stein, die sehr alt zu sein schienen. An der Wand ein kleines Sideboard mit zwei Schubladen, die sie mit fliegenden Fingern durchwühlte, während sie hörte, wie der Rest der Truppe das Haus durchstreifte. Eilige Schritte, Türen klappten. Immer wieder ertönten Rufe wie:

»Hier ist er nicht.«

»Hier auch nicht.«

»Ich bin im ersten Stock fertig. Wie sieht es bei euch unten aus?«

In den Schubladen lag nur Krimskrams. Prospekte, eine große Muschel, die sicher nicht aus dem Mittelmeer stammte, ein schon leicht angerosteter Miniatureiffelturm.

Fieberhaft ließ Fiorina ihre Blicke weiter schweifen. Wo verwahrte dieser Idiot wohl seinen Autoschlüssel, an dem vermutlich der Schlüssel und die Fernbedienung fürs Garagentor hingen? Ein Schlüsselbrett gab es nirgendwo, und auch kein Kästchen. In der Küche, vielleicht? Vermutlich wollte der Herr sein herzogliches Entree nicht mit solchen banalen Dingen verschandeln.

Ambrogio erschien, mit bedenklich langem Gesicht. »Wir waren überall, oben, hier im Erdgeschoss, im Keller. Nirgendwo eine Spur von Hagen. Wonach suchst du?«

»Ich kriege die Garage nicht auf.«

Vielleicht, dachte sie panisch, lag Hagen ja dort?

Ambrogio half ihr bei der Suche, schüttelte den Kopf, fasste sich plötzlich an die Stirn. »Bestimmt hat er ihn in der Hosentasche …«

Schon rasten sie die schmale Treppe hinab, und Ambrogio schloss die Tür zum Heizungskeller auf, an der praktischerweise der Schlüssel gesteckt hatte. Herzog blickte ihnen mit finsterer Miene entgegen, machte mit seinem zugeklebten Mund irgendwelche wütenden Geräusche. Ambrogio ging in die Hocke und brauchte keine zwei Sekunden, um zu finden, wonach Fiorina so verzweifelt suchte.

Sie stürmten wieder nach oben. Nils und Federico hatten inzwischen das Grundstück abgesucht, doch auch sie waren erfolglos geblieben. Kein versteckter Schuppen, keine unauffällige Seitentür am Haus, kein Erdloch, nichts.

Vor ihrem geistigen Auge sah Fiorina schon die stählerne Gefängnistür, die sich demnächst hinter ihr schließen würde.

»Komm«, rief Nils und packte sie am Arm. »Trübsal blasen können wir später.«

Zu dritt traten sie ins Freie, während die anderen erneut das Haus durchsuchten. Nils fand den richtigen Knopf an der Fernbedienung, das Garagentor surrte auf, langsam, viel zu langsam, innen flammte Licht auf, und dann endlich – Halleluja! – Hagens himmelblauer Ferrari.

Fiorina entfuhr ein abgrundtiefer Seufzer. Kein Prozess drohte, kein Gefängnis, sie hatte sich nicht geirrt, Hagen musste hier irgendwo sein. Sie mussten ihn nur noch finden. Hoffentlich lebendig.

»Schlüssel steckt«, sagte Nils nach einem Blick ins Wageninnere. »Und das Handy liegt auf dem Beifahrersitz.«

Sie schauten sich um, doch auch hier war Hagen nicht. Die einzige Tür, die es gab, führte ins Haus. Kein Schrank, keine Luke am Boden zu einem versteckten Kellerraum.

Dafür in einer Ecke ein rostiger Betonmischer, Zement- und Sandsäcke, eine Kiste voller Werkzeug und eine mattgrüne Schubkarre. Letztere war so verbeult und verbogen, dass Fiorina sich wunderte, warum Herzog sich nicht längst eine neue besorgt hatte. Doch dann wurde ihr klar, dass die Schubkarre wie auch die anderen Sachen vermutlich Enzo Bibbiani gehörten.

Nils deutete auf den Beifahrersitz des Ferrari. »Hagen hätte sein Handy nie im Auto liegen lassen. Nie!«

Wieder kochte Panik in Fiorina hoch. Hoffentlich, hoffentlich waren sie nicht zu spät gekommen. Herzog konnte Hagen von der Klippe ins Meer geworfen haben. Ihn irgendwo im Wald lebendig begraben. Ihn erschossen und …

»Los, weitersuchen«, befahl Nils, der ihre trüben Gedanken wieder zu ahnen schien. »Durchsuchen wir das Haus noch einmal, das Grundstück, alles. Irgendwo muss er ja sein.«

Als wäre er plötzlich der Befehlshaber hier, deutete er auf Ambrogio und Raffaellas Freund, die gerade mit den beiden anderen Frauen auftauchten.

»Ihr zwei sucht außerhalb vom Grundstück«, sagte er. »In Giannas Alfa liegt eine Taschenlampe. Vielleicht ist im Bus auch eine. Ansonsten nehmt ihr euer Handylicht.«

Auf einmal hatten alle wieder Mut, schwärmten erneut aus, suchten weiter. Fiorina schloss sich der Gruppe an, die ein zweites Mal das große Grundstück absuchte. Dieses Mal wollten sie vor allem auf Stellen achten, wo kürzlich gegraben worden war.

Auf der hinteren, dem Meer zugewandten Seite des Hauses befand sich eine riesige Terrasse, an die sich eine weitläufige, immer wieder von Sträuchern, Orangenbäumen und Zypressen unterbrochene Rasenfläche anschloss, die am anderen Ende – durch ein stabiles Geländer gesichert – unmittelbar vor dem Abgrund endete. Die Lichtkegel der Taschenlampen zuckten über niedergetretenes Gras, blühende Oleander- und Rosenbüsche, über Pinienzapfen und abgebrochene Zweige, die knackten, als Fiorina darauf trat.

Nirgendwo frisch umgegrabene Erde oder lose Rasenstücke. Nirgendwo ein Unterstand oder eine Hütte, und wäre sie auch noch so klein gewesen.

»Was ist unter der Plane da?«, rief sie.

»Eine Art Fundament«, antwortete Nils aus der Ferne. »Sieht aus, als sollte es ein achteckiger Pavillon werden.«

Vermutlich das Projekt, an dem Enzo Bibbiani in Herzogs Auftrag gearbeitet hatte.

Unwichtig jetzt. Die Zeit lief ihnen davon.

»Was ist eigentlich mit dem Strand?«, rief sie in die Runde. »War schon jemand unten?«

Nein, daran hatte noch niemand gedacht.

Fiorina betrat die gläserne Aufzugskabine, drückte den unteren Kopf. Leise summend setzte sich das Gefährt in Bewegung. Es fuhr auf fast senkrecht abfallenden Schienen, benötigte nur wenige Sekunden, dann war sie unten, verließ die Kabine, fand sich auf einem Kiesstrand wieder.

Das Meer war immer noch aufgewühlt, schäumte und rauschte, die Wellen erreichten manchmal fast ihre Füße. Gerade schien wieder einmal der Mond durch eine Wolkenlücke und beleuchtete das gespenstische Ambiente.

Fiorina leuchtete die Felswände ab, auf der Suche nach einem Spalt, einer Umkleidekabine, irgendetwas, wo man jemanden verstecken konnte. Aber auch hier – nichts. Rechts hatte jemand Stufen ins Gestein gehauen. Sie mündeten einige Meter höher in einen schmalen, steil ansteigenden Pfad, der sich in Serpentinen in die Höhe wand. Nun verstand sie, weshalb Herzog sich den Luxus eines Lifts gegönnt hatte.

Immer wieder rief sie Hagens Namen, immer wieder vergebens. Die Stimmen von Federico und Nils hörte sie jetzt nur noch gedämpft. Verzweifelt betrat sie schließlich wieder die Kabine, fuhr hinauf.

Oben angekommen, trat sie an das brusthohe Geländer, das den Rasen von den steil abfallenden Klippen trennte. Starrte hilflos hinab in die Tiefe, wo die Brandung brüllte und Gischt spritzte. Hier einen Leichnam loszuwerden, wäre so einfach. Doch sie weigerte sich, den Gedanken zuzulassen, das feindselige Meer dort unten könnte Hagens Grab sein. Der Gedanke war ihr einfach unerträglich.

Die Frage, die sie sich in den vergangenen Wochen wieder und wieder gestellt hatte, beantwortete sie jetzt endlich mit einem klaren Ja. Ja, sie liebte ihn. Ja, sie konnte sich ein Leben ohne ihn nicht mehr vorstellen. Ohne seine Zärtlichkeit, ohne seine deutsche Pingeligkeit, die ihr manchmal auf die Nerven ging, ohne sein Lachen, sein fehlerhaftes, mit jedem Tag ein wenig besser werdendes Italienisch. Und ohne seine tiefe Stimme, die mal hart und kalt klang, mal liebevoll und warm.

Irgendwann wurde ihr bewusst, dass es wieder regnete. Ihre Haare waren schon klatschnass, die Tränen mischten sich mit denen des Himmels.

27

Als er wieder bei Enzo war, ließ Hagen ein wenig von dem kostbaren Nass in seine Hand laufen und benetzte damit das Gesicht des Bewusstlosen. Keine Reaktion. Er ertastete den Mund, bog die Lippen auseinander, schüttete vorsichtig Wasser hinein. Endlich geschah etwas: Enzo zuckte, hustete, bewegte sich heftiger, hustete stärker. Hagen brachte ihn in eine sitzende Position. Der andere keuchte und spuckte, wurde endlich ruhiger.

»Sono Hagen«, sagte er. »Salve, Enzo.«

»Salve«, krächzte der Angesprochene erst nach Sekunden.

Hagen drückte ihm die Flasche in die eiskalte Hand, half ihm beim Trinken, damit nicht allzu viel danebenging.

»Wir müssen raus hier«, sagte er dann und machte Anstalten, sich zu erheben. »Ich gehe jetzt und suche nach einem Ausgang. Sobald ich ihn gefunden …«

»Nicht gehen!«, keuchte der Italiener und packte Hagens Handgelenk mit eisernem Griff. »Nicht weggehen!«

»Ich kann dich nicht mitnehmen. Bin selber noch völlig k. o.«

»Nicht gehen!« Enzos Griff lockerte sich nicht.

»Also gut.« Hagen seufzte. »Probieren wir's. Kannst du aufstehen?«

Nein, das konnte Enzo nicht. Er konnte auch nicht auf seinen Beinen stehen, wenn Hagen ihn nicht stützte.

So legte er sich den linken Arm des völlig entkräfteten Mannes um seinen Hals, seinen rechten Arm um dessen Hüfte und sagte: »Avanti.«

Es war eine elende Schinderei. Mit Enzo im Schlepptau ging Hagen zunächst geradeaus, langsam und immer wieder mit dem Fuß tastend, wohin er als Nächstes treten würde, bis er auf eine Wand traf. Dort wandte er sich nach rechts und folgte dieser, in der Hoffnung, dass der sich jetzt auftuende Gang in Richtung Tür führte. Mit jedem Schritt schien Enzo schwächer und schwerer zu werden. Unfassbar, wie viel dieser Kerl wog, der zwei Köpfe kleiner war als er selbst.

Irgendwann spürte Hagen links wieder Stufen, er tastete mit der Hand, wozu er Enzo loslassen musste. Keuchend fiel dieser in sich zusammen wie eine Marionette, der man mit einer großen Schere alle Schnüre gleichzeitig durchgeschnitten hatte. Hagen blieb nichts anderes übrig, als ihn liegen zu lassen und seinen nur noch schwachen Protest zu ignorieren.

Rasch erkundete er die schmale Treppe, die jedoch wieder nur zu einem jener Podeste führte, deren Zweck er sich nicht erklären konnte. Dieses Mal jedoch befand sich auf der erhöhten steinernen Liege etwas: ein Krug. Und daneben – ihm stockte der Atem, als er begriff, woran er da herumfingerte – ein menschliches Skelett.

War dieses feuchte Verlies etwa gar kein Keller, sondern

ein Grab, in dem man Tote bestattet hatte? Eine Grabanlage wie die römischen Katakomben? Wie alt mochten die Toten wohl sein, deren Ruhe er gerade störte? Hatte man die Anlage vielleicht im Mittelalter angelegt? Oder noch früher – in der Römerzeit? Das würde erklären, warum die Liegestätten für die Verstorbenen nicht groß genug waren für einen Riesen wie ihn.

Aber jetzt war keine Zeit, das Rätsel zu lösen. Er musste zurück zu Enzo, der in der Zwischenzeit noch einige Kilo zugelegt zu haben schien. Nur mit äußerster Kraftanstrengung schaffte er es, den schon wieder halb Bewusstlosen ein weiteres Mal auf die Beine zu bringen, schließlich gelang es, und weiter ging es.

Sie gelangten in einen breiteren Gang, der kein Ende zu nehmen schien. Offenbar ein Tunnel, der sanft anstieg, was Hagen hoffen ließ, endlich den Weg zum Ausgang gefunden zu haben. Immer öfter musste er Enzo jetzt absetzen und sich selbst danebenkauern, um neue Kraft zu schöpfen. Die Kopfschmerzen schienen allmählich abzuklingen.

Hoffentlich, überlegte er bei den nächsten mühsamen Schritten, gingen sie in die richtige Richtung und nicht immer weiter in dieses gottverdammte Labyrinth hinein. Die Decke des Tunnels war niedriger als die des Raums, wo er Enzo gefunden hatte, sodass sie sich nur noch gebückt vorwärtsbewegen konnten. Enzo war inzwischen völlig am Ende, hing an ihm wie ein mit Steinen gefüllter Sack, was nicht erstaunlich war, wenn man bedachte, dass der arme Kerl seit fünf Tagen hier unten war. Ohne Essen und mit nur einer Flasche Wasser. Die vielleicht nicht einmal voll gewesen war.

Sie wurden langsamer und langsamer, hin und wieder seufzte Enzo schwer oder murmelte Unverständliches. Einmal meinte Hagen, »maledetti neri« zu verstehen. Verfluchte Schwarze. Fantasierte er? Oder … Hatte der eine der beiden Schläger, denen Hagen seinen Aufenthalt in diesem unwirtlichen Loch verdankte, vielleicht gar keine Maske getragen, sondern schlicht und einfach eine dunkle Gesichtsfarbe gehabt?

Der massige Italiener entglitt ihm jetzt immer öfter. Die Verschnaufpausen wurden länger, die Anzahl der Schritte, die er bis zur nächsten Unterbrechung schaffte, kleiner. Immerhin schien der Tunnel allmählich höher und breiter zu werden, und auch die Luft veränderte sich. Sie war kühler und frischer als noch vor Kurzem. Dieser Umstand schenkte Hagen neue Energie. Der Ausgang konnte jetzt nicht mehr fern sein.

Schließlich stießen sie wieder einmal auf Stufen, und dann ging es plötzlich nicht mehr weiter. Zum tausendsten Mal ließ Hagen seinen nur noch leise stöhnenden Begleiter zu Boden sinken, ertastete vor sich eine kalte, harte Fläche. Eine Tür. Stahl. Keine Klinke. Kein Schlüsselloch. Rechts und links grober Stein.

Als Hagen sich Enzo wieder zuwandte, gab dieser keinen Laut mehr von sich. Dieses Mal hatte er auch nicht mehr protestiert, als Hagen ihn losließ. Und er atmete so flach, als wäre er wieder besinnungslos.

Plötzlich horchte Hagen auf.

Da war etwas gewesen!

Jenseits der Tür!

Durch das Geräusch seines eigenen jagenden Pulses meinte Hagen, von draußen Stimmen zu vernehmen, aufgeregtes Rufen, doch er konnte nicht hören, in welcher Sprache und wie weit entfernt.

Auf einmal japste Enzo.

Etwas schlug auf dem Boden auf, vielleicht sein Kopf, und als Hagen sich bückte, um nach seinem Hals zu tasten, fühlte er keinen Puls mehr. Jäh richtete er sich wieder auf und begann, mit beiden Fäusten gegen die harte Tür zu hämmern und aus Leibeskräften zu brüllen.

»Da ist was!«, rief Ambrogio, und Fiorinas Herz machte einen Sprung. »Da drüben ist Licht. Ein Haus. Vielleicht wissen die Leute dort etwas.«

»Warte«, rief von der anderen Seite Raffaellas Freund. »Ich komme mit, bin gleich bei dir.«

Die beiden hatten das Gelände südlich von Herzogs Zaun abgesucht, bislang jedoch nichts gefunden, das nach einem frischen Grab oder dem Eingang zu einem Versteck aussah. Auch Nils, Gianna und Raffaella, die durch das Pinienwäldchen linker Hand streiften, waren nicht fündig geworden.

Fiorina blieb stehen. Regungslos, am Ende ihrer Kräfte. Längst hatte auch sie Herzogs Anwesen verlassen, hatte mal hier gesucht, mal dort, befand sich inzwischen rechts vom Zaun, auf der Seite, wo Ambrogio suchte. Sie war umgeben von schwarzem Dickicht und undurchdringlicher Finsternis, über das der Lichtkegel ihrer Taschenlampe zuckte.

Irgendwann bemerkte sie, dass Federico neben ihr war. Er legte den Arm um ihre Schulter, drückte sie an sich, sagte jedoch nichts. Was hätte er auch sagen sollen?

Die Stimmen von Ambrogio und seinem Begleiter entfernten sich, wurden leiser und leiser. Fiorina hätte sich am liebsten in die Arme ihres Bruders geworfen und hemmungslos geweint. Aber was hätte es geändert?

Als er sie durch das dichte Gebüsch am Zaun entlang in Richtung Meer führte, vernahm sie hin und wieder ein metallenes Geräusch. Vermutlich der Karabiner, den er immer noch mit sich trug.

»Hörst du das?« Federico blieb abrupt stehen. »Da klopft irgendwas.«

Das Meer gab für einige Augenblicke Ruhe.

»Du träumst«, sagte Fiorina. »Da ist …«

Doch dann hörte sie es auch. Geräusche, als würde jemand gegen eine schwere Stahlplatte schlagen. Und war da nicht auch eine Stimme? Eine Männerstimme?

Alarmiert packte sie Federicos Arm. Plötzlich war sie sicher, Hagen ganz nah zu sein.

»Hagen?«, schrie sie zum tausendsten Mal. Vom vielen Rufen war ihre Stimme längst heiser geworden.

Nichts.

»Hier lang«, sagte Federico entschlossen und zwängte sich durch das Gestrüpp.

Fiorina folgte ihm, plötzlich schlug ihr das Herz bis zum Hals.

Der Boden war uneben, das Gelände leicht abschüssig. Sie stolperte über Wurzeln, hielt sich an dünnen Ästen fest, musste ihr Gesicht mit den Armen gegen dornige Zweige abschirmen, die ein Durchkommen fast unmöglich machten. Mit jedem Schritt wurden die dumpfen Geräusche lauter. Und noch ein wenig lauter.

Wieder schrie sie den Namen ihres Liebsten, und dieses Mal war sie sicher, dass er mit »Fiorina!« antwortete.

Nun war sie nicht mehr zu halten, überholte Federico, kämpfte sich durch das unwirtliche Unterholz, über knorriges Wurzelwerk und durch stacheliges Gebüsch, das ihr die nackten Arme und Beine zerkratzte. Doch sie nahm es kaum wahr.

Hagen, dachte sie, während sie wieder und wieder nach ihm rief. Hagen, gleich bin ich bei dir.

Mit ihren Lampen leuchteten sie über die Bäume und Sträucher, aber da war nichts als undurchdringliches Grün, bösartiges Gestrüpp und das Tosen des Meeres, das lauter und lauter wurde. Doch auch das Bollern und Hagens Rufe waren nun deutlicher zu hören. Fiorina gab regelmäßig Antwort, und urplötzlich tat sich vor ihr ein Loch auf, in das sie hineingestürzt wäre, hätte ihr Bruder sie nicht im letzten Moment am Oberarm gepackt.

Die Stimmen von Ambrogio und seinem Begleiter und die Lichtkegel ihrer Lampen kamen ihnen entgegen, bemerkte sie jetzt erst.

»In dem Haus da hinten wohnen zwei Männer!«, rief Raffaellas Freund. »Illegale Flüchtlinge aus Afrika, nehmen wir an. Sie sprechen weder Italienisch noch Englisch und wissen angeblich von gar nichts.«

»Eine Heidenangst haben sie gehabt, als wir vor der Tür standen«, ergänzte Ambrogio. »Die hätten sich fast in die Hosen gemacht und …«

Fiorina hob die Hand, brachte ihn zum Verstummen, deutete auf die steile Treppe, die in die Tiefe führte.

»Wir haben ihn gefunden«, stieß sie keuchend hervor.

Federico war schon auf dem Weg nach unten, Fiorina folgte ihm mit wild pochendem Herzen.

»Wie sieht es draußen aus?«, hörte sie Hagens Stimme,

gedämpft von der massiven Stahltür, die im tanzenden Lichtschein der Taschenlampen zum Vorschein kam.

»Hier hängt ein Lucchetto.« In der Aufregung fiel ihr nicht gleich das deutsche Wort ein. »Ein … ein … Vorhängeschloss. Ein ziemlich großes.«

»Kriegt ihr es auf?«

»Attenzione«, erwiderte Federico grimmig entschlossen und nahm den Karabiner von der Schulter.

»Federico will es mit dem Gewehr versuchen«, rief Fiorina. »Geh lieber weg von der Tür!«

Ihr Bruder bedeutete ihr, sich zurückzuziehen, während er die uralte Waffe durchlud.

Der erste Schuss bewirkte nichts. Der zweite auch nicht, außer, dass ein Querschläger durch die Luft pfiff. Aber Federico gab nicht auf, lud ein drittes Mal durch, und dieses Mal klappte es.

Das Schloss war zerbrochen, die Tür ließ sich öffnen, mit einem Aufschrei fielen sich Fiorina und Hagen in die Arme.

28

Es war ein seltsames Gefühl für Hagen, sein Gefängnis eine Stunde später erneut zu betreten.

Den tief bewusstlosen Enzo, den Ambrogio und Raffaellas Freund nach der Befreiung in größter Eile durch den Wald schleppten, hatten die beiden in den Bus gepackt, um ihn zum Ospedale di Portoferraio zu schaffen. Ein Rettungswagen würde ihnen von dort entgegenkommen und den Patienten übernehmen. Raffaella war mit von der Partie, da sie als Einzige etwas von Erster Hilfe und Herzdruckmassage verstand.

Hagen selbst war nach einem großen Glas Wasser und einer Tasse starkem Kaffee in Herzogs Küche inzwischen wieder so weit hergestellt, dass er sich eine Untersuchung des rätselhaften unterirdischen Gängegewirrs zutraute. Fiorina, die seine Hand hielt, wich nicht von seiner Seite, und auch Federico hätte man vermutlich nicht einmal mit Waffengewalt davon abhalten können, sie zu begleiten. Der Rest der Truppe bewachte Herzog, denn auch der zwischenzeitlich eingetroffene Piero wollte das geheimnisvolle unterirdische Verlies besichtigen. Er ging neben Hagen und war in Zivil, während seine zwei verschlafenen Kollegen in Uniform hinterherstolperten.

Fiorina hatte Piero informiert. Der Tenente war zum Glück noch wach gewesen und hatte sich von einem in seinem Heimatort Porto Azzurro stationierten Streifenwagen zum Ort des Geschehens fahren lassen.

Der Eingang des Höhlensystems, in dem nicht nur Fiorina eine uralte Grabanlage vermutete, war von Herzogs Grundstück aus nicht zu sehen. Beim Licht mehrerer starker Taschenlampen wirkte der in den Fels gehauene Tunnel, der hinter der Stahltür zum Vorschein kam, sehr viel harmloser und vor allem kürzer, als Hagen die Strecke in Erinnerung hatte. Bis zu der Stelle, wo er das Bewusstsein wiedererlangt hatte, waren es kaum zehn Meter. Bald darauf standen sie schon dort, wo Enzo gelegen hatte. Wieder einige Schritte und Biegungen weiter betraten sie die erste schmale Kammer mit zwei unterschiedlich gestalteten, über wenige Stufen zu erreichende Liegestätten, die aus sauber bearbeiteten Steinen bestanden.

Wie klein das alles war und wie nah beieinander, was Hagen in der Dunkelheit so weit voneinander entfernt erschienen war. Am Boden lagen überall die Scherben, die er gefühlt hatte. Sie waren allerdings nicht rot, wie er erwartet hatte, sondern schwarz, manche auch weißlich grau.

»Das ist Bucchero.« Fiorina hob ein etwas größeres Stück Keramik auf. »Die Etrusker haben Grabbeigaben aus diesem schwarz gebrannten Ton hergestellt. Amphoren, Schalen und dergleichen. Im Museum in Rio nell'Elba habe ich viele solche Sachen gesehen, während der Schulzeit hat man uns mal dorthin geschleppt.«

Auch in der nächsten Kammer sahen sie zwei Liegestätten, wobei auch hier die eine Liegefläche glatt war, die andere ein wenig vertieft wie ein flaches Becken. Dann gabelte sich der Gang, der sich immer wieder verzweigte und zu weiteren Grüften führte.

Die meisten Liegestätten standen direkt an der Wand, einige waren in Nischen untergebracht wie steinerne Himmelbetten. Die Wände der Grüfte und die verbindenden Gänge bestanden aus Quadern, die ohne Mörtel zusammengefügt waren. Wie es die Etrusker gemacht hatten, die noch keinen Zement kannten.

»Eine unterirdische Totenstadt«, sagte Fiorina ehrfürchtig, die abwechselnd ins Deutsche oder Italienische übersetzte, damit alle verstanden, was gesprochen wurde. »Offenbar wirklich eine etruskische Grabanlage. Ich wusste gar nicht, dass es so was auf Elba gibt. Hier haben sie ja eigentlich nur Eisenerz abgebaut.«

»Wieso hat das bisher noch niemand entdeckt?«, rätselte Piero. »Normalerweise sind an Orten wie diesem schon vor Jahrhunderten Grabräuber oder später Archäologen gewesen und haben die wertvollen Sachen weggeschafft.«

»Vielleicht, weil es so abgelegen und gut versteckt im Wald liegt«, mutmaßte Hagen.

»Aber die Treppe vorne am Eingang, die hätte man doch schon viel früher finden müssen.«

»Ich denke, sie war verschüttet«, sagte Fiorina. »Weit mehr als zweitausend Jahre lang haben sich dort Erde, Laub und anderes angesammelt und das Loch nach und nach aufgefüllt. Bis sich dann jemand gewundert hat, als er über die oberste Stufe gestolpert ist.«

»Herzog?«, fragte Piero mit den Händen in den Hosentaschen.

Sie nickte. »Wer sonst. Er hat vermutlich sehr bald begriffen, was er hier gefunden hat. Dann hat er die beiden Afrikaner angeheuert und angefangen, die Gräber in großem Stil zu plündern.«

»In seinem Haus gibt es überall antike Skulpturen«, erinnerte sich Hagen. »Angeblich war das aber nur eine Leidenschaft seiner verstorbenen Frau.«

»Guardate!« Federico fuchtelte aufgeregt mit den Händen, als sie die nächste Gruft betraten. »Uno scheletro!«

Es war das Skelett, das Hagen gefunden hatte. Daneben lag der Krug, den er ertastet hatte, ebenfalls aus dem schwarzen Material, das Fiorina Bucchero genannt hatte. Nun erkannte er, dass es eine Amphore war, wie sie auf den Säulen vor Herzogs Haus standen. Auf der zweiten Liegestätte befanden sich keine menschlichen Überreste, sondern Schalen, Vasen, goldene Ringe und etwas, das wie ein Handspiegel aus oxidierter Bronze aussah. Am Boden davor lagen ein Schädel und Knochen, manche zersplittert, viele unversehrt.

»Es scheint eine Frau gewesen zu sein«, sagte Fiorina leise. »Eine reiche Frau. Der Spiegel, der Schmuck …«

Sie kamen zu der Stelle, wo die Schaufel an der Wand lehnte. Gegenüber lagen Bretter und Holzpfosten. Weiter vorn stand eine alte Schubkarre. Wenige Schritte weiter war die Decke eingestürzt, Erdreich versperrte den Durchgang zu vermutlich weiteren Gräbern.

»Was hier herumliegt«, sagte Fiorina andächtig, »oder gelegen hat, ist auf dem Schwarzmarkt Millionen wert.«

»Und auf dem offiziellen Markt?«, fragte Hagen.

»Den gibt es nicht. Solche Funde gehören in Italien grundsätzlich dem Staat, und wer sie nicht meldet, macht sich …«

Sie brach ab, als Hagen sie am Arm packte.

»Natürlich!«, sagte er heiser. »Das ist es. Es geht um den illegalen Export von etruskischen Altertümern. Herzog hat sie ausgraben lassen, Positano hat die notwendigen Bescheinigungen ausgestellt, und die Ricci hat sich um den Transport gekümmert. Feiner kleiner Nebenverdienst für die sauberen Herrschaften.«

Fiorina nickte aufgeregt. »Leider ist Lucia ihrem Chef auf die Schliche gekommen …«

»… und hat gedroht, ihn anzuzeigen«, vervollständigte Hagen ihren Satz. »Oder sie wollte einen Teil der Beute abhaben.«

Bei diesem Punkt war Fiorina nach wie vor skeptisch. Dennoch musste es so oder so ähnlich gewesen sein. Es hatte Streit gegeben zwischen Positano und seiner neugierigen Untergebenen, und am Ende hatte er sie von der Dachterrasse gestoßen.

Als Fiorina diesen Teil ihrer Überlegungen übersetzt hatte, nickte Piero mehrfach mit ernster Miene. Seine beiden Kollegen hingegen guckten nur ungläubig um sich, schienen sich sogar ein wenig zu fürchten.

»Andiamo«, sagte Hagen. »Ich krieg Beklemmungen hier drin. Und außerdem will ich dringend ein paar Takte mit diesem Raffzahn Herzog reden.«

»Du denkst, die beiden Männer, die in dem Rustico da drüben hausen, haben dich und Enzo niedergeschlagen und in die Höhle gesperrt?«, fragte Fiorina, als sie dem

Trampelpfad folgten, der zu dem kleinen, halb verfallenen Bauernhaus führte.

Das Meer tobte immer noch in der Ferne, brüllte wie ein ausgehungertes Raubtier, das auf die längst fällige Fütterung wartete. Die Luft war lau und herrlich frisch nach der stickigen Enge in den Katakomben.

»Unter Herzogs Anleitung, natürlich«, erwiderte Hagen trocken. »Von sich aus wären die nie auf die Idee gekommen, mitten im Wald ein Loch zu graben.«

Außerdem war die Stahltür nicht vom Himmel gefallen, mit der Herzog seinen Schatz sichern ließ.

»Wir sollten ihn foltern«, schlug Federico vor, der seinen Karabiner noch vor der Ankunft der Carabinieri gut im Bus versteckt hatte.

Kurz darauf standen sie vor dem Häuschen aus hellem Stein, in dem inzwischen kein Licht mehr brannte.

»Die Herren schlafen schon«, knurrte Hagen.

Um das Haus herum lag allerhand Gerümpel. Ein in seine Einzelteile zerfallenes Holzfass, zusammengerostetes landwirtschaftliches Gerät, ein Fahrrad, das aussah, als wäre es ein halbes Jahrhundert alt.

Die Tür war nur angelehnt, stellte Piero fest. Er klopfte dennoch.

Als niemand reagierte, drückte er die Tür auf, leuchtete in den Raum, der sich vor ihnen auftat und sowohl Küche als auch Wohn- und Schlafzimmer zu sein schien. Ein Carabiniere hielt auf seine Anweisung hin draußen Wache, alle anderen traten ein.

Innen herrschte eine unfassbare Unordnung. Kleidungsstücke lagen herum, abgetretene Schuhe, leere Wasserflaschen, ein umgekippter Stuhl. An der gegenüberliegenden

Wand sahen sie zwei Matratzen, darauf zerwühlte Laken, zerknautschte Kissen. Es roch nach Männerschweiß und ranzigem Fett.

»Ausgeflogen«, stellte Hagen fest. »Weit werden sie nicht kommen.«

Piero nickte. »Bis morgen früh die erste Fähre geht, ist die Fahndung raus.«

Ihre Mitstreiter, die sie vor Herzogs Villa erwarteten – auch Ambrogio, Raffaella und ihr Freund waren inzwischen wieder zurück –, löcherten die Neuankömmlinge mit Fragen. Während Fiorina, Hagen und Piero zum Haus gingen, um dort Herzog ins Verhör zu nehmen, lieferte Federico dem Rest der Truppe bereitwillig tüchtig ausgeschmückte Antworten.

Enzo war inzwischen im Ospedale von Portoferraio angekommen, hatte Ambrogio berichtet. Zwei Sanitäter hatten den Bewusstlosen auf der Strecke von Porto Azzurro zur Inselhauptstadt übernommen.

Auf dem Hof standen ein zweiter Rettungswagen mit offener Hecktür und daneben der Streifenwagen der Carabinieri, dessen Blaulichter immer noch zuckten. Piero wies seine beiden Untergebenen an, am Tor Stellung zu beziehen und niemanden aufs Grundstück zu lassen.

Er selbst hatte den zweiten Rettungswagen angefordert, dessen Besatzung Siegfried Herzog inzwischen ärztlich versorgt hatte und nun rauchend in einer Ecke stand. Als sie auch Hagen untersuchen wollten, behauptete er barsch, es gehe ihm blendend und er habe jetzt außerdem keine Zeit für solchen Firlefanz. Dann ließ er die verdutzten Sanitäter einfach stehen und folgte Fiorina und Piero ins Haus.

Im Wohnraum, den man schon fast als Saal bezeichnen konnte, fanden sie den nicht mehr geknebelten und vom Klebeband befreiten Hausherrn vor, der immer noch lädiert und apathisch wirkte. Er war aschfahl im Gesicht, hatte Pflaster an der Stirn und am Hinterkopf vermutlich eine zünftige Beule. Jemand hatte ihn auf einen Stuhl gesetzt und seine Hände und Beine mithilfe einer dicken Schnur gefesselt, sodass er nicht fliehen konnte.

Piero nahm schräg gegenüber von ihm Platz, am Kopfende des Tischs, Fiorina rechts neben ihm und Hagen neben Herzog. Da dieser kaum mehr Italienisch sprach als Hagen, Piero kein Wort Deutsch verstand und ein offizieller Dolmetscher mitten in der Nacht nicht aufzutreiben war, war der Tenente auf Fiorinas Unterstützung angewiesen.

Durch die offen stehenden Terrassentüren kam angenehm kühle Luft herein. Die Platte des großen Esstischs, an dem sie saßen, bestand aus poliertem schwarzen Marmor mit schillernden Einschlüssen und musste unfassbar schwer sein.

Als Erstes bat Piero Hagen, dem Gefangenen die Fesseln abzunehmen. Dann setzte er eine amtliche Miene auf und sagte die in seinem Land vorgeschriebenen offiziellen Sprüchlein auf, die Fiorina für Herzog übersetzte und im Wesentlichen denselben Inhalt hatten wie in Deutschland.

Hagen war überrascht, dass Herzog sie nach den Ereignissen der vergangenen Stunden als Übersetzerin akzeptierte. Offenbar war er aufgrund des Schlags, der ihn vorübergehend außer Gefecht gesetzt hatte, noch nicht wieder ganz bei Sinnen. Sonst hätte Herzog sich nie und nimmer auf die Vernehmung unter solch fragwürdigen Begleitumständen eingelassen oder zumindest einen Anwalt verlangt.

»Auf Ihrem Anwesen«, fuhr der Tenente übergangslos fort, »wurden zwei Männer bewusstlos geschlagen und in ein Verlies gesperrt, mit der offenkundigen Absicht, sie dort sterben zu lassen.«

»Davon ist mir nichts bekannt«, erwiderte Herzog mit matter Stimme und warf Fiorina einen finsteren Blick zu. »Im Übrigen bin *ich* hier der Geschädigte, und ich möchte Anzeige erstatten wegen Hausfriedensbruch, Sachbeschädigung und …«

»Dazu kommen wir später, keine Sorge«, fiel Piero ihm unwirsch ins Wort und erklärte kurz, wo sich das Verlies befand und wer dort gefangen gehalten worden war.

»Kennen Sie die beiden Männer, die in Ihrer Nachbarschaft wohnen und die Opfer niedergeschlagen und eingesperrt haben?«, wollte er wissen.

Nein, das tue er nicht, antwortete Herzog. Im Übrigen habe sich der bedauerliche Vorfall nicht auf seinem Anwesen, sondern jenseits des Grenzzauns ereignet. Er habe weder Hagen Berensen noch Enzo Bibbiani in den letzten Tagen gesehen. Wie Hagens Ferrari in seine Garage gekommen war, konnte Herzog sich nicht erklären, und selbstredend wusste er auch nichts von irgendwelchen etruskischen Gräbern und daraus entwendeten Kulturgütern.

»Sie haben selbst solche Sachen hier stehen«, warf Fiorina ein, ohne sich mit Piero abgestimmt zu haben, und wies auf die im Raum verteilten Kunstgegenstände.

»Die ich alle rechtmäßig und für teures Geld erworben

habe«, behauptete der Hausherr trotzig, der allmählich wieder zum Leben erwachte. »Ich kann Ihnen gerne die Zahlungsbelege und Herkunftsnachweise zeigen.«

Piero übernahm wieder die Gesprächsführung, kam noch einmal auf die beiden Afrikaner zu sprechen, die in dem benachbarten Rustico gehaust hatten.

»Afrikaner?«, staunte Herzog mit hochgezogenen Brauen und strich sich übertrieben erschöpft über die Stirn. »Davon weiß ich nichts.«

Das verfallene Haus gehöre ihm zwar ebenfalls, gab er zu. Dass es seit Neuestem bewohnt war, habe er jedoch nicht bemerkt, da es von seiner Terrasse aus nicht zu sehen sei.

»Es liegt in einer Senke, wie Ihnen nicht entgangen sein dürfte.« Mit erhobener Hand deutete er auf die weite, von Bäumen und Sträuchern umstandene Fläche jenseits der Terrasse, die jetzt von Halogenscheinwerfern taghell erleuchtet war, ließ den Arm dann aber mit qualvollem Stöhnen sinken. »Woher sollte ich wissen, dass die Ruine seit Neuestem wieder bewohnt ist?«

So ging es weiter. Dass unweit von seinem Zaun Tunnelarbeiten und Grabräubereien im Gange waren, wollte er nicht bemerkt haben. Und mit illegalen Exporten irgendwelcher Kulturgüter hatte er natürlich auch nichts zu tun.

Hoffentlich hatten die beiden Afrikaner die Insel nicht schon verlassen, überlegte Hagen. Sie waren unverzichtbare Zeugen. Bis auf Gisella Ricci waren alle tot, die das durchtriebene Schlitzohr neben ihm hätten belasten können. Waren die beiden erst einmal auf dem Festland, dann würde es mit jeder Stunde schwieriger werden, sie noch aufzustöbern. Im Süden Italiens wimmelte es von illegalen Migranten aus Afrika, die für Hungerlöhne auf den Feldern der Bauern schufteten, damit diese im internationalen Dumping-System auch der großen deutschen Supermarktketten mithalten konnten.

Hagen, der sich bisher mit keinem Wort in die Vernehmung eingemischt hatte, wurde klar, dass sie so nicht weiterkamen. Herzog war viel zu gerissen und verhandlungserfahren, um sich zu verplappern oder gar ein übereiltes Geständnis abzulegen, in der Hoffnung, damit vor Gericht zu punkten. Vermutlich war es nur eine Frage der Zeit, bis er einen Anwalt verlangen oder seinen schlechten Gesundheitszustand vorschieben würde, um Piero nicht länger Rede und Antwort stehen zu müssen.

»Was halten Sie von einer Kaffeepause?«, wandte Hagen sich deshalb mit mitleidsvollem Blick an den Hausherrn. »Wir sind alle nicht gerade in Hochform, und eine Stärkung würde auch Ihnen bestimmt guttun.«

Herzog nickte dankbar und gab einen extrastarken Cappuccino in Auftrag, alle anderen entschieden sich für einen Caffè.

Der große, chromblitzende Kaffeeautomat in Herzogs Küche war deutsch beschriftet, saubere, selbstverständlich vorgewärmte Tassen aus dickem Steingut standen darauf. Während die Maschine brummte, zog Hagen sein Handy hervor und überflog die Mail, die Nils ihm schon vor Stunden geschickt hatte.

»Ich brauche dringend ein starkes Schmerzmittel«, sagte Herzog gerade mit leidender Miene, als Hagen wenig später das Tablett mit Tassen und Zuckerstreuer zum Tisch im Wohnraum balancierte. »Außerdem brauche ich jetzt wirklich Ruhe, Signor Tenente. Unser Gespräch können wir gerne morgen im Beisein meines Anwalts fortsetzen.«

Piero schnaubte, legte mit finsterer Miene seinen Stift auf den Block, auf dem er sich Notizen gemacht hatte, und wandte sich seinem Getränk zu. Herzog gegen dessen Willen weiter zu vernehmen, hätte gegen jedes Gesetz verstoßen, und vermutlich hätte er auch keine weiteren Fragen beantwortet.

Während Herzog seinen Cappuccino trank und die anderen ihren Caffè schlürften, sagte Hagen mit anerkennendem Lächeln: »Ihre Kaffeemaschine ist ja ein technisches Wunderwerk. Fehlt nur noch, dass sie einem die gewünschte Stärke des Kaffees von den Augen abliest.«

»Na ja.« Herzog lächelte geschmeichelt. »Technik ist nun mal mein Steckenpferd.«

»Die haben Sie aber nicht selber gebaut?«

Jetzt lachte der andere leise. »Natürlich nicht.«

»Aber wenn Sie wollten, könnten Sie so was?«

»Schon, ja. Das ist ja kein Hexenwerk.«

»Haben Sie nicht gesagt, Sie hätten sogar ein Elektroniklabor im Keller?«

»Labor ist ein wenig hochgegriffen. Ich nenne es meine Bastelbude.«

»Was basteln Sie denn so?«, fragte Hagen mit Unschuldsmiene.

Fiorina bedachte ihn mit einem verwunderten Blick, übersetzte leise für Piero, der natürlich wissen wollte, worüber die beiden Männer sich plötzlich so angeregt unterhielten. Während Hagen immer wieder interessierte Fragen einwarf, ließ Herzog sich über die computergesteuerte

Bewässerungsanlage aus, die er entwickelt und gebaut hatte.

»Da sie ständig die Bodenfeuchtigkeit misst und die aktuelle Wettervorhersage kennt, ist sie extrem wasser- und ressourcenschonend«, erklärte Herzog. »Was gerade hier im Süden ja äußerst wichtig ist, wo im Sommer eine solche Wasserknappheit herrscht.«

Er habe sogar schon überlegt, das System zum Patent anzumelden und auf den Markt zu bringen, fuhr er mit betont lässig übereinandergeschlagenen Beinen fort. Inzwischen hatte er offensichtlich vergessen, wie erschöpft er angeblich war.

»Wirklich eine geniale Idee«, fand Hagen. »Und sonst?«

Auch ein Teil seiner ausgefuchsten Alarmanlage basierte auf eigenen Ideen und war selbst gebaut, erfuhren Herzogs ungebetene Gäste. Während Fiorina flüsternd dolmetschte und nun hin und wieder leise lächelte, warf Piero Hagen einen fragenden Blick zu. Er verstand wohl nicht, wozu Hagens Fragen dienen sollten.

Hagen wechselte abrupt das Thema. »Bevor Sie Ihre Firma gegründet haben, waren Sie bei Bosch beschäftigt, richtig?«

Herzog nickte zögernd.

»Die produzieren eine Menge tolle Sachen«, fuhr Hagen harmlos fort.

Auf Herzogs Stirn bildeten sich feine Schweißperlen.

»Unter anderem auch für Autos.«

Der Schweiß auf Herzogs Stirn wurde mehr. »Bitte«, sagte er mit qualvollem Stöhnen, das vermutlich nicht einmal gefakt war. »Wir können dieses Gespräch gerne morgen weiterführen. Im Moment … Mir geht es nicht gut. Ich brauche Schmerztabletten und Schlaf und …«

»Nur noch eine Sekunde, Herr Herzog.« Hagen holte sein Handy hervor, tippte auf den Bildschirm und ließ endlich die Bombe platzen: »Wenn es stimmt, was ich hier lese, dann haben Sie sich fünf Jahre lang mit der Entwicklung von ABS-Systemen befasst. Auch mit solchen für Motorräder, nicht wahr?«

Jetzt war es totenstill im Raum. Herzog schien das Atmen vergessen zu haben, der Schweiß lief über sein plötzlich leichenblasses Gesicht. Piero schnalzte anerkennend mit der Zunge, nachdem Fiorina Hagens letzten Satz übersetzt hatte. Er drückte das Kreuz durch, fixierte den zusammengesunkenen Hausherrn kühl.

»Ich nehme Sie vorläufig fest«, übersetzte Fiorina seine nächsten Worte mit einem anerkennenden Lächeln für Hagen, »wegen des dringenden Verdachts, Massimo Positano getötet beziehungsweise seinem Tod Vorschub geleistet zu haben.«

29

Die Piazza vor Gabrieles Bar summte und brummte vor Menschen. Es war Samstagabend, sechs Tage nach der Verhaftung Siegfried Herzogs. Federico und die anderen Mitglieder der Band waren noch dabei, auf einer kleinen Bühne die Technik in Betrieb zu nehmen und ihre Instrumente zu stimmen. Immer wieder quietschte oder knarrte es aus den großen Boxen, wenn es wieder eine Rückkopplung gab.

Hagen und Fiorina standen an der niedrigen Mauer, die den kleinen Platz nach Süden hin begrenzte. Über der Bucht lag das letzte Abendlicht, der Himmel war in Bonbonfarben getaucht. Gerade legte eine Fähre ab, um sich auf den Weg nach Piombino zu machen.

»Und sie leugnet immer noch?«, fragte Hagen ungläubig.

»Die illegale Ausfuhr von Kulturgütern gibt Gisella Ricci zu«, sagte Fiorina, die am Vormittag ausführlich mit Piero telefoniert hatte. »Die könnte sie auch schwer abstreiten, weil es Zollbescheinigungen, Rechnungen von Speditionen und so weiter gibt. Nur mit Lucias Tod will sie partout nichts zu tun haben.«

Kleinere Beutestücke aus Herzogs Grabräubereien wie Schalen, Dolche oder Schmuckstücke hatte Gisella Ricci einfach in irgendwelchen Kisten voller Oliven oder Weinflaschen versteckt. Nur für die größeren Objekte wie Amphoren, mit Fresken verzierte Mauerstücke oder Skulpturen der in der Nekropole Bestatteten hatte die clevere Schmugglerbande den Aufwand mit den gefälschten Ausfuhrgenehmigungen betrieben.

Im Gegensatz zu seiner Komplizin war Herzog inzwischen weitgehend geständig. Am späten Donnerstagabend waren seine beiden geflohenen Gehilfen in einem Vorort Neapels verhaftet worden, übrigens auf Enzo Bibbianis Motorino, und hatten ihren Auftraggeber schwer belastet.

Die beiden jungen Männer stammten aus dem Senegal, hielten sich schon seit drei Jahren in Italien auf und standen seit knapp zwei Jahren in Herzogs Diensten. Abgesehen davon, dass sie Enzo und Hagen bewusstlos geschlagen und in das unterirdische Verlies gesperrt hatten, hatten sie sich wenig zuschulden kommen lassen. Wie wertvoll die antiken Gegenstände waren, die sie in der unterirdischen Gräberstadt ausgebuddelt, in ihrem Rustico gesäubert und anschließend ihrem Chef übergeben hatten, behaupteten sie, nicht gewusst zu haben. Im Gegenzug hatte Herzog ihnen Obdach geboten, eine für ihre Verhältnisse fürstlich bezahlte Arbeit und eine gewisse Sicherheit, da ihr Häuschen so abgelegen lag, dass dort kaum jemals ein Polizist die Nase durch die Tür gesteckt hätte. Als Verkehrsmittel hatte er den beiden sogar eine alte Vespa organisiert, auf der sie hin und wieder nach Cavo tuckerten, um Lebensmittel einzukaufen und Geld nach Dakar zu überweisen, wo ihre Familien lebten.

Als eines Morgens plötzlich Enzo Bibbiani auf der Treppe zur Grabanlage stand, hatten sie die Nerven verloren. Herzog hatte ihnen immer wieder eingeschärft, sie dürften mit niemandem über ihre Tätigkeit sprechen und müssten darauf achten, dabei nicht gesehen zu werden. Sollte jemals bekannt werden, was sie für ihn taten, seien ihre Jobs und ihr Aufenthalt in Europa akut gefährdet. So schlugen sie Enzo kurzerhand nieder, warfen ihn in eine der Grabkammern und beratschlagten dann voller Angst und Sorge, was zu tun sei. Schließlich informierten sie Herzog von dem Vorkommnis, da sie ja nun bis auf Weiteres nicht mehr würden graben können. Erst hatte er sie ausgeschimpft, dann jedoch entschieden, den Gefangenen in dem unterirdischen Verlies zu belassen, bis sich das Problem auf natürlichem Weg gelöst hatte. Er ließ sich Enzos Handy aushändigen, um es zur Westküste der Insel zu bringen und dort im Meer zu versenken. Anschließend trug er seinen Handlangern auf, auch das Motorino verschwinden zu lassen. Da deren Vespa jedoch kurz zuvor den Dienst quittiert hatte, kamen sie diesem Befehl nicht nach.

Als Tage später Hagen auftauchte, waren die beiden Handlanger der Ansicht gewesen, was einmal erlaubt sei, könne beim zweiten Mal nicht falsch sein. Dieses Mal schimpfte ihr Chef jedoch sehr viel lauter, versteckte den Ferrari fürs Erste in seiner Garage und schaltete Hagens Handy aus, um beides noch in der Nacht irgendwo zu deponieren, wo es niemals gefunden werden würde. Ein Plan, den Fiorina, Federico und der Rest der kreativen Truppe zum Glück vereitelt hatten.

Nils hatte inzwischen herausgefunden, dass Herzogs Firma seit Längerem unter massiven Liquiditätsproblemen litt und bereits mehrfach kurz vor der Insolvenz gestanden hatte. Aus diesem Grund hatte er als Inhaber sich auf die illegalen Machenschaften eingelassen.

»Sein Anwalt hat ihm zwar geraten, die Aussage zu verweigern, aber irgendwann hat Herzog doch alles zuzugeben«, fuhr Fiorina voller Genugtuung fort. »Nur Lucia will auch er nicht auf dem Gewissen haben.«

Piero war allerdings überzeugt, Gisella Ricci anhand der an Lucias Leichnam sichergestellten DNA-Spuren überführen zu können. Es waren zwei verschiedene, wie er inzwischen wusste. Das eine DNA-Profil ließ sich Alessandro zuordnen, der längst wieder auf freiem Fuß war, das andere stammte mit großer Wahrscheinlichkeit von der unkooperativen Unternehmerin. Am Geländer der Dachterrasse hatten Pieros Leute zudem Faserspuren von Lucias Kostüm entdeckt und außerdem von einem dunkelblauen Baumwoll-Seidengemisch. Laut Aussagen ihrer Angestellten besaß die smarte Geschäftsführerin ein Kleid aus einem solchen Material, das allerdings nicht mehr auffindbar war.

»Aber es gibt genug Zeugen, die sie darin gesehen haben. Positanos Sekretärin meint sogar, sie wüsste, in welcher Boutique sie es gekauft hat«, sagte Fiorina mit zufriedenem Grinsen. »An den Unterarmen hat die Ricci übrigens Verletzungen, die nicht von unserem Gerangel im Kulturamt stammen. Die hat sie natürlich von dem Kampf mit Lucia, und um sie zu verbergen, trug sie dann ständig langärmlige Oberteile.«

Melodische Gitarrenriffs hallten über die kleine Piazza

und setzten dem Gespräch vorerst ein Ende. Federico, der eine korallenrote Lederjacke zu hautengen schwarzen Jeans trug, stand breitbeinig vor seinem Mikrofon, begrüßte die Anwesenden mit seinem für besondere Gelegenheiten reservierten Charme und wünschte allseits einen schönen Abend, während er eine kleine Akkordfolge spielte. Das Schlagzeug setzte ein, Raffaella mit dem Bass, und dann begann Federico zu singen: *Senza una donna,* natürlich von Zucchero, den er wirklich verblüffend gut imitieren konnte.

»Die sind ja echt super!«, rief Hagen in Fiorinas Ohr.

Sie nickte und strahlte. Zum vielleicht ersten Mal in ihrem Leben war sie stolz auf ihren Bruder.

Die Musik war sehr laut, was heute jedoch niemanden zu stören schien. Vermutlich waren sämtliche Anwohner hier versammelt, sangen mit, wiegten sich im Rhythmus, klatschten und feierten. Sogar Enzo, der inzwischen wieder zu Hause war, hatte vorbeikommen wollen, dann aber doch abgesagt, da er noch zu erschöpft war, um mitzufeiern. Manche Paare tanzten bereits. Fiorina drängelte sich mit Hagen im Schlepptau zum anderen Ende der Piazza durch, um etwas zu trinken zu organisieren.

Als sie an dem langen Tisch standen, hinter dem Gabriele und seine Frau mit Aperol-, Wasser- und Weinflaschen wirbelten und werkelten, nahm Fiorina das Handy ans Ohr. Sie hörte kurz zu, lief dann plötzlich davon, ein Stück die Straße hinauf, vermutlich, um sich besser verständigen zu können.

»Dimmi!«, forderte der Barista Hagen auf, als dieser an der Reihe war. »Was soll's denn sein?«

Hagen bestellte ein Glas Weißwein für sich und eine

Aranciata für Fiorina, die nur selten Alkohol trank. Gabriele reichte ihm das Gewünschte, winkte ab, als er bezahlen wollte, und schon sah Hagen Fiorina zurückkommen. Ihr Blick versprach aufregende Neuigkeiten. Sie packte ihn am Arm und zog ihn dorthin, wo sie eben telefoniert hatte.

»Herzog belastet die Ricci schwer, sagt Piero«, erklärte sie, als sie sich, ohne zu schreien, verständigen konnte. »Nach dem Mord an Lucia, die Positano tatsächlich wegen seiner illegalen Geschäfte anzeigen und sich ausgerechnet bei der Ricci Rat holen wollte, ist alles aus dem Ruder gelaufen.«

Schon, als Lucia die ersten Ordner für die Übergabe an Pisa fertig machte, war ihr aufgefallen, dass sich in den vergangenen Monaten die Ausfuhrgenehmigungen und Herkunftsnachweise, die ihr Chef ausgestellt hatte, auffallend häuften. Offiziell handelte es sich bei den Objekten immer um Kellerfunde minderer Qualität ohne kulturhistorische Bedeutung.

Dass auch Gisella Ricci an dem Geschäft beteiligt war, hatte Lucia jedoch nicht ahnen können. Und Siegfried Herzog hatte sie ja nicht einmal gekannt.

»Sie hat Positano zur Rede gestellt. Erst hat er alles abgestritten, ihr später alles Mögliche angedroht, aber sie hat sich nicht beirren lassen. Solche illegalen Machenschaften könne und werde sie nicht decken, hat sie ihm erklärt.«

»Das war der Streit am Freitag«, vermutete Hagen.

Fiorina nickte eifrig. »Sie drohte ihm mit einer Anzeige, wenn er sich nicht selbst der Polizei stellt, und hat ihm drei Tage Bedenkzeit gegeben.«

»Ganz schön mutig.«

»Zu mutig, leider.« Ihr Blick verschleierte sich. »Am Montagvormittag hat sie ihn dann gefragt, wie er sich entschieden hat. Er hat zwar nicht mehr herumgebrüllt, ihr aber mit fristloser Kündigung wegen Vertrauensbruchs gedroht. Da sie mit der Ricci noch am selben Abend einen Termin hatte, hat sie beschlossen, sie in dieser verzwickten Angelegenheit um Rat zu bitten.«

»Nicht ahnend, dass sie damit vom Regen in die Traufe kam.«

»Du sagst es. Eigentlich wollte Lucia an dem Abend nur Biscotti und Pasta kaufen. Dabei fällt mir ein, dein Olivenöl steht immer noch in unserer Küche.« Fiorina seufzte und sah zu Boden. »Wir haben ihr unrecht getan, Hagen. Lucia hat niemanden erpresst. Im Gegenteil, sie hat sich ausgesprochen vorbildlich verhalten, wollte ihrem Chef aber eine Chance geben, sich selbst zu stellen. Und genau das ist ihr zum Verhängnis geworden.«

»Du warst ja von Anfang an skeptisch«, sagte Hagen anerkennend. »Auf dein Gespür ist Verlass, Dottoressa.«

Endlich nippte sie doch an ihrem Glas. Er hatte seines schon halb geleert. Die Band spielte inzwischen ein Stück von Eros Ramazotti. Zucchero lag Federico definitiv mehr.

Irgendwer hatte die Verstärker noch weiter aufgedreht, sodass Fiorina Hagen erneut am Ärmel packte und noch ein Stück weiter von der Piazza wegzog.

»Damit wäre jetzt alles aufgeklärt«, sagte sie. »Oder was meinst du, Commissario?«

»Jetzt braucht Piero nur noch das Geständnis von der Ricci.« Er nahm noch einen großen Schluck von dem herrlich kühlen, fruchtigen Wein. »Oder einen gerichtsfesten Beweis. Aber ein Geständnis ist immer besser.«

»Madonna, diese jungen Leute heutzutage!«, rief Fiorinas Mutter, die plötzlich vor ihnen stand und in die Hände klatschte. »Was schaut ihr zwei denn so ernst? Heute wird gefeiert. Hört nur, wie schön Federico singt. Probleme wälzen könnt ihr morgen wieder, heute ist Zeit zum Fröhlichsein! Du steckst meine Kleine noch an mit deinem ewigen deutschen Ernst, Hagen!«

Ihr rundes Gesicht glänzte vor Begeisterung, in ihren dunklen Augen strahlte Mutterstolz, was Fiorinas Herz zum Klingen brachte. Mit einem Mal war ihr Federico ein Star, dem das ganze Viertel zujubelte. Und nicht nur das. Längst hatte es sich über die Grenzen Portoferraios hinaus herumgesprochen, dass der große deutsche Commissario und ihre Tochter, die Dottoressa Fiorina Luccarelli, den Carabinieri bei der Aufklärung zweier spektakulärer Mordfälle und eines Falles illegaler Grabräuberei geholfen und nebenbei auch noch eine fast dreitausend Jahre alte etruskische Grabstätte entdeckt hatten!

In der Zeitung hatte es schon gestern gestanden, und morgen würde es sogar einen Fernsehbeitrag auf Rai 1 dazu geben. Der Pfarrer von San Rocco und auch der Bürgermeister hatten Rosetta Luccarelli schon darauf angesprochen. Schließlich ging es nicht nur um die Rettung von uraltem und unermesslich wertvollem Kulturgut, sondern auch um das Ansehen Elbas und der Toskana, wenn nicht ganz Italiens.

Aus diesem besonderen Anlass hatte Fiorinas Mutter sich heute noch feiner gemacht als sonst. Sie trug ein weit ausgeschnittenes Taftkleid mit Flatterärmeln, für das sie nicht einmal den weiten Weg zu einer der angesehensten und teuersten Boutiquen Livornos gescheut hatte, dazu ihre besten Pumps, wie immer alles in ihrem geliebten Dunkelblau. Sogar eine mit Spitzen verzierte Stola und die Perlenkette, die sie sonst nur an höchsten Feiertagen trug, hatte sie angelegt. Sie umarmte Hagen, der sie um zwei Köpfe überragte, küsste ihre Tochter auf beide Wangen und entschwebte ins Gewühl.

Federico und Raffaella stimmten gerade das berühmte Duett *The Prayer* von Andrea Bocelli und Céline Dion an. Fiorina hakte Hagen unter und zog ihn auf die Piazza, wo die Menge der tanzenden Paare inzwischen weiter zugenommen hatte. Sie nahm ihm sein Glas ab, stellte es mit ihrem eigenen auf den Tisch, an dem Raffaellas Freund saß und Plätze für die Band freihielt.

»Ich kann aber nicht tanzen«, wehrte Hagen erschrocken ab, als sie den linken Arm auf seine Schulter legte und ihm ihre Rechte auffordernd entgegenhielt. »Bestimmt steige ich dir dauernd auf die Füße und …«

»Höchste Zeit, dass du es lernst, Amore«, fiel sie ihm lachend ins Wort, ergriff seine Hand und begann, sich zu drehen. »Es ist ganz einfach, sieh mal. Eins – zwei, eins – zwei …«

Im nächsten Moment rief eine tiefe Männerstimme: »Dottoressa Luccarelli, Commissario Berensen!«

Mit sichtlicher Erleichterung blieb Hagen stehen. Auch Fiorina hielt inne, wandte sich um und sah Stefano Turrone, den Professor aus Lucca, der mit leuchtenden Augen auf sie zueilte. Mit der einen Hand zerrte er einen kleinen Rollkoffer über das Kopfsteinpflaster, in der anderen hielt er eine bunte Zeitschrift hoch wie eine Trophäe.

»Wie gut, dass ich Sie endlich finde«, rief er schon von Weitem.

Er stellte den Koffer ab und fuchtelte so heftig mit der Zeitschrift herum, dass Fiorina einen Schritt zurücktrat, um sie nicht ins Gesicht zu bekommen. Auf dem Cover prangte eine Gruppe Erdmännchen, der Größe nach geordnet, die den Betrachter wachsam anblickten.

»Morgen kommt ein Team aus Deutschland, mit Kameramann und allem Drum und Dran«, fuhr der Professor atemlos fort. »Von einem renommierten Magazin, eine ganz große Sache wird das werden, hat die Redakteurin mir am Telefon versichert. Eine achtseitige Reportage über die Nekropolen von Cavo werden sie machen, mit mir als anerkanntem Experten und Ihnen beiden als Retter dieser kulturhistorisch überaus bedeutsamen Anlage.«

Im Dozententon verkündete er, der wissenschaftliche Wert des sensationellen Fundes auf Elba ließe sich durchaus mit dem der etruskischen Grabstätten in Sovana, wenn nicht gar mit dem der Nekropole in Cerveteri vergleichen. Auch zwei Kollegen aus Rom wollten demnächst anreisen, um die Sensation in Augenschein zu nehmen, des Weiteren ein Archäologenteam aus Frankreich, vielleicht sogar ein Wissenschaftler von Weltrang aus den Vereinigten Staaten.

Er verstummte erschöpft, ließ seinen Blick über die Piazza schweifen, die vielen singenden, tanzenden, wogenden Menschen, und lauschte andächtig.

»Ein Musikfestival, wow … Die Band ist hervorragend, was meinen Sie? Gibt es hier auch etwas zu trinken?«

Raffaellas Freund sprang auf und bot dem Professor an, ihm etwas vom Ausschank mitzubringen, wenn er so lange den Tisch bewachte. Fiorina nutzte die Gelegenheit und drängelte sich mit Hagen zurück auf die Tanzfläche.

»Andiamo, amore. Uno – due, uno – due ...«

Die Nonna, die mit roten Wangen und – wie in letzter Zeit so oft – selig lächelnd an Nunzios Arm vorbeispazierte, winkte ihnen zu. Als Hagen die erste Schrittfolge gelang, bei der er nicht über seine eigenen Füße stolperte, klatschten die beiden alten Leutchen Beifall.

Auch Nils und Gianna drehten sich zu den Klängen der Musik, und sogar Dodos Ehemann schaute heute ausnahmsweise einmal keiner anderen Frau hinterher. Federico und Raffaella gaben ihr Bestes, stachelten sich gegenseitig zu immer neuen Höchstleistungen an, und auch Ambrogio wuchs über sich hinaus. Hunde fegten aufgeregt bellend über den Platz, Bambini spielten Fangen oder hüpften ausgelassen herum.

»Na, siehst du!« Fiorina lachte ausgelassen. »Du bist ja ein Naturtalent, Hagen.«

Seine Augen blitzten übermütig, und sie schmiegte sich an ihn. Der Abend war lau, das Meer glitzerte in den letzten Strahlen der untergehenden Sonne, die Farben wurden immer weicher.

Ihre Mutter hatte vollkommen recht. An einem solchen Abend musste man feiern, leben und lieben. Wer – abgesehen von den Carabinieri natürlich – interessierte sich heute für Verbrechen und gestohlene Altertümer?

Eine schneeweiße, festlich beleuchtete Fähre, die gerade majestätisch in den Hafen einfuhr, grüßte das Festpublikum mit einem besonders würdevollen Tuten.